D1666687

Joris-Karl Huysmans · Gegen alle

JORIS-KARL HUYSMANS

GEGEN ALLE
(A Rebours)

ROMAN

AUS DEM FRANZÖSISCHEN
NEU ÜBERSETZT
VON
CAROLINE VOLLMANN

HAFFMANS VERLAG
BEI ZWEITAUSENDEINS

Die französische Originalausgabe erschien 1884
unter dem Titel *A Rebours*.
Die vorliegende Neuübersetzung folgt dem Text
der Gesamtausgabe von 1929.

1. Auflage, 11. Mai 2007

Lektorat von Bobby Kastenhuber.

Produktion und Gestaltung von Urs Jakob,
Werkstatt im Grünen Winkel, CH-8400 Winterthur.
Satz: Fotosatz Amann, Aichstetten.
Herstellung: Offizin Andersen Nexö, Leipzig.
Printed in Germany.

Dieses Buch gibt es nur bei Zweitausendeins im Versand,
Postfach, D-60381 Frankfurt am Main,
Telefon 069 – 420 8000, Fax 069 – 415 003.
Internet www.Zweitausendeins.de, E-Mail: info@Zweitausendeins.de.
Oder in den Zweitausendeins-Läden in Berlin, Düsseldorf,
Frankfurt am Main, Freiburg, 2 x in Hamburg, in Hannover, Köln, Leipzig,
Mannheim, München, Nürnberg und Stuttgart.

In der Schweiz über buch 2000, Postfach 89, CH-8910 Affoltern a. A.

ISBN 978-3-86150-587-7

Ich muß mich außerhalb der Zeit erfreuen …

wenngleich der Welt vor meiner Freude graut

und ihre Gewöhnlichkeit nicht versteht,

was ich sagen will.

RUYSBROEK DER VORTREFFLICHE

INHALT

ANHANG

KURZE VORGESCHICHTE

DEN wenigen im Château de Lourps noch erhaltenen Porträts nach zu urteilen, hatte das Geschlecht der Floressas Des Esseintes in früheren Zeiten aus athletischen Haudegen und rauhen Kriegsknechten bestanden. Eng in ihre alten Rahmen gezwängt, die von ihren kräftigen Schultern auseinandergestemmt wurden, wirkten sie furchterregend mit ihren starren Augen, ihren wie türkische Säbel nach oben gebogenen Schnurrbärten und ihrem geschwellten Brustkorb, dessen Wölbung das mächtige Gehäuse der Kürasse füllte.

Das waren die Ahnherren; die Porträts ihrer Nachkommen fehlten; in der Abfolge der Gesichter dieses Geschlechts gab es eine Lücke; ein einziges Gemälde diente zur Überbrückung, stellte ein Bindeglied her zwischen der Vergangenheit und der Gegenwart, ein rätselhafter, schlauer Kopf mit erloschenen und ausgelaugten Zügen, einem Tupfen Farbe auf den Backenknochen, pomadisierten und perlenumwundenen Haaren, einem hageren und geschminkten Hals, der aus den Falten einer steifen Halskrause herauskam.

Schon in diesem Bild eines der engsten Vertrauten des Herzogs von Épernon und des Marquis von O. zeigten sich die Laster eines geschwächten Temperaments, das Vorherrschen der Lymphe im Blut.

Der Verfall dieses alten Hauses hatte ohne jeden Zweifel seinen gesetzmäßigen Verlauf genommen; die Verweichlichung der Männer war immer weiter fortgeschritten; und wie um das Werk der Zeit zu vollenden, verheirateten die Des Esseintes zwei Jahrhunderte lang ihre Kinder untereinander und erschöpften den Rest ihrer Lebenskraft in Verbindungen unter Blutsverwandten.

Von dieser Familie, die einst so zahlreich war, daß sie fast das ganze Gebiet der Île-de-France und der Brie innehatte, lebte nur noch ein Abkömmling, Herzog Jean, ein schmächtiger junger Mann von dreißig Jahren, anämisch und nervös, mit hohlen Wangen, Augen von einem kalten Stahlblau, einer nach oben gerichteten und dennoch geraden Nase und knochigen, schmalen Händen.

Durch ein merkwürdiges Phänomen der Vererbung glich der letzte Nachkomme dem alten Ahnherrn, dem »Mignon«, von dem er den Spitzbart mit jenem ungewöhnlich blassen Blond und den zweideutigen, gleichzeitig müden und hellwachen Gesichtsausdruck hatte.

Seine Kindheit war düster gewesen. Bedroht von Skrofeln, niedergeworfen von hartnäckigen Fieberanfällen, gelang es ihm trotzdem, mit Hilfe von frischer Luft und guter Pflege, die Klippen der Mannbarkeit zu überwinden, und danach siegten die Nerven, bezwangen die Schwächen und Heimsuchungen der Bleichsucht und führten das Wachstum stufenweise bis zu seiner vollen Entwicklung.

Die Mutter, eine große, schweigsame und blasse Frau, starb an Erschöpfung; der Vater seinerseits erlag einer undefinierbaren Krankheit; Des Esseintes hatte gerade das siebzehnte Lebensjahr erreicht.

An seine Eltern hatte er nur ein abschreckendes Andenken bewahrt, ohne Dankbarkeit, ohne Liebe. Seinen Vater, der für gewöhnlich in Paris lebte, kannte er kaum; seine Mutter lag in seiner Erinnerung in einem abgedunkelten Schlafzimmer auf Château de Lourps im Bett,

ohne sich zu rühren. Die Ehegatten waren nur selten vereint, und von diesen Tagen waren ihm farblose Begeg-
nungen im Gedächtnis geblieben, Vater und Mutter, die
sich an einem kleinen runden Tisch gegenübersaßen, der
nur von einer Lampe mit tief herabgelassenem Schirm
beleuchtet wurde, weil die Herzogin keine Helligkeit und
keinen Lärm ertragen konnte, ohne eine Nervenkrise zu
bekommen; im Dunkeln wechselten sie kaum zwei Worte,
dann entfernte sich der Herzog gleichgültig und sprang so
rasch er konnte wieder in den nächsten Zug.

Bei den Jesuiten, zu denen Jean zum Schulbesuch geschickt wurde, war sein Leben freundlicher und angeneh-
mer. Die Patres ließen es sich angelegen sein, das Kind,
dessen Intelligenz sie in Erstaunen versetzte, bevorzugt zu
behandeln; indessen konnten sie trotz ihrer Bemühungen
nicht erreichen, daß er seinen Studien diszipliniert oblag;
er verbiß sich in bestimmte Arbeiten, war sehr früh schon
beschlagen in der lateinischen Sprache, dafür aber ganz
und gar unfähig, auch nur zwei Worte Griechisch zu erklären, zeigte keinerlei Begabung für die lebenden Sprachen und erwies sich als völlig begriffsstutzig, sobald man
sich bemühte, ihm die ersten Grundlagen der wissen-
schaftlichen Disziplinen beizubringen.

Seine Familie kümmerte sich wenig um ihn; manchmal kam sein Vater ins Internat, um ihn zu besuchen:
»Guten Tag, guten Abend, sei artig und arbeite ordentlich.« Die Sommerferien verbrachte er auf Château de
Lourps; seine Anwesenheit riß seine Mutter nicht aus
ihren Träumereien; sie nahm ihn kaum wahr, oder betrachtete ihn für wenige Sekunden mit einem fast
schmerzlichen Lächeln, ehe sie wieder in der künstlichen
Nacht versank, mit der die dichten Fenstervorhänge das
Zimmer einhüllten.

Die Dienerschaft war gelangweilt und alt. Sich selbst überlassen, stöberte der Junge an Regentagen in Büchern; an schönen Nachmittagen schweifte er in der Gegend umher.

Sein großes Vergnügen bestand darin, ins Tal hinabzusteigen, bis nach Jutigny, einem Dorf am Fuß der Hügel, einer kleinen Ansammlung von Häuschen, deren Strohdächer von Hauswurzbüscheln und Moospolstern überwuchert waren. Im Wiesengrund legte er sich in den Schatten der hohen Heuhaufen, lauschte dem dumpfen Klappern der Wassermühlen und sog die frische Luft der Voulzie ein. Manchmal stieß er bis zum Torfmoor vor, bis zum grün-schwarzen Weiler Longueville, oder er erklomm die Anhöhen, über die der Wind fegte und von wo die Weite unermeßlich war. Dort hatte er auf der einen Seite das Seinetal unter sich, das sich in der Ferne verlor und sich mit dem Blau des Himmelsrands vermischte; auf der anderen Seite, ganz oben am Horizont, die Kirchen und den Turm von Provins, die in der Sonne, im goldenen Staub der Luft, zu zittern schienen.

Er las oder träumte und durchtränkte sich bis zum Einbruch der Nacht mit Einsamkeit; da er immer mit den gleichen Gedanken beschäftigt war, sammelte sich sein Geist, und seine noch unausgegorenen Gedanken reiften. Nach jedem Ferienaufenthalt kehrte er nachdenklicher und eigenwilliger zu seinen Lehrern zurück; diese Veränderungen entgingen ihnen nicht; scharfsichtig und erfahren, durch ihren Beruf gewohnt, die Seelen bis in ihre tiefsten Tiefen auszuloten, gaben sie sich keiner Täuschung hin über diese rege, aber unlenkbare Intelligenz; sie waren sich darüber im klaren, daß dieser Schüler nie zum Ruhm ihrer Anstalt beitragen würde, und da seine Familie reich war und sich um seine Zukunft keine Sorgen zu machen schien, verzichteten sie bald darauf, ihn auf die einträglichen Schulkarrieren vorzubereiten; obwohl er gerne mit ihnen über alle theologischen Lehren diskutierte, die ihn ihrer Subtilitäten und ihrer Spitzfindigkeiten wegen reizten, dachten sie nicht einmal daran, ihn für das Ordensleben vorzusehen, denn sein Glaube blieb trotz ihrer Bemühungen schwach; schließlich ließen sie ihn, aus Klugheit und aus Angst vor dem Unbekannten, in den Fächern, die ihm gefielen, arbeiten, und erlaubten ihm, die anderen zu vernachlässigen, denn sie wollten sich diesen unabhängigen Geist nicht durch die Schikanen laizistischer Schulaufseher entfremden.

Auf diese Weise lebte er vollkommen glücklich und bekam das väterliche Joch der Priester kaum zu spüren; er setzte seine lateinischen und französischen Studien, die ihm Spaß machten, fort, und obwohl die Theologie noch nicht auf dem Lehrplan für seine Stufe stand, vervollständigte er die Kenntnisse in dieser Wissenschaft, die er sich auf Château de Lourps in der von seinem Urgroßonkel, Dom Prosper, dem früheren Prior der Ordensgeistlichen von Saint-Ruf, hinterlassenen Bibliothek anzueignen begonnen hatte.

Es kam jedoch unwiderruflich der Moment, wo er die Einrichtung der Jesuiten verlassen mußte; er erreichte die Volljährigkeit und wurde Herr über sein Vermögen; sein Cousin und Vormund, Graf de Montchevrel, legte ihm Rechnung ab. Ihre Beziehung war nur von kurzer Dauer, denn zwischen den beiden Männern konnte es keine Berührungspunkte geben, der eine war alt, der andere jung. Aus Neugierde, Unbeschäftigtsein und Höflichkeit pflegte Des Esseintes Umgang mit der Familie und ließ mehrmals niederschmetternde Abendgesellschaften in ihrem

Palais in der Rue de la Chaise über sich ergehen, bei denen die weibliche Verwandtschaft sich vorsintflutlich über Ahnen, Wappenmonde und veraltete Zeremonien unterhielt.

Mehr noch als diese Witwen von Stand erwiesen sich die beim Whist versammelten Herren als rückwärtsgewandte und unbedeutende Geister; die Abkömmlinge der alten Haudegen, die letzten Zweige der Feudalgeschlechter, erschienen Des Esseintes hier in Gestalt von katarrhalischen und kauzigen Greisen, die abgeschmackte Reden und jahrhundertealte Floskeln herunterleierten. So wie im Stengel eines abgeschnittenen Farns schien im aufgeweichten Gehirnmark ihrer alten Schädel einzig und allein eine Lilie eingeprägt zu sein.

Der junge Mann empfand ein unsägliches Mitleid mit diesen in ihrer altmodischen, holzverkleideten, mit Muschelwerk verzierten Totengruft begrabenen Mumien, diesen mürrischen, trägen Menschen, die ständig mit dem Blick auf ein unbestimmtes Kanaan, auf ein erträumtes Palästina lebten.

Nach etlichen Sitzungen in dieser Umgebung beschloß er, trotz der Einladungen und der Vorwürfe, nie mehr seinen Fuß dorthin zu setzen.

Er begann nun mit jungen Leuten seines Alters und seiner Kreise zu verkehren.

Die einen, die mit ihm zusammen in den ordensgeistlichen Internaten erzogen worden waren, hatten von dieser Erziehung eine besondere Prägung davongetragen. Sie besuchten den Gottesdienst, kommunizierten an Ostern, suchten katholische Zirkel auf und verheimlichten sich gegenseitig mit niedergeschlagenen Augen, als handelte es sich um ein Verbrechen, die Attacken, die sie den Dirnen lieferten. Die meisten von ihnen waren unintelligente und servile Gecken, siegreiche Faulpelze, die die Geduld ihrer Lehrer strapaziert, aber dennoch deren Absicht Genüge getan hatten, der Gesellschaft gehorsame und fromme Menschen zu überantworten.

Die anderen, die in staatlichen Gymnasien und Lyzeen erzogen worden waren, waren weniger scheinheilig und freier, aber auch nicht interessanter oder weniger engstirnig. Sie waren Lebemänner, schwärmten für Operetten und Pferderennen, spielten Landsknecht und Bakkarat und verwetteten ganze Vermögen auf Pferde, auf Karten und auf alle Vergnügungen, die Hohlköpfen teuer sind. Nach einem Jahr stellte er fest, daß er dieser Gesellschaft restlos überdrüssig geworden war, deren wahllose Ausschweifungen ihm niedrig und billig erschienen, ohne jeden fiebrigen Glanz und ohne wirkliche Überreizung des Bluts und der Sinne.

Nach und nach zog er sich zurück und verkehrte mit Literaten, bei denen sein Geist eigentlich mehr verwandtschaftliche Züge hätte antreffen und sich wohler hätte fühlen müssen. Es war eine neue Enttäuschung; er entrüstete sich ständig über ihre nachtragenden und kleinlichen Urteile, über ihre Unterhaltungen, die so alltäglich wie ein Kirchenportal waren, über ihre widerlichen Diskussionen, in denen sie den Wert eines Werks nach der Zahl der Auflagen und dem Gewinn aus dem Verkauf bemaßen. Um diese Zeit lernte er auch die Freidenker kennen, die Doktrinäre der Bourgeoisie, Männer, die alle Freiheiten forderten, um die Meinungen der anderen zu ersticken, gierige und schamlose Puritaner, die er, was ihre Bildung betraf, tiefer einstufte als den Schuster an der nächsten Ecke.

Seine Verachtung für die Menschheit nahm zu; er begriff schließlich, daß die Welt zum großen Teil aus Taugenichtsen und Dummköpfen zusammengesetzt ist. Offensichtlich bestand keinerlei Hoffnung, bei anderen die gleichen Bestrebungen und die gleichen Haßgefühle zu entdecken, keinerlei Hoffnung, sich mit einer Intelligenz zu verbinden, die, wie die seine, dem Studium der Abgelebtheit zugetan war und daran Gefallen fand, keinerlei Hoffnung, sich einem scharfen und ausschweifenden Geist wie dem seinen anzuschließen, dem eines Schriftstellers oder Gelehrten.

Entnervt, mißvergnügt, ungehalten über die Belanglosigkeit der ausgetauschten und aufgenommenen Ideen, wurde er wie jene Leute, von denen Nicole gesprochen hat, die überall empfindlich sind; er brachte es dahin, daß er sich ständig wundrieb, daß er unter den patriotischen und sozialen Possen litt, die jeden Morgen in den Zeitungen breitgetreten wurden, daß er die Tragweite des Erfolgs überschätzte, den ein allmächtiges Publikum immer und allem zum Trotz Werken verschafft, die ohne Ideen und ohne Stil geschrieben sind.

Er begann, von einer erlesenen Einöde zu träumen, von einer bequemen Wüste, einer festsitzenden, lauen Arche, in der er, fern der unaufhörlichen Sintflut der menschlichen Dummheit, Schutz suchen könnte.

Eine einzige Leidenschaft, die Frau, hätte ihn in dieser verachteten Welt, die ihn peinigte, halten können, aber auch sie war schon abgenutzt. Die fleischlichen Mahlzeiten hatte er mit dem Appetit eines launischen, von krankhaften Gelüsten befallenen, heißhungrigen Mannes genossen, dessen Gaumen rasch abstumpft und gesättigt wird; zu der Zeit, als er geselligen Verkehr mit kleinen Land-Edelleuten pflegte, hatte er an jenen ausgedehnten Soupers teilgenommen, wo sich betrunkene Frauen beim Dessert aufhaken und mit dem Kopf auf den Tisch schlagen; er hatte auch die Kulissen durchstreift, hatte Schauspielerinnen und Sängerinnen gestreichelt und neben der angeborenen Dummheit der Frauen die wahnsinnige Eitelkeit der Komödiantinnen ertragen; dann hatte er schon gefeierte Dirnen ausgehalten und zum Wohlstand jener Agenturen beigetragen, die gegen Bezahlung zweifelhafte Vergnügungen anbieten; schließlich war er, übersatt, des sich immer ähnelnden Luxus und der sich immer gleichenden Zärtlichkeiten müde, in die Niederungen hinabgestiegen, in der Hoffnung, seine Begierden durch den Kontrast neu zu beleben, und in der Erwartung, seine erschöpften Sinne durch die aufreizende Schmutzigkeit des Elends wieder anzuregen.

Was er auch versuchte, eine unendliche Langeweile lähmte ihn. Er gab nicht auf und suchte Zuflucht bei den gefährlichen Liebkosungen der Meisterinnen ihres Fachs, aber da ließ seine Gesundheit nach, und sein nervlicher Zustand verschlechterte sich; schon wurde der Nacken empfindlich und die Hand unsicher, sie konnte zwar noch einen schweren Gegenstand ruhig halten, aber wenn sie etwas Leichtes, etwa ein kleines Glas, ergriff, zitterte sie und wurde schlaff.

Die Ärzte, die er konsultierte, jagten ihm einen Schrekken ein. Es war höchste Zeit, diesem Leben Einhalt zu gebieten und auf diese Manöver, die seine Kräfte niederwarfen, zu verzichten. Einige Zeit hielt er sich ruhig; aber schon bald rührte sich das Kleinhirn wieder und rief erneut zu den Waffen. So wie junge Mädchen, die unter dem Einfluß der Pubertät nach verdorbenen und widerlichen Speisen süchtig sind, begann er nun von außergewöhnlichen Liebschaften, von abwegigen Lüsten zu träumen und sie zu praktizieren; das war das Ende; gleichsam zufrieden, alles ausgeschöpft zu haben, und wie ermattet von den Strapazen, verfielen seine Sinne in Lethargie, die Impotenz war nahe.

Ernüchtert, alleine und abscheulich müde fand er sich wieder und erflehte ein Ende, das zu erreichen ihn die Feigheit seines Fleischs hinderte.

Seine Ideen, sich entfernt von der Gesellschaft zu verkriechen, sich an einem Zufluchtsort abzuschotten, den tosenden Lärm des unerbittlichen Lebens zu dämpfen, so wie man für Kranke die Straße mit Stroh bestreut, verstärkten sich.

Im übrigen war es höchste Zeit, einen Entschluß zu fassen; die Berechnungen über sein Vermögen, die er anstellte, erschreckten ihn; mit Torheiten und mit Schwelgereien hatte er den größten Teil seines Erbes verzehrt, und der restliche Teil, der in Ländereien bestand, brachte nur lächerliche Erträge.

Er entschloß sich, Château de Lourps zu verkaufen, das er nicht mehr aufsuchte und wo er keine angenehmen Erinnerungen und kein Bedauern zurückließ; er machte auch seinen anderen Besitz zu Geld und kaufte Staatspapiere; auf diese Weise brachte er eine jährliche Rente von fünfzigtausend Franc zusammen und legte sich darüber hinaus eine runde Summe beiseite, die dazu bestimmt war, ein Häuschen zu bezahlen und zu möblieren, wo er sich in eine endgültige Beschaulichkeit zu versenken gedachte.

Er suchte die Umgebung der Hauptstadt ab und entdeckte oberhalb von Fontenay-aux-Roses, in der Nähe der Festung, an einem abgelegenen Ort, ein kleines Haus ohne Nachbarn, das zu kaufen war: sein Traum erfüllte sich; in dieser von den Parisern noch wenig verwüsteten Gegend war er sicher, Schutz zu finden; die Unzuverlässigkeit der Verkehrsverbindungen durch eine lächerliche

Eisenbahnlinie vom Stadtrand aus und durch kleine Trambahnen, die nur nach Lust und Laune fuhren, beruhigte ihn. Wenn er an das neue Leben dachte, das er sich einrichten wollte, empfand er einen Jubel, der sich durch die Aussicht vergrößerte, sich weit genug auf die Uferböschung zurückgezogen zu haben, um von der Pariser Flut nicht erreicht zu werden, und doch nahe genug an der Hauptstadt geblieben zu sein, um durch diese Nachbarschaft in seiner Einsamkeit gefestigt zu werden. Und da es tatsächlich genügt, daß einem ein Ort unerreichbar ist, um sogleich den Wunsch zu empfinden, dorthin zu gehen, hatte er, indem er sich den Weg nicht völlig abschnitt, eine gute Chance, nicht von einer Rückkehr in die Gesellschaft und von irgendeinem Bedauern bedroht zu werden.

Er setzte Maurer auf das Haus an, das er erworben hatte, und eines Tages entledigte er sich unvermittelt und ohne irgend jemanden in seine Pläne einzuweihen seiner beweglichen Habe, entließ seine Dienstboten und verschwand, ohne dem Concierge eine Adresse zu hinterlassen.

I

MEHR als zwei Monate verflossen, ehe Des Esseintes in die stille Ruhe seines Hauses in Fontenay eintauchen konnte; Einkäufe aller Art zwangen ihn, immer noch Gänge in Paris zu machen und die Stadt von einem Ende zum andern zu durchstreifen.

Und dabei hatte er doch, ehe er seine Wohnung den Ausstattern überließ, so viele Nachforschungen betrieben und so viele Überlegungen angestellt!

Er war seit langem ein Kenner der offensichtlichen und der heimlichen Wirkungen von Farbtönen. Früher, als er noch Frauen bei sich empfing, hatte er ein Boudoir komponiert, wo sich das Fleisch, umgeben von aus mattem japanischen Kampferholz geschnitzten Möbelchen unter einer Art Zelt aus rosenfarbenem indischen Satin, in dem erlesenen, vom Stoff gesiebten Licht sanft rötete.

Dieser Raum, in dem sich die Spiegel wie ein Echo antworteten und, so weit das Auge reichte, an den Wänden ganze Fluchten von rosenfarbenen Boudoirs zurückwarfen, war bei den Mädchen berühmt gewesen, die sich darin gefielen, ihre Nacktheit in dieses laue Inkarnatbad zu tauchen, das vom Minzgeruch der Möbel aromatisiert wurde.

Aber abgesehen von diesen Wohltaten der beschönigenden Atmosphäre, die neues Blut unter die durch den Gebrauch des Weißpuders und den Mißbrauch der Nächte glanzlose und abgenutzte Haut zu flößen schien, kostete er für sich selbst ganz besondere Freuden in dieser schmachtenden Umgebung aus, Lustgefühle, die die Erinnerung an vergangene Leiden und an früheren Ärger gleichsam aufs äußerste steigerten und belebten.

So hatte er aus Haß, aus Verachtung für seine Kindheit einen kleinen Käfig aus Silberdraht an die Decke dieses Raums gehängt, in dem eine eingesperrte Grille zirpte, wie einst in der Asche der Kamine im Château de Lourps; wenn er den schrillen Ton hörte, den er so oft vernommen hatte, drängten sich alle jene steifen und stummen Abende bei seiner Mutter vor seinem inneren Auge, die ganze Verlassenheit einer leidvollen, abgeschotteten Jugend, und unter dem Beben der Frau, die er mechanisch liebkoste und deren Worten oder deren Lachen ihn aus seinen Visionen aufschreckten und ihn schroff in die Wirklichkeit, in das Boudoir, auf den Boden, zurückholte, erhob sich ein Aufruhr in seiner Seele, ein Bedürfnis, sich für die erduldete Freudlosigkeit zu rächen, eine rasende Lust, die Familienerinnerungen durch Schändlichkeiten zu beschmutzen, eine wilde Gier, auf Fleischpolstern zu keuchen, die heftigsten und schärfsten sinnlichen Tollheiten bis zum letzten Tropfen auszuschöpfen.

Andere Male, wenn ihn der Lebensüberdruß niederdrückte, wenn ihn bei regnerischem Herbstwetter die Unlust angesichts der Straße, seiner Wohnung, des schmutziggelben Himmels und der zementfarbenen Wolken erfaßte, flüchtete er sich in dieses Refugium, bewegte sachte den Käfig und sah zu, wie er im Spiel der Spiegel endlos zurückgeworfen wurde, bis seine verwirrten Augen bemerkten, daß nicht der Käfig sich bewegte, sondern daß das ganze Boudoir schwankte und sich drehte und das Haus mit einem rosenfarbenen Walzer erfüllte.

Damals, in der Zeit, als er es für angebracht hielt, den Sonderling zu spielen, hatte Des Esseintes auch eine merkwürdige, äußerst prunkvolle Zimmereinrichtung geschaffen, indem er seinen Salon in eine Reihe von verschieden tapezierten Nischen aufteilte, die durch eine feinsinnige Verwandtschaft, eine vage Übereinstimmung der heiteren oder dunklen, zarten oder derben Farbtöne mit dem Charakter der lateinischen und französischen Werke, die er liebte, in Zusammenhang gebracht werden konnten. Er ließ sich dann jeweils in derjenigen dieser Nischen nieder, deren Ausstattung ihm am besten dem Wesen des Werks zu entsprechen schien, das ihm die Laune des Augenblicks zu lesen eingab.

Schließlich hatte er einen hohen Saal einrichten lassen, der zum Empfang der Lieferanten bestimmt war; diese traten ein und setzten sich nebeneinander in ein Chorgestühl, dann bestieg er eine Kanzel und hielt eine Predigt über die Gewohnheiten eines Dandys, in der er seine Stiefelmacher und Schneider beschwor, sich auf die strikteste Weise an seine päpstlichen Weisungen hinsichtlich des Schnitts zu halten, und ihnen mit einer pekuniären Exkommunikation drohte, falls sie die Vorschriften, die in seinen Mahnschreiben und Bullen enthalten waren, nicht befolgten.

Er erwarb sich den Ruf eines Exzentrikers, den er vollends festigte, indem er sich in Anzüge aus weißem Samt und in goldverbrämte Westen kleidete, anstelle einer Krawatte einen Strauß Parmaveilchen in das halbmondförmig ausgeschnittene Dekolleté seines Hemdes steckte und aufsehenerregende Diners für Literaten gab, unter anderen eines in Anknüpfung an das 18. Jahrhundert, wo er zur Feier des belanglosesten aller Mißgeschicke ein Leichenmahl veranstaltet hatte.

Im schwarzverhangenen Speisesaal, der den Blick auf den in aller Eile umgestalteten Garten des Hauses eröffnete, wo mit Kohlenstaub bestreute Wege sowie ein kleines, jetzt mit einem Basaltkranz eingefaßtes und mit schwarzer Tinte gefülltes Wasserbecken und aus Zypressen und Pinien arrangierte Baumgruppen zu sehen waren, hatte man das Diner auf einem mit Veilchen- und Skabiosenkörben geschmückten und von grün flammenden Kandelabern und Leuchtern mit Wachskerzen erhellten schwarzen Tischtuch serviert.

Während ein unsichtbares Orchester Trauermärsche spielte, waren die Gäste von nackten Negerinnen bedient worden, die Pantoffeln und Strümpfe aus mit Tränen besätem Silberstoff trugen.

Von schwarzgeränderten Tellern hatte man Schildkrötensuppe, russisches Roggenbrot, reife Oliven aus der Türkei, Kaviar, eingesalzenen Meeräschen-Rogen, geräucherte Blutwurst aus Frankfurt, Wild mit Saucen in der Farbe von Lakritzensaft und Schuhwichse, Trüffelsuppen, bernsteinfarbene Schokoladencremes, Puddinge, Blutpfirsiche, Weinbeerenmus, Brombeeren und Herzkirschen gegessen; aus dunklen Gläsern Weine aus der Limagne und dem Roussillon, Tenedos, Val de Peñas und Portos getrunken; und nach dem Kaffee und dem Nußlikör Kwaß, Porter und Stout genossen.

Auf den Einladungsbriefen, die jenen zu einer Beerdigung glichen, hatte gestanden: Diner zur Bekanntmachung einer momentan erloschenen Manneskraft.

Aber diese Extravaganzen, deren er sich einst rühmte, hatten sich von selbst aufgebraucht; heute verachtete er diese kindische, veraltete Prunksucht, die ungewöhnliche Kleidung, die bizarren Verschönerungen von Wohnungen. Er gedachte einfach, sich ein bequemes und trotzdem erlesen ausgestattetes Heim, nur zu seinem eigenen Vergnügen und nicht mehr zur Bewunderung für andere, zusammenzustellen, sich eine seltene und ruhige Einrichtung zu schaffen, die den Bedürfnissen seiner zukünftigen Zurückgezogenheit entsprach.

Als das Haus in Fontenay fertig und nach seinen Wünschen und Plänen von einem Architekten ausgebaut war, als es nur noch galt, das Zusammenspiel der Möblierung und der übrigen Ausstattung festzulegen, ging er erneut und ausführlich die Reihe der Farben und ihrer Nuancen durch.

Er wollte Farben, die ihren Ausdruck im künstlichen Licht der Lampen behaupteten; er störte sich nicht daran, wenn sie im Tageslicht matt und spröde wirkten, denn er lebte ohnehin nur nachts, weil er sich da mehr zu Hause und einsamer fühlte und dachte, der Geist könne nur in unmittelbarer Nachbarschaft mit der Dunkelheit wirklich erregt werden und knistern; außerdem empfand er eine eigenartige Lust, wenn er sich in einem hellerleuchteten Raum befand und als einziger noch wach und auf den Beinen war, umgeben von abgedunkelten, schlafenden Häusern, eine Lust, in die sich vielleicht eine Spur von Selbstgefälligkeit, eine merkwürdige Befriedigung mischte, wie sie Nachtarbeiter kennen, die beim Öffnen der Fenstervorhänge sehen, daß um sie herum alles erloschen, alles stumm, alles tot ist.

Sorgfältig ging er die Farbtöne durch, einen nach dem anderen.

Blau spielt im Licht in ein falsches Grün hinüber; ist es dunkel wie Kobalt und Indigo, wird es schwarz; ist es hell, wirkt es grau; ist es rein und sanft wie Türkis, verliert es seinen Glanz und erstarrt.

Man konnte es also höchstens einer anderen Farbe als Unterstützung beigeben, es kam nicht in Frage, es zur vorherrschenden Note eines Zimmers zu machen.

Andererseits werden die eisengrauen Töne noch unfreundlicher und schwerer; die perlgrauen verlieren ihre Bläue und verwandeln sich in ein schmutziges Weiß; die braunen schlafen ein und werden kalt; was die dunkelgrünen betrifft, ebenso wie die kaisergrünen und myrtenfarbenen, so verhalten sie sich ebenso wie die tiefblauen und verschmelzen mit den schwarzen; es bleiben noch die blasseren Grüntöne, wie das Pfauengrün, und die zinnoberroten und lackfarbenen, aber das Licht verbannt ihr Blau und hält nur ihr Gelb zurück, das seinerseits einen falschen Ton, einen trüben Geschmack hinterläßt.

An die lachs-, mais- und rosenfarbenen Töne, deren verweichlichende Wirkung den Vorstellungen der Einsamkeit zuwiderlaufen würde, brauchte man gar nicht erst zu denken; ebensowenig, wie man über die violetten nachsinnen mußte, die changieren; abends erhält sich von ihnen nur das Rot, und was für ein Rot! Ein zähes Rot, eine gemeine Weinfarbe; es erschien ihm im übrigen höchst fruchtlos, auf diese Farbe zurückzugreifen, denn wenn man eine gewisse Dosis Santonin einnimmt, sieht man sie violett, und daher ist es ein leichtes, die Farbe seiner Tapetenstoffe zu wechseln, ohne auch nur daran zu rühren.

Nachdem diese Farben ausschieden, blieben nur noch drei: Rot, Orange und Gelb.

Er zog Orange allen anderen vor und bestätigte damit durch sein eigenes Beispiel die Wahrheit einer Theorie, die er mit fast mathematischer Genauigkeit erklärte: daß nämlich zwischen der sinnlichen Veranlagung eines wirklich künstlerischen Individuums und der Farbe, die seine Augen auf eine speziellere und lebhaftere Weise wahrnehmen, ein Einklang besteht.

In der Tat, wenn man die gewöhnlichen Menschen

beiseite ließ, deren grobe Netzhaut weder die Harmonie, die jeder Farbe innewohnt, noch den geheimnisvollen Reiz der Abstufungen und Nuancen erkennt; wenn man auch jene bourgeoisen Augen beiseite ließ, die für die Pracht und den Triumph vibrierender kräftiger Farbtöne unempfänglich sind; wenn man also nur die Menschen mit raffinierten, durch Literatur und Kunst geübten Pupillen übrigbehielt, dann schien es ihm gewiß, daß das Auge desjenigen unter ihnen, der von einem Ideal träumt, den es nach Illusionen verlangt, der sich Schleier vor der untergehenden Sonne ersehnt, im allgemeinen vom Blau und den davon abgeleiteten Farben wie Malven- und Veilchentönen und Perlgrau umgaukelt wird, vorausgesetzt, diese bleiben weich und überschreiten nicht die Grenze, wo sie sich ihrem Charakter entfremden und sich in ein reines Violett oder ein eindeutiges Grau verwandeln.

Im Gegensatz dazu finden diejenigen, die wie Husaren fechten, die Vollblütigen, die schönen Sanguiniker, die starken Männer, diejenigen, die Vorgeplänkel und Episoden verachten und auf der Stelle, den Kopf verlierend, lospreschen, meistenteils Gefallen an dem strahlenden Glanz der Gelb- und Rottöne, an den Paukenschlägen von Zinnoberrot und Chromfarbe, die sie blenden und die sie berauschen.

Die Augen der geschwächten und nervösen Menschen schließlich, deren sinnlicher Appetit Mahlzeiten sucht, die durch Räuchern und Pökeln Würze bekommen, die Augen der überreizten und ausgezehrten Menschen lieben fast alle jene erregende und krankhafte Farbe mit dem unwirklichen Glanz, mit der fiebrigen Säure: das Orange.

Es bestand also nicht der geringste Zweifel über die

Wahl Des Esseintes'; aber es zeigten sich dennoch nicht zu leugnende Schwierigkeiten. Rot und Gelb verherrlichen sich im künstlichen Licht, nicht so ihre Verbindung, das Orange, das bisweilen aufbraust und sich häufig in ein Kapuzinerrot oder ein Feuerrot verwandelt.

Er studierte im Kerzenlicht alle Nuancen und entdeckte eine, die ihm nicht aus dem Gleichgewicht zu geraten und sich den Anforderungen, die er an sie stellte, nicht zu entziehen schien; nach Abschluß dieser Präliminarien versuchte er, so wenig wie möglich, und zumindest nicht für sein Arbeitszimmer, Stoffe und Teppiche aus dem Orient zu verwenden, die jetzt, wo die zu Reichtum gelangten Kaufleute sie sich in den Konfektionsgeschäften zu Schleuderpreisen beschafften, so langweilig und so alltäglich geworden waren.

Er entschloß sich am Ende, seine Wände wie seine Bücher mit grobgenarbtem, gewalktem Saffianleder und mit Häuten vom Kap, die unter einer mächtigen Presse von starken Eisenplatten glaciert werden, beziehen zu lassen.

Als die Wände verkleidet waren, ließ er die Fußleisten und die oberen Abschlußleisten in einem dunklen Indigo streichen, einem gelackten Indigo, ähnlich dem, das Karosseriebauer für die Paneele ihrer Wagen verwenden; in der etwas gewölbten Decke, die ebenfalls mit Saffianleder bezogen war, öffnete sich, eingelassen in die orangene Haut, wie ein riesiges Ochsenauge, ein Himmelskreis in königsblauer Seide, in dessen Mitte sich mit raschem Flügelschlag silberne Seraphim erhoben, die ehemals von der Kölner Weberzunft für einen alten Chormantel gestickt worden waren.

Als alles fertig war, versöhnte, mäßigte und setzte es sich bei Einbruch der Dunkelheit: die Holzverkleidungen

verharrten in ihrem Blau, das von den Orangetönen gefördert und wie erwärmt wurde, diese ihrerseits erhielten
sich unverfälscht, gestützt und in gewisser Weise angefacht vom eindringlichen Hauch der Blautöne.

Was die Möbel betraf, so brauchte Des Esseintes kein
langes Studium anzustellen, denn der einzige Luxus dieses Raums sollte in Büchern und seltenen Blumen bestehen; er behielt sich vor, die nackt gebliebenen Wand-
stücke später mit ein paar Zeichnungen und Gemälden
zu schmücken, und beschränkte sich darauf, am größten
Teil der Wände Bücherregale und -schränke aus Ebenholz anzubringen, das Parkett mit Fellen wilder Tiere
und mit Blaufuchspelzen zu bedecken und um einen
massiven Geldwechslertisch aus dem fünfzehnten Jahrhundert Ohrensessel und ein schmiedeeisernes Pult auf-
zustellen, eines dieser alten Chorpulte, auf die der Kir-
chendiener früher das Chorgesangbuch legte und das
nun einen der schweren Foliobände des *Glossarium
mediæ et infimæ latinitatis* von du Cange trug.

Die Fenster, deren craquelierte, bläuliche, von Flaschenböden mit goldgesprenkelten Höckern durchsetzte
Scheiben den Blick auf die Landschaft auffingen und nur
ein blindes Licht eindringen ließen, waren ihrerseits mit
Vorhängen verhüllt, die aus alten Stolen zugeschnitten
waren, deren gedunkeltes, gleichsam geräuchertes Gold
in dem fast toten Rot des Gewebes erlosch.

Schließlich befand sich auf dem Kamin, dessen Um-
kleidung ebenfalls aus dem prächtigen Stoff einer florentinischen Dalmatika zugeschnitten war, zwischen zwei
Monstranzen aus vergoldetem Kupfer in byzantinischem
Stil, die aus der ehemaligen Abtei von Bois de Bièvre
stammten, ein wundervoller Meßkanon, mit drei voneinander getrennten, wie Spitzengewebe verzierten Feldern,

unter deren Glasrahmen drei Stücke von Baudelaire lagen, in wundervollen Meßbuchlettern und mit herrlichen Illuminationen auf echtes Pergament kopiert: links
und rechts die Sonette mit den Titeln *La Mort des
Amants* und *L'Ennemi*; in der Mitte das Prosagedicht:
Any where out of the world. – Irgendwo, außer der
Welt.

II

NACH dem Verkauf seines Besitzes behielt Des Esseintes die beiden alten Dienstboten, die seine Mutter gepflegt und gleichzeitig das Amt des Gutsverwalters und
des Hausmeisters von Château de Lourps versehen hatten, das bis zum Zeitpunkt seiner Veräußerung unbe-
wohnt und leer geblieben war.

Dieses Ehepaar, das an einen Einsatz als Kranken-
pfleger, an die Regelmäßigkeit von Schwestern, die stünd-
lich löffelweise Arzneien und Kräutertees austeilen, an
das strenge Schweigen von Klosterbrüdern in einem
Raum mit geschlossenen Fenstern und Türen, ohne Verbindung zur Außenwelt, gewöhnt war, ließ er nach Fontenay kommen.

Der Ehemann erhielt den Auftrag, die Zimmer zu reinigen und die Einkäufe zu machen, die Frau sollte die
Küche besorgen. Er überließ ihnen die erste Etage des
Hauses, verpflichtete sie dazu, dicke Filzpantoffeln zu
tragen, ließ an den gutgeölten Türen Windfänge anbrin-
gen und die Fußböden mit dichten Teppichen auspol-
stern, so daß er das Geräusch ihrer Schritte über seinem
Kopf auf keinen Fall hören konnte.

Er vereinbarte bestimmte Klingelzeichen mit ihnen,
legte die Bedeutung der Glockenschläge je nach Anzahl,
Kürze oder Länge fest; bezeichnete den Platz auf seinem
Schreibtisch, wo sie monatlich, während er schlief, das
Rechnungsbuch abzulegen hatten; alles in allem richtete
er es so ein, daß er nicht oft gezwungen war, mit ihnen zu
sprechen oder sie zu sehen.

Da die Frau jedoch manchmal am Haus entlanggehen mußte, um zu einem Schuppen zu gelangen, in dem das Holz lagerte, wollte er wenigstens, daß ihr Schatten, wenn er durch seine Fensterscheiben drang, nicht ungefällig wäre, und er ließ ihr deshalb eine Tracht aus schwerem flandrischen Seidenstoff anfertigen, mit der weißen Mütze und der weiten schwarzen, herabhängenden Kapuze, wie sie die Frauen des Beguinenordens in Gent noch heute tragen. Wenn der Schatten dieser Haube in der Abenddämmerung an ihm vorbeizog, gab ihm dies ein klösterliches Gefühl und erinnerte ihn an die stummen und frommen Dörfer, die toten Viertel, die im Winkel einer tätigen und lebendigen Stadt eingeschlossen und verborgen sind.

Er setzte auch unverrückbare Stunden für seine Mahlzeiten fest; diese waren im übrigen wenig ausgefallen und sehr frugal, da ihm sein schwacher Magen nicht mehr erlaubte, umfangreiche oder schwere Gerichte zu sich zu nehmen.

Im Winter nahm er um fünf Uhr, nach Einbruch der Dunkelheit, ein leichtes Mahl zu sich, bestehend aus zwei weichen Eiern, gebratenem Fleisch und Tee; gegen elf Uhr dinierte er; während der Nacht trank er Kaffee, manchmal Tee oder Wein; gegen fünf Uhr in der Frühe, ehe er zu Bett ging, knabberte er noch eine Kleinigkeit.

Seine Mahlzeiten, deren Zusammenstellung und Speisenfolge zu Beginn jeder Jahreszeit ein für allemal festgelegt wurden, nahm er an einem Tisch mitten in einem kleinen Raum ein, der von seinem Arbeitszimmer durch einen ausgepolsterten, hermetisch abgedichteten Korridor getrennt war, durch den weder Gerüche noch Lärm in die beiden Zimmer drang, die er miteinander verband.

Dieses Speisezimmer glich einer Schiffskajüte mit seiner gewölbten, mit halbkreisförmigen Balken versehenen Decke, seinen Holzwänden und seinem Fußboden aus Pechkiefer, seinem kleinen Fenster, das sich in der Holzverschalung wie das Bullauge einer Ladepforte öffnete.

So wie jene japanischen Schachteln, die ineinanderpassen, war dieser Raum in einen größeren eingelassen, der der eigentliche, vom Architekten erbaute Speisesaal war.

In diesen waren zwei Fenster gebrochen, das eine, jetzt unsichtbar, hinter der Holzwand verborgen, war durch eine Feder aufklappbar, wenn der Wunsch bestand, die Luft zu erneuern, die durch diese Öffnung um die Pechkieferschachtel zirkulieren und in sie eindringen konnte; das andere war sichtbar, denn es befand sich direkt vor dem Bullauge in der Holzverkleidung, aber es war zugestellt; ein großes Aquarium nahm tatsächlich den ganzen Raum zwischen dem Bullauge und dem wirklichen Fenster in der richtigen Wand ein. Um die Kajüte zu erhellen, mußte sich das Tageslicht also seinen Weg durch das Fenster, dessen Glas durch eine Spiegelscheibe ersetzt worden war, durch Wasser und zuletzt durch das Bullauge in der Ladepforte bahnen.

In dem Moment, wo der Samowar auf dem Tisch dampfte, dann, wenn im Herbst die Sonne vollends verschwand, rötete sich das Wasser im Aquarium, das tagsüber glasig und trüb gewesen war, und siebte glühende Funken auf die hellen Holzwände.

Bisweilen, wenn Des Esseintes nachmittags zufällig wach und auf den Beinen war, setzte er das Spiel der Röhren und Leitungen in Gang, das das Aquarium entleerte und wieder mit frischem Wasser füllte, und schüttete dann Tropfen farbiger Lösungen hinein und verschaffte sich auf diese Weise grüne oder brackige, opalfarbene oder silbrige Tönungen, wie sie die wirklichen Flüsse je nach der Farbe des Himmels, der mehr oder weniger starken Sonnenglut, der mehr oder weniger ausgeprägten Regengefahr, mit einem Wort, je nach dem Stand der Jahreszeit oder dem Zustand der Atmosphäre annehmen.

Dann stellte er sich vor, er sei auf dem Zwischendeck einer Brigg, und betrachtete neugierig wundervolle mechanische, wie ein Uhrwerk aufgezogene Fische, die vor dem Bullauge in der Ladepforte vorbeischwammen und sich an künstlichen Gräsern verfingen; oder er schaute, während er den Teergeruch einatmete, den man in den Raum blies, ehe er ihn betrat, an den Wänden hängende kolorierte Stiche an, die wie in den Postschiff- und Lloyd-Agenturen Dampfschiffe auf dem Weg nach Valparaiso und La Plata zeigten, oder auch gerahmte Übersichten, auf denen die Routen der Royal-mail-stream-Packet-Linie, der Gesellschaften Lopez und Valéry sowie die Frachtgebühren und die Anlegeplätze der Postdienste im Atlantik verzeichnet waren.

Wenn er es müde war, diese Fahrpläne zu studieren, ruhte er seine Augen aus, indem er die Chronometer und Bussolen, die Sextanten und Kompasse, die Ferngläser und die Landkarten betrachtete, die auf dem Tisch verstreut waren, über dem ein einziges in Seekalbleder gebundenes Buch prangte, *The Narrative of Arthur Gordon Pym*, eigens für ihn gedruckt auf geripptes, bogenweise verlesenes Papier aus reinen Hadern mit einer Möwe als Wasserzeichen.

Er konnte auch noch Angelruten, braungegerbte Netze, brandrote Segeltuchballen und einen winzigen schwarzbemalten Anker aus Kork anschauen; all das lag auf einem Haufen neben der Tür, die den Weg zur Küche über einen ausgepolsterten Gang freigab, der ebenso wie der Korridor, der das Speisezimmer und das Arbeitszimmer verband, alle Gerüche und alle Geräusche verschluckte.

Auf diese Weise verschaffte er sich, ohne sich von der Stelle zu bewegen, wie in Momentaufnahmen kurze Eindrücke einer großen Fahrt, und dieses Vergnügen einer Ortsveränderung, das sich im allgemeinen nur in der Erinnerung und fast nie in der Gegenwart, im erlebten Augenblick einstellt, genoß er in vollen Zügen, wie es ihm beliebte, ohne Ermüdung, ohne Plackerei, in dieser Kajüte, deren vorläufige, wie für eine Übergangszeit installierte Einrichtung ziemlich genau dem vorübergehenden Aufenthalt, den er darin nahm, der begrenzten Zeit seiner Mahlzeiten entsprach, und die einen absoluten Kontrast zu seinem Arbeitszimmer bildete, einem endgültigen, geordneten, soliden Raum, der für den unverrückbaren Fortbestand einer häuslichen Existenz ausgerüstet war.

Bewegung erschien ihm im übrigen überflüssig, und er glaubte, die Einbildungskraft könne leicht die vulgäre Realität der Tatsachen ersetzen. Seiner Meinung nach war es möglich, jene Begierden, die im Ruf stehen, im normalen Leben am schwersten zu befriedigen zu sein, durch einen einfachen Trick, durch eine unmerkliche Verfälschung des Gegenstands, dem diese Begierden nachjagen, zufriedenzustellen. War es nicht so, daß sich heutzutage jeder Feinschmecker in Restaurants, die für die Güte ihrer Kellereien berühmt waren, an Weinen labte, die aus minderen Sorten nach dem Verfahren von Monsieur Pasteur hergestellt wurden? Nun denn, diese Weine hatten alle, egal, ob sie echt oder gefälscht waren, den gleichen Geschmack, die gleiche Farbe, das gleiche

Bukett, und deshalb war das Vergnügen, das man beim Kosten dieses verfälschten und künstlichen Gebräus empfand, völlig identisch mit dem, das man gehabt hätte, wenn man natürlichen und reinen Wein getrunken hätte, der selbst für Gold nicht zu bekommen gewesen wäre.

Überträgt man diese bestechende Täuschung, diese geschickte Lüge auf die Welt des Intellekts, so könnte man zweifellos, und ebenso leicht wie in der materiellen Welt, eingebildete, den wahren Genüssen in allen Punkten ähnliche Wonnen genießen; man könnte sich ohne Zweifel in seiner Kaminecke langen Forschungsreisen hingeben, indem man bei Bedarf dem widerspenstigen oder trägen Geist durch die anregende Lektüre eines Werks, das von fernen Ländern berichtet, nachhilft; man könnte zweifellos auch – ohne sich von Paris fortzubewegen – das wohltuende Gefühl eines Bades im Meer erhalten; man brauchte sich nur in die Badeanstalt Vigier zu begeben, die sich auf einem Schiff mitten in der Seine befindet.

Wenn man dort das Wasser in seiner Badewanne salzen läßt und nach den Vorschriften des Arzneibuchs schwefelsaures Natron und chlorsaures Magnesium oder chlorsauren Kalk untermischt; wenn man aus einer sorgfältig mit einem Schraubdeckel verschlossenen Kapsel einen Knäuel Schnur oder ein kleines Tauende herauszieht, die man eigens in einer jener großen Seilereien besorgt hat, deren ausgedehnte Lager und Keller Fisch- und Hafengeruch verströmen; wenn man eine genaue Photographie des Kasinos zu Hilfe nimmt und mit Inbrunst den Reiseführer von Joanne liest, der die Schönheiten des Strandes beschreibt, an dem man gerne sein möchte; wenn man sich schließlich von den Wellen schaukeln läßt, die das Kielwasser der kleinen Seinedampfer, das an den Pontons des Badeschiffs vorbeistreift, in der Wanne erzeugt; wenn man schließlich den Klagen des Windes, der sich in den Brückenbogen verfängt, und dem dumpfen Geräusch der Omnibusse, die zwei Schritte über einem auf dem Pont Royal dahinrollen, lauscht, dann ist die Illusion des Meers unleugbar, unabweisbar, eindeutig.

Man muß es nur richtig verstehen, man muß es verstehen, seinen Geist auf einen Punkt zu konzentrieren und genügend Distanz von sich selbst zu gewinnen, um die Halluzination herbeizuführen und den Traum der Wirklichkeit an die Stelle der Wirklichkeit selbst zu setzen.

Im übrigen hielt Des Esseintes die Künstlichkeit für das Wahrzeichen des menschlichen Genies.

Nach seinen Worten hat die Natur ausgedient; sie hat die aufmerksame Geduld der Raffinierten durch die abstoßende Gleichförmigkeit ihrer Landschaften und ihrer Himmel endgültig ermüdet. Im Grunde: welch ein auf sich selbst beschränktes plattes Spezialistentum, welch eine kleinliche Krämerseele, die unter Ausschluß aller anderen nur einen Artikel führt, welch ein eintöniges Warenangebot von Wiesen und Bäumen, welch eine gewöhnliche Vermittlung von Bergen und Meeren!

Dabei gibt es keine ihrer als so feinsinnig oder großartig gerühmten Erfindungen, die das menschliche Genie nicht erschaffen könnte; keinen Wald von Fontainebleau, keinen Mondschein, den Dekorationen, von elektrischen Lichtstrahlen überflutet, nicht hervorbrächten; keinen Wasserfall, den die Hydraulik nicht zum Verwechseln ähnlich nachahmte; keine Felsen, die Pappmaché nicht vortäuschte; keine Blume, der spezieller Taft und zartbemaltes Papier nicht gleichkämen!

Unzweifelhaft hat diese ewige Schwätzerin jetzt die gutmütige Bewunderung der wahren Künstler abgenutzt, und der Augenblick ist gekommen, wo es darum geht, sie so häufig wie möglich durch die Künstlichkeit zu ersetzen.

Und selbst wenn man dasjenige ihrer Werke, das für das köstlichste gehalten wird, diejenige ihrer Schöpfungen, deren Schönheit nach Meinung aller die einzigartigste und vollkommenste ist, die Frau, genau unter die Lupe nimmt: hat der Mann nicht seinerseits, und ganz alleine, ein belebtes und künstliches Wesen geschaffen, das ihr an plastischer Schönheit bei weitem gleichkommt? Existiert hinieden ein Wesen, das in der Lust der Hurerei gezeugt wurde und unter Schmerzen aus einer Gebärmutter hervorging, dessen Modell, dessen Typ blendender und prächtiger wäre als jene der beiden Lokomotiven, die auf der Eisenbahnlinie der Nordbahn fahren?

Die eine, die Crampton, eine anbetungswürdige Blondine mit schriller Stimme, von hoher, zierlicher Statur, eingeschlossen in ein funkelndes Kupferkorsett, geschmeidig und nervös gestreckt wie eine Katze, eine herausgeputzte, goldstrotzende Blondine, deren außergewöhnliche Anmut erschreckt, wenn sie ihre stählernen Muskeln anspannt und den Schweiß ihrer lauwarmen Flanken aufleben läßt, um die riesige Rosette ihres filigranen Rads in Bewegung zu setzen und am Kopf der Schnellzüge und der wogenden Flut voller Leben loszupreschen!

Die andere, die Engerth, eine monumentale und düstere Brünette mit dumpfen, rauhen Schreien, die gedrungen gebauten Lenden in einen gußeisernen Panzer gezwängt, ein monströses Tier mit einer wilden Mähne aus schwarzem Rauch und mit sechs niedrigen, paarweise miteinander verkoppelten Rädern; welch vernichtende Kraft, wenn sie schwerfällig und langsam den langen Schwanz ihrer Güter anschleppt und dabei den Boden erzittern läßt!

Unter den zierlichen blonden und den majestätischen brünetten Schönheiten finden sich bestimmt keine Typen dieser zarten Geschmeidigkeit und dieser furchterregenden Stärke; man kann mit Bestimmtheit sagen: der Mensch hat es in seiner Art ebenso gut gemacht wie der Gott, an den er glaubt.

Diese Überlegungen gingen Des Esseintes durch den Kopf, wenn der Wind den kurzen Pfiff des Kinderzugs, der zwischen Paris und Sceaux hin- und herpendelte, zu ihm heraustrug; sein Haus lag ungefähr zwanzig Minuten entfernt von der Station in Fontenay, aber seine hohe Lage und seine Abgeschiedenheit ließen den Rummel der unflätigen Menge, den die Nachbarschaft von Bahnhöfen unweigerlich anzieht, nicht bis zu ihm dringen.

Was das Dorf betraf, so kannte er es kaum. Eines Nachts hatte er durch sein Fenster die stille Landschaft betrachtet, die bis zum Fuß eines Hügels abfällt, auf dessen Höhen sich die Befestigungsanlagen des Bois de Verrières abzeichnen.

In der Dunkelheit türmten sich links und rechts unbestimmte Massen auf, in der Ferne überragt von weiteren Anlagen und Forts, deren hohe Abdachungen im Mondschein wie mit Silber auf den düsteren Himmel gemalt zu sein schienen.

Durch den von den Bergen herabfallenden Schatten umzingelt, wirkte die Ebene in ihrer Mitte wie mit Stärkemehl gepudert und mit weißer Coldcream bestrichen; in der lauen Luft, die die farblosen Gräser fächelte und den schwachen Duft von Kräutern austräufeln ließ, reckten die vom Mond mit Kreide überzogenen Bäume ihr zerzaustes Laubwerk empor und verdoppelten ihre Stämme, deren Schatten schwarze Streifen auf den gips-farbenen Boden legten, auf dem Kiesel wie Tellerscher-ben glitzerten.

Auf Grund ihrer Schminke und ihres künstlichen Aussehens mißfiel Des Esseintes diese Landschaft keines-wegs; aber seit jenem Nachmittag, wo er im Weiler von Fontenay mit der Suche nach einem Haus beschäftigt ge-wesen war, hatte er sich nie mehr tagsüber durch diese Straßen bewegt; das Grün der Gegend nötigte ihm im übrigen keinerlei Interesse ab, denn es bot nicht einmal den zarten und traurigen Reiz, den die rührende und kränkliche Vegetation ausstrahlte, die mit großer Mühe im Abraum der Vorstädte bei den Wällen wuchs. Außer-dem hatte er an jenem Tag im Dorf dickbäuchige Bürger mit Backenbärten und uniformierte Leute mit Schnurr-bärten gesehen, die ihre Magistrats- und Militärköpfe wie Monstranzen trugen; und seit dieser Begegnung war sein Abscheu vor dem menschlichen Antlitz noch mehr gewachsen.

Während der letzten Monate seines Aufenthalts in Paris, als er, von allem abgekommen, von der Hypochon-drie niedergeworfen, vom Lebensüberdruß zermalmt, eine solche nervliche Sensibilität erreicht hatte, daß der Anblick eines unschönen Gegenstands oder Wesens sich tief in sein Gehirn eingrub, und es mehrere Tage dauerte, bis er diesen Eindruck auch nur annäherungsweise auslö-schen konnte, war das menschliche Gesicht, das er auf der Straße streifte, eine der durchdringendsten Qualen für ihn gewesen.

Er litt tatsächlich unter dem Anblick bestimmter Physiognomien, betrachtete gutmütige oder ablehnende

Mienen einiger Gesichter fast als Beleidigung, verspürte gute Lust, jenem Herrn, der sich ein gelehrtes Aussehen gab, indem er die Augenlider schloß, und jenem anderen, der vor den Spiegeln wippte und sich zulächelte, zu ohrfeigen; ebenso wie jenem, der eine Welt von Gedanken in sich zu bewegen schien, während er mit zusammengezogenen Brauen ein Butterbrot und die vermischten Meldungen einer Zeitung verschlang.

In diesen beschränkten Kaufmannsgehirnen, die ausschließlich mit Betrügereien und Geld beschäftigt waren und denen nur die niedere Zerstreuung mittelmäßiger Geister, die Politik, zugänglich war, witterte er eine tief eingewurzelte und verankerte Dummheit, einen solchen Abscheu vor den Ideen, die ihm wichtig waren, eine solche Verachtung für die Literatur, die Kunst und alles, was er bewunderte, daß er wütend nach Hause ging und sich mit seinen Büchern einriegelte.

Nicht zuletzt haßte er mit allen seinen Kräften die neue Generation, jene Schichten entsetzlicher Rüpel, die das Bedürfnis verspüren, in Restaurants und Cafés laut zu reden und zu lachen, die einen auf dem Bürgersteig anrempeln, ohne Pardon zu sagen, die einem die Räder eines Kinderwagens zwischen die Beine schieben, ohne sich auch nur zu entschuldigen oder gar zu grüßen.

III

EIN Teil der an den orangefarbenen und blauen Wänden seines Arbeitszimmers stehenden Regale war ausschließlich mit lateinischen Werken gefüllt, mit jenen, welche die klugen Köpfe, die durch die beklagenswerten, an der Sorbonne bis zum Überdruß wiederholten Vorlesungen domestiziert worden sind, unter dem Gattungsbegriff »die Dekadenz« zusammenfassen.

Die lateinische Sprache, so wie sie in der Epoche gesprochen wurde, die die Professoren immer noch hartnäckig das große Jahrhundert nennen, besaß in der Tat wenig Reiz für ihn. Diese beschränkte Sprache mit ihren abgemessenen, fast unveränderlichen Wendungen ohne syntaktische Geschmeidigkeit, ohne Farben, ohne Nuancen; diese an allen Nähten abgescheuerte, von den holprigen, aber gelegentlich bilderreichen Ausdrücken vergangener Jahrhunderte gereinigte Sprache konnte allenfalls die großartigen, abgedroschenen Reden, die von den Rhetoren und Dichtern heruntergeleierten Gemeinplätze ausdrücken, aber sie rief eine solche Gleichgültigkeit und eine solche Langeweile hervor, daß man mit linguistischen Studien bis zum französischen Stil der Zeit Ludwigs XIV. zurückgehen mußte, um eine Sprache zu finden, die ebenso aus freien Stücken geschwächt, in Feierlichkeit erstarrt und grau war.

Unter anderen erschien ihm der sanfte Vergil, den die Studienaufseher den Schwan von Mantua nannten – zweifellos, weil er nicht in dieser Stadt geboren war –, einer der schrecklichsten Pedanten und der finstersten Langweiler zu sein, die die Antike je hervorgebracht hat; seine gewaschenen und herausstaffierten Hirten, die sich abwechselnd Eimer voll sentenzenreicher und frostiger Verse über den Kopf schütten, sein Orpheus, den er mit einer weinenden Nachtigall vergleicht, sein Aristäus, der ständig wegen irgendwelcher Bienen weint, sein Äneas, diese unbestimmte, zerfließende Gestalt, die wie ein chinesisches Schattenbild mit hölzernen Bewegungen hinter der schlechtgespannten und geölten, transparenten Oberfläche des Gedichts herumspaziert, das alles brachte ihn zur Verzweiflung. Die ungenießbaren Albernheiten, die diese Marionetten in den Kulissen miteinander austauschen, hätte er noch hingenommen, auch die unverfrorenen Anleihen bei Homer, Theokrit, Ennius und Lukrez sowie den schlichten, durch Macrobius enthüllten Diebstahl des zweiten Gesangs der Äneis, der fast Wort für Wort aus einem Gedicht Pisanders abgeschrieben ist, kurz, die ganze unsägliche Hohlheit dieser Ansammlung von Gesängen; aber die Machart dieser Hexameter, die wie Blech und leere Kannen schepperten und die Anzahl ihrer mit dem Litermaß abgemessenen Silben nach den starren Regeln einer pedantischen und trockenen Prosodie dehnten, ließen ihm die Haare zu Berge stehen; den Bau dieser rauhen und steifen Verse mit ihrer korrekten Aufmachung und ihrem Kniefall vor der Grammatik, diese durch eine unerschütterlich festgelegte Zäsur mechanisch zerschnittenen Verse, die immer auf die gleiche Weise durch den Aufprall eines Daktylus auf einen Spondeus am Ende abgeriegelt wurden, fand er aufs höchste unerträglich.

Diese gleichbleibende, phantasielose und erbarmungslose Metrik, überladen mit überflüssigen Worten, Füllseln und Flickwerk aus gleichartigen, voraussehbaren Windungen, die der vervollkommneten Schmiede Catulls entlehnt waren, war ebenso eine Marter für ihn wie das Elend des unaufhörlich wiederkehrenden homerischen Epithetons, das nichts bezeichnet, nichts zur Anschauung bringt, und das ganze kümmerliche Vokabular der tonlosen und schalen Farben.

Gerechterweise muß hinzugefügt werden, daß, wenn schon seine Bewunderung für Vergil reichlich mäßig und sein Interesse für die lichtvollen Auslassungen Ovids reichlich bescheiden und matt waren, sein Widerwille gegen Horazens elefantöse Anmut und gegen das Geschwätz dieses trostlosen Tolpatschs, der mit den schlüpfrigen Scherzen eines alten Clowns gefallen will, keine Grenzen kannte.

Ebensowenig konnten ihn in der Prosa die wortreiche Sprache, die überbordenden Metaphern und die wirren Abschweifungen Ciceros entzücken; seine großsprecherischen Verweise, die Flut seiner patriotischen Anspielungen, die Emphase seiner Reden, die erdrückende Wucht seines fleischigen, üppigen, aber der Feistigkeit zuneigenden und Mark und Knochen entbehrenden Stils, die unerträglichen Schlacken seiner langen, die Sätze eröffnenden Adverbien, die unerschütterlichen Formeln seiner schmalzigen Perioden, die aufgeschwemmten, durch den Faden der Konjunktionen nur schlecht miteinander verbundenen Perioden, schließlich seine ermüdenden Gewohnheiten, Tautologien zu gebrauchen, das alles konnte ihn kaum verführen; und nicht viel mehr als Cicero begeisterte ihn Cäsar, der für seinen Lakonismus bekannt war; denn bei ihm zeigte sich das andere Extrem, die Trockenheit eines steifen, humorlosen Menschen, die Sterilität eines Mementos, eine unglaubliche und ungebührliche Hartleibigkeit.

Kurzum, er fand keine Nahrung bei diesen Schriftstellern und auch nicht bei jenen, die wenigstens den Halbgebildeten einen Genuß bereiten: bei Sallust, der immerhin weniger farblos ist als die anderen, bei dem sentimentalen und pompösen Titus Livius, bei dem schwülstigen und blassen Seneca, bei dem lymphatischen und larvenartigen Sueton, bei Tacitus, dem in seiner gesuchten Prägnanz kraftvollsten, herbesten und muskulösesten von ihnen allen. In der Dichtung ließen ihn Juvenal trotz einiger hart gestiefelter Verse und Persius trotz seiner geheimnisvollen Andeutungen kalt. Er vernachlässigte Tibull und Properz, Quintilian und die beiden Plinii, Statius, Martial von Bilbilis und selbst Terenz und Plautus, deren eigentümliche Sprache voller Neologismen, Kompositen und Diminutive ihm hätte gefallen können, deren gemeine Komik und deren platter Witz ihn jedoch abstießen; sein Interesse an der lateinischen Sprache begann erst mit Lukan, denn da war sie erweitert und war schon ausdrucksvoller und weniger trübselig; dieses ausgebaute Gerüst, diese mit Email besetzten und mit Edelsteinen belegten Verse nahmen ihn gefangen, obwohl die ausschließliche Beschäftigung mit der Form, die Klangfarben und der Metallglanz ihm die Gedankenleere und den Schwulst jener Blasen, die die Haut der *Pharsalia* ausbeulten, nicht völlig verbargen.

Der Autor, den er wirklich liebte und der ihn für immer die wohltönende Kunstfertigkeit Lukans aus seiner Lektüre verbannen ließ, war Petronius.

Er war ein scharfer Beobachter, ein feinsinniger Analytiker, ein wundervoller Maler; ruhig, unparteiisch und ohne Gehässigkeit beschrieb er das römische Alltagsleben und schilderte in den munteren, kurzen Kapiteln des *Satyricon* die Sitten seiner Zeit.

Indem er die Fakten zunächst in lockerer Folge aufzeichnete und sie dann in endgültiger Form festhielt, entrollte er das einfache Dasein des Volkes, seine kleinen Erlebnisse, seine Roheit und seine Geilheit.

Hier ist es der Aufseher eines Quartiers mit möblierten Zimmern, der kommt und nach den Namen der neu eingezogenen Reisenden fragt; dort sind es Bordelle, in denen Männer um nackte Frauen herumstreichen, die zwischen Preisangeboten stehen, während man durch die halbgeschlossenen Türen der Zimmer das muntere Treiben der Paare sieht; und in den ärmlichen Herbergen mit ihren ungemachten, stinkenden Betten, die sich in dem Buch aneinanderreihen, tummelt sich ebenso wie in den Villen mit ihrem unverschämten Luxus und ihrem wahnsinnigen Prunk und Reichtum die Gesellschaft der Zeit: unkeusche Spitzbuben wie Ascyltos und Eumolpus, auf der Suche nach einer guten Gelegenheit; alte Inkuben mit geschürzten Gewändern und bleiweiß und akazienrot geschminkten Wangen; sechzehnjährige fleischige, lockige Lustknaben; Frauen, die unter hysterischen Anfällen leiden; Erbschleicher, die ihre Söhne und Töchter den Ausschweifungen der Erblasser opfern; alle laufen über die Seiten, räsonieren auf den Straßen, berühren sich in den Bädern, verprügeln sich wie in einer Pantomime.

Und das alles wird in einem Stil von seltener Frische und treffender Farbigkeit erzählt, in einem Stil, der aus allen Dialekten schöpft und seine Wendungen aus allen Sprachen entlehnt, die in Rom angeschwemmt wurden, der alle Grenzen und Fesseln des sogenannten großen Jahrhunderts sprengt, indem er jeden sein eigenes Idiom sprechen läßt: die Freigelassenen ohne Bildung das Latein des Pöbels, die Sprache der Straße; die Fremden ihre barbarische, vom Afrikanischen, Syrischen und Griechischen befruchtete Mundart; die pedantischen Dummköpfe wie den Agamemnon im Buch eine Rhetorik der künstlichen Worte. Diese Leute sind mit einem Strich gezeichnet: sie lümmeln sich um einen Tisch, führen die Reden Betrunkener, geben senile Weisheiten und alberne Sprüche von sich, die Schnauze Trimalchio zugewandt, der in den Zähnen stochert, der Gesellschaft Nachttöpfe anbietet, sie mit dem Befinden seiner Gedärme unterhält, Winde fahren läßt und seine Gäste einlädt, es sich gutgehen zu lassen.

Dieser realistische Roman, dieser Ausschnitt aus dem prallen römischen Leben, ohne reformerische oder satirische Ansprüche, was immer man auch darüber sagen mag, ohne das Bedürfnis nach einem künstlichen, moralischen Schluß; diese Geschichte ohne Verwicklungen und ohne Handlung, die die Freveltaten von Sodom schildert; die in einer prächtigen, wie von einem Goldschmied gearbeiteten Sprache die Laster einer vergreisten Zivilisation, eines zerfallenden Reichs beschreibt, ohne daß sich der Autor ein einziges Mal zeigt, ohne daß er sich zu einem Kommentar hinreißen läßt, ohne daß er den Handlungen und Ansichten dieser Menschen zustimmt oder sie verdammt, traf Des Esseintes im Innersten, und er glaubte, in der Raffinesse des Stils, in der Schärfe der Beobachtung und in der Sicherheit der Methode eine gewisse Nähe und merkwürdige Analogien zu den wenigen modernen französischen Romanen, die er ertrug, zu erkennen.

Sicherlich weinte er dem *Eustion* und der *Albutia* bittere Tränen nach, den beiden Werken des Petronius, die Planciades Fulgentius erwähnt und die für immer verloren sind; aber der Bibliophile in ihm tröstete den

Gelehrten, wenn er mit andächtigen Händen die herrliche Ausgabe des *Satyricon* befühlte, die in seinem
Besitz war, einen Oktavband, der die Jahreszahl 1585 und
den Namen von J. Dousa in Leyden trug.

Von Petronius ausgehend, betrat seine Sammlung das
zweite nachchristliche Jahrhundert, überging den Redner Fronto mit seinen überkommenen, schlecht erneu-
erten und schlecht aufpolierten Formulierungen, über-
sprang die *Noctes Atticae* des Aulus Gellius, seines
Schülers und Freundes, eines scharfsinnigen Geistes mit
einem ausgeprägten Spürsinn, aber eines Schriftstellers,
der in einem klebrigen Schlamm festsaß, und machte bei
Apuleius halt, von dem er die 1469 in Rom gedruckte
Erstausgabe in Folio besaß.

Dieser Afrikaner erfreute ihn; in seinen *Metamor-
phosen* war die lateinische Sprache auf ihrem Höhe-
punkt; sie wühlte den Schlick und die verschiedensten
Gewässer auf, die aus allen Provinzen zusammenström-
ten, und alle vermengten und vermischten sich zu einer
seltsamen, fremdartigen, fast neuen Farbe; Manierismen
und neue ausführliche Darstellungen der römischen Gesellschaft fanden ihre Form in Neologismen, die in einem
römischen Winkel Afrikas für die Bedürfnisse der Unterhaltung entstanden waren; außerdem amüsierten ihn die
Jovialität eines offensichtlich wohlbeleibten Mannes und
dessen südländischer Überschwang. Er wirkte wie ein
geiler und vergnügter Kumpan neben den christlichen
Apologeten, die im selben Jahrhundert lebten, dem einschläfernden Minucius Felix, einem Pseudo-Klassiker,
der in seinem *Octavius* die noch verdickten Emulsionen
Ciceros verstrich, ja sogar neben Tertullian, den er wahrscheinlich mehr wegen des Drucks der Alduspresse als
wegen des Werks aufbewahrte.

Obwohl er in der Theologie gut ausgebildet war, ließen ihn der Disput zwischen den Montanisten und der katholischen Kirche und die Polemiken gegen die Gnosis kalt; und trotz des kuriosen Stils von Tertullian, eines knappen Stils voller Zweideutigkeiten, der sich auf Partizipien gründete, Gegensätze aufeinanderprallen ließ, mit Wortspielen und Pointen gespickt war, von Wörtern, die aus der Rechtswissenschaft und der Kirchensprache stammten, strotzte, öffnete er auch das *Apologeticum* und die Abhandlung *De patientia* nur noch selten und las höchstens einige Seiten aus *De cultu feminarum*, worin Tertullian die Frauen beschwört, sich nicht mit Juwelen und kostbaren Stoffen zu schmücken, und ihnen den Gebrauch kosmetischer Artikel verbietet, weil diese versuchten, die Natur zu korrigieren und zu verschönern.

Diese Ideen, die den seinen diametral entgegengesetzt waren, brachten ihn zum Lachen; aber die Rolle, die Tertullian in seinem Bistum in Karthago spielte, gab ihm Anlaß zu sanften Träumereien; in Wirklichkeit zog ihn der Mensch mehr an als sein Werk.

Tertullian hatte in der Tat in stürmischen, von heftigen Wirren erschütterten Zeiten unter Caracalla, unter Macrinus und unter dem erstaunlichen Oberpriester von Emesa, Elagabal, gelebt, und während das Römische Reich in seinen Grundfesten wankte, während die Tollheiten Asiens und die Sittenverderbnis des Heidentums über die Ufer traten, verfaßte er in aller Ruhe seine Predigten, seine dogmatischen Schriften, seine Verteidigungsreden und seine Bibelauslegungen; während Elagabal im Silberstaub und im Goldsand wandelnd, eine Tiara auf dem Haupt, die Gewänder mit Edelsteinen durchwirkt, umgeben von seinen Eunuchen weiblichen Beschäftigungen oblag, sich Kaiserin nennen ließ und jede Nacht den Kaiser wechselte, den er sich vorzugsweise aus den Barbieren, den Sudelköchen und den Zirkuskutschern aussuchte, empfahl er mit der schönsten Kaltblütigkeit fleischliche Enthaltsamkeit, frugale Mahlzeiten und schmucklose Kleidung.

Dieser Gegensatz entzückte Des Esseintes; außerdem begann die lateinische Sprache, die unter Petronius zur höchsten Reife gelangt war, sich allmählich aufzulösen; die christliche Literatur breitete sich aus und brachte mit neuen Gedanken neue Wörter, ungebräuchliche Konstruktionen, unbekannte Verben, geschraubte Adjektive und abstrakte Begriffe, die es bis dahin in der römischen Sprache kaum gegeben hatte und die Tertullian als einer der ersten gebrauchte.

Aber der Zerfallsprozeß, der nach Tertullians Tod mit seinem Schüler Cyprian, mit Arnobius und mit dem schwerfälligen Lactantius weiterging, war ohne Reiz. Es war ein unvollständiger und verlangsamter Beizvorgang, es waren hilflose Rückgriffe auf Ciceros erhabenen Ton, ohne den besonderen Duft, den im 4. Jahrhundert, und vor allem in den darauffolgenden Jahrhunderten, der Geruch des Christentums der heidnischen Sprache geben sollte, die mürbe geworden war wie zu lange eingelegtes Wildbret und zur gleichen Zeit zerfiel, wie die Zivilisation der Alten Welt zerbröckelte, zur gleichen Zeit, wie unter dem Druck der Barbaren die Reiche, die in der Jauche der Jahrhunderte verfault waren, zusammensackten.

Ein einziger christlicher Dichter, Commodianus von Gaza, vertrat in seiner Bibliothek die Kunst des 3. Jahrhunderts. Das *Carmen apologeticum*, geschrieben im Jahr 259, ist eine Sammlung von Unterweisungen in gedrechselten Akrostichen, in volkstümlichen Hexametern mit Zäsuren nach der Mode des heroischen Verses, die ohne Rücksicht auf die Quantität der Silben und den Hiatus gebaut sind und die häufig von Reimen begleitet werden, wie sie sich im Kirchenlatein später in großer Zahl finden.

Diese gespreizten, düsteren Verse mit Wildgeruch, gespickt mit Wörtern, deren Sinn auf primitive Weise verdreht wird, forderten ihn heraus und interessierten ihn sogar mehr als der morsche, schon mit Grünspan überzogene Stil der Geschichtsschreiber Ammianus Marcellinus und Aurelius Victor, des Briefschreibers Symmachus und des Kompilators und Grammatikers Macrobius; er zog sie selbst jenen wirklich gut skandierten Versen, jener bunten und wundervollen Sprache vor, die Claudianus, Rutilius und Ausonius sprachen.

Diese waren zu ihrer Zeit die Meister der Dichtkunst, sie füllten das sterbende Reich mit ihren Schreien; der Christ Ausonius mit seinem *Cento nuptialis* und seinem überbordenden und reich ausgeschmückten Gedicht über die Moselfahrt; Rutilius mit seinen Hymnen zum Ruhm Roms, seinen Verwünschungen der Juden und der Mönche und der Beschreibung seiner Reise von Italien nach Gallien, in der es ihm gelingt, gewisse eindrucksvolle Erscheinungen wiederzugeben: die Verschwommenheit der sich im Wasser spiegelnden Landschaft, die Trugbilder des Dunstes, das Aufsteigen der die Berge umhüllenden Nebel.

Claudianus war eine Art wiederauferstandener Lukan, der das ganze 4. Jahrhundert mit dem entsetzlichen Posaunenton seiner Verse beherrscht; ein Dichter, der einen strahlenden, klangvollen Hexameter schmiedet, unter Funkengarben mit hartem Schlag das Epitheton formt, eine gewisse Größe erreicht und sein Werk mit einem mächtigen Odem anfacht. Im Reich des Westens, das mehr und mehr zusammenschmilzt, in dem allgemeinen Gemetzel, das ihn umgibt, unter der ständigen Bedrohung durch die Barbaren, die sich nun in Massen vor den Toren des Reiches drängen, deren Angeln krachen, läßt er die Antike wieder lebendig werden, singt vom Raub der Proserpina, verschleudert seine gellenden Farben und zieht mit seinem ganzen Feuerzauber in die Dunkelheit, die die Welt heimsucht.

In ihm lebt das Heidentum noch einmal auf, läßt seine letzte Fanfare erschallen und erhebt seinen letzten großen Dichter über das Christentum, das von nun an die Sprache völlig überschwemmen und die Alleinherrschaft über die Kunst antreten wird, mit Schriftstellern wie Paulinus, dem Schüler des Ausonius, mit dem spanischen Priester Juvencus, der die Evangelien in Versen paraphrasiert; mit Victorinus, dem Verfasser der *Makkabäer*; mit Sanctus Burdigalensis, der in einer Vergil nachahmenden Ekloge die Hirten Egon und Buculus über die Krankheiten ihrer Herden klagen läßt; und mit der ganzen Reihe der Heiligen: Hilarius von Poitiers, dem Verteidiger des Nicäischen Glaubensbekenntnisses, dem sogenannten Athanasius des Westens; Ambrosius, dem Verfasser unverdaulicher Tugendpredigten, dem langweiligen christlichen Cicero; mit Damasus, dem Verfertiger lapidarer Epigramme; Hieronymus, dem Übersetzer der Vulgata, und dessen Gegner Vigilantius von Comminges, der den Heiligenkult, den Mißbrauch der Wunder und das Fasten angreift und schon mit Argumenten, die kommende Generationen wiederholen werden, gegen die Klostergelübde und das Priesterzölibat predigt.

Im 5. Jahrhundert dann endlich mit Augustinus, dem Bischof von Hippo. Diesen kannte Des Esseintes nur zu gut, denn er war der angesehenste Schriftsteller der Kirche, der Begründer der christlichen Orthodoxie, derjenige, den die Katholiken als Orakel und absolute Autorität betrachten. Deshalb schlug er ihn auch nicht mehr auf, obwohl er in seinen *Confessiones* den Ekel vor der Welt besungen und mit seinem seufzenden Mitleid in *De civitate Dei* versucht hatte, das entsetzliche Elend des Jahrhunderts durch die beruhigenden Verheißungen eines besseren Geschicks zu lindern. Schon zu Zeiten, als er sich noch mit Theologie beschäftigte, war er dessen Predigten und Jeremiaden sowie seine Theorien über Prädestination und Gnade und seinen Kampf gegen die Kirchenspaltung leid.

Er blätterte lieber in der *Psychomachia* von Prudentius, dem Erfinder des allegorischen Gedichts, das später im Mittelalter unaufhaltsam grassierte, und in den Werken von Sidonius Apollinaris, dessen mit witzigen Einfällen, Pointen, Archaismen und Rätseln gespickte Korrespondenz ihn anzog. Mit Vergnügen las er immer wieder die panegyrischen Schriften, worin sich dieser Bischof zur Unterstützung seiner Lobeshymnen auf die heidnischen Götter beruft, und trotz allem empfand er eine Schwäche für die Gespreiztheit und die Anspielungen dieser Dichtungen, die ein einfallsreicher Mechaniker gefertigt hat, der seine Maschine pflegt, ihr Räderwerk ölt und bei Bedarf eine kompliziertere und nutzlosere erfindet.

Nach Sidonius nahm er noch weitere Autoren zur Hand: den Panegyriker Merobaudus; Sedulius, den Autor gereimter Gedichte und alphabetischer Hymnen, aus denen sich die Kirche bestimmte Partien für den Gottesdienstgebrauch zu eigen gemacht hat; Marius Victorinus, in dessen dunkler Abhandlung über die *Verderbt-heit der Sitten* hier und dort wie Phosphor schillernde Verse aufleuchten; Paulinus von Pella, den Dichter des frostigen *Eucharisticon*; Orientius, den Bischof von Auch, der in den Distichen seines Lehrgedichts über die Zügellosigkeit der Frauen herzieht, deren Hintern, wie er behauptet, die Völker ins Verderben stürze.

Das Interesse, das Des Esseintes der lateinischen Sprache entgegenbrachte, nahm auch dann nicht ab, als sie, völlig morsch geworden, in sich zusammensank, ihre Glieder verlor, von Eiter troff und an ihrem verwesten Körper nur noch wenige feste Teile hatte, die die Christen herauslösten, um sie in der Lake ihrer neuen Sprache einzupökeln.

Die zweite Hälfte des 5. Jahrhunderts war erreicht, die schreckliche Epoche, in der entsetzliche Stöße die Erde erschütterten. Die Barbaren verwüsteten Gallien; Rom, wie gelähmt, der Plünderung durch die Westgoten ausgesetzt, fühlte, wie sein Leben erstarrte, sah, wie seine äußersten Randgebiete, der Osten und der Westen, sich im Blut wanden und von Tag zu Tag schwächer wurden.

In der allgemeinen Auflösung, während der aufeinanderfolgenden Cäsarenmorde, im Lärm der Blutbäder, die ganz Europa überziehen, hallt ein fürchterlicher Kriegsruf wider, der alles Wehgeschrei erstickt und alle Stimmen überdeckt. Tausende von Männern auf kleinen Pferden, eingehüllt in Mäntel aus Rattenfellen, furchterregende Tartaren mit riesigen Köpfen, platten Nasen, narben- und schrammendurchfurchten Kinnen und gelblichen, bartlosen Gesichtern, stürzen sich am Donauufer in gestrecktem Lauf in das Gebiet des oströmischen Reichs und hüllen es in einen Wirbelsturm.

Alles verschwand im Staub des Galopps, im Rauch der

Feuersbrünste. Finstere Nacht verbreitete sich, und die überrumpelten Völker zitterten, als sie die Windhose mit Donnergetöse vorbeiziehen hörten. Die Hunnenhorden mähten Europa nieder, fielen in Gallien ein und wurden in den Ebenen von Châlons zerrieben, wo Aetius sie in einem fürchterlichen Kampf zermalmte. Die blutdurchtränkte Ebene wogte wie ein purpurrotes Meer, zweihunderttausend Leichen versperrten den Weg und brachen den Anprall dieser Flut, die sich, neue Wege suchend, mit Blitz und Donner über Italien ergoß, wo die zerstörten Städte wie Heuhaufen loderten.

Das weströmische Reich stürzte unter der Erschütterung zusammen; das dahinsiechende Leben, das es in die Verblödung und in den Schmutz trieb, erlosch vollends; das Ende der Welt schien nahe; die Städte, die Attila vergessen hatte, waren durch Hunger und Pest dezimiert; die lateinische Sprache für ihr Teil schien unter den Trümmern der Welt zu versinken.

Jahre vergingen; die barbarischen Idiome begannen, sich zu festigen, sich von ihren Schlacken zu befreien, richtige Sprachen zu bilden; das Latein, das beim allgemeinen Zusammenbruch durch die Klöster gerettet worden war, zog sich hinter deren Mauern und in die Pfarreien zurück; hier und dort glänzten ein paar Dichter, zögerlich und nüchtern: der Afrikaner Dracontius mit seinem *Hexameron*, Claudius Mamertus mit seinen liturgischen Gedichten; Avitus von Vienne; dann Biographen wie Ennodius, der die Wunder des heiligen Epiphanius erzählt, des scharfsinnigen, angesehenen Diplomaten und rechtschaffenen, umsichtigen Predigers; oder Eugippius, der uns das unvergleichliche Leben des heiligen Severinus nachzeichnet, dieses rätselhaften Eremiten und demütigen Asketen, der den in Tränen badenden Völkern, die vor Leiden und Angst dem Wahnsinn nahe waren, wie ein Engel der Barmherzigkeit erschien; Schriftsteller wie Veranius von Gévaudan, der eine kleine Abhandlung über die Enthaltsamkeit verfaßte, oder Aurelian und Ferreolus, die die Kirchengesetze zusammentrugen; Historiker wie Rotherius von Agde, berühmt durch eine verlorengegangene Geschichte der Hunnen.

Die Werke der folgenden Jahrhunderte waren in der Bibliothek von Des Esseintes dünn gesät. Das 6. Jahrhundert indessen war noch durch Fortunatus, den Bischof von Poitiers, vertreten, dessen Hymnen und dessen *Vexilla regis*, Werke, die aus dem alten Aas der lateinischen Sprache herausgeschnitten und mit den Spezereien der Kirche gewürzt waren, ihn an manchen Tagen verfolgten; des weiteren durch Boethius, den alten Gregor von Tours und Jordanes; da sich die Literatur im 7. und 8. Jahrhundert außer auf das niedere Latein der Chronisten, der Fredegars und Paul Warnefrieds, und auf die Gedichte im Antiphonarium von Bangor, dessen alphabetische und einreimige Hymne zu Ehren des heiligen Comgill er manchmal zur Hand nahm, fast ausschließlich auf die von dem Klostermönch Jonas verfaßte Legende des heiligen Columban und die Legende des seligen Cuthbert, die von Beda Venerabilis nach Notizen eines anonymen Mönchs von Lindisfarne aufgezeichnet worden waren, beschränkte, begnügte er sich in den Augenblicken, in denen er sich langweilte, damit, im Werk dieser Hagiographen zu blättern und einige Auszüge aus dem Leben der heiligen Rusticula, überliefert von Defensorius, einem Mönch der Abtei Ligugé, und aus dem Leben der heiligen Radegunde, überliefert durch die bescheidene und naive Baudonivia, eine Nonne aus Poitiers, wieder zu lesen.

Aber gewisse angelsächsische Werke der lateinischen

Literatur lockten ihn mehr: die ganze Reihe der Rätsel-
gedichte von Adhelmus, Tatwinus und Eusebius, den Ab-
kömmlingen des Symphosius, und vor allem die von dem
heiligen Bonifatius in Akrostichen verfaßten Rätsel, deren Auflösung in den Initialen der Verse verborgen war.

Mit dem Ende dieser beiden Jahrhunderte ließ sein Interesse nach; von der erdrückenden Masse der karolingi-
schen Latinisten, der Alkuins und der Eginhards, wenig
begeistert, reichten ihm als Muster der lateinischen Sprache des 9. Jahrhunderts die Chroniken des Anonymus von
Sankt Gallen und die des Frechulf und des Regino; das
von Abbo le Courbé gefertigte Gedicht über die Belage-
rung von Paris; der *Hortulus*, das Lehrgedicht des Bene-
diktiners Walafried von Strabo, dessen dem Kürbis als
dem Symbol der Fruchtbarkeit gewidmetes Kapitel ihn in
helles Entzücken versetzte; das Gedicht von Ermoldus
Nigellus, welches die Heldentaten Ludwigs des Frommen
feiert, ein Gedicht in regelmäßigen Hexametern, in einem
schmucklosen, fast düsteren Stil und einem eisernen
Latein, das im klösterlichen Wasser gehärtet wurde und
hier und da Gefühlssplitter in dem harten Metall auf-
weist; das Gedicht *De viribus herbarum* des Macer
Floridus, das ihn besonders durch seine poetischen Rezepte und die reichlich merkwürdigen Eigenschaften, die
darin bestimmten Blumen zugeschrieben werden, erhei-
terte: die Osterluzei, zum Beispiel, mit dem Fleisch eines
Ochsen vermischt und einer schwangeren Frau auf den
Unterleib aufgetragen, führt unweigerlich zur Geburt
eines Jungen; der Borretsch, in einem Aufguß im Eßzimmer versprüht, hebt die Laune der Gäste; die zerriebene
Wurzel der Pfingstrose heilt die Fallsucht für immer; der
Fenchel, einer Frau auf die Brust gelegt, reinigt ihr Wasser und befördert die Schmerzlosigkeit ihrer Periode.

Abgesehen von einigen besonderen, nicht einordba-
ren modernen oder undatierten Bänden; gewissen kabbalistischen, medizinischen, botanischen Werken; gewissen einzelnen Bänden der Patrologie von Migne, die
nicht mehr auffindbare christliche Gedichte enthielten,
sowie der Anthologie der lateinischen Minderdichter von
Wernsdorff; abgesehen auch von Meursius, dem klassischen Handbuch der Erotologie von Forberg, der Mœ-
chialogie und der diakonischen Anweisungen zum Gebrauch der Beichtväter, aus denen er nur selten den
Staub ausklopfte, hörte seine lateinische Bibliothek mit
dem Beginn des 10. Jahrhunderts auf.

Und in der Tat, die Originalität und die komplizierte
Naivität der christlichen Sprache hatten ebenfalls Schiff-
bruch erlitten. Das Hickhack der Philosophen und der
Scholastiker und die Wortklauberei des Mittelalters soll-
ten die Oberhand gewinnen. Der gesammelte Ruß der
Chroniken und Geschichtsbücher und die Bleimassen
der Kirchenarchive sollten sich anhäufen; die stammelnde
Anmut, die manchmal köstliche Ungeschicklichkeit der
Mönche, die die poetischen Reste der Antike zu einem
Ragout verarbeiteten, waren ausgestorben; die Fabriken
der Verben mit geläutertem Kern, der nach Weihrauch
duftenden Substantive, der merkwürdigen, roh in Gold
getriebenen Adjektive mit dem barbarischen, reizvollen
Kunstgeschmack gotischer Schmuckstücke waren zerstört. Die alten, von Des Esseintes auf den Händen getragenen Ausgaben hörten auf – und in einem rasenden
Sprung über die Jahrhunderte reihten sich die Bücher
nun in den Regalen und kamen, die Epochenübergänge
mißachtend, direkt bei der französischen Sprache des gegenwärtigen Jahrhunderts an.

IV

AN einem Spätnachmittag hielt vor dem Haus in Fontenay ein Wagen. Da Des Esseintes keine Besuche empfing und sich nicht einmal der Briefträger in diese unbewohnten Gegenden verirrte, weil er keine Zeitung, keine Zeitschrift, keinen Brief zuzustellen hatte, zögerten die Hausangestellten und fragten sich, ob sie öffnen sollten; als dann die Glocke ertönte und der Klingelzug mit voller Wucht gegen die Mauer schlug, wagten sie, den in die Tür eingelassenen Spion aufzuschieben, und sahen einen Herrn, dessen ganze Brust vom Hals bis zum Unterleib durch ein riesiges goldenes Schild verdeckt war.

Sie setzten ihren Herrn, der gerade Mittag aß, davon in Kenntnis.

– »Ausgezeichnet, führen Sie ihn herein«, sagte er, denn er erinnerte sich, vor einiger Zeit einem Edelsteinschleifer wegen der Lieferung einer Bestellung seine Adresse gegeben zu haben.

Der Herr grüßte und setzte seinen Schild im Speisezimmer auf dem Pitchpin-Parkett ab; dieser schwankte, hob sich ein wenig und streckte einen schlangenartigen Schildkrötenkopf hervor, der, plötzlich erschreckt, in den Panzer zurückwich.

Diese Schildkröte verdankte sich einem Einfall, der Des Esseintes einige Zeit vor seiner Abreise aus Paris gekommen war. Als er eines Tages einen schillernden Orientteppich betrachtet und den Silberschein verfolgt hatte, der aladingelb und pflaumenviolett über das Wollgespinst lief, hatte er sich gesagt: »Es wäre schön, wenn man etwas auf den Teppich tun könnte, das sich bewegte und dessen dunklerer Ton den lebhaften Reiz der Farben verstärkte.«

Von diesem Gedanken umgetrieben, war er aufs Geratewohl durch die Straßen geirrt, war im Palais-Royal angekommen und hatte vor den Schaufenstern von Chevet die Erleuchtung: dort war eine riesige Schildkröte in einem Becken. Er hatte sie gekauft, und als sie dann verlassen auf dem Teppich hockte, hatte er sich vor sie hingesetzt und sie lange mit zusammengekniffenen Augen betrachtet.

Die Negerkopffarbe und der rohe Siennaton des Panzers ließen den Schimmer des Teppichs schmutzig erscheinen, anstatt ihn zu beleben; der vorwaltende Silberglanz leuchtete nun kaum mehr, er rieb sich mit den kalten, wundgescheuerten Zinktönen an den Rändern dieses harten und glanzlosen Gehäuses.

Des Esseintes kaute an seinen Fingernägeln und suchte nach Mitteln und Wegen, diese ungleichen Partner miteinander zu versöhnen, das sich abzeichnende Zerwürfnis zwischen den Tönen zu verhindern; schließlich erkannte er, daß seine erste Idee, die darin bestanden hatte, das Feuer des Gewebes durch das Gegengewicht eines daraufgelegten dunklen Gegenstands anzufachen, falsch war; dieser Teppich war im ganzen noch zu schreiend, zu lebhaft, zu neu. Die Farben waren noch nicht genügend abgestumpft und verblichen; man mußte die Sache andersherum angehen, die Farbtöne abschwächen, sie durch den Kontrast mit einem leuchtenden Gegenstand, der alles um sich herum erschlägt, der goldenes Licht auf das stumpfe Silber wirft, zum Verblassen bringen. So gestellt, war das Problem leichter zu lösen. Er beschloß deshalb, den Panzer seiner Schildkröte mit Gold überziehen zu lassen.

Als das Tier dann von dem Handwerker, der es in Pension genommen hatte, wieder zurückkam, funkelte es wie eine Sonne und entfaltete auf dem Teppich, dessen Farben zurückwichen und nachgaben, die Strahlkraft eines westgotischen Schilds voll dachziegelartiger Schuppen aus der Hand eines Künstlers mit barbarischem Geschmack.

Zunächst war Des Esseintes entzückt über die Wirkung; dann fand er jedoch, dieses riesige Schmuckstück sei nur ein schwacher Versuch, es wäre erst richtig vollendet, wenn es mit seltenen Steinen belegt würde.

In einer japanischen Sammlung wählte er eine Zeichnung aus, auf der ein strahlenförmig von einem schmalen Stengel ausgehender Schwarm von Blumen dargestellt war; diese Zeichnung trug er zu einem Juwelier, entwarf eine Bordüre, die den Strauß in einen ovalen Rahmen einschloß, und ließ den staunenden Steinschneider wissen, daß die Blätter und Blüten jeder dieser Blumen aus Edelsteinen gefertigt und in das Schildpatt des Tieres eingelegt werden sollten.

Die Wahl der Steine fiel ihm schwer; der Diamant ist besonders gewöhnlich geworden, seit ihn alle Kaufleute am kleinen Finger tragen; die Smaragde und Rubine des Orients sind weniger entwürdigt, sie werfen glühende Flammen, aber sie erinnern zu sehr an jene grünen und roten Augen bestimmter Omnibusse, die Laternen in diesen Farben entlang ihrer Schläfen aufrichten; die Topase ihrerseits, sowohl die rauchigen wie die klaren, sind billige Steine, die dem Kleinbürger teuer sind, der Schmuckschatullen in seine Spiegelschränke sperren will; auch der Amethyst, obwohl die Kirche ihm einen priesterlichen, gleichzeitig salbungsvollen und ernsten Charakter erhalten hat, wird an den blutroten Ohren und den wurstigen Fingern der Metzgersfrauen vergeudet, die sich für einen mäßigen Preis mit echten, schweren Juwelen schmücken wollen; unter all diesen Steinen hat sich allein der Saphir sein Feuer, unangetastet von der Dummheit des Gewerbes und des Geldes, bewahrt. Seine über klarem kalten Wasser prasselnden Funken haben in gewisser Weise seinen zurückhaltenden und hochmütigen Adel vor jedem Makel geschützt. Unglücklicherweise knistern seine frischen Flammen im Lampenlicht nicht mehr; das blaue Wasser zieht sich in sich selbst zurück und scheint einzuschlafen, um erst bei Tagesanbruch wieder sprühend zu erwachen.

Tatsächlich stellte keiner dieser Edelsteine Des Esseintes zufrieden; außerdem waren sie zu zivilisiert und zu bekannt. Er ließ überraschendere und merkwürdigere Mineralien durch seine Finger gleiten und sortierte schließlich eine Reihe roher und bearbeiteter Steine aus, deren Mischung eine bezaubernde und verstörende Harmonie hervorbringen mußte.

Er komponierte seinen Blumenstrauß auf folgende Weise: die Blätter wurden in Steinen von einem kräftigen und bestimmten Grün eingelassen: in spargelgrünem Chrysoberyll, lauchgrünem Chrysolith, olivgrünem Olivin; und sie entwuchsen Zweigen aus Almandin und rotviolettem Uwarowit, der einen trocken flimmernden Glanz aussendet und wie Weinstein im Innern von Fässern schimmert.

Für die vom Stil getrennten und vom Garbenfuß entfernt stehenden Blüten benutzte er Bergblau; er lehnte jedoch ausdrücklich jene orientalischen Türkise ab, die in Ringe und Broschen eingelegt werden und die, mit der banalen Perle und der widerlichen Koralle, das Entzükken der kleinen Leute hervorrufen; er wählte ausnahmslos abendländische Türkise, Steine, die strenggenommen ein mit Kupfersubstanzen durchsetztes fossiles Elfenbein sind, dessen blaßgrünes Blau verschlämmt, trüb, schwefelig und wie von Galle gefärbt ist.

Als das feststand, konnte er die Blütenblätter der im Zentrum seines Straußes voll erblühten Blumen, der Blumen, die dem Stengel benachbart und ihm am nächsten waren, mit durchsichtigen, glasig und morbide leuchtenden oder fiebrig und grell strahlenden Mineralien einlegen.

Er komponierte sie ausschließlich aus ceylonesischen Katzenaugen, Cymophanen und Saphirinen.

Diese drei Steinarten entsenden tatsächlich einen geheimnisvollen und widernatürlichen Schimmer, der sich aus dem eisigen Grund ihres aufgewühlten Wassers emporquält.

Das Katzenauge in einem Grüngrau, durchzogen von konzentrisch verlaufenden Adern, die sich je nach dem Einfall des Lichts zu bewegen und zu verschieben scheinen.

Der Cymophan mit einem azurnen Seidenglanz, der die im Innern schwimmende milchige Farbe überzieht.

Der Saphirin, der bläuliche Phosphorlichter auf einem dunkelbraunen Schokoladengrund entzündet.

Der Steinschneider notierte sich, an welchen Stellen die Steine eingelegt werden sollten. »Und die Einfassung des Rückenschilds?« fragte er Des Esseintes.

Der hatte zunächst an einige Opale und Hydrophane gedacht; aber diese wegen der Unschlüssigkeit ihrer Farben und der Unsicherheit ihrer Strahlen interessanten Steine sind viel zu widerspenstig und treulos; der Opal zeigt eine geradezu rheumatische Empfindlichkeit; sein

Strahlenspiel verändert sich je nach Feuchtigkeit, Hitze oder Kälte; der Hydrophan seinerseits brennt nur im Wasser und willigt erst, wenn man ihn befeuchtet, ein, seine graue Glut zu entzünden.

Er entschied sich schließlich für Mineralien, deren Reflexe sich abwechseln würden: für den mahagoniroten Hyacinth von Compostella; den blaugrünen Aquamarin; den blaßschiefrigen Rubin von Södermanland. Ihr schwacher Schimmer genügte, um das dunkle Schildpatt zu erhellen, und er ließ den Blumenflor der Steine zur Geltung kommen, indem er ihn mit einer schmalen Girlande changierender Lichter umgab.

Zurückgezogen in einer Ecke seines Speisezimmers sitzend, betrachtete Des Esseintes nun die Schildkröte, die im Halbschatten gelbrot schimmerte.

Er fühlte sich vollkommen glücklich; seine Augen berauschten sich an dem Glanz der auf dem Goldgrund flammenden Blütenkronen; dann bekam er, ganz gegen seine Gewohnheit, Appetit, und er tunkte seine mit einer speziellen Butter bestrichenen, gerösteten Brotscheiben in eine Tasse mit Tee, einer vorzüglichen Mischung aus Si-a-Fayoune, Mo-you-tann und Khansky, gelben Teesorten, die mit besonderen Karawanen aus China nach Rußland gebracht wurden.

Dieses flüssige Parfum trank er aus chinesischem Porzellan, das den Namen Eierschalenporzellan trägt, weil es so durchsichtig und leicht ist, und ebenso, wie er nichts anderes als diese köstlichen Tassen duldete, bediente er sich auch, was das Besteck anbelangte, nur echten Goldsilbers, das allerdings etwas abgegriffen war, so daß das Silber unter dem ermüdeten Goldüberzug ein wenig hervorschaute und diesem einen Anflug völlig erschöpfter, völlig sterbensmüder Altersmilde gab.

66

Nachdem er den letzten Schluck getrunken hatte, ging er in sein Arbeitszimmer zurück und ließ die Schildkröte, die sich weigerte, sich zu bewegen, von dem Diener dorthin tragen.

Es schneite. Im Lampenlicht wuchsen Eisblumen hinter den bläulichen Fenstern, und der Reif glitzerte wie geschmolzener Zucker in den Flaschenböden der goldgesprenkelten Fensterscheiben.

Tiefe Stille hüllte das in der Dunkelheit erstarrte Haus ein.

Des Esseintes hing seinen Träumereien nach; die von den Holzscheiten genährte Glut füllte das Zimmer mit einer heißen, drückenden Luft; er öffnete das Fenster einen Spaltbreit.

Vor ihm erhob sich der Himmel wie ein hoher Vorhang in Gegenhermelin: schwarz, mit weißen Flecken.

Ein eisiger Wind wehte, trieb den wild wirbelnden Schnee vor sich her und brachte die Ordnung der Farben durcheinander.

Der heraldische Himmelsvorhang verkehrte sich und wurde durch die zwischen den Flocken versprengten Nachtfetzen zu einem richtigen Hermelin: weiß, mit schwarzen Flecken.

Er schloß das Fenster; dieser plötzliche, übergangslose Wechsel von der sengenden Hitze in den Eisnebel des tiefen Winters hatte ihn angegriffen; er rollte sich am Feuer zusammen und kam auf die Idee, ein geistiges Getränk zu sich zu nehmen, um sich aufzuwärmen.

Er ging dazu in das Speisezimmer hinüber, wo ein in einer der Zwischenwände eingebauter Schrank eine Reihe kleiner Fässer enthielt, die in winzigen Sandelholzgestellen nebeneinander lagen und unten an ihren Bäuchen mit silbernen Hähnen durchbohrt waren.

Diese vereinigten Likörfäßchen nannte er seine Mundorgel.

Eine Stange konnte alle Hähne erreichen und sie gleichzeitig bedienen, so daß es, wenn die Vorrichtung eingestellt war, genügte, einen unsichtbaren Knopf in der Holzverkleidung zu drücken, damit alle Hähne, die im selben Moment aufgedreht wurden, Likör in die unsichtbar unter ihnen stehenden Becher füllten.

Die Orgel war nun geöffnet. Die Register mit den Etiketten »Flöte«, »Horn«, »Celesta« waren gezogen und bereit für das Manöver. Des Esseintes trank da und dort einen Tropfen, spielte sich innerlich Symphonien vor und erreichte es, sich in seiner Kehle Empfindungen zu verschaffen, die denjenigen glichen, die die Musik uns ins Ohr gießt.

Seiner Meinung nach entsprach übrigens der Geschmack jedes Likörs dem Klang eines Instruments. Der trockene Curaçao zum Beispiel der Klarinette, deren Gesang piepsig und samtig ist; der Kümmel der Oboe, deren sonores Timbre näselt; Pfefferminzlikör und Anisette der Flöte, die gleichzeitig zuckersüß und pfeffrig, schrill und sanft ist; während die Kirsch, um das Orchester zu vervollständigen, die aufgebrachte Trompete nachahmt; Gin und Whisky überschwemmen den Gaumen mit ihren gellenden Horn- und Posaunenrufen; Tresterschnaps wettert wie der ohrenbetäubende Lärm der Tuben, während die Donnerschläge der Becken und der Pauken durch den Arrak von Chio und den Mastixlikör mit aller Wucht die Mundhaut überrumpeln!

Er glaubte auch, daß diese Entsprechungen sich noch erweitern lassen könnten, daß die vier Saiteninstrumente unter dem Gaumengewölbe ihre Wirkung entfalten könnten, mit der Violine, die den alten, rauchigen und zarten, scharfen und spröden Branntwein vertritt; mit der Viola, die von dem robusteren, schnarrenderen, dumpferen Rum nachgeahmt wird; mit dem markerschütternden, langanhaltenden Ratafia, der schwermütig und zärtlich wie ein Violoncello ist; mit dem Kontrabaß, der so kräftig, solide und dunkel ist wie ein reiner, alter Magenbitter. Wenn man ein Quintett bilden wollte, könnte man sogar ein fünftes Instrument, die Harfe, hinzufügen, die durch eine glaubwürdige Verwandtschaft die vibrierende Süße, die einsame und dünne silberne Note des trockenen Kreuzkümmels nachahmte.

Die Ähnlichkeit ging noch weiter: es gab Intervalle in der Musik der Liköre; so wie, um nur einen Akkord zu nennen, der Benediktiner sozusagen die Molltonart der Durtonart jener Spirituosen darstellt, die die Partituren der Kaufleute unter dem Vorzeichen grüner Kartäuserlikör aufführen.

Nachdem er diese Gesetze erkannt hatte, war er dank gelehrter Experimente dahin gelangt, sich auf der Zunge stumme Melodien, lautlose prunkvolle Trauermärsche zu spielen und in seinem Mund Pfefferminzlikörsolos und Magenbitter- und Rumduos zu hören.

Er brachte es sogar so weit, wirkliche Musikstücke in seine Kinnlade zu übertragen, indem er dem Komponisten Schritt für Schritt folgte und seine Ideen, seine Effekte und seine Nuancen durch Verbindungen oder Kontraste verwandter Liköre, durch ähnliche und geschickte Mischungen wiedergab.

Andere Male komponierte er selbst und führte Hirtenmelodien auf, mit dem sanften Cassis, der in der Kehle perlende Nachtigallentöne trillern ließ; mit dem zarten Cacao-Chouva, der sirupartige Schäferlieder aus vergangenen Zeiten wie »Les Romances d'Estelle« oder »Ah! vous dirai-je, Maman« zwitscherte.

Aber an diesem Abend hatte Des Esseintes keine Lust, den Geschmack der Musik zu kosten; er beschränkte sich darauf, der Tastatur seiner Orgel einen einzigen Ton zu entlocken, und holte sich einen Becher, den er vorsorglich mit echtem irischen Whiskey gefüllt hatte.

Er versank wieder tief in seinem Sessel und schlürfte langsam den aus Gerste und Hafer gebrauten Saft; ein ausgeprägter, übelriechender Kreosotgeruch verbreitete sich in seinem Mund.

Während er trank, folgten seine Gedanken nach und nach dem nun wiederbelebten Eindruck seines Gaumens, paßten ihre Schritte dem Geschmack des Whiskeys an und weckten, durch eine verhängnisvolle Strenge des Geruchs, Erinnerungen, die seit Jahren ausgelöscht gewesen waren.

Der scharfe Karbolgeschmack brachte ihm zwangsläufig den identischen Geschmack ins Gedächtnis, den er immer auf der Zunge gehabt hatte, wenn die Zahnärzte in seinem Zahnfleisch arbeiteten.

Seine Träumereien, die sich zunächst auf alle Zahnärzte, die er kennengelernt hatte, erstreckten, sammelten sich und konzentrierten sich auf einen von ihnen, der sich seinem Gedächtnis besonders eingeprägt hatte.

Es war vor drei Jahren gewesen; mitten in der Nacht hatte ihn ein fürchterlicher Zahnschmerz heimgesucht, er traktierte seine Wange mit Faustschlägen, taumelte gegen die Möbel und rannte wie ein Irrer in seinem Schlafzimmer herum.

Es war ein bereits plombierter Backenzahn; eine Heilung war nicht möglich; nur die Zange des Dentisten konnte dem Übel abhelfen. Fieberhaft erwartete er den

Morgen, fest entschlossen, die gräßlichsten Operationen über sich ergehen zu lassen, wenn sie nur seinen Leiden ein Ende bereiteten.

Während er sich seine Backe hielt, überlegte er, wie er vorgehen sollte. Die Dentisten, die ihn behandelten, waren reiche Geschäftemacher, die man nicht nach Belieben aufsuchen konnte; man mußte Visiten und genaue Termine mit ihnen vereinbaren. »Das ist unannehmbar, ich kann es nicht länger hinausschieben«, sagte er sich; er entschloß sich, zum Erstbesten zu gehen, zu einem Zahnarzt des Volks, einem dieser Männer mit der eisernen Faust, die, auch wenn sie die im übrigen überflüssige Kunst, die Zahnfäule zu behandeln und die Löcher zu kitten, nicht beherrschten, immerhin verstanden, in unglaublicher Geschwindigkeit die hartnäckigsten Zahnstümpfe auszureißen; diese haben schon früh am Morgen geöffnet, und man braucht nicht zu warten. Endlich schlug es sieben Uhr. Er stürzte aus dem Haus und, sich an den Namen eines bekannten Mechanikers erinnernd, der sich »Volksdentist« nannte und an der Ecke eines Quais wohnte, flog er, in sein Taschentuch beißend und die Tränen unterdrückend, durch die Straßen.

Als er vor dem Haus ankam, das an einer großen, schwarzen Holztafel, auf der in riesigen, kürbisfarbenen Lettern der Name »Gatonax« prangte, sowie an zwei kleinen Glasschränken zu erkennen war, in denen miteinander durch mechanische Messingfedern verbundene Gipszähne in Zahnfleisch aus rosa Wachs sorgfältig aufgereiht waren, keuchte er, und der Schweiß rann ihm über die Schläfen; er bekam fürchterliche Angst, ein Schauder jagte ihm über die Haut, eine Linderung trat ein, der Schmerz hörte auf, der Zahn schwieg.

Wie erstarrt blieb er auf dem Bürgersteig stehen; dann hatte er sich gegen die Angst gestemmt, war eine dunkle Treppe hinaufgestiegen und, immer mehrere Stufen auf einmal nehmend, im dritten Stock angelangt. Dort hatte er sich vor einer Tür befunden, an der ein Emailschild in himmelblauen Lettern den Namen von der Holztafel wiederholte. Er hatte geklingelt, dann jedoch, erschreckt durch die riesigen Lachen roten Auswurfs, die auf den Treppenstufen klebten, kehrtgemacht, fest entschlossen, lieber sein ganzes Leben lang Zahnschmerzen zu ertragen, da drang ein markerschütternder Schrei durch die Wände, erfüllte das Treppenhaus und nagelte ihn vor Entsetzen auf der Treppe fest; im selben Augenblick wurde die Tür geöffnet, und eine alte Frau bat ihn einzutreten.

Die Scham hatte schließlich über die Angst gesiegt; er war in ein Speisezimmer geführt worden; eine andere Tür hatte geschlagen und einem fürchterlichen Dragoner mit hölzernen Bewegungen in einem schwarzen Gehrock und schwarzen Hosen Einlaß verschafft; Des Esseintes folgte ihm in einen anderen Raum.

Von diesem Augenblick an verschwammen seine Eindrücke. Er erinnerte sich schwach, daß er dem Fenster gegenüber in einen Stuhl gesunken war und, mit einem Finger auf seinen Zahn zeigend, gestammelt hatte: »Er ist schon einmal plombiert worden; ich fürchte, es ist nichts mehr zu machen.«

Der Mann hatte seine Erklärungen augenblicklich unterbrochen, indem er ihm einen riesigen Zeigefinger in den Mund rammte; dann hatte er ein Instrument vom Tisch genommen und etwas in seinen gewichsten Knebelbart gemurmelt.

Und schon hatte der große Auftritt begonnen. An die

Sessellehnen geklammert, hatte Des Esseintes in seiner Wange etwas Kaltes gespürt, dann hatte er die Engel singen hören, und unter unvorstellbaren Schmerzen hatte er begonnen, mit den Füßen zu strampeln und wie ein Tier, das getötet wird, zu brüllen.

Ein Knirschen war zu hören gewesen, der Backenzahn war beim Herausziehen abgebrochen; ihm war es so vorgekommen, als risse man ihm den Kopf ab, als schlage man ihm den Schädel ein; er hatte den Verstand verloren, hatte aus Leibeskräften geschrien und sich wütend gegen den Mann zur Wehr gesetzt, der sich erneut auf ihn warf, als wolle er ihm seinen Arm bis in den Magen stoßen, dann unvermittelt einen Schritt zurückwich, den Körper, der an dem Kiefer hing, anhob und ihn dann brutal auf den Rücken in den Sessel zurückfallen ließ, während er, keuchend vor dem Fenster stehend, dessen Rahmen ausfüllend, am Ende seiner Zange einen blauen Zahn schwang, an dem rote Fetzen herabhingen!

Des Esseintes hatte völlig entkräftet eine Schüssel voll Blut gespuckt, mit einer Handbewegung den geopferten Zahnstumpf abgelehnt, den ihm die inzwischen ins Zimmer zurückgekehrte alte Frau in Zeitungspapier einwickeln wollte, war, nach Bezahlung von zwei Francs, nun seinerseits blutigen Auswurf auf den Treppenstufen hinterlassend, geflüchtet und hatte sich glücklich und um zehn Jahre verjüngt auf der Straße wiedergefunden, wo er sich für die nebensächlichsten Dinge interessierte.

»Puh!« stieß er, durch den Ansturm dieser Erinnerungen traurig gestimmt, aus. Er erhob sich, um den schrecklichen Reiz dieser Vision zu brechen, und machte sich, in die Gegenwart zurückgekehrt, plötzlich Sorgen um die Schildkröte.

Sie rührte sich immer noch nicht, er befühlte sie; sie war tot. Zweifellos war sie unter ihrem Panzer an ein seßhaftes Dasein, an ein bescheidenes Leben gewöhnt gewesen und hatte den blendenden Luxus, den man ihr aufbürdete, den gelbrot schimmernden Chormantel, in den man sie gekleidet, und die Edelsteine, mit denen man ihr den Rücken wie eine Monstranz gepflastert hatte, nicht ertragen können.

V

ZUR selben Zeit, als sich sein Wunsch, einer hassenswerten Epoche unwürdiger Flegeleien zu entkommen,
zuspitzte, war auch das Bedürfnis für ihn immer vorherr-
schender geworden, niemals mehr Gemälde sehen zu
müssen, die den Menschen abbilden, wie er sich in Paris
zwischen seinen vier Wänden quält oder auf der Suche
nach Geld durch die Straßen irrt.

Nachdem sein Interesse am zeitgenössischen Leben
erloschen war, hatte er beschlossen, keine ekelerregenden
oder bedauernswerten Larven mehr in seine Zelle einzulassen; außerdem hatte er sich eine subtile, erlesene
Malerei gewünscht, die, fern unserer Sitten und unserer
Tage, in einem vergangenen Traum, in antiker Verdor-
benheit badete.

Er hatte sich zur Ergötzung seines Geistes und zur Lust
seiner Augen einige anregende Werke gewünscht, die ihn
in eine unbekannte Welt versetzten, ihm die Spuren zu
neuen Mutmaßungen offenbarten, sein Nervensystem
durch gelehrte Hysterien, verwickelte Albträume, harm-
lose und entsetzliche Visionen aufrüttelten.

Unter allen Künstlern gab es einen, dessen Talent ihn
zu Begeisterungsstürmen hinriß: Gustave Moreau.

Er hatte seine zwei Meisterwerke erworben, und vor
dem einen von beiden, dem Gemälde der Salome, versank er nächtelang in Träumereien; es war folgendermaßen konzipiert:

In einem Palast, der einer Basilika in muselmani-
schem und zugleich byzantinischem Baustil glich, war

unter unzähligen Gewölben, die aus gedrungenen, mit bunten Backsteinen glasierten, mit Mosaiken eingefaßten, mit Lapis und Onyx belegten Pfeilern aufstiegen, ein Thron, ähnlich dem Hochaltar in einer Kathedrale, errichtet.

In der Mitte des Tabernakels, das den Altar überragte, dem Treppen in Form eines Beckenhalbrunds vorgelagert waren, saß der Tetrarch Herodes mit einer Tiara auf dem Haupt, die Beine nebeneinandergestellt, die Hände auf den Knien.

Sein Gesicht war gelb, pergamentfarben, faltendurchfurcht, durch das Alter zusammengeschrumpft; sein langer Bart schwebte wie eine weiße Wolke über den Sternen aus Edelsteinen, mit denen das goldverbrämte Gewand über seiner Brust besetzt war.

Um diese reglose, in der hieratischen Pose eines indischen Gottes erstarrte Statue glommen wohlriechende Essenzen und entwickelten dampfende Wolken, die vom Funkeln der in der Thronwandung eingelegten Juwelen wie phosphoreszierende Tieraugen durchbohrt wurden; dann stieg der Rauch auf, entfaltete sich unter den Arkaden, wo der blaue Dunst sich mit dem Goldpuder der aus den Kuppeln herabfallenden Strahlen des Tageslichts mischte.

Im perversen Duft des Wohlgeruchs, in der überhitzten Atmosphäre dieser Kirche kommt Salome langsam auf Zehenspitzen näher, den linken Arm mit einer gebieterischen Gebärde ausgestreckt, den rechten, der eine große Lotosblüte in Höhe des Gesichts hält, angewinkelt, unter den Klängen einer Gitarre, deren Saiten eine am Boden kauernde Frau zupft.

Mit andächtigem, feierlichem, fast heiligem Gesichtsausdruck beginnt sie den lüsternen Tanz, der die schlummernden Sinne des alten Herodes wachrütteln soll; ihre Brüste wogen, und unter dem Reiben des herumwirbelnden Halsgehänges richten sich die Spitzen auf; die an ihrem Körper angebrachten Diamanten glitzern auf der feuchten Haut; ihre Armreifen, ihre Gürtel, ihre Ringe speien Funken; auf ihrem mit Perlen übersäten, mit Silberranken geschmückten, mit Gold durchwirkten Siegesgewand flammt der goldene Panzer aus Meisterhand, jedes Kettenglied ist ein Edelstein, Feuerschlangen kreuzen sich darauf, und sein Flirren huscht über das matte Fleisch, über die teerosenfarbene Haut wie prächtige Insekten mit glänzenden, karminrot geäderten, morgenrotgelb getüpfelten, stahlblau schillernden, pfauengrün gefleckten Flügeln.

Gesammelt, mit starrem Blick, als wandelte sie im Schlaf, sieht sie weder den zitternden Tetrarchen noch dessen Mutter, die grausame Herodias, die sie genau beobachtet, noch den Hermaphroditen oder Eunuchen, der mit dem Säbel in der Hand unten am Thron steht, eine furchterregende, bis zu den Wangen verschleierte Gestalt, deren Kastratenbrüste wie Kürbisse unter der orangebunten Tunika hängen.

Diese Urgestalt der Salome, die auf die bildenden Künstler und Dichter eine so große Faszination ausübt, verfolgte Des Esseintes seit Jahren. Wie oft hatte er in der alten Bibel Pierre Variquets, die von Doktoren der Theologie an der Universität von Loewen übersetzt worden war, das Matthäus-Evangelium gelesen, das in schlichten, kurzen Sätzen die Enthauptung Johannes des Täufers erzählt; wie oft hatte er über diesen Zeilen zu träumen begonnen:

»Am Tag des Fests der Geburt des Herodes tanzte die Tochter der Herodias vor ihnen und gefiel Herodes.

Dieser versprach ihr unter Eid, er werde ihr alles geben, was sie verlangte.

Da sagte sie, angestiftet von ihrer Mutter: ›Gib mir das
Haupt Johannes des Täufers auf einer Schüssel.‹

Und der König ward betrübt, aber wegen des Eids und
wegen derer, die mit ihm zu Tisch saßen, befahl er, es ihr
zu geben.

Und schickte ins Gefängnis und ließ Johannes ent-
haupten.

Und das Haupt ward auf einer Schüssel hergetragen
und dem Mädchen überreicht; und dieses hielt es seiner
Mutter hin.«

Aber weder Matthäus noch Markus, noch Lukas, noch
die anderen Evangelisten verbreiteten sich über die be-
rauschenden Reize, über die verderbte Ausstrahlung der
Tänzerin. Sie blieb blaß und verlor sich geheimnisvoll
und ohnmächtig im fernen Nebel der Jahrhunderte, un-
greifbar für akkurate und prosaische Geister, zugänglich
nur aufgerüttelten, geschärften, wie durch eine Neurose
für Visionen empfänglichen Gehirnen; sie widersetzte
sich Malern des Fleisches wie Rubens, der sie zu einer
flandrischen Metzgersfrau entstellte, und blieb allen
Schriftstellern unzugänglich, denen es niemals gelungen
ist, die beunruhigende Exaltiertheit der Tänzerin, die
raffinierte Größe der Mörderin wiederzugeben.

Im Werk Gustave Moreaus, das sich außerhalb aller
Vorgaben des Neuen Testaments bewegt, sah Des Esseintes endlich die übermenschliche und fremdartige Salome
verwirklicht, die er sich erträumt hatte. Sie war nicht
mehr nur die aufreizende Tänzerin, die durch eine wol-
lüstige Drehung der Hüften einem Greis einen Schrei der
Begierde und der Geilheit entreißt; die durch das Wogen
ihrer Brüste, das Kreisen ihres Bauchs, das Zittern ihrer

Schenkel die Kraft eines Königs bricht und seinen Willen aufweicht; sie wurde in gewisser Weise die symbolische Gottheit der unverwüstlichen Wollust, die Göttin der unsterblichen Hysterie, die verworfene Schönheit, unter allen erwählt durch ihre Erstarrung, die das Fleisch straffte und die Muskeln härtete; das monströse, teil nahmslose, unverantwortliche, gefühllose Tier, das wie die antike Helena alles, was sich ihm nähert, alles, was seiner ansichtig wird, alles, was es berührt, vergiftet.

So verstanden, gehörte sie den Theogonien des Fernen Ostens an; sie unterstand nicht mehr den biblischen Traditionen, sie konnte nicht einmal mehr dem verkörperten Abbild Babylons, der königlichen Hure der Offenbarung, verglichen werden, die wie sie mit Kleinodien und Purpur herausgeputzt und wie sie geschminkt war; denn jene war nicht durch eine schicksalhafte Macht, durch eine oberste Gewalt in die lockenden Niederungen der Ausschweifungen geworfen worden.

Der Maler schien im übrigen seine Absicht, außerhalb der Jahrhunderte zu bleiben und weder Herkunft, Land oder Epoche festzulegen, bekräftigen zu wollen, indem er seine Salome in diesen Palast mit einem unbestimmbaren und großartigen Baustil versetzt, indem er sie in prunkvolle, phantastische Gewänder kleidet, indem er ihr ein merkwürdiges Diadem in Form eines phönizischen Turms aufsetzt, wie Salammbô eines trägt, indem er ihr schließlich das Zepter der Isis in die Hand gibt, die heilige Blume Ägyptens und Indiens, den großen Lotos.

Des Esseintes suchte den Sinn dieses Emblems. Hatte es die phallische Bedeutung, die ihm die ursprünglichen Kulte Indiens zuschreiben? Kündigte es dem alten Herodes die Darbringung der Jungfräulichkeit, einen Blutaustausch, ein unreines Wundmal an, erfleht und angeboten unter der ausdrücklichen Bedingung eines Mordes? Oder stellte es das Symbol der Fruchtbarkeit dar, den Hindu-Mythos des Lebens, ein Dasein, gehalten in Frauenhand, entrissen und zerdrückt von den zitternden Händen eines Mannes, den der Wahnsinn befällt, den eine fleischliche Lust hinreißt?

Vielleicht hatte der Maler, als er seine rätselhafte Göttin mit dem verehrten Lotos ausrüstete, auch an die Tänzerin gedacht, an die sterbliche Frau, an das besudelte Gefäß, die Ursache aller Sünden und aller Verbrechen; vielleicht hatte er sich an die Riten des alten Ägypten erinnert, an die Totenzeremonien der Einbalsamierung, bei denen die Scheidekünstler und die Priester den Leichnam der Toten auf einer Bank aus Jaspis ausstrecken, ihr mit gebogenen Nadeln das Gehirn durch die Nasenlöcher und die Eingeweide durch einen Einschnitt in der linken Flanke herausziehen und ihr dann, ehe sie ihr die Fingernägel und die Zähne vergolden und ehe sie sie mit Erdharz und Essenzen einreiben, die keuschen Blütenblätter der göttlichen Blume in die Geschlechtsteile legen, um sie zu reinigen.

Wie auch immer, dieses Gemälde strahlte eine unwiderstehliche Faszination aus; aber das Aquarell mit dem Titel *Die Erscheinung* war vielleicht noch beunruhigender.

Dort schwang sich der Palast des Herodes wie eine Alhambra empor, auf schlanken, mit maurischen Kacheln verkleideten Säulen, die in allen Farben schillerten und wie mit silbrigem Beton, wie mit goldenem Zement verfugt waren; Arabesken entsprangen Rauten aus Lapislazuli und liefen rund um die Kuppeln, wo auf den Perlmutteinlagen Lichter in Regenbogenfarben und Prismenfunken entlangzüngelten.

Der Mord war vollbracht; nun stand der Scharfrichter ungerührt da, die Hände auf dem Knauf seines langen, blutbefleckten Degens.

Das abgeschlagene Haupt des Heiligen hatte sich von der auf dem Boden stehenden Schüssel erhoben und blickte fahl, der entfärbte Mund war geöffnet, der purpurrote Hals tränenüberströmt. Ein Mosaik, von dem eine Aureole ausging, umrahmte das Antlitz, und die Strahlen breiteten sich unter den Säulenhallen aus, beleuchteten das schauderhafte Emporsteigen des Kopfes und ließen die gläsernen Kugeln der Pupillen aufflammen, die auf die Tänzerin geheftet, gleichsam an ihr festgeklammert waren.

Mit einer entsetzten Geste wehrt Salome die fürchterliche Vision ab, die sie, auf Zehenspitzen erstarrt, festnagelt; ihre Augen weiten sich, ihre Hand umklammert krampfhaft die Kehle.

Sie ist fast nackt; im Feuer des Tanzes haben sich die Schleier gelöst, sind die Brokate gefallen; sie ist nur noch mit Juwelen und durchscheinenden Mineralien bekleidet; der Harnischrand zwängt ihren Leib wie ein Mieder ein, und ein wundervolles Kleinod sendet, gleich einer prachtvollen Agraffe, Blitze in die Furche zwischen ihren Brüsten; weiter unten, über den Hüften, umgibt sie ein Gürtel und verbirgt die Oberschenkel, gegen die ein riesiges Gehänge schlägt, aus dem ein Strom von Karfunkeln und Smaragden fließt; schließlich wölbt sich auf dem nackten Körper, zwischen dem Harnischrand und dem Gürtel, der Bauch mit seinem tiefliegenden Nabel, dessen Loch einem in Onyx geschnittenen, milchigen, fingernagelfarben getönten Siegel gleicht.

Unter den feurigen Strahlen, die vom Haupt des Täufers ausgehen, entzünden sich alle Facetten der Juwelen;

die Edelsteine beleben sich und lassen den Frauenkörper mit glühenden Strichen hervortreten; sie umzingeln ihn an Hals, Beinen und Armen mit Feuerpfeilen, rot wie Kohlen, violett wie Gasflammen, blau wie brennender Alkohol, weiß wie Sternenlicht.

Der schaudererregende Kopf lodert, blutet noch immer, hinterläßt dunkle Purpurklumpen auf den Bartspitzen und den Haaren. Sein düsterer Blick ist nur für Salome beklemmend, weder Herodias, die von ihrem endlich befriedigten Haß träumt, nimmt ihn wahr, noch der Tetrarch, der, etwas vorgebeugt, die Hände auf den Knien, immer noch nach Atem ringt, verwirrt durch diesen vom Geruch wilder Tiere durchdrungenen, in Balsam, Weihrauchschwaden und Myrrhenduft gebadeten nackten Frauenkörper.

Des Esseintes verharrte wie der greise König niedergeschmettert, vernichtet, von Schwindel erfaßt vor dieser Tänzerin, die weniger majestätisch, weniger hoheitsvoll, dafür aber beunruhigender als die Salome des Ölgemäldes ist.

In der gefühllosen und mitleidlosen Statue, in dem unschuldigen und gefährlichen Idol traten die Erotik und der Schrecken des menschlichen Wesens zutage; der große Lotos war verschwunden, die Göttin hatte sich verflüchtigt; ein schrecklicher Albtraum erstickte nun die durch den wirbelnden Tanz in Ekstase geratene Histrionin, die durch das Entsetzen versteinerte und festgebannte Kurtisane.

Hier war sie wirklich Dirne; sie gehorchte ihrem Temperament der leidenschaftlichen, grausamen Frau; hier lebte sie raffinierter und wilder, abscheulicher und köstlicher; hier weckte sie die schlummernden Sinne des Mannes wirksamer, verzauberte, zähmte seine Launen sicherer mit den Verlockungen der großen venerischen Blume, die auf frevelhaften Lagern gewachsen und in ruchlosen Treibhäusern kultiviert worden war.

Des Esseintes behauptete, noch nie, in keiner Epoche sei es dem Aquarell gelungen, eine solche Farbenpracht zu erzielen; noch nie habe die Dürftigkeit chemischer Farben ein solches Strahlen von Edelsteinen, ein ähnliches Schimmern sonnenscheindurchfluteter Kirchenfenster, einen so märchenhaften, blendenden Prunk der Stoffe und des nackten Fleischs auf dem Papier aufleuchten lassen.

Und in seine Betrachtung versunken, forschte er nach den Ursprüngen dieses großen Künstlers, dieses mystischen Heiden, dieses Erleuchteten, der sich von der Welt genug distanzieren konnte, um unter dem Himmel von Paris die grausamen Visionen, die hinreißend schönen Apotheosen anderer Zeiten aufleuchten zu lassen.

Seine Wurzeln waren für Des Esseintes kaum zu verfolgen; hier und da vage Erinnerungen an Mantegna und Jacopo de' Barbari; hier und da dunkle Anklänge an da Vinci und den Farbenrausch eines Delacroix; aber alles in allem war der Einfluß dieser Meister verschwindend gering: in Wahrheit stammte Gustave Moreau von niemandem ab. Ohne wirklichen Vorläufer und ohne denkbare Nachfolger blieb er einzig in der zeitgenössischen Kunst. Indem er auf die ethnographischen Quellen und die mythologischen Ursprünge zurückging und deren blutige Rätsel verglich und entwirrte; indem er die Legenden des Fernen Ostens, die durch die Religionen anderer Völker umgeschaffen worden waren, wieder zusammenführte und sie zu einer einzigen verschmolz, rechtfertigte er seine architektonischen Mischformen, seine üppigen und unerwarteten Zusammenstellungen von Stoffen, seine hieratischen und düsteren Allegorien, die durch die beunruhigende Hellsichtigkeit einer ganz modernen Erregbarkeit angestachelt wurden; und er blieb für immer höchst empfindlich, verfolgt von den Symbolen der Perversität und der übermenschlichen Liebe, der ohne Hingabe und ohne Hoffnung begangenen göttlichen Schändungen.

In seinen verzweifelten und gelehrten Werken fand sich ein besonderer Zauber, eine Kraft der Beschwörung, die einen bis ins Innerste aufwühlten, wie gewisse Gedichte Baudelaires, und man stand mit offenem Mund, nachdenklich, bestürzt vor dieser Kunst, die die Grenzen der Malerei überschritt, die von der Schreibkunst ihre subtilsten Bilder, von der Kunst des Limousin ihre herrlichsten Steinsplitter, von der Kunst des Steinschneiders und Graveurs ihre köstlichsten Feinheiten entlehnte. Diese beiden Bilder der Salome, die Des Esseintes grenzenlos bewunderte, lebten unter seinen Blicken an den Wänden seines Arbeitszimmers auf ihnen vorbehaltenen Paneelen zwischen den Bücherregalen.

Aber die Bilderkäufe, die er mit dem Ziel, seine Einsamkeit zu schmücken, bewerkstelligt hatte, beschränkten sich keineswegs darauf.

Obwohl er den ganzen und einzigen Oberstock seines Hauses, den er nicht persönlich bewohnte, geopfert hatte, hatte das Erdgeschoß schon alleine zahlreiche Reihen von Rahmen zum Schmuck der Wände erforderlich gemacht.

Das Erdgeschoß war folgendermaßen aufgeteilt:

Ein Toilettenzimmer, das mit dem Schlafzimmer verbunden war, nahm die eine Ecke des Gebäudes ein; vom Schlafzimmer gelangte man in die Bibliothek und von der Bibliothek ins Speisezimmer, das in der anderen Ecke lag.

Diese Räume bildeten auf der einen Seite der Wohnung eine geradlinige Front, deren Fenster sich zum Tal der Aunay hin öffneten.

Die andere Front des Hauses bestand aus vier Zimmern, die in der Anlage genau jenen der gegenüberliegenden Seite glichen. So lag die Küche über Eck und entsprach dem Eßzimmer, eine große Vorhalle, die als Entrée zur Wohnung diente, der Bibliothek, eine Art Boudoir dem Schlafzimmer und der Abtritt in Winkelform dem Toilettenzimmer.

Alle diese Räume erhielten ihr Licht von der dem Tal der Aunay gegenüberliegenden Seite und blickten auf den Turm von Le Croy und auf Châtillon.

Was die Treppe betraf, so war sie außen am Haus an einer der Schmalseiten angebracht; so gelangten die Schritte der Hausangestellten, die die Stufen erschütterten, weniger deutlich und gedämpfter zu Des Esseintes.

Das Boudoir hatte er in lebhaftem Rot tapezieren lassen und an allen Wänden in Rahmen aus Ebenholz Stiche von Jan Luyken, einem alten holländischen Kupferstecher, der in Frankreich fast unbekannt war, aufgehängt.

Von diesem phantastischen und unheimlichen, ungestümen und wilden Künstler besaß er die Reihe seiner *Religiösen Verfolgungen*, entsetzliche Blätter, die alle Foltern enthalten, die der Wahnsinn der Religionen erfunden hat, Blätter, auf denen das Schauspiel menschlicher Leiden zum Himmel schreit: Körper, die auf Kohlenfeuern gebraten werden, Schädel, mit Säbeln abgetrennt, mit Nägeln durchbohrt, mit Sägen geteilt, aus dem Bauch gedrehte und um Spulen gewickelte Gedärme, mit Zangen langsam ausgerissene Fingernägel, ausgestochene Augensterne, mit Nadelspitzen umgedrehte Lider, ausgerenkte, sorgfältig gebrochene Gliedmaßen, freiliegende, ausführlich mit Klingen abgeschabte Knochen.

Diese Werke voll abscheulicher Phantasien, die stinkenden Brandgeruch aushauchten, Blut ausschwitzten und von Schreckensschreien und Verwünschungen widerhallten, hielten Des Esseintes halberstickt in seinem roten Kabinett fest und jagten ihm eine Gänsehaut ein.

Aber neben dem Schauder, den sie hervorriefen, und auch neben dem entsetzlichen Talent dieses Mannes und der ungewöhnlichen Lebendigkeit, die seine Gestalten beseelte, entdeckte man in seinem erstaunlichen Menschengewimmel, in seinen Volksströmen, die mit einer an Callot erinnernden Gewandtheit der Nadel, aber mit einer Kraft, die dieser amüsante Sudler nie besaß, ausgeführt sind, erstaunliche Rekonstruktionen von Milieus und Epochen; Baustile, Kostüme und Sitten zur Zeit der Makkabäer in Rom, unter den Christenverfolgungen in Spanien, unter der Herrschaft der Inquisition in Frankreich, im Mittelalter und in der Epoche der Bartholomäusnacht und der Dragonaden waren mit peinlicher Genauigkeit beobachtet und mit höchster Kunst festgehalten.

Diese Kupferstiche waren aufschlußreiche Fundgruben; man konnte sie stundenlang betrachten, ohne sich zu langweilen; sie regten zu tiefem Nachdenken an, und sie halfen Des Esseintes häufig, jene Tage totzuschlagen, die sich gegen Bücher sträubten.

Obendrein reizte ihn Luykens Leben; es erklärte im übrigen die Halluzinationen seines Werks. Als glühender Calvinist, verstockter Sektierer, vernarrt in Choräle und Gebete, verfaßte er fromme Gedichte, die er illustrierte, schrieb die Psalmen in Verse um, versenkte sich in die Lektüre der Bibel, von wo er, außer sich, verstört, das Gehirn voll bluttriefender Bilder, den Mund verzerrt von den Verwünschungen der Reformation und von ihren Gesängen des Schreckens und der Wut, wieder auftauchte.

Außerdem verachtete er die Welt, trat sein Hab und Gut an die Armen ab und lebte von einem Stück Brot; zuletzt hatte er sich mit einer von ihm bekehrten Dienerin eingeschifft und überall, wo sein Schiff zufällig anlegte, das Evangelium gepredigt, hatte versucht, nichts mehr zu essen, und war beinahe wahnsinnig geworden, fast verwildert.

In der danebenliegenden, mit Zedernholz in Zigarrenkistenfarbe getäfelten Halle, die größer war, hingen andere Stiche, andere bizarre Zeichnungen übereinander.

Die *Komödie des Todes* von Bresdin, wo sich in einer unwirklichen, von Bäumen, Gehölz und Büschen in Gestalt von Dämonen und Gespenstern starrenden Landschaft voller Vögel mit Rattenköpfen und Gemüseschwänzen, auf einem mit Wirbelknochen, Rippen und Schädeln übersäten Stück Land knorrige und rissige Weiden erheben, überragt von Skeletten, die mit hochgereckten Armen Blumensträuße schwenken und einen Siegesgesang anstimmen, während ein Christus in einem Schäfchenwolkenhimmel entweicht, ein Eremit, den Kopf in die Hände gestützt, im Innern einer Grotte nachdenkt, und ein Elender, auf dem Rücken liegend, die Füße vor einer Lache, von Entbehrungen erschöpft und von Hunger ausgezehrt, stirbt.

Der *Barmherzige Samariter* desselben Künstlers, eine riesige Federzeichnung in Steindruck: ein abenteuerliches Durcheinander von Palmen, Ebereschen und Eichen, die ohne Rücksicht auf Jahreszeiten und klimatische Verhältnisse alle nebeneinander wachsen; ein aufgeschossener Urwald, voller Affen, Eulen und Käuzchen, mit unförmigen Baumstumpfhügeln, ähnlich Mandrogawurzeln; ein magischer Hochwald, in der Mitte durchbrochen von einer Lichtung, die in der Ferne, hinter einem Kamel und der Gruppe des Samariters und des Verletzten, einen Fluß und dann eine am Horizont in Stufen ansteigende Märchenstadt erahnen läßt, die in einen von Vögeln gesprenkelten, von Wellen gekräuselten, wie von Wolkenballen aufgeblähten Himmel übergeht.

Man hätte es für die Zeichnung eines Primitiven, beinahe für einen von einem opiumbenebelten Gehirn geschaffenen Albrecht Dürer halten können; aber obwohl Des Esseintes die Schärfe der Details und die imponierende Darstellung dieses Blatts liebte, verweilte er doch hauptsächlich vor den anderen Bildern, die den Raum schmückten.

Diese trugen die Signatur: Odilon Redon.

In ihren mit Goldschnüren besetzten Leisten aus rohem Birnenholz schlossen sie Gebilde ein, die jede Vorstellung überstiegen: einen Kopf in merowingischem Stil auf einem Kelch; einen bärtigen Mann, der mit dem Finger eine riesige Kanonenkugel berührte und gleichzeitig etwas von einem Bonzen und einem Volksredner an sich hatte; eine furchterregende Spinne, die in der Mitte ihres Körpers ein menschliches Gesicht beherbergte; und die Kohlezeichnungen gingen noch weiter in der Darstellung entsetzlicher, peinigender Traumbilder. Hier war es ein trauriges Augenlid, das auf einem Spielwürfel blinzelte; dort waren es trockene, verdorrte Landschaften, verbrannte Ebenen, Erdbeben, Vulkanausbrüche, über denen brodelnde Wolken hingen, reglose, bleierne Himmel; manchmal schienen die Themen sogar dem Albtraum der Wissenschaft entlehnt zu sein und in prähistorische Zeiten zurückzugehen; eine mißgestaltete Flora, auf Felsen aufgeblüht; überall erratische Blöcke, Gletscherschlamm, Gestalten, deren affenartiger Typus – breite Backenknochen, vorstehende Brauenbogen, fliehende Stirn, abgeplatteter Schädel – an den Kopf der Vorfahren, an den Kopf der ersten Periode des Quartär erinnerte, als der Mensch noch ein Pflanzenfresser ohne Sprache war, ein Zeitgenosse des Mammuts, des Nashorns und des großen Bären. Diese Zeichnungen standen außerhalb von allem; die meisten übersprangen die Grenzen der Malerei und entdeckten ein neues, ganz spezielles Feld des Phantastischen, das Phantastische der Krankheit und des Deliriums.

Und tatsächlich weckten einige dieser Gesichter, die von geweiteten Augen, von irren Augen aufgefressen wurden, und einige von diesen unmäßig großen oder wie durch eine Karaffe hindurch verzerrten Körpern im Gedächtnis Des Esseintes' Erinnerungen an Typhusfieber, Erinnerungen an glühende Nächte und an entsetzliche Visionen der Kindheitstage, die sich trotz allem erhalten hatten.

Gepackt von einem unerklärlichen Unbehagen angesichts dieser Zeichnungen, so, wie angesichts gewisser *Proverbos* Goyas, an die er sich erinnerte, oder auch wie nach der Lektüre eines Buchs von Edgar Poe, dessen halluzinatorische Wahnbilder und Angsteffekte Odilon Redon in eine andere Kunstform übersetzt zu haben schien, rieb er sich die Augen und betrachtete eine strahlende Gestalt, die sich mitten unter diesen beunruhigenden Blättern heiter und gelassen heraushob, die Gestalt der Melancholie, die in einer niedergedrückten und traurigen Haltung vor einer Sonnenscheibe auf einem Felsen saß.

Wie durch ein Wunder lichtete sich das Dunkel; eine bezaubernde Traurigkeit, eine gleichsam sehnsüchtige Verzweiflung floß durch seine Gedanken, und er verharrte lange nachdenklich vor diesem Werk, das mit seinen in den matten Bleistiftgrund gesäten Gouachetupfen einen wassergrünen und mattgoldenen Schimmer zwischen das eintönige Schwarz der Kohlezeichnungen und der Kupferstiche legte.

Außer dieser Reihe von Arbeiten Redons, die fast alle Wandfelder der Halle schmückten, hatte er in seinem Schlafzimmer einen wirren Entwurf von Theotokopoulos, einen Christus in eigenartigen Schattierungen, übersteigert in der Darstellungsweise, wild in den Farben, verrückt in der Kraftentfaltung, ein Bild der zweiten Epoche dieses Malers, in der er bemüht war, Tizian nicht mehr zu gleichen.

Dieses düstere Gemälde in wachsfarbenen und leichengrünen Tönen stand für Des Esseintes in einem gewissen Zusammenhang mit der Möblierung.

Seiner Ansicht nach gab es nur zwei Arten, ein Schlafzimmer auszustatten: entweder einen erregenden Alkoven daraus zu machen, einen Ort nächtlicher Lust; oder aber einen Ort der Einsamkeit und Ruhe, eine Gedankenklause, eine Art Betkammer.

Im ersten Fall legte sich für den Zartsinnigen, den durch die Überreizung des Gehirns erschöpften Menschen der Stil Louis-quinze nahe; tatsächlich hat nur das 18. Jahrhundert verstanden, die Frau in eine lasterhafte Atmosphäre einzuhüllen, indem es die Möbel den Formen ihrer Reize nachbildete, die Kontraktionen ihrer Lust, die Schnörkel ihrer Zuckungen in den Wellenlinien und den Windungen des Holzes und des Messings nachahmte, das zuckrige Schmachten der Blondinen durch lebhaften und leuchtenden Zierat würzte und den salzigen Geschmack der Brünetten durch Wandbehänge in süßlichen, wäßrigen, fast geschmacklosen Tönen milderte.

Dieses Zimmer hatte er früher in seiner Wohnung in Paris besessen, mit dem großen, weißlackierten Bett, das ein zusätzlicher Kitzel ist, ein Ausdruck der Lasterhaftigkeit des alten leidenschaftlichen Liebhabers, der angesichts der erlogenen Keuschheit, angesichts der scheinheiligen Scham der jungen Dinger von Greuze, angesichts der künstlichen Unschuld eines zuchtlosen Betts, das nach Kind und jungem Mädchen riecht, wiehert.

Im anderen Fall – und jetzt, da er mit den beunruhigenden Erinnerungen an sein vergangenes Leben brechen wollte, war dies der einzig mögliche – galt es, das Schlafzimmer als Mönchszelle einzurichten; aber nun häuften sich die Schwierigkeiten, denn er weigerte sich, für seine Person die schmucklose Häßlichkeit der Zufluchtsorte für Buße und Gebet zu akzeptieren.

Er wendete das Problem hin und her, betrachtete es von allen Seiten und kam am Ende zu dem Schluß, das anzustrebende Ziel lasse sich folgendermaßen zusammenfassen: Es galt, mit heiteren Gegenständen eine trübselige Sache ins Gleiche zu bringen, oder vielmehr, indem man den häßlichen Charakter beließ, dem Ganzen des so behandelten Raums eine Art Eleganz und Vornehmheit aufzuprägen; die Optik des Theaters umzukehren, dessen billiger Flitterkram verschwenderische und teure Stoffe vorspiegelt; die genau entgegengesetzte Wirkung zu erzielen, indem man sich herrlicher Stoffe bediente, um den Eindruck von Lumpen zu erwecken; mit einem Wort, eine Kartäuserzelle einzurichten, die echt wirkte und die es, wohlverstanden, nicht war.

Er ging folgendermaßen vor: um die ockerfarbene Tünche, das administrative und klerikale Gelb, nachzuahmen, ließ er seine Wände mit safrangelber Seide bespannen; um den schokoladenfarbenen Sockel, der in dieser Art von Räumen gebräuchlich ist, wiederzugeben, bekleidete er die Wandungen mit violetten Holzplatten, die mit Amarant nachgedunkelt worden waren. Die Wirkung war verführerisch, und sie konnte immerhin entfernt an die unangenehme Strenge des Vorbilds erinnern, dem sie folgte, indem sie es verwandelte; die Decke ihrerseits wurde mit ungebleichter Leinwand ausgeschlagen, die Gips vortäuschen konnte, ohne jedoch dessen grelle Wirkung zu haben; was das kalte Pflaster der Zelle betraf, so gelang es ihm ziemlich gut, es nachzubilden, dank eines Teppichs, dessen Muster aus roten Vierecken bestand und der weiße Stellen in der Wolle aufwies, die die Abnutzung durch Sandalen und den Abrieb durch Stiefel vortäuschten.

Diesen Raum möblierte er mit einem kleinen Eisenbett, einem vorgetäuschten Mönchsbett, das aus altem poliertem Schmiedeeisen hergestellt war und an Kopf- und Fußende mit blattreichen Verzierungen, in Weinranken verflochtenen Tulpen, geschmückt war, Ornamente, die vom Geländer der prächtigen Treppe eines alten Palais stammten.

Statt eines Nachttischs stellte er ein altes Betpult auf, in das eine Schüssel paßte und auf dem ein Meßbuch Platz fand; an die gegenüberliegende Wand rückte er einen Kirchenstuhl, der von einem großen Baldachin überragt wurde und mit geschnitzten Stützen aus massivem Holz ausgestattet war; seine Kirchenleuchter versah er mit Kerzen aus reinem Wachs, die er in einem Spezialgeschäft für Kultgegenstände kaufte, denn er hegte eine tiefe Abneigung gegen Petroleum, Brandschiefer, Gas, Stearinkerzen und alle modernen Beleuchtungen, die ihm zu hell und zu brutal waren.

Am Morgen vor dem Einschlafen in seinem Bett, den Kopf auf dem Kissen, betrachtete er seinen Theotokopoulos, dessen schauerliche Farben das Lächeln des gelben Stoffs ein wenig rügten und ihn an einen ernsteren Ton gemahnten, und es fiel ihm nicht schwer, sich in Gedanken hinter Klostermauern zu versetzen, während er hundert Meilen von Paris und fern der Welt lebte.

Alles in allem war die Illusion leicht zu erzeugen, denn er führte eine Existenz, die fast der eines Mönchs glich. Auf diese Weise genoß er die Vorteile des Klosterlebens und vermied dessen Unannehmlichkeiten: die soldatische Disziplin, die mangelnde Hygiene, den Schmutz, die Promiskuität, die eintönige Untätigkeit. Ebenso, wie er aus seiner Zelle ein bequemes und wohliges Schlafzimmer gemacht hatte, so hatte er auch sein Leben normal und ruhig, von Behaglichkeit umgeben, tätig und ungebunden eingerichtet.

Wie ein Eremit war er reif für die Abgeschiedenheit, ermüdet vom Leben, von dem er sich nichts mehr erwartete; und wie ein Mönch war er überwältigt von einer unermeßlichen Mattigkeit, von dem Bedürfnis nach innerer Einkehr, von dem Wunsch, nichts mehr mit jenen Uneingeweihten gemein zu haben, die für ihn Nützlichkeitsapostel und Dummköpfe waren.

Kurz, obwohl er keinerlei Berufung für den Stand der Gnade verspürte, empfand er eine aufrichtige Sympathie für diese in Klöster eingeschlossene Menschen, die von einer gehässigen Gesellschaft verfolgt werden, die ihnen weder die gerechte Verachtung verzeiht, die sie für sie hegen, noch den Willen, den sie bekunden, durch lang-jähriges Schweigen die immer größere Schamlosigkeit ihrer abgeschmackten oder albernen Reden zu sühnen und zu tilgen.

VI

DES Esseintes, der, in einem geräumigen Ohrensessel versunken, die Füße auf den vergoldeten birnenförmigen Enden der Feuerböcke, dasaß und sich an den Holzscheiten, die prasselnd auflloderten, als würden sie von dem wütenden Atem eines Blasebalgs angefacht, seine Pantoffeln rösten ließ, legte den alten Quartband, in dem er las, auf einen Tisch, streckte sich, zündete eine Zigarette an und begann, sich in köstlichen Träumen zu verlieren, indem er mit verhängten Zügeln einer Erinnerungsspur folgte, die seit Monaten verwischt gewesen war und die sich nun plötzlich wieder, durch die, im übrigen grundlose, Rückkehr eines Namens in sein Gedächtnis, vor ihm abzeichnete.

Mit erstaunlicher Genauigkeit sah er die Verlegenheit seines Kameraden d'Aigurande vor sich, als dieser in einer Versammlung eingefleischter Junggesellen hatte eingestehen müssen, daß er im Begriff war, die letzten Vorbereitungen zu seiner Hochzeit zu treffen. Man schrie laut auf, man malte ihm aus, wie ekelhaft es sei, mit jemandem in denselben Laken zu schlafen; es nutzte nichts: er hatte den Kopf verloren, glaubte an die Klugheit seiner zukünftigen Frau und behauptete, außerordentliche Fähigkeiten der Hingabe und der Zärtlichkeit bei ihr entdeckt zu haben.

Des Esseintes war der einzige unter den jungen Leuten, der ihn in seinem Vorhaben bestärkte, nachdem er gehört hatte, daß die Verlobte im Eckhaus eines neuerbauten Boulevards, in einer dieser modernen Wohnungen, die in Rotundenform angelegt sind, wohnen wollte.

Überzeugt von der unbarmherzigen Macht kleiner Mißgeschicke, die für robuste Naturen fataler sind als die großen, und in Anbetracht der Tatsache, daß d'Aigurande keinerlei Vermögen besaß und die Mitgift seiner Frau gleich null war, sah er in diesem einfältigen Wunsch einen endlosen Anlaß für lächerliche Unannehmlichkeiten.

Tatsächlich kaufte d'Aigurande rund gearbeitete Möbel, hinten ausgebauchte Konsolen, die einen Kreis beschrieben, bogenförmige Vorhangträger, in Halbmonden zugeschnittene Teppiche, eine ganze auf Bestellung angefertigte Einrichtung. Er gab doppelt so viel aus wie andere, und als seine Frau dann, weil ihr das Geld für ihre Toiletten ausging, nicht mehr in dieser Rotunde wohnen und lieber in eine rechtwinklige, billigere Wohnung ziehen wollte, paßten die Möbel dort nicht mehr und konnten nicht richtig aufgestellt werden. Das sperrige Mobiliar wurde nach und nach zur Quelle unaufhörlichen Ärgers; das Einvernehmen, das durch das Zusammenleben ohnehin schon strapaziert war, ging von Woche zu Woche mehr in die Brüche; aufgebracht hielten sie sich gegenseitig vor, in diesem Salon, wo die Sofas und Konsolen nicht die Wände berührten und trotz der untergelegten Keile wackelten, sobald man daran streifte, nicht länger bleiben zu können. Für Verbesserungen, die im übrigen fast unmöglich waren, fehlten die Mittel. Alles gab Anlaß zu Zank und Streit, alles, von den Schubladen, die sich in den nicht lotrecht stehenden Möbeln verklemmt hatten, bis zu den Diebereien des Hausmädchens, das die Ablenkung durch die ständigen Auseinandersetzungen nutzte, um die Haushaltskasse zu plündern; kurz, ihr Leben wurde unerträglich; er amüsierte sich außer Haus; sie suchte Zuflucht im Ehebruch, um ihr verregnetes und seichtes Leben zu vergessen. In gegenseitigem Einvernehmen kündigten sie schließlich ihren Pachtvertrag und beantragten die Scheidung von Tisch und Bett.

– »Mein Schlachtplan war richtig«, hatte sich Des Esseintes damals, mit der Genugtuung des Strategen gesagt, dessen von langer Hand geplante Manöver erfolgreich waren.

Und während er jetzt vor seinem Kamin an den Zusammenbruch dieser Ehe dachte, zu deren Stiftung er mit seinen guten Ratschlägen beigetragen hatte, warf er erneut einen Armvoll Holz ins Feuer und kehrte dann rasch wieder in seine Träumereien zurück.

Andere Erinnerungen von derselben Art drängten sich ihm nun auf.

Vor einigen Jahren war er eines Abends in der Rue de Rivoli einem ungefähr sechzehnjährigen Bengel begegnet, einem bläßlichen und durchtriebenen Jungen, der verführerisch war wie eine Dirne. Er sog angestrengt an einer Zigarette, deren Papier, durchbohrt von den spitzen, holzigen Stücken des billigen Tabaks, riß. Fluchend versuchte er vergeblich, Küchenstreichhölzer an seinen Oberschenkeln anzuzünden, und brauchte dabei alle auf. Als er Des Esseintes bemerkte, der ihn beobachtete, ging er mit der Hand am Mützenschild auf ihn zu und bat ihn höflich um Feuer. Des Esseintes bot ihm aromatisierte Zigaretten an, begann dann eine Unterhaltung und animierte den Jungen, ihm seine Geschichte zu erzählen.

Sie war denkbar einfach, er hieß Auguste Langlois und arbeitete bei einem Kartonagenhändler, seine Mutter hatte er verloren, und sein Vater prügelte ihn, was das Zeug hielt.

Des Esseintes hörte ihm nachdenklich zu: – »Komm, laß uns einen trinken«, sagte er. Und er führte ihn in ein Café, wo er ihm einen kräftigen Punsch servieren ließ. – Der Junge trank, ohne etwas zu sagen. – »Hör her«, sagte Des Esseintes plötzlich, »möchtest du dich heute abend amüsieren? Ich bezahle.« Und er hatte den Kleinen zu Madame Laure mitgenommen, einer Dame, die im dritten Stock in einer Reihe roter, mit runden Spiegeln geschmückter und mit Sofas und Schüsseln ausgestatteter Zimmer eine Auswahl Blumenverkäuferinnen bereithielt.

Dort war Auguste, den Stoff seiner Mütze knetend und glotzend, einem Bataillon Frauen gegenübergestanden, deren bemalte Münder sich alle gleichzeitig öffneten:

– »Ach, der Schatz! Ist der einmal niedlich!«

– »Aber sag, mein Kleiner, du hast ja noch gar nicht das Alter«, hatte eine große Brünette mit Ochsenaugen und einer gebogenen Nase hinzugefügt, die bei Madame Laure die unentbehrliche Rolle der schönen Jüdin spielte.

Des Esseintes hatte sich niedergelassen, als wäre er hier zu Hause, und unterhielt sich leise mit der Patronin.

– »Hab doch keine Angst, du Einfaltspinsel«, fuhr er an den Jungen gewandt fort. »Los, triff deine Wahl, ich komme dafür auf.« Und er gab dem Bengel einen sanften Stoß, so daß er zwischen zwei Frauen auf einen Diwan fiel. Madame gab den beiden ein Zeichen, und sie rückten etwas zusammen, indem sie ihre Morgenmäntel über Augustes Knie schlugen und ihm ihre mit einem zu Kopf steigenden, feuchtwarmen weißen Film überpuderten Schultern unter die Nase hielten; er rührte sich nicht mehr, das Blut stieg ihm in die Wangen, seine Kehle wurde trocken, und mit gesenkten Augen wagte er verstohlen neugierige Blicke, die hartnäckig am Ansatz der Schenkel hängenblieben.

Wanda, die schöne Jüdin, küßte ihn, indem sie ihm gute Ratschläge gab und ihn ermahnte, seinem Vater und seiner Mutter zu gehorchen, und ihre Hände irrten gleichzeitig langsam über den Jungen, dessen Gesicht die Farbe wechselte, nach hinten sank und an ihrem Hals verging.

– »Du kommst heute also nicht deinetwegen«, sagte Madame Laure zu Des Esseintes. »Aber wo, zum Teufel, hast du dieses halbe Kind aufgelesen?« fuhr sie fort, als Auguste in Begleitung der schönen Jüdin verschwunden war.

– »Auf der Straße, meine Teure.«

– »Dabei bist du doch gar nicht betrunken«, murmelte die alte Dame. Und nach kurzem Nachdenken fügte sie mit einem mütterlichen Lächeln hinzu: – »Ich verstehe; alter Schwerenöter, sag nur, für dich können sie wohl nicht jung genug sein!«

Des Esseintes hob die Schultern. – »Du hast es nicht getroffen; o nein! ganz und gar nicht«, sagte er; »die Wahrheit ist: ich versuche, einen Verbrecher aus ihm zu machen. Hör dir meine Begründung genau an. Dieser Junge ist unschuldig und hat das Alter erreicht, wo das Blut kocht; er könnte den Mädchen in seinem Viertel nachlaufen, bei allem Amüsement anständig bleiben und am Ende seinen kleinen Anteil vom eintönigen Glück bekommen, das den Armen vorbehalten ist. Wenn ich ihn dagegen hierher bringe, in eine luxuriöse Umgebung, von der er keine Vorstellung hatte und die sich tief in sein Gedächtnis eingraben wird; wenn ich ihm alle zwei Wochen eine solche Schlemmerei ermögliche, wird er sich an diese Vergnügungen gewöhnen, die ihm seine Mittel verbieten; nehmen wir an, es braucht drei Monate, bis sie ihm absolut unentbehrlich geworden sind – und indem ich die Abstände so groß mache, wie ich es vorhabe, laufe ich nicht Gefahr, ihn zu übersättigen; – nun, wenn ich ihm am Ende der drei Monate die kleine Rente streiche, die ich dir im voraus für diese gute Tat bezahlen werde, dann wird er stehlen, um hierher kommen zu können; er wird alles tun, um sich auf diesem Diwan und unter diesem Gaslicht wälzen zu können!

Er wird, so hoffe ich, die Dinge auf die Spitze treiben und den Herrn töten, der ungerufen auftaucht, während er versucht, dessen Schreibtisch aufzubrechen; – dann wäre mein Ziel erreicht, und ich hätte im Rahmen meiner Möglichkeiten dazu beigetragen, einen Halunken zu erschaffen, einen Feind mehr für diese gräßliche Gesellschaft, die uns prellt.«

Die Frauen machten große Augen.

– »Da bist du ja wieder«, fuhr er fort, als er Auguste in den Salon zurückkehren sah, der sich rot und verlegen hinter der schönen Jüdin versteckte. – »Laß uns aufbrechen, Schlingel, es ist spät geworden, verabschiede dich von den Damen.« Und auf der Treppe erklärte er ihm, daß er sich alle zwei Wochen zu Madame Laure begeben könne, ohne daß es ihn einen Sou koste; als sie dann draußen auf der Straße auf dem Bürgersteig standen, schaute er den verblüfften Jungen an und sagte:

– »Wir werden uns nicht mehr sehen; kehre so schnell du kannst zu deinem Vater zurück, dessen untätige Hand ihm schon zuckt, und erinnere dich immer an diese fast biblischen Worte: ›Was du nicht willst, daß man dir tu, das füge du den andern zu‹; mit dieser Lebensregel wirst du weit kommen. – Guten Abend. – Und sei vor allem nicht undankbar, laß so bald wie möglich durch die Gerichtszeitungen von dir hören.«

– »Der kleine Judas!« murmelte Des Esseintes jetzt, während er in der Glut herumstocherte; – »ich bin seinem Namen doch tatsächlich nie in den vermischten Nachrichten begegnet! – Allerdings war es mir damals auch nicht möglich, vorsichtig zu spielen; gewisse Risiken konnte ich zwar voraussehen, aber nicht ausschalten, so zum Beispiel das einnehmende Wesen von Mutter Laure, die das Geld bisweilen ohne Lieferung der Ware in die Taschen steckte; oder die unerwartete Schwärmerei einer dieser Dirnen für Auguste, der unter Umständen nach Ablauf der drei Monate umsonst weiterbedient wurde; vielleicht sogar die verdorbene Lasterhaftigkeit der schönen Jüdin, die diesen Burschen, der noch zu jung und zu ungeduldig war, um den langen Vorspielen und den vernichtenden Abgesängen der Liebeskunst etwas abzugewinnen, möglicherweise abschreckte.

Wenn er es nicht noch mit der Justiz zu tun bekommen hat, seitdem ich hier in Fontenay keine Zeitungen mehr lese, bin ich hereingefallen.«

Er erhob sich und machte mehrere Runden im Zimmer.

– »Es wäre trotz allem schade«, sagte er sich, »denn indem ich so handelte, habe ich die weltliche Parabel, die Allegorie von der umfassenden Bildung verwirklicht, die nichts Geringeres beabsichtigt, als alle Menschen in einen Langlois zu verwandeln, und die sich bemüht, Wege zu finden, den Elenden, anstatt ihnen endgültig und aus Mitleid die Augen auszustechen, diese weit und gewaltsam zu öffnen, damit sie um sich herum unverdiente und gütigere Schicksale, plattere und schrillere, und daher begehrenswertere und kostspieligere Freuden zu erkennen vermögen.

Und es ist tatsächlich so«, fuhr Des Esseintes, seine Überlegungen weiterverfolgend, fort, »es ist tatsächlich so: da der Schmerz eine Wirkung der Erziehung ist und sich in dem Maße vergrößert und verschärft, wie sich die Gedanken zu regen beginnen, wird man in den armen Teufeln die wilden, lebenskräftigen Keime des Seelenschmerzes und des Hasses um so mehr zur Entfaltung bringen, je mehr man sich bemüht, ihren Verstand zu behauen und ihr Nervensystem zu verfeinern.«

Die Lampen rußten. Er schraubte sie höher und schaute auf die Uhr. – Drei Uhr in der Frühe. – Er zündete eine Zigarette an und vertiefte sich wieder in die durch seine Träumereien unterbrochene Lektüre des alten lateinischen Gedichts *De laude castitatis*, das unter der Regierung Gundobads von Avitus, dem Erzbischof von Vienne, verfaßt wurde.

VII

SEIT jener Nacht, als er, ohne ersichtlichen Grund, die wehmütige Erinnerung an Auguste Langlois wachgerufen hatte, durchlebte er seine ganze Existenz noch einmal.

Er war jetzt unfähig, auch nur ein Wort der Bände, die er aufschlug, zu erfassen; selbst seine Augen lasen nicht mehr; er hatte das Gefühl, sein von Literatur und Kunst übersättigter Geist wehre sich, noch mehr davon aufzunehmen.

Er lebte aus sich selbst, ernährte sich von seiner eigenen Substanz, wie jene Tiere, die sich im Winter erstarrt in ein Loch verkriechen; die Einsamkeit hatte wie ein Betäubungsmittel auf sein Gehirn gewirkt. Nachdem sie ihn zuerst nervös und überreizt gemacht hatte, versetzte sie ihn nun in einen schlafähnlichen, von schemenhaften Bildern heimgesuchten Zustand; sie vereitelte seine Pläne, brach seinen Willen und führte eine Traumparade an, die er passiv an sich vorbeiziehen ließ, ohne auch nur den Versuch zu unternehmen, ihr zu entgehen.

Der wirre Haufen von Lektüren und künstlerischen Betrachtungen, den er, seit er in dieser Abgeschiedenheit lebte, wie einen Schutzwall gegen die Flut der alten Erinnerungen aufgeschüttet hatte, war plötzlich eingestürzt, und der Strom setzte sich in Bewegung, überrollte die Gegenwart und die Zukunft, ertränkte alles unter der Oberfläche der Vergangenheit und erfüllte seinen Geist mit einem Meer von Traurigkeit, auf dem, wie lächerliches Strandgut, für sein Leben unbedeutende Episoden, absurde Nichtigkeiten, schwammen.

Das Buch, das er in der Hand hielt, fiel auf seine Knie; er vergaß sich, während er voll Ekel und Bestürzung die Jahre seines ehemaligen Lebens an sich vorbeiziehen sah; sie umkreisten und umspülten jetzt die Erinnerung an Madame Laure und an Auguste, die in diesen Fluten wie ein fester Pfahl, wie eine unverrückbare Tatsache eingerammt war. Was für eine Epoche war das gewesen! Es war die Zeit der Abendgesellschaften, der Pferderennen, der Kartenpartien, der im voraus bestellten und pünktlich, Schlag Mitternacht, servierten Lieben in seinem rosenfarbenen Boudoir! Er rief sich die Gesichter, die Mienen und die leeren Worte ins Gedächtnis, die ihn mit der Hartnäckigkeit von Gassenhauern verfolgten, gegen die man sich nicht zur Wehr setzen kann und die man einfach summen muß, die jedoch, ehe man sich's versieht, plötzlich zu Ende sind.

Diese Periode war von kurzer Dauer; er gab seinem Gedächtnis Zeit zur Erholung und versenkte sich wieder in seine lateinischen Studien, um jede Spur dieser Rückblicke auszulöschen.

Der Anstoß war gegeben; eine zweite Phase folgte fast unmittelbar auf die erste, diejenige der Erinnerungen an seine Kindheit und vor allem an die Jahre, die er bei den Patres verbracht hatte.

Diese Erinnerungen waren ferner und bestimmter, sie hatten sich auf schärfere und zuverlässigere Weise eingegraben; der laubreiche Park, die langen Alleen, die Rabatten, die Bänke, alle wesentlichen Details erstanden in seinem Zimmer.

Dann füllten sich die Gärten, er hörte die gellenden Rufe der Schüler, das Lachen der Lehrer, die an den Pausen teilnahmen und mit hochgeschobenen, zwischen die Knie geklemmten Soutanen Ball spielten oder sich ohne

Ziererei und Dünkel wie gleichaltrige Kameraden unter den Bäumen mit ihnen unterhielten.

Er erinnerte sich an das väterliche Joch, das sich schlecht auf Strafen verstand, es ablehnte, fünfhundert oder tausend Verse aufzugeben, es dabei bewenden ließ, die nicht gelernte Lektion zu »repetieren«, während die andern sich vergnügten, noch häufiger jedoch auf den bloßen Tadel zurückgriff, das Kind mit einer rührigen, aber sanften Aufsicht umgab, indem es versuchte, ihm erträglich zu sein, ihm mittwochs gestattete, nach Lust und Laune Spaziergänge zu machen, jedes kleine, nicht von der Kirche eingeläutete Fest zum Anlaß nahm, die gewöhnlichen Mahlzeiten durch Kuchen und Wein zu ergänzen, und Landpartien zu veranstalten; ein väterliches Joch, das darin bestand, den Schüler nicht zu verdummen, sondern mit ihm zu diskutieren, ihn schon als Erwachsenen zu behandeln und ihn doch noch wie ein Schoßkind zu hegen und zu pflegen.

Auf diese Weise gelang es den Patres, einen wirklichen Einfluß auf die Kinder zu gewinnen, die Intelligenzen, die sie erzogen, bis zu einem gewissen Grad zu formen, ihnen bestimmte Ideen einzuimpfen und die weitere Entwicklung ihrer Gedanken durch eine einschmeichelnde und kluge Methode zu gewährleisten, die sie fortsetzten, indem sie sich bemühten, die jungen Leute in ihrem weiteren Leben nicht aus den Augen zu verlieren und sie in ihrer Karriere zu unterstützen, und indem sie ihnen gefühlvolle Briefe schrieben, ähnlich denen, die der Dominikaner Lacordaire an seine ehemaligen Schüler von Sorrèze zu schreiben verstand.

Des Esseintes war sich dieses Vorgehens bewußt, von dem er dachte, es habe keine Wirkung bei ihm hinterlassen; sein anspruchsvoller, nachdenklicher, Ratschlägen gegenüber unempfänglicher, immer zum Widerspruch bereiter Charakter hatte ihn davor bewahrt, durch ihre Disziplin geformt und durch ihren Unterricht versklavt zu werden; nach seiner Internatszeit war sein Skeptizismus noch gewachsen; sein Weg durch eine legitimistische, intolerante und beschränkte Gesellschaft, seine Unterhaltungen mit unintelligenten Kirchenvorstehern und Weltgeistlichen, deren Ungeschicklichkeiten den von den Jesuiten kunstreich gewobenen Schleier zerrissen, hatten seinen unabhängigen Geist weiter gestärkt und sein Mißtrauen gegenüber jeder Art von Glauben vergrößert.

Im Grunde hielt er sich für frei von jeder Bindung und jedem Zwang; aber im Gegensatz zu all jenen, die in Gymnasien oder weltlichen Internaten erzogen worden waren, hatte er eine ausnehmend gute Erinnerung an seine Schule und seine Lehrer bewahrt, und jetzt auf einmal überlegte er und begann sich zu fragen, ob die Saat, die bis zum heutigen Tag auf unfruchtbaren Boden gefallen war, nicht zu keimen beginne.

In der Tat befand er sich seit einigen Tagen in einem unbeschreiblichen Seelenzustand. Eine Sekunde lang glaubte er, wandte sich aus natürlichem Antrieb der Religion zu, dann, bei dem geringsten Nachdenken, verflüchtigte sich die Anziehungskraft, die der Glaube auf ihn ausübte, wieder; aber trotzdem erfüllten ihn Zweifel.

Wenn er in sich ging, wußte er genau, daß er nie den wahrhaft christlichen Geist der Demut und der Bußfertigkeit aufbringen würde; er wußte, ohne daß er lange zu überlegen brauchte, daß dieser Moment, von dem Lacordaire spricht, der Moment der Gnade, »wo der letzte Lichtstrahl in die Seele dringt und die Wahrheiten, die dort verstreut sind, in einem gemeinsamen Mittelpunkt bündelt«, für ihn nie kommen würde; er verspürte nicht jenes Bedürfnis nach Kasteiung und Gebet, ohne das, wenn man auf die Mehrzahl der Priester hört, keine Bekehrung möglich ist; er empfand kein Verlangen, einen Gott anzuflehen, dessen Barmherzigkeit ihm höchst unwahrscheinlich schien; und dennoch brachte ihn die Sympathie, die er für seine alten Lehrer noch immer hegte, dazu, sich für ihre Arbeiten und ihre Doktrinen zu interessieren; die unnachahmlichen Töne des Glaubens, die inbrünstigen Stimmen der hochintelligenten Männer fielen ihm wieder ein und veranlaßten ihn, an seinem Geist und seinen Kräften zu zweifeln. Inmitten dieser Einsamkeit, in der er lebte, ohne neue Nahrung, ohne frische Eindrücke, ohne Erneuerung der Gedanken, ohne den Austausch von Gefühlen, die von außen, von dem Kontakt mit der Umwelt, von einer in Gemeinsamkeit geführten Existenz herrühren; in dieser widernatürlichen Verbannung, auf die er sich versteifte, stellten sich alle Fragen, die er während seiner Zeit in Paris vergessen hatte, von neuem als beunruhigende Probleme.

Die Lektüre der lateinischen Werke, die er liebte, Werke, die fast alle von Bischöfen und Mönchen verfaßt worden waren, hatte zweifellos dazu beigetragen, diese Krise auszulösen. Eingehüllt in eine klösterliche Atmosphäre und in einen Weihrauchgeruch, die ihm den Kopf benebelten, hatte er seine Nerven überreizt, und diese Bücher hatten durch Gedankenassoziationen schließlich dazu geführt, die Erinnerungen an sein Leben als junger Mensch zurückzudrängen und die an seine Jugend bei den Patres zutage zu fördern.

»Wahrscheinlich«, dachte Des Esseintes, indem er versuchte, vernünftig zu überlegen und zu verfolgen, wie das jesuitische Element in Fontenay hatte eindringen können, »ist dieser Sauerteig, der bisher nicht getrieben hat, seit meiner Kindheit in mir, ohne daß mir das jemals bewußt war; die Neigung für religiöse Gegenstände, die ich immer gehabt habe, ist womöglich ein Beweis dafür.«

Aber er war bemüht, sich vom Gegenteil zu überzeugen, unzufrieden darüber, nicht mehr unumschränkter Herr im eigenen Haus zu sein; er legte sich eine Begründung zurecht; er hatte sich notgedrungen der geistlichen Seite zuwenden müssen, da die Kirche als einzige die Kunst, die verlorene Gestalt der Jahrhunderte, aufgenommen hat; bis in die minderwertige moderne Nachbildung hinein hat sie die Kontur der Goldschmiedekunst festgehalten, den Zauber der wie Petunien aufgeschossenen Abendmahlskelche und des reinen Schoßes der Monstranzen bewahrt; selbst in Aluminium, in falschem Email, in gefärbtem Glas hat sie die Anmut vergangener Formen erhalten. Mit einem Wort, der größte Teil der kostbaren Gegenstände, die im Musée de Cluny untergebracht und wie durch ein Wunder der schmutzigen Barbarei der Sansculotten entgangen sind, stammen aus den ehemaligen Abteien Frankreichs. So wie die Kirche im Mittelalter Philosophie, Geschichte und Literatur vor der Barbarei beschützte, so hat sie die bildende Kunst gerettet und bis in unsere Tage die wunderbaren Muster von Geweben und Juwelierarbeiten tradiert, die die Fabrikanten von Devotionalien nach bestem Vermögen verderben, ohne jedoch die ursprüngliche erlesene Gestalt antasten zu können. Es war also nicht weiter verwunderlich, daß er auf diese alten Dinge Jagd gemacht hatte, daß er, ebenso wie viele andere Sammler, diese Reliquien bei den Antiquitätenhändlern in Paris und den Trödlern auf dem Land aufgestöbert und sie zusammengetragen hatte.

Aber auch wenn er alle diese Motive in Betracht zog, gelang es ihm nicht, sich restlos zu überzeugen. Gewiß, alles in allem blieb er dabei, die Religion als eine herrliche Legende, eine wunderbare Lüge zu betrachten, und dennoch begann sein Skeptizismus, all diesen Erklärungen zum Trotz, zu bröckeln.

Eine merkwürdige Tatsache war unverkennbar: Er war heute weniger standhaft als in seiner Kindheit, als die Fürsorge der Jesuiten unmittelbar und ihr Unterricht unvermeidlich waren, als er ihnen ausgeliefert war, ihnen mit Leib und Seele gehörte, ohne Familienbande, ohne Einflüsse von außen, die ihre Wirkung hätten entfalten können. Sie hatten ihm dazuhin einen gewissen Geschmack am Wunderbaren eingeimpft, der sich langsam und unbemerkt in seiner Seele ausgebreitet hatte, der nun in der Einsamkeit erblühte und trotz allem auf den stummen, eingekerkerten Geist wirkte, der sich an dem kurzen Zügel fixer Ideen bewegte.

Bei der Erforschung der Arbeit seiner Gedanken und bei dem Versuch, die Fäden zu verknüpfen und die Quellen und Ursachen zu entdecken, kam er zu der Überzeugung, daß sein Tun und Lassen während seines mondänen Lebens von der Erziehung, die er erhalten hatte, herrührte. Waren sein Hang zur Künstlichkeit, sein Bedürfnis nach Exzentrik nicht letztlich das Ergebnis spezieller Studien, übersinnlicher Läuterung, quasi theologischer Spekulationen? Im Grunde handelte es sich also um ein leidenschaftliches Streben nach einem Ideal, nach einem unbekannten Universum, nach einer fernen Glückseligkeit, die ebenso erstrebenswert war wie die, die uns die Heilige Schrift verheißt.

Er hielt plötzlich inne und unterbrach den Faden seiner Überlegungen. – »Sieh an«, sagte er sich ärgerlich,

»ich bin stärker angesteckt, als ich glaubte; jetzt argumentiere ich schon mit mir selbst wie ein Kasuist.«

Von einer dumpfen Furcht umgetrieben, verharrte er nachdenklich; gewiß, wenn die Theorie Lacordaires stimmte, dann hatte er nichts zu befürchten, denn sie besagte, der magische entscheidende Augenblick der Bekehrung vollziehe sich nicht in einem plötzlichen Aufschrecken; um die Explosion herbeizuführen, müsse der Boden lange und immer wieder vermint werden; aber wie die Romanschriftsteller vom Blitzschlag der Liebe sprechen, so sprechen etliche Theologen vom Blitzschlag des Glaubens; unter der Voraussetzung, daß diese Lehre richtig ist, war niemand sicher, nicht getroffen zu werden. Man brauchte keine Selbstbeobachtungen mehr anzustellen, keine Ahnungen zu berücksichtigen, keine Vorsichtsmaßnahmen zu ergreifen; die Psychologie des Mystizismus war null und nichtig. Es war einfach so, weil es so war, und das war alles.

– »Ach! Ich verblöde«, sagte sich Des Esseintes; »die Furcht vor dieser Krankheit wird schließlich noch zur Krankheit selbst führen, wenn es so weitergeht.«

Es gelang ihm, diesen Einfluß etwas abzuschütteln; seine Erinnerungen verklangen, aber andere krankhafte Symptome stellten sich ein; jetzt quälten ihn nur noch strittige Themen; der Park, der Unterricht, die Jesuiten waren in die Ferne gerückt; er wurde völlig von Abstraktionen beherrscht; ohne es zu wollen, dachte er an widersprüchliche Auslegungen der Dogmen, an untergegangene Apostasien, die Pater Labbé in seinem Werk über die Konzilien festgehalten hat. Er dachte an die Überbleibsel der Schismen, an die Auswirkungen der Häresien, die über Jahrhunderte hin die Kirchen des Ostens und des Westens gespalten hatten. Hier Nestorius, der der

Jungfrau Maria den Titel Gottesmutter streitig macht, weil sie im Mysterium der Fleischwerdung nicht den Gott, sondern das menschliche Geschöpf in ihrem Schoß getragen habe; dort Eutyches, der erklärt, das Bild Christi könne dem der anderen Menschen nicht gleichen, weil Gott in seinem Körper Wohnung genommen und dadurch das Gefäß von Grund auf verändert habe; und andere Besserwisser, die behaupten, der Erlöser habe überhaupt keinen Körper gehabt, diese Aussage der Heiligen Schrift müsse bildlich verstanden werden, während Tertullian sein berühmtes, sozusagen materialistisches Axiom verkündet: »Was unkörperlich ist, existiert nicht; alles, was existiert, hat einen ihm eigenen Körper«; schließlich die alte, seit Jahren diskutierte Frage: Ist Christus allein ans Kreuz geschlagen worden, oder hat die Trinität, eine Person in dreifacher Gestalt, in ihrer Hypostase am Kreuz auf dem Kalvarienberg gelitten? – diese Streitpunkte reizten und bedrängten ihn – und ganz mechanisch, wie in einer früher gelernten Lektion, stellte er sich selbst die Fragen und gab sich die Antworten.

Einige Tage lang herrschte in seinem Gehirn ein Gewimmel von Paradoxen, Spitzfindigkeiten, Haarspaltereien, ein Wirrwarr von Regeln, die so kompliziert waren wie Gesetzesartikel, die zu jeder Auslegung, zu jedem Wortspiel Anlaß gaben und zu einer der fadenscheinigsten und wunderlichsten himmlischen Rechtslehren führten; dann verlor sich auch der abstrakte Gesichtspunkt und wurde, unter dem Einfluß der an den Wänden hängenden Bilder Gustave Moreaus, durch einen plastischen abgelöst.

Er sah eine ganze Prozession von Prälaten und geistlichen Würdenträgern an sich vorbeiziehen: Archimandriten und Patriarchen, die Goldarme erhoben, um die kniende Menge zu segnen, und ihre weißen Bärte bei Lesung und Gebet rauschen ließen; er sah schweigende Reihen von Büßern in dunklen Krypten verschwinden, sah unendlich hohe Kathedralen aufsteigen, in denen weiße Mönche von der Kanzel herabdonnerten. So wie de Quincey, nach einer Opiumprobe, bei dem bloßen Wort »Consul Romanus« ganze Seiten von Titus Livius aufleben ließ, den feierlichen Zug der Konsuln vorwärts schreiten und die prunkvollen Reihen der römischen Armeen sich in Bewegung setzen sah, so hielt Des Esseintes über einem theologischen Ausdruck mit fliegendem Atem inne und betrachtete die zurückbrandenden Volksströme, die bischöfliche Prachtentfaltung vor dem glühenden Hintergrund der Kirchenschiffe; diese Schauspiele bezauberten ihn, sie durchliefen die Zeitalter bis in die modernen religiösen Zeremonien hinein und wiegten ihn in einer Unendlichkeit klagender und zärtlicher Töne.

Hier brauchte er sich keine Gedanken mehr zu machen, keine Debatten mehr zu ertragen; es herrschte eine unbeschreibliche Stimmung der Ehrerbietung und Scheu; der Kunstsinn war durch die so gut berechnete Szenerie der Katholiken gezügelt; bei diesen Erinnerungen zitterten seine Nerven, dann begannen sich in einer plötzlichen Auflehnung, in einer raschen Wendung ungeheuerliche Gedanken in ihm zu regen, Gedanken an die im Handbuch der Beichtväter vorausgesehenen Freveltaten, an jenen schändlichen, schmutzigen Mißbrauch des Weihwassers und des heiligen Öls. Im Angesicht eines allmächtigen Gottes richtete sich nun ein machtvoller Rivale auf, der Satan, und Des Esseintes schien es, als verleihe es eine schreckliche Größe, wenn ein Gläubiger in der Kirche mit einem gräßlichen Jubel und einem sadistischen Vergnügen alles daran setzte, die verehrten Gegenstände zu verspotten, mit Schimpf und Schande zu überhäufen und zu verunglimpfen; Tollheiten wie Magie, schwarze Messen, Hexensabbat, grauenvolle Besessenheiten und Teufelsaustreibungen standen ihm vor Augen; schließlich fragte er sich, ob er nicht ein Sakrileg begehe, indem er Gegenstände wie Kirchenkanons, Meßgewänder und Altarvorhänge, die früher geweiht waren, besaß; und dieser Gedanke an einen sündigen Zustand verschaffte ihm einen gewissen Stolz und Erleichterung; er erkannte darin eine Lust an Sakrilegen, allerdings an bezweifelbaren, in jedem Fall kaum schwerwiegenden Sakrilegen, denn schließlich liebte er die Gegenstände und machte keinen sie entwürdigenden Gebrauch davon; auf diese Weise gab er sich klugen und feigen Überlegungen hin, denn seine argwöhnische Seele verbot ihm offensichtliche Verbrechen und nahm ihm den Mut, der für schreckliche, gewollte, wirkliche Verbrechen erforderlich ist.

Nach und nach verflüchtigten sich endlich diese Sophistereien. Er sah gleichsam von der hohen Warte seines Geistes die Gesamtansicht der Kirche, ihren in Jahrhunderten ererbten Einfluß auf die Menschheit; er hatte sie vor Augen, trostlos und großartig, wie sie dem Menschen den Schrecken des Lebens und die Unerbittlichkeit des Schicksals vermittelt; ihm Geduld, Bußfertigkeit und Opferbereitschaft predigt; versucht, durch Hinweis auf die Male Christi, Wunden zu verbinden; göttliche Privilegien zusichert, den Gebeugten den besten Platz im Paradies verspricht; die menschliche Kreatur zum Leiden ermahnt und dazu, Gott ihre Trübsal und ihre Schuld, ihr Mißgeschick und ihre Qualen als Sühneopfer darzubringen. Sie fand wahrhaftig eine beredte Sprache, mütterlich zu den Elenden, barmherzig zu den Unterdrückten, drohend zu den Unterdrückern und Despoten.

An dieser Stelle faßte Des Esseintes wieder Fuß. Gewiß, er war befriedigt über dieses Eingeständnis der sozialen Mißstände, aber er wandte sich empört gegen das vage Heilmittel der Hoffnung auf ein anderes Leben. Schopenhauer war da genauer; seine Lehre und die der Kirche gingen von dem gleichen Gesichtspunkt aus; auch er stützte sich auf die Ungerechtigkeit und die Schändlichkeit der Welt, auch er rief mit der *Imitatio Christi* den Klageruf aus: »Es ist wahrhaftig ein Elend, auf dieser Welt zu leben!« Auch er predigte die Erbärmlichkeit des Daseins, die Vorzüge der Einsamkeit, stellte der Menschheit vor Augen, daß sie, was immer sie tun und welcher Seite sie sich zuwenden würde, immer unglücklich bliebe: arm, wegen der Leiden, die die Entbehrungen mit sich bringen; reich, aufgrund der unbesiegbaren Langeweile, die der Überfluß erzeugt; aber er pries einem kein Allheilmittel an und lockte einen nicht mit irgendwelchen Ködern, um unvermeidlichen Übeln zu begegnen.

Er drängte einem nicht die empörende Lehre von der Erbsünde auf; versuchte nicht, einem zu beweisen, daß derjenige ein in höchstem Grade guter Gott ist, der die Halunken beschützt, den Dummköpfen hilft, die Kindheit zerstört, das Alter verblödet, die Unschuldigen bestraft; er pries nicht die Wohltaten einer Vorsehung, die jene überflüssige, unverständliche, ungerechte, abgeschmackte Abscheulichkeit, das physische Leiden, erfunden hat; weit davon entfernt, wie die Kirchen den Versuch zu unternehmen, die Notwendigkeit der Qualen und der Prüfungen zu rechtfertigen, rief er voll Entrüstung und Erbarmen: »Wenn diese Welt von einem Gott erschaffen wurde, möchte ich nicht dieser Gott sein; ihr Elend würde mir das Herz zerreißen.«

Oh! Er allein hatte Recht! Was waren all die Pharmakopöen der Evangelien neben seinen Abhandlungen zur geistigen Gesundheitslehre? Er beanspruchte nicht zu heilen, er bot den Kranken keine Entschädigung, keine Hoffnung; aber seine Theorie des Pessimismus war im Grunde die große Trösterin der erwählten Geister, der erhabenen Seelen; sie zeigte die Gesellschaft, wie sie ist, betonte die angeborene Dummheit der Frauen, machte einen auf die ausgetretenen Pfade aufmerksam, bewahrte vor Enttäuschungen, indem sie einen ermahnte, die Erwartungen so weit wie möglich einzuschränken, ja, am besten gar keine zu haben, wenn man die Kraft dazu in sich fühlte, sich letzten Endes glücklich zu schätzen, wenn einem nicht im unerwarteten Moment riesige Dachziegel auf den Kopf fielen.

Diese Theorie verfolgte dieselbe Spur wie die *Imitatio* und kam am selben Ziel an, der Resignation und dem Laisser-faire, ohne sich jedoch in geheimnisvollen Labyrinthen und auf unwahrscheinlichen Wegen zu verirren.

Diese Resignation, die einfach auf der Feststellung eines beklagenswerten Zustands der Dinge und der Unmöglichkeit, etwas daran zu ändern, beruhte, war zwar für diejenigen, die reich im Geist waren, verständlich, aber für die Armen, denen die mildtätige Religion viel bequemer die Bedürfnisse und den Groll stillte, um so schwerer zu begreifen.

Diese Überlegungen nahmen Des Esseintes eine große Last ab; die Aphorismen des großen Deutschen beruhigten seine aufgewühlten Gedanken, und doch bewirkten die Berührungspunkte der beiden Theorien, daß sie sich gegenseitig in Erinnerung brachten, und er konnte den so poetischen, zu Herzen gehenden Katholizismus, in dem er gebadet und dessen Wesen er mit allen Poren aufgesaugt hatte, nicht vergessen.

Die Rückkehr der Gläubigkeit und die Glaubensängste quälten ihn vor allem, seit sich Veränderungen in seinem Gesundheitszustand zeigten; sie fielen mit neu aufgetretenen nervösen Störungen zusammen.

Seit seiner frühesten Jugend war er von unerklärlichen heftigen Abneigungen gequält worden, von Schaudern, die ihm eisig den Rücken hinabliefen und ihn mit den Zähnen klappern ließen, zum Beispiel wenn er dabei zusah, wie ein Hausmädchen nasse Wäsche auswrang; diese Reaktionen waren immer aufgetreten; noch heute litt er, wenn er hörte, wie Stoff zerrissen wurde, wenn ein Finger an einem Stück Kreide rieb, wenn eine Hand über Moiré strich.

Die Exzesse seines Junggesellenlebens, die übertriebenen Anspannungen seines Gehirns hatten seine ursprüngliche Neurose außerordentlich verschlimmert und das schon verbrauchte Blut seines Geschlechts geschwächt; in Paris hatte er sich hydrotherapeutischen Behandlungen unterziehen müssen, weil seine Finger zitterten und er entsetzliche neuralgische Schmerzen hatte, die ihm das Gesicht zerschnitten, ständig auf seinen Schläfen pochten, in die Augenlider stachen und Übelkeit hervorriefen, die er nur dadurch bekämpfen konnte, daß er sich im Dunkeln auf dem Rücken ausstreckte.

Die Anfälle waren dank eines geregelteren und ruhigeren Lebens langsam abgeklungen; nun traten sie in anderer Form erneut auf und liefen durch den ganzen Körper; die Schmerzen verließen den Schädel, zogen in den aufgeblähten, harten Bauch, von da in die Eingeweide, die wie von einem glühenden Stahl durchbohrt wurden, und endeten in vergeblichen, hartnäckigen Krämpfen; dazuhin weckte ihn ein nervöser, markerschütternder, trockener Husten, der immer zur gleichen Zeit begann und eine immer gleiche Anzahl von Minuten dauerte, und schnürte ihm im Bett den Hals zu; schließlich verließ ihn der Appetit, gashaltige und warme Säuren, trockene Feuer durchzogen seinen Magen; er schwoll an, atmete schwer und konnte nach seinen Essensversuchen keine zugeknöpfte Hose und keine enge Weste mehr ertragen.

Er vermied Alkohol, Kaffee und Tee, trank Milchgetränke, nahm zu kalten Wassergüssen Zuflucht, stopfte sich mit Teufelsdreck, Baldrian und Chinin voll; er wollte sogar sein Haus verlassen und ging ein wenig in der Natur spazieren, da kamen Regentage und machten sie still und leer; er zwang sich trotzdem zu seinen Gängen, um sich Bewegung zu verschaffen; schließlich verzichtete er vorübergehend auf seine Lektüre und entschloß sich, zerfressen von Langeweile, seinem müßiggängerischen Leben einen Inhalt zu geben, einen Plan zu verwirklichen, den er, seit er in Fontenay lebte, aus Trägheit und Abneigung gegen Störungen immer wieder hinausgeschoben hatte.

Da er sich nicht mehr an der Magie des Stils berauschen, sich nicht mehr am köstlichen Zauber des seltsamen Epithetons erregen konnte, das, auch wenn es präzise war, dennoch der Einbildungskraft des Eingeweihten endlose Ausblicke eröffnet, entschloß er sich, seine Wohnungseinrichtung zu vervollständigen und sich kostbare Treibhausblumen zu bestellen, um sich auf diese Weise zu einer handfesten Beschäftigung zu verhelfen, die ihn zerstreuen, seine Nerven entspannen und

sein Gehirn beruhigen würde; zugleich hoffte er, daß der
Anblick der fremdartigen und prächtigen Farben ihn ein
wenig für die eingebildeten und wirklichen Farben ent-
schädigen würde, die ihn seine literarische Enthaltsamkeit im Augenblick in zunehmendem Maße vergessen
oder einbüßen ließ.

VIII

ER war immer in Blumen vernarrt gewesen, aber diese Leidenschaft, die sich während seiner Aufenthalte in Jutigny ganz allgemein auf Blumen, ohne Unterschied der Gattungen und Arten, erstreckte, hatte sich inzwischen geläutert und auf eine einzige Gruppe konzentriert.

Schon seit langem verachtete er die gewöhnliche Pflanze, die auf den Auslagen der Pariser Märkte in nassen Töpfen unter grünen Planen oder roten Sonnenschirmen blühte.

Zur gleichen Zeit, als sich sein literarischer Geschmack und seine Ansichten über Kunst verfeinert hatten und sich nur noch auserlesenen, von zerrissenen und subtilen Köpfen in mühevoller Arbeit geschaffenen Werken zuwandten; zur gleichen Zeit auch, als sein Überdruß an den allgemein verbreiteten Ideen immer stärker geworden war, hatte sich seine Liebe zu den Blumen von jedem Rückstand, von jedem Bodensatz befreit, hatte sich abgeklärt, in gewisser Weise gereinigt.

Den Laden eines Gärtners verglich er gerne mit einem Mikrokosmos, in dem alle Kategorien der Gesellschaft vertreten sind: die armseligen, pöbelhaften Blumen, die Dachkammerblumen, die erst in ihrer richtigen Umgebung sind, wenn sie auf Mansardensimsen stehen, eingetopft in Milchkannen und alte Suppenterrinen, zum Beispiel die Levkoje; die eitlen, konventionellen, albernen Blumen wie die Rose, die ihren Platz nur in von jungen Mädchen bemalten Übertöpfen aus Porzellan finden; schließlich die Blumen von edler Abkunft wie die Orchideen, zart und bezaubernd, empfindlich und fröstelnd; die exotischen Blumen, die in Paris in die Wärme, in Glaspaläste verbannt sind; die Prinzessinnen des Pflanzenreichs, die in Abgeschiedenheit leben und nichts mehr gemein haben mit den Pflanzen der Straße und der bürgerlichen Flora.

Alles zusammengenommen konnte er sich nicht enthalten, ein gewisses Interesse und ein gewisses Mitleid für die gewöhnlichen, von den Ausdünstungen der Abflüsse und der Kloaken erschöpften Blumen in den armen Vierteln aufzubringen; dagegen verabscheute er die Sträuße, die mit den creme- und goldfarbenen Salons der modernen Häuser harmonierten; für die vollkommene Freude seiner Augen behielt er sich am Ende die vornehmen, seltenen, von weit her gekommenen Pflanzen vor, die mit raffinierter Pflege unter einem durch wohldosierte Ofenluft erzeugten künstlichen Äquator gediehen.

Aber diese endgültig auf die Treibhausblume gefallene Wahl hatte sich unter dem Einfluß seiner allgemeinen Ideen und seiner nun feststehenden Ansichten über alle Dinge von selbst verändert; früher, in Paris, hatte ihn seine natürliche Neigung zum Künstlichen dazu gebracht, die echte Blume ihrer, dank des Kautschuks und des Drahts, des Perkalins und des Tafts, des Papiers und des Samts, getreuen Nachbildung zu opfern.

So besaß er eine wunderbare Sammlung tropischer Pflanzen, aus der Hand erfahrener Künstler, die der Natur Schritt für Schritt folgten, sie neu erschufen, die Blume von ihrem Entstehen an festhielten, sie zur Reife führten, sie bis zu ihrem Niedergang vortäuschten; denen es gelang, die allerfeinsten Nuancen festzuhalten, die flüchtigen Züge ihres Erwachens oder ihres Schlummers; die die Haltung ihrer vom Wind umgestülpten oder vom

Regen zerknitterten Blütenblätter beobachteten und auf ihre morgendlichen Blütenkronen Tautropfen aus Wachs warfen; die sie im vollen Flor nachbildeten, wenn die Zweige sich unter der Last des Safts biegen, oder ihre dürren Stengel, ihre vertrockneten Schüsselchen empor-schießen lassen, wenn die Kelche sich entkleiden und die Blätter fallen.

Diese bewundernswerte Kunst hatte ihn lange Zeit ver-führt; aber nun träumte er von der Zusammenstellung einer anderen Flora.

Nach den künstlichen Blumen, die echte Blumen nach-äfften, wollte er nun natürliche Blumen, die unechte nachahmten.

Er lenkte seine Gedanken in diese Richtung; er brauchte nicht lange zu suchen, nicht weit zu gehen, denn sein Haus lag mitten im Land der großen Blumen-züchter. Er stattete den Treibhäusern der Avenue de Châtillon und des Aunay-Tals einen Besuch ab, kehrte todmüde und mit leerem Geldbeutel zurück, verwundert über die Tollheiten der Vegetation, die er gesehen hatte, dachte nur noch an die Arten, die er gekauft hatte, und wurde ständig verfolgt von Gedanken an wundervolle und seltsame Blumenrondells.

Zwei Tage später kam der Wagen.

Mit der Liste in der Hand rief Des Esseintes seine Ein-käufe einzeln auf und überprüfte sie.

Die Gärtner luden ein Sortiment Kaladien, die auf angeschwollenen, pelzigen Stengeln riesige Blätter in Form eines Herzens trugen, von ihren Fuhrwerken; ob-wohl sie alle eine gewisse Verwandtschaft untereinander bewahrten, glich keine der anderen.

Es fanden sich ganz ungewöhnliche darunter, rosenfar-bige, wie die Virginalis, die aussah, als wäre sie aus gelack-

tem Stoff oder englischem Wachstaft ausgeschnitten; ganz
weiße, wie die Albane, die aus dem durchsichtigen Brust-
fell eines Ochsen, aus der durchscheinenden Blase eines
Schweins zu bestehen schien; manche, vor allem die Madame Mame, ahmten Zink nach, parodierten ausge-
stanzte, mit Kaisergrün bemalte und mit Ölfarbensprit-
zern und Flecken von Mennige und Bleiweiß beschmutzte
Metallstücke; andere, wie zum Beispiel die Bosphore, er-
weckten den Eindruck eines steifen, mit karmesinroten
und myrthengrünen Kieseln bestreuten Kattuns; wieder
andere, wie die Aurora borealis, prunkten mit einem Blatt
in der Farbe rohen, von purpurnen Rippen und violetten
Muskelfasern durchzogenen Fleischs, einem aufgedunse-
nen Blatt, das blauen Wein und Blut ausschwitzte.

Die Albane und die Aurora vertraten die beiden extremen Temperamente dieser Pflanzenart, die Apoplexie
und die Bleichsucht.

Die Gärtner brachten immer noch neue Spielarten;
diesmal riefen sie den Anschein von künstlicher, mit falschen Venen durchzogener Haut hervor; und die meisten
breiteten, wie zerfressen von Syphilis und Lepra, fahles,
von Röteln marmoriertes, von Flechten damastartig
gemustertes Fleisch aus; andere hatten den lebhaften rötlichen Ton von sich schließenden Wundmalen oder die
bräunliche Farbe von Schorf; wieder andere waren wie
durch Ätzmittel aufgebläht und durch Verbrennungen
aufgeworfen; noch andere zeigten eine haarige Oberfläche, die von Geschwüren ausgebeult und von Schan-
ker aufgetrieben war; einige schließlich sahen aus, als wären sie mit Verbänden bedeckt, mit quecksilberhaltigem
schwarzen Fett und belladonnagrüner Salbe bestrichen
und mit gelben Glimmerplättchen von Jodoformpuder
wie mit Staubkörnern übersät.

So zusammengestellt und vereint strahlten die Blumen noch viel ungeheuerlicher vor Des Esseintes als in dem Augenblick, wo er sie, vermengt mit anderen, wie in einem Hospital unter den verglasten Hallen der Gewächshäuser entdeckt hatte.

– »Sapperlot!« rief Des Esseintes begeistert.

Eine neue Pflanze, die Ähnlichkeit mit den Kaladien hatte, die »Alocasia metallica«, brachte ihn ebenfalls zum Schwärmen. Diese hatte einen bronzegrünen Belag, über den silberne Reflexe glitten; sie war das Meisterwerk des Künstlichen; man hätte sie für ein Stück Ofenrohr halten können, das ein Ofensetzer zu Pikeneisen zerschnitten hat.

Danach entluden die Männer Ballen mit rautenförmigen, flaschengrünen Blättern; in der Mitte der Büschel erhob sich eine Rute, an deren Ende ein großes Herz-As zitterte, das lackartig glänzte wie die Schote des spanischen Pfeffers; und als sollten alle bekannten Pflanzenformen verhöhnt werden, brach mitten aus diesem intensiv zinnoberroten As ein fleischiger, pelziger, weiß-gelber Schwanz hervor, der bei den einen gerade und bei den anderen, ganz oben im Herzen, wie ein Schweineschwanz korkenzieherartig gedreht war.

Es war die Anthurie, eine in jüngster Zeit aus Kolumbien nach Frankreich eingeführte Arazee; sie gehörte zu einem Posten dieser Familie, zu dem auch ein Amorphophallus gehörte, eine Pflanze aus Kochin-China, mit fischkellenartig eingeschnittenen Blättern und langen, schwarzen, verschrammten Stielen, ähnlich vernarbten Negergliedmaßen.

Des Esseintes' Herz schlug höher.

Man holte eine neue Ladung von Monstrositäten aus dem Wagen; Echinopsis-Arten, die aus Wattebäuschen

Blüten in einem gemeinen, stumpfen Rosa hervorbrechen ließen; Nidularien, die zwischen Säbelklingen gähnende, wunde Abgründe öffneten; einige »Tillandsia Lindeni«, die schartige Reibeisen in Traubentresterfarbe ausstreckten; Cypripedien mit komplizierten, unzusammenhängenden Umrissen, erdacht von einem verrückten Erfinder. Sie glichen einem Holzschuh, einem Beutelchen, über dem sich eine menschliche Zunge mit gestrecktem Zungenband einrollt, so wie man es auf den Tafeln der Werke abgebildet sieht, die Krankheiten der Kehle und des Mundes behandeln; zwei kleine brustbeerrote Flügelchen, die einer Spielzeug-Windmühle entnommen zu sein schienen, vervollständigten diese barocke Zusammenstellung einer hefe- und schieferbraunen Zungenunterseite mit einem glänzenden Täschchen, dessen Futter einen zähflüssigen Leim absonderte.

Er konnte seine Augen nicht von dieser unwahrscheinlichen Orchidee indischen Ursprungs abwenden; die Gärtner, die dieser Aufenthalt verdroß, begannen, die in den herbeigeschleppten Töpfen steckenden Etiketten selbst laut vorzulesen.

Des Esseintes sah verwirrt dabei zu und hörte, wie die abstoßenden Namen der Grünpflanzen erklangen: »Encephalartos horridus«, eine gigantische Artischocke mit eisernen, rostfarben bemalten Spitzen, so wie man sie an Schloßtoren anbringt, um das Überklettern zu verhindern; »Cocos Micania«, eine Art Palme, schuppenbesetzt und schlank, rings umgeben von hohen Blättern, die Paddeln oder Rudern gleichen; »Zamia Lehmanni«, eine riesige Ananas, ein wunderlicher Chesterlaib, in Heideerde gepflanzt und oben gespickt mit gezackten Wurfspeeren und barbarischen Pfeilen; »Cibotium Spectabile«, das seine Artgenossen durch die Tollheit seiner Bildung überbietet, die zum Träumen herausfordert: aus einem handähnlichen Blätterwerk schnellt ein enormer Orang-Utan-Schwanz hervor, ein zottiger, brauner Schwanz, der am Ende wie ein Bischofsstab gekrümmt ist.

Aber er betrachtete sie kaum und wartete mit Ungeduld auf die Pflanzen, die es ihm vor allem angetan hatten, die vegetabilischen gefräßigen Wesen, die fleischfressenden Pflanzen, die fliegenfangende Venusblume der Antillen mit dem flockenartigen Kelchsaum, der ein Verdauungssekret mit gekrümmten Stacheln absondert, die sich übereinander zusammenfalten und das Insekt unter ihrem Gitter fangen; der Sonnentau der Torfmoore, der mit Drüsenhärchen bewaffnet ist; die Sarracena und der Cephalothus, die ihre gefräßigen Trichter öffnen, welche richtiges Fleisch verdauen und aufnehmen können; schließlich der Nepenthes, dessen Phantasiegebilde die bekannten Grenzen exzentrischer Formen überschreitet.

Er konnte nicht genug davon bekommen, den Topf, in dem sich diese Extravaganz der Natur regte, in seinen Händen hin und her zu wenden. Sie ahmte den Gummibaum nach, dessen langes, dunkelgrünes Blatt sie hatte, aber am Ende dieses Blatts hing ein dünner Faden, senkte sich eine Nabelschnur herab, die eine grünliche, violett gesprenkelte Urne trug, ähnlich dem Kopf einer deutschen Porzellanpfeife, ein eigenartiges Vogelnest, das friedlich schaukelte und eine mit Härchen ausgekleidete Innenseite erkennen ließ.

– »Diese geht ganz schön weit«, murmelte Des Esseintes.

Er mußte sich von seinem Jubel losreißen, denn die Gärtner, die es eilig hatten wegzukommen, leerten ihre Karren vollends aus und stellten Knollenbegonien und schwarze, saturnrot gefleckte Krotone durcheinander, so wie es gerade kam, ins Haus.

Da bemerkte er, daß noch ein Name auf der Liste stand. Die Cattleya aus Neu-Granada; man bezeichnete ihm ein geflügeltes Glöckchen in einem verblichenen Lila, einem fast erloschenen Mauve; er trat näher, geriet mit seiner Nase darüber und wich unvermittelt zurück; sie atmete den Geruch von gefirnißtem Tannenholz und von Spielzeugschachteln aus und beschwor das Grauen der Neujahrstage.

Er dachte, es wäre gut, sich vor ihr in acht zu nehmen, und er bedauerte es fast, daß er diese Orchidee, die so unangenehme Erinnerungen wachrief, unter die geruchlosen Pflanzen seiner Sammlung aufgenommen hatte.

Als er dann alleine war, betrachtete er die Flut der Pflanzen, die seine Eingangshalle überschwemmte; diese verschlangen sich ineinander, kreuzten ihre Klingen, ihre Dolche, ihre Lanzenspitzen und bildeten ein grünes Waffenbündel, über dem die Blüten in blendenden, hellen Farbtönen schwebten wie barbarische Flaggen.

Die Luft im Raum wurde dünn; bald schlängelte sich ein weißes, mildes Licht in der Dunkelheit einer Nische über das Parkett.

Des Esseintes bahnte sich einen Weg und sah, daß es Rhizome waren, die beim Atmen diesen Nachtlichtschein verbreiteten.

– »Diese Pflanzen sind doch erstaunlich«, sagte er sich; dann trat er zurück und überschaute die Versammlung mit einem Blick; sein Ziel war erreicht; keine von ihnen sah echt aus; der Mensch schien der Natur Stoff, Papier, Porzellan und Metall geliehen zu haben, damit sie ihre Ungeheuer erschaffen konnte. Da, wo sie das Menschenwerk nicht hatte nachahmen können, war sie darauf zurückgeworfen worden, die inneren Membrane der Tiere zu kopieren, die lebhaften Farben ihres verfaulenden Fleischs und die großartige Häßlichkeit ihrer Brände zu borgen.

Überall nichts als Syphilis, dachte Des Esseintes, das Auge gebannt auf die entsetzlichen Tigerungen der Kaladien geheftet, die von einem Strahl Tageslicht gestreichelt wurden. Und er hatte die jähe Vision einer unaufhörlich von der Seuche vergangener Zeitalter gequälten Menschheit. Seit Beginn der Welt gaben alle Geschöpfe von Generation zu Generation das unausrottbare Erbe weiter, die ewige Krankheit, die die Vorfahren des Menschen dahingerafft und in unseren Tagen ausgegrabene alte Fossilien bis auf die Knochen zerfressen hat!

Sie hatte sich, ohne jemals zu versiegen, durch die Jahrhunderte erhalten; noch heute wütete sie, verkleidete sich in schleichende Leiden und verbarg sich hinter den Symptomen von Migräne, Bronchitis, Blähungen und Gicht; von Zeit zu Zeit kam sie an die Oberfläche, befiel bevorzugt verwahrloste und schlechtgenährte Menschen, trat in Goldstückform in Erscheinung, indem sie den armen Teufeln ironischerweise den Zechinenschmuck orientalischer Tänzerinnen auf die Stirn legte und ihnen, um das Maß des Unglücks vollzumachen, das Bild des Geldes und des Wohlstands auf die Haut prägte.

Und hier erschien sie nun wieder in ihrer ursprünglichen Pracht auf den bunten Blättern der Pflanzen!

– »Allerdings«, fuhr Des Esseintes fort, indem er zum Ausgangspunkt seiner Überlegungen zurückkehrte, »allerdings ist die Natur die meiste Zeit unfähig, aus eigener Kraft solche krankhaften und widernatürlichen Arten zu erzeugen; sie liefert das Rohmaterial, den Keim und den Boden, den Nährstoff und die Bestandteile der Pflanze, die der Mensch dann nach seinem Willen heranzieht, formt, bemalt und gestaltet.

So eigensinnig, so verworren, so beschränkt die Natur auch sein mag, am Ende hat sie sich doch unterworfen, und ihrem Gebieter ist es gelungen, durch chemische Einwirkung die natürliche Beschaffenheit des Bodens zu verändern, lange herangereifte Kombinationen und mit der Zeit aufgetauchte Kreuzungen zu nutzen, sich der Wissenschaft der Ableger und der Methode der Pfropfungen zu bedienen, und so bringt er sie dazu, auf demselben Zweig verschiedenfarbige Blumen wachsen zu lassen, erfindet neue Farbtöne für sie, verändert nach Belieben die jahrhundertealte Form ihrer Pflanzen, schleift Auswüchse ab, führt Entwürfe zu Ende, gibt ihnen seinen Stempel, drückt ihnen sein künstlerisches Siegel auf.

Es besteht kein Zweifel«, sagte er, seine Überlegungen zusammenfassend, »in wenigen Jahren kann der Mensch eine Auslese herbeiführen, die die träge Natur erst in Jahrhunderten zustande bringen würde; in der gegenwärtigen Zeit sind die Gärtner tatsächlich die einzigen und wahren Künstler.«

Er war etwas erschöpft und konnte nicht mehr atmen in dieser Atmosphäre eingeschlossener Pflanzen; die Besorgungen der vergangenen Tage hatten ihn strapaziert, der Wechsel zwischen der frischen Luft und der warmen Wohnung, zwischen der Unbeweglichkeit eines abgeschotteten Daseins und der Lebhaftigkeit einer befreiten Existenz war zu unvermittelt erfolgt; er verließ die Halle und streckte sich auf seinem Bett aus; aber wie von einer Feder aufgezogen, ließ sein zwar schlafender, jedoch nur mit einem einzigen Gegenstand beschäftigter Geist die Spule weiter abrollen, und schon bald wälzte er sich in den düsteren Wahnvorstellungen eines Albtraums.

Er befand sich in der Abenddämmerung mitten auf einer Allee im tiefen Wald; neben ihm ging eine Frau, die er nie gekannt und nie gesehen hatte; sie war hager, hatte Haare wie Werg, ein Bulldoggengesicht, Sommersprossen auf den Wangen und unter der platten Nase schiefe, vorstehende Zähne. Sie trug die weiße Schürze eines Hausmädchens, ein langes, gevierteiltes Tuch aus Büffelleder über der Brust, Halbstiefel wie ein preußischer Soldat und eine schwarze, mit Rüschen verzierte und mit einer Rosette geschmückte Kappe.

Sie hatte das Aussehen einer Gauklerin, einer Seiltänzerin vom Jahrmarkt.

Er fragte sich, wer diese Frau sei, die, wie er spürte, schon seit langem in seine Vertrautheit und sein Leben Einzug gehalten und sich dort festgesetzt hatte; er suchte vergeblich nach ihrem Ursprung, ihrem Namen, ihrem Beruf, ihrer Daseinsberechtigung; er hatte keinerlei Erinnerung an die unerklärliche und doch untrügliche Verbindung.

Er forschte noch in seinem Gedächtnis, als plötzlich eine seltsame Gestalt zu Pferd vor ihnen auftauchte, eine Minute lang im Schritt ging und sich auf ihrem Sattel umwandte.

Da gefror ihm das Blut in den Adern, und er blieb vor Entsetzen wie versteinert stehen. Diese zweideutige, geschlechtslose Gestalt war grün und öffnete gräßliche hellblaue, kalte Augen unter violetten Lidern; ihr Mund war von Bläschen umgeben; aus ihren zerlumpten Ärmeln ragten ungewöhnlich magere Arme, bis zum Ellbogen nackte Armskelette, die vor Fieber zitterten, und die abgezehrten Schenkel schlotterten in zu weiten Stulpenstiefeln.

Ihr schauderhafter Blick heftete sich auf Des Esseintes,

durchbohrte ihn, ließ ihn bis ins Mark erstarren; die Bulldoggenfrau, noch erschrockener als er, preßte sich an ihn
und heulte ganz erbärmlich, den Kopf auf dem steifen
Hals zurückgeworfen.

Und schlagartig verstand er den Sinn dieser entsetzlichen Vision. Er hatte das Bild der Syphilis vor Augen.

Von Angst getrieben, ganz außer sich, lief er einen
Feldweg entlang und erreichte atemlos einen Pavillon,
der linker Hand zwischen falschen Ebenholzsträuchern
stand; dort ließ er sich im Flur auf einen Stuhl fallen.
Nach einigen Augenblicken, als er gerade wieder zu Atem
gekommen war, veranlaßte ihn ein Schluchzen, den
Kopf zu heben; die Bulldoggenfrau stand vor ihm; und
kläglich und grotesk erzählte sie, bitterlich weinend, sie
habe ihre Zähne auf der Flucht verloren, und zog dabei
tönerne Pfeifen aus der Tasche ihrer Hausmädchen-
schürze, zerbrach sie und steckte sich die weißen Röhren-
stücke in die Löcher ihres Zahnfleischs.

– »Was soll das, sie ist ja verrückt«, sagte sich Des
Esseintes, »die Röhren können niemals halten« – und
tatsächlich fielen alle aus dem Kiefer, eine nach der
anderen.

In diesem Moment näherte sich Pferdegalopp. Des
Esseintes packte eine entsetzliche Angst; seine Beine versagten den Dienst; die Verzweiflung brachte ihn wie ein
Peitschenhieb wieder hoch; er warf sich auf die Frau, die
nun auf den Pfeifenköpfen herumtrampelte, er flehte sie
an, zu schweigen und sie nicht durch den Lärm ihrer
Stiefel zu verraten. Sie wehrte sich, er zog sie nach hinten
in den Flur und würgte sie, um sie am Schreien zu hindern; plötzlich sah er eine Wirtshaustür mit grüngestri-
chenen Gitterläden, ohne Klinke, er stieß sie auf, nahm
einen Anlauf und blieb plötzlich stehen.

Vor ihm, mitten auf einer weiten Lichtung, vollführten riesige, weiße Pierrots Karnickelsprünge im Mondschein.

Tränen der Entmutigung stiegen ihm in die Augen; nie, nein, nie würde er die Schwelle dieser Tür überschreiten können – »ich würde zertreten werden«, dachte er –, und wie um seine Ängste zu bestätigen, vervielfachte sich die riesige Menge der Pierrots; ihre Purzelbäume füllten nun den ganzen Horizont und den ganzen Himmel, gegen den sie abwechselnd mit ihren Köpfen und ihren Füßen stießen.

Da verstummten die Pferdetritte. Das Tier war da, hinter einer runden Luke im Flur; mehr tot als lebendig wandte sich Des Esseintes um und sah durch das Bullauge aufgerichtete Ohren, gelbe Zähne und Nüstern, die zwei nach Phenol stinkende Dampfstrahlen ausstießen.

Er brach zusammen und gab den Kampf und die Flucht auf; er schloß die Augen, um nicht den schrecklichen Blick der Syphilis, der durch die Mauer hindurch auf ihm lastete, ertragen zu müssen, aber dieser traf ihn durch die geschlossenen Lider, und er spürte, wie er über seinen feuchten Rücken und über seinen Körper glitt, dessen Haare sich in Lachen kalten Schweißes sträubten. Er war auf alles gefaßt, erhoffte sich sogar den Gnadenstoß, um allem ein Ende zu bereiten; eine Ewigkeit, die bestimmt nur eine Minute dauerte, verfloß; zitternd öffnete er die Augen. Alles war verschwunden; ohne Übergang, wie durch einen Wechsel der Blickrichtung oder des Bühnenbilds, verlor sich eine scheußliche, steinige Landschaft in der Ferne, eine bleierne, öde, ausgewaschene, tote Landschaft; ein Licht erhellte die trostlose Gegend, ein ruhiges weißes Licht, das an das Leuchten von in Öl aufbewahrtem Phosphor erinnerte.

Auf dem Boden bewegte sich etwas, das eine nackte, ganz bleiche Frau wurde, deren Beine sich in enganliegenden, grünen Seidenstrümpfen abzeichneten.

Er betrachtete sie verwundert, ihre Haare ringelten sich und brachen an den Enden ab, als wären sie mit einer zu heißen Brennschere gekräuselt worden; an ihren Ohren hingen Nephentes-Urnen; das Innere ihrer halbgeöffneten Nasenlöcher schimmerte wie gekochtes Kalbfleisch. Mit schmachtenden Augen rief sie ihn ganz leise.

Er hatte keine Zeit zu antworten, denn schon verwandelte sich die Frau; flammende Farben leuchteten in ihren Pupillen; ihre Lippen nahmen das wütende Rot der Anthurien an; die Brustwarzen glänzten gelackt wie zwei spanische Pfefferschoten.

Und plötzlich hatte er eine Eingebung: »Das ist die Blume der Blumen«, sagte er sich; und die Sucht zu räsonieren setzte sich auch im Albtraum durch und führte wie am Tag von der Vegetation zur Seuche.

Er beobachtete die erschreckende Entzündung der Brüste und der Lippen, entdeckte auf der Haut Bister- und Kupferflecken und wich verwirrt zurück; aber der Blick der Frau betörte ihn, und er bewegte sich langsam auf sie zu, immer bemüht, die Absätze in den Boden zu stemmen, um nicht voranzukommen; er ließ sich fallen und erhob sich doch wieder, um zu ihr zu gelangen, und er berührte sie fast, als überall schwarze Amorphophallen emporschossen und sich auf diesen Leib stürzten, der wie ein Meer auf und ab wogte. Erfüllt von einem grenzenlosen Ekel beim Anblick dieses Gewimmels lauwarmer und fester Stengel zwischen seinen Fingern, hatte er sie weggedrängt und zurückgestoßen; dann waren die widerwärtigen Pflanzen plötzlich verschwunden, und zwei

Arme versuchten, ihn zu umschlingen; eine entsetzliche Angst ließ sein Herz heftig schlagen, denn die Augen, die fürchterlichen Augen der Frau, hatten eine schreckliche hellblaue, kalte Farbe angenommen. Er machte eine übermenschliche Anstrengung, um sich aus ihrer Umklammerung zu befreien, aber sie hielt ihn zurück und packte ihn mit einer unwiderstehlichen Gebärde, und verstört sah er unter den hochgereckten Schenkeln die wilde Nidularie, die zwischen den Säbelklingen blutend klaffte.

Mit seinem Körper streifte er die gräßliche Wunde dieser Pflanze; er hatte das Gefühl, er sterbe, fuhr mit einem Ruck aus dem Schlaf hoch, halb erstickt, eiskalt, wahnsinnig vor Angst, und seufzte: – »Gott sei Dank, es war nur ein Traum!«

IX

DIE Albträume kehrten wieder; er fürchtete sich davor einzuschlafen. Er verbrachte ganze Stunden ausgestreckt auf seinem Bett, einmal in anhaltender Schlaflosigkeit und fiebriger Erregung, das andere Mal in gräßlichen Träumen befangen, aus denen er aufschreckte wie ein Mensch, der den Boden unter den Füßen verliert, eine Treppe von oben bis unten hinabstürzt und, ohne sich halten zu können, in einen tiefen Abgrund fällt.

Die Nervenkrankheit, die ein paar Tage lang nachgelassen hatte, gewann wieder die Oberhand und kam unter neuen Formen um so heftiger und hartnäckiger zum Vorschein.

Nun störten ihn die Bettdecken; er erstickte unter den Laken, und sein ganzer Körper kribbbelte; sein Blut kochte, und entlang der Beine spürte er Flohstiche; zu diesen Symptomen gesellte sich bald auch noch ein dumpfer Schmerz in den Kiefern und das Gefühl, ein Schraubstock presse ihm die Schläfen zusammen.

Seine Beunruhigung wuchs; unglücklicherweise ließen sich die Mittel zur Bekämpfung der unbarmherzigen Krankheit nicht beschaffen. Erfolglos hatte er versucht, hydrotherapeutische Apparate in seinem Toilettenzimmer zu installieren. Die Unmöglichkeit, das Wasser bis zu der Höhe heraufzupumpen, auf der sein Haus stand, alleine die Schwierigkeit, sich in einem Dorf, wo die Quellen spärlich und nur ein paar Stunden täglich flossen, in ausreichender Menge Wasser zu besorgen, hatten ihn seine Bemühungen abbrechen lassen; da er sich nicht von scharfen Wasserstrahlen peitschen lassen konnte, die, wenn sie mit aller Kraft auf seine Wirbelsäule geprasselt wären, die Schlaflosigkeit zu bändigen und die Ruhe zurückzubringen vermocht hätten, mußte er sich auf ein kurzes Besprengen in seiner Badewanne oder seinem Zuber beschränken, auf einfache kalte Wassergüsse, gefolgt von kräftigen Abreibungen mit Hilfe eines Roßhaarhandschuhs durch seinen Diener.

Aber dieser Duschersatz hemmte das Fortschreiten der Nervenkrankheit in keiner Weise; Des Esseintes empfand höchstens einige Stunden Erleichterung, die er im übrigen teuer bezahlte durch die Rückkehr der Anfälle, die danach um so heftiger und lebhafter auftraten.

Sein Verdruß stieg ins Grenzenlose; die Freude, einen unerhörten Blumenflor zu besitzen, war versiegt; er war inzwischen abgestumpft gegen den Bau und die Farbtöne der Pflanzen; da ging die Mehrzahl, trotz der Pflege, mit der er sie umgab, auch noch ein; er ließ sie aus seinen Räumen entfernen und, in einem Zustand höchster Reizbarkeit angelangt, ärgerte er sich darüber, sie nicht mehr zu sehen, weil sein Auge verletzt war durch die Leere der Plätze, an denen sie gestanden hatten.

Um sich zu zerstreuen und die endlosen Stunden totzuschlagen, griff er zu seinen Kupferstichmappen und ordnete seine Goyas; die ersten Drucke bestimmter Blätter der *Caprichos*, Probeabzüge, erkennbar an ihrem rötlichen Ton, die er einst bei Auktionen mit Gold aufgewogen hatte, heiterten ihn auf, und er versenkte sich in sie, folgte den Einfällen des Malers, verliebt in seine schwindelerregenden Szenen, in seine auf Katzen reitenden Hexen, seine Frauen, die sich anstrengten, einem Gehenkten die Zähne auszureißen, seine Banditen, seine Nachtmahre, seine Dämonen und seine Zwerge.

Dann ging er alle anderen Serien seiner Radierungen und seiner Aquatintablätter durch, seine *Proverbos*, mit ihrer so makabren Gräßlichkeit, seine Kriegsszenen mit ihrer grausamen Wut, schließlich seinen Druck der *Garrotte*, von der er einen wundervollen Probeabzug auf dickem, ungeleimtem Papier mit deutlich sichtbaren Wasserstreifen an der Unterseite besaß.

Das wilde Feuer, das herbe, aufbrausende Talent Goyas nahm ihn gefangen; aber die allgemeine Bewunderung, die seine Werke genossen, hatte ihn doch etwas davon abgebracht, und seit Jahren hatte er darauf verzichtet, sie zu rahmen, weil er befürchtete, wenn er sie zur Schau stellte, werde jeder hergelaufene Idiot es für nötig erachten, Eseleien von sich zu geben und sich bei ihrem Anblick in Allgemeinplätzen zu ergehen.

Mit seinen Rembrandts, die er von Zeit zu Zeit hinter verschlossenen Türen betrachtete, war es das gleiche; und tatsächlich, so wie die schönste Melodie der Welt gewöhnlich und unerträglich wird, sobald die Leute sie auf der Straße trällern und die Drehorgeln sich ihrer bemächtigen, so wird auch das Kunstwerk, das vorgebliche Künstler nicht kaltläßt, dem Dummköpfe einen Wert beimessen, das sich nicht damit begnügt, die Begeisterung einiger weniger zu erregen, eben dadurch für die Eingeweihten besudelt, banal, fast abstoßend.

Diese Promiskuität in der Bewunderung war übrigens eines der größten Kümmernisse seines Lebens; unbegreifliche Erfolge hatten ihm Bilder und Bücher, die ihm einst teuer gewesen waren, für alle Zeiten vergällt; angesichts der verbreiteten Zustimmung, die sie genossen, begann er, kaum sichtbare kleine Fehler an ihnen zu entdecken und sie zu verstoßen, wobei er sich fragte, ob seine Witterung vielleicht abstumpfe und ihn täusche.

Er schloß seine Mappen wieder, und einmal mehr fiel er verwirrt dem Lebensüberdruß anheim. Um seinen Gedanken eine andere Richtung zu geben, versuchte er es mit entspannender Lektüre und probierte, in der Absicht, sich das Gehirn abzukühlen, die Nachtschattengewächse der Kunst, las jene für Genesende und sich unwohl Fühlende, die durch krampfauslösendere oder phosphathaltigere Werke ermüdet würden, so reizvollen Bücher, die Romane von Dickens.

Aber diese Bände brachten eine andere Wirkung hervor, als er sich erwartet hatte: diese keuschen Liebenden, diese protestantischen Heldinnen, deren Kleidung bis zum Hals geschlossen war, liebten sich in Himmelshöhen, beschränkten sich darauf, die Augen zu senken, zu erröten und vor Glück zu weinen, während sie sich die Hände drückten. Die übertriebene Reinheit löste eine entgegengesetzte Reaktion aus; kraft der Gesetzmäßigkeit der Gegensätze sprang er von einem Extrem ins andere, erinnerte sich an flirrende, pikante Szenen, dachte an die menschlichen Praktiken der Liebespaare, an Mischküsse und Taubenküsse, wie das kirchliche Schamgefühl Küsse nennt, die zwischen die Lippen eindringen.

Er unterbrach seine Lektüre, entfernte sich von dem prüden England und beschäftigte sich mit kleinen sündigen Ausschweifungen und aufgeilenden Vorspielen, die von der Kirche verurteilt werden; eine heftige Erregung ergriff ihn; die Impotenz seines Gehirns und seines Körpers, die er für endgültig gehalten hatte, schwand dahin; die Einsamkeit trug das ihre zu seiner nervlichen Zerrüttung bei; einmal mehr war es nicht die Religion, die ihn verfolgte, sondern die Tücke der Handlungen und Sünden, die sie verdammt; der übliche Gegenstand ihrer Beschwörungen und Drohungen hatte ihn im Griff; die sinnliche Seite, die seit Monaten empfindungslos gewesen war, wurde zunächst durch die enervierende fromme Lektüre angestoßen, erwachte dann und richtete sich auf in einer durch die englische Scheinheiligkeit ausgelösten Nervenkrise, und diese Wiederbelebung seiner Sinne versetzte ihn in vergangene Zeiten zurück, so daß er in Gedanken in seinen alten Kloaken watete.

Er erhob sich und öffnete wehmütig den mit Glimmersteinen übersäten Deckel einer Dose aus vergoldetem Silber.

Sie war mit violetten Bonbons gefüllt; er nahm einen heraus, und während er ihn mit den Fingern betastete, dachte er an die merkwürdigen Eigenschaften dieses mit Zucker bereiften Naschwerks; einst, als seine Impotenz eindeutig zu sein schien, als er ohne Bitterkeit, ohne Bedauern und ohne erneute Begierden zu empfinden an die Frau dachte, legte er einen dieser Bonbons auf die Zunge und ließ ihn zerschmelzen, und plötzlich erwachten mit einem unendlich süßen Gefühl völlig erloschene und erschlaffte Erinnerungen an ein verflossenes wüstes, wollüstiges Leben.

Diese von Siraudin erfundenen und unter der lächerlichen Bezeichnung »Pyrenäenperlen« bekannten Bonbons bestanden aus einem Tropfen Sarcanthusparfum und einem Tropfen weiblicher Essenz, die in einem Zuckerstück kristallisiert waren; sie drangen in die Mundpapillen ein und weckten Erinnerungen an durch seltene Essigsorten opalisiertes Wasser und tiefe, von Düften durchtränkte Küsse.

Für gewöhnlich lächelte er, wenn er dieses Liebesaroma roch, diesen Hauch von Liebkosungen, der ihm einen Zipfel Nacktheit ins Gehirn rief und für eine Sekunde den einst angehimmelten Duft bestimmter Frauen wiederbelebte; heute jedoch wirkten sie nicht mehr unterschwellig, beschränkten sich nicht mehr darauf, das Bild ferner und verworrener Ausschweifungen erstehen zu lassen; im Gegenteil, sie zerrissen die Schleier und stellten ihm die unabweisbare und brutale körperliche Realität vor Augen.

An der Spitze des Defilees der Mätressen, die die Süße dieses Bonbons in untrüglichen Strichen zu zeichnen half, blieb eine stehen; sie zeigte lange, weiße Zähne, eine samtige, ganz rosige Haut, eine feingeschliffene Nase, Mäuseaugen und blonde, kurzgeschnittene Haare.

Es war Miss Urania, eine Amerikanerin mit einem strammen Körper, sehnigen Beinen, Muskeln aus Stahl und Armen aus Gußeisen.

Sie war seinerzeit eine der renommiertesten Zirkusakrobatinnen gewesen.

Des Esseintes hatte sie während langer Abendvorstellungen aufmerksam verfolgt; die ersten Male war sie ihm so erschienen, wie sie war, das heißt, kräftig und schön, aber er verspürte nicht den Wunsch, sich ihr zu nähern; sie hatte nichts, das sie der Begehrlichkeit eines Übersättigten empfahl, und dennoch kehrte er immer wieder in den Zirkus zurück, angelockt durch irgend etwas, das er nicht benennen konnte, angetrieben durch ein schwer zu beschreibendes Gefühl.

Nach und nach begannen sich eigenartige Vorstellungen zu regen, während er sie beobachtete; in dem Maße, wie er ihre Geschmeidigkeit und ihre Kraft bewunderte, gewann er den Eindruck, in ihr vollziehe sich eine künstliche Geschlechtsveränderung; die anmutigen Affenpossen, die mutwilligen Scherze des weiblichen Wesens verwischten sich immer mehr, und an ihre Stelle traten die gewandten und starken Reize eines männlichen

Wesens; mit einem Wort, nachdem sie zunächst Frau gewesen war, nachdem sie geschwankt hatte, nachdem sie sich dem Androgynen genähert hatte, schien sie sich nun zu entscheiden, sich festzulegen, ganz ein Mann zu werden.

So, wie ein kraftvoller Kerl sich zu einem zarten Mädchen hingezogen fühlt, so, dachte Des Esseintes, müßte dieser weibliche Clown eigentlich eine schwache, weiche, schwunglose Kreatur wie ihn lieben; wenn er sich betrachtete, wenn er Vergleiche anstellte, gewann er den Eindruck, er seinerseits werde immer weiblicher, und er begehrte mit großer Entschiedenheit, diese Frau zu besitzen, und sehnte sich wie ein bleichsüchtiges Mädchen nach dem ungeschlachten Herkules, dessen Muskelkraft ihn in einer Umarmung zermalmen konnte.

Dieser Geschlechtertausch zwischen Miss Urania und ihm hatte ihn erregt; wir sind füreinander bestimmt, bekräftigte er; zu dieser plötzlichen Bewunderung für die brutale Kraft, die er bisher verabscheut hatte, gesellte sich außerdem die unerhörte Anziehungskraft der Gosse, der gemeinen Prostitution, die die groben Zärtlichkeiten eines Zuhälters gerne teuer bezahlt.

Während er noch zögerte, die Akrobatin zu verführen und den Boden der Realität zu betreten, falls dies möglich sein sollte, bestärkte er sich in seinen Träumen, indem er seine eigene Gedankenfolge auf die ahnungslosen Lippen der Frau übertrug und seine Absichten dadurch verwirklichte, daß er sie in das unbewegliche und starre Lächeln der auf dem Trapez herumwirbelnden Komödiantin legte.

Eines schönen Abends entschloß er sich, die Logenschließerin vorzuschicken. Miss Urania hielt es für angebracht, ihm nicht zu willfahren, ehe er ihr nicht den Hof machte; nichtsdestoweniger zeigte sie sich wenig spröde, denn sie wußte vom Hörensagen, daß Des Esseintes reich war und daß sein Name behilflich war, Frauen in die Gesellschaft einzuführen.

Aber sobald seine Wünsche erhört worden waren, war seine Enttäuschung grenzenlos. Er hatte sich die Amerikanerin stumpfsinnig und brutal wie einen Jahrmarktsringer vorgestellt, unglücklicherweise war ihre Dummheit durchaus weiblich. Gewiß, es fehlte ihr an Erziehung und Takt, sie besaß weder gesunden Menschenverstand noch Geist, und bei Tisch bewies sie eine animalische Gier, aber alle kindlichen Gefühle der Frau hatten sich in ihr erhalten; sie plapperte und kokettierte wie ein junges, in Albernheiten verliebtes Mädchen; es gab keine Anverwandlung männlicher Gedanken in ihrem weiblichen Körper.

Dazuhin zeigte sie im Bett eine puritanische Zurückhaltung und keine jener rohen Gewalttätigkeiten eines athletischen Menschen, die er sich gewünscht und vor denen er sich zugleich gefürchtet hatte; sie erlag nicht, wie er sich einen Moment lang erhoffte, den Aufwallungen ihres Geschlechts. Wäre er der Leere ihrer Begierden wirklich auf den Grund gegangen, dann wäre er vielleicht auf die Neigung zu einem verletzlichen, zarten, ihrem Temperament völlig entgegengesetzten Wesen gestoßen und hätte eine Vorliebe nicht für ein Mädchen, sondern für einen lustigen Schwachmatikus, für einen lächerlichen, mageren Clown entdeckt.

Des Esseintes schlüpfte zwangsläufig wieder in seine vorübergehend in Vergessenheit geratene Männerrolle; seine Eindrücke von Weiblichkeit, von Schwäche, von gleichsam erkauftem Schutz, ja selbst von Angst verloren sich; eine Täuschung war nicht mehr möglich; Miss Urania war eine gewöhnliche Mätresse und rechtfertigte in keiner Weise die zerebrale Neugier, die sie erweckt hatte.

Obwohl der Zauber ihres frischen Fleisches und ihrer großartigen Schönheit Des Esseintes zunächst erstaunt und gefesselt hatten, suchte er in aller Eile, dieser Beziehung zu entkommen, und beschleunigte den Bruch um so mehr, als seine vorzeitige Impotenz sich angesichts der frostigen Zärtlichkeiten und der prüden Schlaffheit dieser Frau verstärkte.

Und doch war sie die erste, die in der ununterbrochenen Parade der wollüstigen Erinnerungen vor ihm haltmachte; aber wenn sie sich letzten Endes tiefer in sein Gedächtnis eingeprägt hatte als eine Menge anderer, deren Reize weniger trügerisch und deren Vergnügungen weniger beschränkt gewesen waren, so lag dies vor allem an ihrem kräftigen, gesunden Tiergeruch; ihre überbordende Gesundheit war der Gegenpol zu jener parfumdurchtränkten Blutarmut, deren zarten Nachgeschmack er in den köstlichen Bonbons von Siraudin wiederfand.

Wie ein wohlriechender Gegensatz behauptete sich Miss Urania verhängnisvoll in seinem Gedächtnis, aber fast im selben Augenblick kehrte er, vor den Kopf gestoßen durch dieses unvermutete Auftauchen eines natürlichen und wilden Aromas, zu den zivilisierten Ausdünstungen zurück und dachte unvermeidlich an seine anderen Mätressen; sie drängten sich wie eine Herde in seinem Gehirn, aber aus allen ragte nun die Frau heraus, deren Monstrosität ihn monatelang so sehr befriedigt hatte.

Es war eine kleine, dürre Brünette mit schwarzen Augen und pomadisiertem, wie mit einem Pinsel am Kopf festgekleistertem, über der einen Schläfe von einem Knabenscheitel zerteiltem Haar. Er hatte sie in einem Café-

Concert kennengelernt, wo sie als Bauchrednerin auftrat.

Zum Erstaunen der Zuschauer, die sich bei diesen Vorführungen unbehaglich fühlten, ließ sie nacheinander Kinder aus Pappe sprechen, die, aufgereiht wie eine Panflöte, auf Stühlen saßen; sie unterhielt sich mit den fast lebendigen Puppen, im Saal summten Fliegen um die Kronleuchter, und man hörte das Rascheln des schweigenden Publikums, das verwundert darüber war, daß es so still dasaß, und das sich instinktiv in seine Sitze zurückzog, während imaginäre Wagen auf ihrem Weg vom Eingang zur Bühne an ihm vorbeirollten.

Des Esseintes war fasziniert gewesen; eine Menge Ideen keimte in ihm auf; zuallererst beeilte er sich, die Bauchrednerin, die ihm gerade wegen des Kontrasts zu der Amerikanerin gefiel, mittels Banknoten für sich zu gewinnen. Diese Brünette schwitzte präparierte, ungesunde und berauschende Wohlgerüche aus und glühte wie ein Krater; trotz all ihrer Verführungskünste waren Des Esseintes' Kräfte innerhalb weniger Stunden erschöpft; aber seine Bereitwilligkeit, sich von ihr ausnehmen zu lassen, schwand dadurch in keiner Weise, denn das Phänomen interessierte ihn mehr als die Mätresse.

Inzwischen waren die Pläne, die er entworfen hatte, ausgereift. Er entschloß sich, bisher nicht realisierbare Vorhaben zu verwirklichen.

Eines Abends ließ er eine kleine Sphinx aus schwarzem Marmor, in der klassischen Haltung, mit ausgestreckten Tatzen und steifem, aufgerichtetem Haupt, bringen, ebenso wie eine Chimäre aus mehrfarbigem Ton, die eine sich sträubende Mähne schwenkte, wild mit den Augen blitzte und mit ihrem strähnigen Schweif ihre wie Blasebälge aufgeblähten Flanken fächelte. Diese

Tiere stellte er einander gegenüber an den beiden Enden des Zimmers auf, löschte die Lampen und fachte die Glut im Kamin an, die den Raum schwach erhellte und die im Dunkel verschwimmenden Gegenstände größer erscheinen ließ.

Dann streckte er sich auf einem Sofa neben der Frau aus, deren unbewegliches Gesicht vom Schein eines brennenden Holzscheits getroffen wurde.

Mit fremdartigen Tönen, die er sie vorher lange und geduldig hatte wiederholen lassen, belebte sie die beiden Monster, ohne dabei die Lippen zu bewegen und ohne sie anzusehen.

Und in der Stille der Nacht begann das wunderbare Zwiegespräch zwischen der Chimäre und der Sphinx, geführt von kehligen und tiefen, heiseren, dann schrillen und wie übermenschlichen Stimmen.

– »Hier, Chimäre, halt ein!«

– »Nein, niemals!«

Gewiegt von der wunderbaren Prosa Flauberts, hörte er keuchend das schreckliche Duo, und Schauder durchliefen ihn vom Nacken bis in die Füße, als die Chimäre den feierlichen, magischen Satz ausstieß:

– »Ich suche neue Düfte, üppigere Blumen, unerprobte Wonnen.«

Ach, diese Stimme sprach zu ihm, geheimnisvoll wie eine Zauberformel; ihm, gerade ihm, erzählte sie von ihrer fieberhaften Suche nach dem Unbekannten, von ihrem unerfüllten Ideal, von ihrem Bedürfnis, der fürchterlichen Realität des Daseins zu entkommen, die Grenzen des Denkens zu überschreiten, sich in den Nebeln jenseits der Kunst vorwärts zu tasten, ohne je Halt unter den Füßen zu finden! – Das ganze Elend seiner eigenen Bemühungen wühlte sein Herz wieder auf. Sanft umschlang er die schweigende Frau an seiner Seite und flüchtete sich wie ein trostsuchendes Kind in ihre Nähe, ohne die mißmutige Miene der Komödiantin zu bemerken, die sich gezwungen sah, bei sich zu Hause, in ihren Mußestunden, ohne Bühne, eine Szene zu spielen und ihren Beruf auszuüben.

Ihre Beziehung bestand weiter, aber Des Esseintes versagte immer häufiger; der Aufruhr seines Gehirns brachte das Eis seines Körpers nicht mehr zum Schmelzen, seine Nerven gehorchten nicht mehr seinem Willen; die lächerlichen leidenschaftlichen Anwandlungen der Greise beherrschten ihn. Da er fühlte, daß er in der Nähe dieser Mätresse immer unentschlossener wurde, nahm er seine Zuflucht zu dem wirkungsvollsten Aufputschmittel der altgewordenen und unzuverlässigen Männlichkeit, zur Angst.

Während er die Frau in den Armen hielt, brüllte eine heisere Säuferstimme hinter der Tür: – »Willst du wohl öffnen? Ich weiß genau, daß du mit einem Hurenbock zusammen bist, warte nur, du liederliches Weibsstück!« – Ebenso, wie jene Wüstlinge, die sich durch die Furcht, im Freien, am Flußufer, in den Tuilerien, in Bedürfnisanstalten oder auf einer Bank in flagranti ertappt zu werden, aufgeilen, fand er vorübergehend seine Kräfte wieder und stürzte sich auf die Bauchrednerin, deren Stimme fortfuhr, außerhalb des Zimmers zu lärmen, und er empfand bei diesem Überfall, bei diesem panischen Verhalten eines Mannes, der sich in Gefahr sieht und in seinem schändlichen Tun unterbrochen und zur Eile getrieben wird, unerhörte Jubelgefühle.

Unglücklicherweise waren diese Sitzungen von kurzer Dauer; trotz der übertriebenen Preise, die er ihr bezahlte, entließ ihn die Bauchrednerin und warf sich noch am selben Abend einem Kerl an den Hals, dessen Ansprüche weniger kompliziert und dessen Lenden sicherer waren.

Er hatte ihr nachgetrauert, und bei der Erinnerung an ihre Kunstgriffe schienen ihm die anderen Frauen bar aller Süße; selbst die verdorbenen Reize der Jugend kamen ihm nun schal vor; seine Verachtung für ihre eintönigen Grimassen wuchs derart, daß er sich nicht mehr entschließen konnte, sie zu ertragen.

Als er eines Tages alleine auf der Avenue de Latour-Maubourg spazierenging und seinen Ekel wiederkäute, wurde er in der Nähe des Invalidendoms von einem sehr jungen Mann angesprochen, der ihn bat, ihm die kürzeste Strecke zur Rue de Babylone zu sagen. Des Esseintes nannte ihm den Weg, und da er ebenfalls die Esplanade überquerte, gingen sie zusammen weiter.

Die Stimme des jungen Mannes, der unerwarteterweise nachhakte und, um ausführlicher informiert zu werden, fragte: – »Sie glauben also, daß es weiter wäre, wenn ich links ginge? Man hat mir nämlich versichert, daß ich rascher dort sein würde, wenn ich die schrägverlaufende Avenue nehme« –, war gleichzeitig hilfesuchend und schüchtern, sehr tief und sanft.

Des Esseintes betrachtete ihn. Er sah aus wie aus dem Internat entlaufen, in seiner ärmlichen Kleidung, einer kleinen Cheviot-Jacke, die ihm die Lenden einschnürte und kaum über die Hüften reichte, der enganliegenden Hose, dem bogenförmig über eine bauschige dunkelblaue, weißgeäderte Krawatte à la La Vallière geschlagenen Kragen. In der Hand hielt er ein kartoniertes Schulbuch, und auf dem Kopf trug er einen braunen Melonenhut mit flacher Krempe.

Das Gesicht war verführerisch; es war blaß und angegriffen, ziemlich regelmäßig, umrahmt von schwarzen,

langen Haaren, und darin leuchteten unter blaugerän-
derten Lidern große, feuchte Augen, die an der Nase eng
zusammenstanden; diese war mit einigen Sommersprossen golden gesprenkelt, und unter ihr öffnete sich ein kleiner, von wulstigen Lippen umgebener Mund, der in der
Mitte wie eine Kirsche durch eine Furche gespalten
wurde.

Ihre Blicke hafteten einen Moment lang aneinander,
dann senkte der junge Mann die Augen und kam näher;
sein Arm streifte fast denjenigen von Des Esseintes, der
seine Schritte verlangsamte und nachdenklich den wie-
genden Gang des jungen Mannes beobachtete.

Und aus dieser zufälligen Begegnung war eine argwöhnische Freundschaft entstanden, die sich über Monate erstreckte; Des Esseintes dachte nur mit Schauder
daran; nie hatte er ein verlockenderes und ein zwingen-
deres Zinsgeld erlegt, nie hatte er ähnliche Gefahren
gekannt, und er hatte sich auch nie schmerzhafter befriedigt gefühlt.

Unter den Erinnerungen, die ihn in seiner Einsamkeit
befielen, überragte die an jene gegenseitige Zuneigung
alle anderen. Die ganze Hefe der Verirrung, die ein von
der Nervenkrankheit befallenes Gehirn enthält, geriet in
Gärung; und beim Schwelgen in diesen Gedanken, in
diesen verbotenen Lüsten, wie die Theologie jenen
Rückfall in die alte Schande nennt, vermengte er die physischen Visionen mit geistlichem Feuer, das durch die
frühere Lektüre der Kasuisten, der Busenbaums und
Dianas, der Liguoris und Sanchez' geschürt worden war,
die die Sünden gegen das sechste und das neunte Gebot
behandelten.

Indem die Religion in dieser Seele, die von ihr gebadet
worden und die durch ein aus der Zeit Heinrichs III.

stammendes Erbe vielleicht dazu prädestiniert war, ein übermenschliches Ideal hervorbrachte, hatte sie gleichzeitig das illegitime Ideal der Wollust in ihr aufgerührt; lasterhafte und mystische Anfechtungen vermischten sich und quälten sein Gehirn, das von dem hartnäckigen Wunsch besessen war, der Gewöhnlichkeit der Welt zu entfliehen, sich fern von heiligen Gebräuchen in echte Ekstasen, in himmlische oder höllische Krisen zu stürzen, die gleicherweise vernichtend sind, weil beide den Verlust des Lichts nach sich ziehen.

In diesem Augenblick tauchte er zerrüttet, gebrochen, halbtot aus diesen Träumereien auf, er zündete sofort Kerzen und Lampen an und überschwemmte sich mit Helligkeit, in der Hoffnung, so das dumpfe, anhaltende, unerträgliche Geräusch der Pulsadern, die unter der Haut des Halses mit doppelter Geschwindigkeit schlugen, weniger deutlich als im Dunkeln zu hören.

X

IM Verlauf dieser eigenartigen Krankheit, die ausgeblu-
tete Geschlechter zerstört, folgten auf die Krisen plötzliche Ruhephasen; ohne daß sich Des Esseintes erklären
konnte, warum, wachte er eines schönen Morgens völlig
gesund auf; kein reißender Husten mehr, keine Keile
mehr, die mit Hammerschlägen in seinen Nacken getrieben wurden, dafür ein unaussprechliches Gefühl des
Wohlbefindens, eine Leichtigkeit des Gehirns, dessen
Gedanken sich aufhellten und, vorher trüb und grau-
grün, flüssig und irisierend wie zartschillernde Seifen-
blasen wurden.

Dieser Zustand dauerte ein paar Tage; dann traten
eines Nachmittags plötzlich Geruchshalluzinationen
auf.

Sein ganzes Zimmer duftete nach Frangipan; er ver-
gewisserte sich, daß kein Flakon offen herumstand; im
ganzen Zimmer befand sich kein Flakon; er ging ins
Arbeitszimmer, ins Speisezimmer: der Geruch hielt an.

Er klingelte seinem Diener: – »Riechen Sie nichts?«
fragte er ihn. Der andere sog eine Prise Luft ein und erklärte, er rieche keine Blume; es gab keinen Zweifel: die
Nervenkrankheit kehrte einmal mehr unter der Erscheinung einer neuen Sinnestäuschung zurück.

Erschöpft von der Hartnäckigkeit dieses eingebildeten
Dufts, beschloß er, sich in echte Parfums zu hüllen, und er
hoffte, diese Nasentherapie heile ihn oder hindere zumindest das aufdringliche Frangipan daran, ihn weiterhin so zu verfolgen.

Er begab sich in sein Toilettenzimmer. Neben einem ehemaligen Taufbecken, das ihm als Waschbecken diente, unter einem hohen Spiegel, dessen schmiedeeiserner Rahmen wie eine vom Mondlicht in Silber getauchte Brunneneinfassung das grüne und leblose Spiegelbild des Wassers gefangenhielt, standen auf elfenbeinernen Etageren Flaschen in allen Größen und Formen.

Er stellte sie auf einen Tisch und teilte sie in zwei Gruppen: die einfachen Parfums, das heißt, die Extrakte oder die Essenzen, und die zusammengesetzten Parfums, die die Gattungsbezeichnung Buketts tragen.

Er ließ sich in einen Sessel fallen und sann nach.

Seit Jahren war er vertraut mit der Wissenschaft der Düfte; er war der Meinung, der Geruchssinn könne die gleichen Genüsse empfinden wie das Gehör und das Auge, denn jeder Sinn sei aufgrund natürlicher Anlagen und kultureller Erfahrungen fähig, neue Eindrücke aufzunehmen, sie zu verzehnfachen, zu koordinieren und daraus das abgerundete Ganze zusammenzustellen, das ein Werk ausmacht; alles in allem sei es nicht ungewöhnlicher, daß eine Kunst existiere, die ein duftendes Fluidum freisetze, als andere Künste, die Klangwellen auslösten oder die Netzhaut des Auges mit verschieden kolorierten Farben erregten; nur, so wie niemand ohne eine durch spezielle Studien entwickelte Intuition das Gemälde eines großen Meisters von einer Kleckserei, eine Melodie Beethovens von der eines Clapisson unterscheiden könne, so könne auch niemand ohne vorherige Einweihung auf Anhieb den Unterschied zwischen einem von einem wirklichen Künstler geschaffenen Bukett und einem von einem Fabrikanten für den Verkauf in Kolonialwarenhandlungen und auf Basaren hergestellten Mischmasch feststellen.

An dieser Kunst des Parfums hatte ihn vor allem eine Seite angezogen, die der künstlichen Präzision.

Tatsächlich sind die Parfums fast nie aus den Blumen hervorgegangen, deren Namen sie tragen; der Künstler, der es wagen würde, seine Stoffe alleine der Natur zu entlehnen, würde nur ein Bastardprodukt ohne Wahrheit und ohne Stil hervorbringen, denn die durch die Destillation der Blumen gewonnene Essenz läßt nur eine sehr entfernte und sehr allgemeine Verwandtschaft mit dem Duft der lebendigen Blume erkennen, die, in der Erde wurzelnd, ihr Fluidum verströmt.

So sind auch alle Buketts, mit Ausnahme des unvergleichlichen Jasmins, der keine Nachahmung und keine Ähnlichkeit duldet, ja selbst jedes Beinahe von sich weist, in Verbindungen mit Weingeist und Spiritus dargestellt, die dem Vorbild seinen eigentlichen Charakter nehmen und jenes Nichts, jene zusätzliche Nuance hinzufügen, jenen seltenen Schliff, der ein Kunstwerk auszeichnet.

Bei der Herstellung von Parfums vollendet der Künstler, kurz zusammengefaßt, den ursprünglichen Duft der Natur, er schleift ihn ab und verfeinert ihn, so wie ein Juwelier, der den Glanz des Steins veredelt und zur Geltung bringt.

Erst nach und nach hatten sich Des Esseintes die Geheimnisse dieser am meisten vernachlässigten Kunst offenbart, deren variantenreiche Sprache, die ebenso verführerisch ist wie die Literatur, und deren Stil mit seiner unerhörten Prägnanz hinter seiner flüchtigen, vagen Erscheinungsform er nun zu entziffern vermochte.

Dafür war es als erstes erforderlich gewesen, die Grammatik zu studieren, die Syntax der Gerüche zu begreifen, sich die Regeln, die sie regieren, einzuprägen, und, mit diesem Dialekt vertraut, die Werke der Meister, der Atkinsons und Lubins, der Chardins und Violets, der Legrands und Piesses zu vergleichen, den Bau ihrer Sätze zu zerlegen, die Proportionen ihrer Wörter und die Anlage ihrer Perioden zu gewichten.

Außerdem mußten in dieser Sprache des Fluidums die Theorien, die oft unvollständig und banal waren, durch die Erfahrung gestützt werden.

Die klassische Parfumherstellung war tatsächlich wenig abwechslungsreich, fast farblos, gleichartig in eine von früheren Chemikern vorgegebene Form gegossen; in ihre alten Destillierapparate eingesperrt, gab sie nur noch dummes Zeug von sich, als die romantische Epoche ausbrach und auch sie erfaßte und sie jünger, bildsamer und geschmeidiger machte.

Ihre Geschichte folgte der unserer Sprache schrittweise. Der parfumierte Stil Ludwigs XIII., zusammengesetzt aus Stoffen, die dieser Epoche teuer waren, aus Irispuder, Moschus, Zibet, Myrrhenwasser, damals schon bekannt unter dem Namen Engelswasser, konnte noch nicht hinlänglich den ungezwungenen Charme und die etwas derben Züge der Zeit ausdrücken, wie sie uns einige der Sonette Saint-Amants erhalten haben. Später dann, mit der Myrrhe und dem Weihrauch, den mystischen, kräftigen und strengen Wohlgerüchen, waren der Pomp des großen Jahrhunderts, die ausschweifenden Raffinessen der Redekunst, der getragene, hohe, wortreiche Stil Bossuets und der Kanzelredner fast erreicht; noch später fand der müde und erfahrene Charme der französischen Gesellschaft unter Ludwig XV. mühelos seinen Dolmetscher im Frangipan und der Maréchale, die in gewisser Weise eine Synthese der Epoche darstellten; dann, nach der Langeweile und Gleichgültigkeit des ersten Kaiserreichs, das einen unmäßigen Gebrauch von Kölnisch Wasser und Rosmarinpräparaten machte, warf sich die Parfumkunst im Gefolge von Victor Hugo und Gautier auf die Länder der Sonne; sie schuf nun orientalische Gerüche, Gewürzdüfte verströmende Buketts, sie entdeckte neue Töne, bisher nicht gewagte Gegenüberstellungen, sie nahm ausgewählte alte Spielarten wieder auf, machte sie komplizierter, verfeinerte sie, stellte sie neu zusammen; schließlich wies sie entschieden jede vorsätzliche Abgelebtheit von sich, zu der sie die Malherbes, Boileaus, Andrieux', Baour-Lormions, diese schnöden Destillierer ihrer Gedichte, hatten verkommen lassen.

Aber diese Sprache war seit der Zeit um 1830 nicht auf demselben Stand geblieben. Sie hatte sich noch weiterentwickelt, hatte sich dem Gang des Jahrhunderts angepaßt und war parallel zu den anderen Künsten vorgerückt; wie diese hatte sie sich den Wünschen der Liebhaber und Künstler gebeugt, sich auf Chinesisches und Japanisches gestürzt, duftende Stammbücher erfunden, Buketts aus Takeokablüten nachgeahmt, durch Vermengung von Lavendel und Gewürznelken den Geruch der Rondeletia, durch eine Mischung von Patschuli und Kampfer das besondere Aroma der chinesischen Tusche, durch Kompositionen aus Zitronen, Gewürznelken und Pomeranzenblütenessenz die Ausdünstungen der japanischen Hovenia erzeugt.

Des Esseintes studierte und analysierte die Seelen dieser Fluida, er machte eine Exegese dieser Texte; er fand Gefallen daran, und es befriedigte ihn persönlich, die Rolle eines Psychologen zu spielen, das Räderwerk eines Produkts auseinanderzunehmen und wieder zusammenzusetzen, die Bestandteile, aus denen eine Ausdünstung zusammengefügt ist, voneinander zu lösen, und bei dieser Übung hatte sein Geruchssinn ein fast untrügliches Gespür erlangt.

So, wie ein Weinhändler das Gewächs erkennt, von dem er einen Tropfen kostet; wie ein Hopfenhändler, sobald er an einem Sack riecht, dessen genauen Wert feststellt; wie ein chinesischer Kaufmann sofort die Herkunft des Tees, den er schmeckt, angeben kann, sagen kann, auf welchen Lagen der Bohea-Berge, in welchen buddhistischen Klöstern er angebaut worden ist, in welcher Jahreszeit die Blätter geerntet wurden, wie hoch sein Trocknungsgrad ist, wie stark er dem Einfluß der Nachbarschaft von Pflaumenblüten, Agleia und Olea fragrans ausgesetzt gewesen ist, jenen Parfums, die dazu dienen, seinen natürlichen Geschmack zu verändern, ihm eine unerwartete Aufhellung hinzuzufügen, dem etwas trockenen Geruch einen Anklang an ferne und frische Blüten zu geben; so konnte Des Esseintes, wenn er nur die Spur eines Dufts einatmete, sofort die Bestandteile seiner Mischung sagen, die Psychologie seiner Mixtur erklären, ja, fast den Namen des Künstlers nennen, der ihn geschrieben und ihm den persönlichen Stempel seines Stils aufgeprägt hatte.

Es erübrigt sich zu sagen, daß er eine Sammlung sämtlicher von den Parfumherstellern benutzter Produkte besaß; er hatte sogar echten Mekkabalsam, jenen so seltenen Balsam, der nur in bestimmten Gegenden des peträischen Arabien geerntet wird und für den der Sultan das Monopol besitzt.

Nun saß er in seinem Toilettenzimmer vor seinem Tisch, in Gedanken mit der Erfindung eines neuen Buketts beschäftigt, und für einen kurzen Augenblick befiel ihn jenes Zögern, das Schriftsteller so gut kennen, die sich nach Monaten der Untätigkeit anschicken, ein neues Werk zu beginnen.

Ähnlich wie Balzac, den das unabweisliche Bedürfnis überkam, jede Menge Papier zu bekritzeln, um sich in Schwung zu bringen, hielt Des Esseintes es für angebracht, die Hände vorher durch ein paar unbedeutende Arbeiten warm zu machen; da er Heliotrop herstellen wollte, wog er die Mandel- und Vanilleflakons in der Hand, dann besann er sich anders und beschloß, sich die Duftwicke vorzunehmen.

Die Formeln und Verfahren waren ihm entfallen; er schwankte; im Grunde herrscht im Wohlgeruch dieser Blume die Orange vor; er versuchte verschiedene Zusammenstellungen, und schließlich erreichte er den richtigen Ton, indem er der Orange Tuberose und Rose hinzufügte, die er durch einen Tropfen Vanille verband.

Die Unsicherheiten verflüchtigten sich; ein leichtes Fieber erregte ihn, er war bereit, ans Werk zu gehen; er komponierte noch einen Tee durch Mischung von Kassie und Iris, dann entschloß er sich, selbstsicher geworden, weiterzuschreiten und eine knallige Formulierung in die Welt zu setzen, deren hochmütiges Schmettern das Flüstern des hinterhältigen Frangipan, das immer noch im Zimmer herumschlich, übertönen würde.

Er hantierte mit Ambra, mit dem penetrant riechenden Tonkin-Moschus und mit Patschuli, dem schärfsten aller pflanzlichen Parfums, dessen Bukett in rohem Zustand einen muffigen Geruch von Schimmel und Rost ausströmt. Was er auch tat, das 18. Jahrhundert hielt ihn in Bann; Reifröcke und Falbeln drehten sich vor seinen Augen; Erinnerungen an die fleischigen, knochenlosen, mit rosa Watte ausgepolsterten Venusgestalten von Boucher ließen sich an den Wänden nieder; der Roman *Thémidore* und die vorzügliche Rosette mit ihren geschürzten Röcken in feuerfarbener Verzweiflung erstanden vor ihm und verfolgten ihn. Wütend erhob er sich und sog, um sich davon zu befreien, mit ganzer Kraft die reine Essenz des indischen Speik ein, die den Orientalen so teuer ist und den Europäern so unangenehm, weil sie zu sehr an Baldrian erinnert. Zunächst war er wie betäubt von der Wucht des Schocks. Die Spuren des zarten Dufts verschwanden, wie von einem Hammerschlag zermalmt; diese kurze Frist nutzte er, um den vergangenen Jahrhunderten und den abgelebten Düften zu entfliehen und sich, wie er es früher getan hatte, auf weniger beschränkte oder neuere Produkte einzulassen.

Früher hatte er sich bei der Parfumherstellung gerne in Akkorden gewiegt; er gebrauchte ähnliche Effekte wie die Dichter, übernahm gleichsam den Aufbau gewisser Stücke von Baudelaire, wie etwa *L'Irréparable* und *Le Balcon*, wo der letzte der fünf Verse, die die Strophe bilden, das Echo des ersten ist und wie ein Refrain wiederkehrt, um die Seele in endlose Weiten der Wehmut und Sehnsucht zu tauchen.

Er verlor sich in den Träumen, die diese wohlriechenden Stanzen in ihm heraufbeschworen, und wurde durch die Wiederkehr des Anfangsmotivs, das in der duftenden Orchestrierung des Gedichts in fest bemessenen Abständen wiedererschien, plötzlich zurückgeführt an seinen Ausgangspunkt und zum Motiv seiner Betrachtung.

Im gegenwärtigen Augenblick jedoch wollte er in einer abwechslungsreichen Landschaft voller Überraschungen herumstreifen, und er debütierte mit einer klangvollen, weitgespannten Formulierung, die plötzlich den Ausblick auf ein endloses Gefilde eröffnete.

Mit seinen Zerstäubern versprühte er in seinem Zimmer eine aus Ambrosia, Mitcham-Lavendel, Duftwicke und Bukett gebildete Essenz, eine Essenz, die, wenn sie von einem Künstler destilliert wird, den Namen »Wiesen-flor-Extrakt« verdient, den man ihr gibt; diesen Wiesen-flor vermengte er dann mit einer genau aufeinander ab-gestimmten Mischung aus Tuberose und Orangen- und Mandelblüten, und sogleich entstand künstlicher Flieder, während Linden, die durch Londoner Tiliaextrakt simu-liert wurden, sich Luft zufächelten und ihre matten Aus-dünstungen am Boden niederschlugen.

Nachdem er diese Szenerie, die sich unter seinen ge-schlossenen Augenlidern unabsehbar weit verlor, mit ein paar Strichen hingeworfen hatte, hauchte er einen leich-ten Regen menschlicher und gleichsam katzenartiger Essenzen darüber, der nach Röcken roch und gepuderte und geschminkte Frauen ankündigte, Stephanotis, Aya-pana, Opopanax, Chypre, Champaka und Sarcanthus, dann fügte er eine Spur wilden Jasmin hinzu, um dem künstlichen Leben der Schminke, das diese verströmten, einen natürlichen Anflug von schweißgebadetem Lachen und von Wonnen, die sich in strahlender Sonne abspie-len, zu geben.

Anschließend ließ er diese Duftwogen mit Hilfe eines Ventilators verebben und behielt nur die Landschaft zu-rück, die er erneuerte und deren Dosis er verstärkte, um zu erreichen, daß sie in seinen Strophen wie ein Ritornell wiederkehrte.

Die Frauen hatten sich nach und nach verflüchtigt; die Landschaft war entvölkert; da erstanden am verzauber-ten Horizont Fabriken, deren ungeheure Schornsteine am oberen Ende wie Punschgläser brannten.

Ein Hauch von Fabriken, von chemischen Produkten schwang nun in der Brise mit, die er mit Fächern aufwir-belte, und selbst in dieser schwärenden Luft atmete die Natur noch ihre zarten Ausdünstungen aus.

Des Esseintes drehte und erwärmte ein Styraxkügelchen zwischen den Fingern, und ein ganz eigenartiger Geruch stieg im Raum auf, ein gleichzeitig abstoßender und erlesener Geruch, der sowohl etwas vom köstlichen Duft der Narzisse wie vom widerlichen Gestank von Guttapercha und von Steinkohleöl enthielt. Er desinfizierte sich die Hände, legte sein Harz in eine hermetisch verschlossene Schachtel, und auch die Fabriken verschwanden. Nun sprühte er zwischen die wiederbelebten Schwaden der Linden und der Wiesen einige Tropfen New-mown-hay, und mitten in der magischen Gegend, die für einen Augenblick ihres Flieders beraubt war, erhoben sich Heugarben, die eine neue Jahreszeit herbeiführten und ihren zarten Dunst in diese sommerlichen Wohlgerüche mengten.

Als er dieses Schauspiel genug ausgekostet hatte, versprühte er hastig exotische Parfums, leerte seine Zerstäuber, verstärkte seine konzentrierten Essenzen, ließ allen seinen Balsamdüften die Zügel schießen, und in der aufreizenden Schwüle des Raums brach eine wahnsinnige und großartige Natur hervor, die ihren Odem mit Gewalt ausstieß und eine künstliche Brise mit verwirrenden aromatischen Weingeistdämpfen auflud, eine Natur, die nicht echt und reizvoll war, sondern ganz und gar paradox, die den Piment der tropischen Länder sowie die pfeffrigen Ausdünstungen des chinesischen Sandelholzes und der Hediosmia von Jamaika mit den französischen Gerüchen des Jasmins, des Weißdorns und der Verbenen vereinte, die, ungeachtet der Jahreszeiten und der klimatischen Verhältnisse, Bäume verschiedenster Arten und Blumen der unterschiedlichsten Farben und Düfte wachsen ließ und durch die Verschmelzung und den Aufeinanderprall all dieser Töne ein allgemeines, namenloses, unvorhergesehenes, fremdartiges Parfum schuf, in dem, wie ein hartnäckiger Refrain, die dekorative Anfangsformulierung, der Wohlgeruch der von Flieder- und Lindendüften umfächelten großen Wiese, wiedererschien.

Plötzlich durchdrang ihn ein heftiger Schmerz; er hatte das Gefühl, ein Bohrer winde sich in seine Schläfen. Er öffnete die Augen und fand sich mitten in seinem Toilettenzimmer am Tisch sitzend vor; mühsam und benommen ging er zum Fenster und öffnete es einen Spalt. Ein Windstoß heiterte die stickige Atmosphäre auf, die ihn umgab; er ging im Zimmer auf und ab, um seine Beine wieder zu kräftigen, und dabei sah er zur Decke hoch, wo sich mit Salz überpuderte Krabben und Algen im Relief von einem Untergrund abhoben, der ebenso blond gekörnt war wie ein Sandstrand; die gleiche Dekoration bekleidete die Mauerbänder; die Wände, die sie umrahmten, waren mit wassergrünem, etwas knittrigem japanischen Krepp bespannt, der die leichten Wellen eines vom Wind gekräuselten Flusses imitierte, und in seiner schwachen Strömung schwamm das Blütenblatt einer Rose, umkreist von einem Schwarm kleiner Fische, die mit zwei Tintenstrichen gezeichnet waren.

Aber seine Augenlider blieben schwer; er hörte auf, den kurzen Raum zwischen Taufbecken und Badewanne abzuschreiten, und stützte sich auf das Fensterbrett; seine Benommenheit schwand; sorgfältig verkorkte er seine Phiolen und nutzte die Gelegenheit, die Unordnung in seinen Schminkutensilien zu beseitigen. Seit seiner Ankunft in Fontenay hatte er nicht daran gerührt, und er wunderte sich heute fast, diese Sammlung wiederzusehen, die einst von so vielen Frauen in Augenschein genommen worden war. Flakons und Töpfe stapelten sich übereinander. Hier enthielt eine Porzellandose aus der grünen Familie die wunderbare, weiße Schnouda-Salbe, die, wenn sie auf die Wangen aufgetragen wird, unter dem Einfluß der Luft in ein zartes Rosa und dann in ein so reines Hochrot übergeht, daß sie wirklich exakt die Illusion einer kräftig durchbluteten Haut hervorbringt; dort schlossen Lackkästchen mit Perlmutteinlagen japanisches Gold und Athener Grün ein, das in der Farbe von Kantharidenflügeln schillert, Gold- und Grüntöne, die sich in ein tiefes Purpur verwandeln, sobald man sie anfeuchtet; neben Töpfen voller Haselnußpaste, Haremsbalsam, Emulsionen aus Kaschmirlilien, Erdbeer- und Holunderlotionen für den Teint und neben kleinen Flaschen, die mit Lösungen aus chinesischer Tinte und mit Rosenwasser zum Gebrauch für die Augen gefüllt waren, lagen, zwischen Luzernenbürsten für das Zahnfleisch, bunt durcheinander Instrumente aus Elfenbein, Perlmutt, Stahl und Silber: Pinzetten, Scheren, Kratzbürsten, Wischer, Schminkläppchen und Quasten, Rückenschaber, Schönheitspflästerchen und Feilen.

Er nahm alle diese Utensilien in die Hand, die er einst auf die inständigen Bitten einer Mätresse hin gekauft hatte, welche unter dem Einfluß bestimmter Düfte und bestimmter Balsame verging, eine nervöse und exaltierte Frau, die es liebte, die Spitzen ihrer Brüste in Wohlgerüchen zu baden, jedoch erst dann eine köstliche und erschöpfende Befriedigung empfand, wenn man ihr den Kopf mit einem Kamm schabte oder wenn sie während der Zärtlichkeiten den Geruch von Ruß, von frischvergipsten Häusern bei Regenwetter oder von mit großen Gewittertropfen gesprenkeltem Staub im Sommer einatmen konnte.

Er stocherte in diesen Erinnerungen, und ein Nachmittag, den er aus Langeweile und Neugier in Gesellschaft dieser Frau bei seiner Schwester in Pantin verbracht hatte, fiel ihm ein und rührte eine längst vergessene Welt alter Ideen und einstiger Parfums in ihm auf; während die beiden Frauen miteinander plauderten und sich ihre Kleider zeigten, war er ans Fenster getreten und hatte durch die verstaubten Scheiben die schmutzige Straße gesehen und gehört, wie ihr Pflaster unter den unaufhörlichen Tritten der Galoschen, die durch die Pfützen stampften, hallte.

Diese schon lange zurückliegende Szene war plötzlich mit einer eigenartigen Lebhaftigkeit gegenwärtig. Pantin lag vor ihm, belebt und lebendig, in diesem grünen wie toten Wasser des mondhofumrandeten Spiegels, in das seine bewußtlosen Augen tauchten; eine Halluzination trug ihn aus Fontenay fort; der Spiegel warf ihm in diesem Augenblick dieselben Gedanken zurück, die damals die Straße in ihm geweckt hatte, und traumversunken wiederholte er sich jenes künstliche, melancholische und tröstliche Klagelied, das er einst, bei seiner Rückkehr nach Paris, aufgeschrieben hatte:

– »Ja, die Zeit des großen Regens ist gekommen; die Wasserröhren gurgeln singend unter den Trottoirs, und der Mist mariniert in den Lachen, die mit ihrem Milchkaffee die ausgehöhlten Schüsseln des Makadam füllen; für den bescheidenen Passanten gibt es genug Fußduschen.

In der feuchten Luft unter dem tiefhängenden Himmel haben die Wände der Häuser schwarze Schweißperlen, und ihre Kellerlöcher stinken; der Ekel am Dasein verstärkt sich, und der Lebensüberdruß wird erdrückend; die Saat der Schändlichkeit, die jeder in sich hat, sprießt; die Sucht nach schmutzigen Schwelgereien befällt ernste Menschen, und in den Gehirnen geachteter Leute beginnen sich Sträflingsbegierden zu regen.

Und dennoch wärme ich mich an einem großen Feuer, und aus einem Korb voll erblühter Blumen auf dem Tisch steigt der Dunst von Benzoe, Geranium und Vetiver auf und erfüllt das ganze Zimmer. Mitten im November ist in der Rue de Paris in Pantin immer noch Frühling, und ich lache innerlich über die Familien, die, um der herannahenden Kälte zu entkommen, überstürzt nach Antibes oder Cannes fliehen.

Die unfreundliche Natur ist an diesem erstaunlichen Phänomen völlig unbeteiligt; diese künstliche Jahreszeit verdankt Pantin, es muß gesagt werden, einzig und allein der Industrie.

Diese Blumen sind in der Tat aus über Messingdraht gezogenem Taft, und der Frühlingsgeruch dringt durch die Abdichtungen der Fenster und wird von den Fabriken in der Nachbarschaft verströmt, den Parfumerien von Pinaud und Saint-James.

Den von den schweren Arbeiten in den Werkstätten verbrauchten Handwerkern und den kleinen Angestellten, die zu oft Vater werden, wird dank dieses Gewerbes die Illusion ermöglicht, ein wenig gute Luft zu genießen.

Außerdem kann aus dieser fabelhaften Vortäuschung von Ländlichkeit eine kluge Heilmethode hervorgehen; die schwindsüchtigen Lebemänner, die man in den Süden exportiert, sterben, denn der Bruch mit ihren Gewohnheiten und die Sehnsucht nach den Pariser Ausschweifungen, die sie verheert haben, richten sie vollends zugrunde. Hier, in einem vorgetäuschten Klima, zu dem die Ofenheizung beiträgt, werden die wollüstigen Erinnerungen unter den schmachtenden weiblichen Ausdünstungen der Fabriken ganz sacht wieder aufleben. Mittels dieser List kann der Arzt seinem Patienten die tödliche Langeweile des Provinzlebens auf platonische Weise durch eine Pariser Boudoir- und Hurenatmosphäre ersetzen. Um die Kur zu vollenden, wird es in den meisten Fällen genügen, daß die Einbildungskraft dessen, der sich ihr unterzieht, einigermaßen blühend ist.

....

....

Da es in der heutigen Zeit keine gesunde Substanz mehr gibt, da der Wein, den man trinkt, gepanscht ist, und die Freiheit, die man proklamiert, dem Gespött dient, da es schließlich eine ungewöhnliche Dosis guten Willens bedarf, um zu glauben, daß die führenden Klassen ehrbar sind und die domestizierten Klassen es verdienen, daß man ihnen hilft und sie bedauert, scheint es mir«, schloß Des Esseintes, »auch nicht lächerlicher oder verrückter, von meinem Nächsten ein gewisses Maß an Illusionen zu erwarten – geringer als das, das er täglich für törichte Zwecke aufbringt –, um sich vorzustellen, daß die Stadt Pantin ein künstliches Nizza, ein nachgeahmtes Menton ist.

....

Das alles ändert nichts daran«, sagte er sich, von einer Schwäche, die seinen ganzen Körper erfaßte, aus seinen Überlegungen gerissen, »daß ich mich vor diesen köstlichen und abscheulichen Übungen, die mich vernichten, in acht nehmen muß.« Er seufzte: – »Ach, schon wieder gilt es, Lüste zu zügeln, Vorsichtsmaßnahmen zu ergreifen«; und er flüchtete in sein Arbeitszimmer, im Glauben, dort leichter der Zudringlichkeit dieser Parfums entkommen zu können.

Er öffnete das Fenster so weit es ging, glücklich in der Luft zu baden; aber plötzlich kam es ihm vor, als enthalte die Brise einen vagen Hauch von Bergamottöl, mit dem sich Jasmin, Kassie und Rosenwasser verbanden. Sein Atem stockte, während er sich fragte, ob er nicht tatsächlich einer jener Obsessionen unterworfen sei, die man im Mittelalter austrieb. Der Geruch wechselte und veränderte sich, war jedoch die ganze Zeit gegenwärtig. Aus dem unten am Abhang gelegenen Dorf stieg jetzt eine verwaschene Mischung aus Tolutinktur, peruanischem Balsam und Safran auf, zusammengehalten durch einige Tropfen Ambra und Moschus, und plötzlich fand die Metamorphose statt, die verstreuten Überbleibsel verbanden sich wieder, und erneut flutete das Frangipan, dessen Bestandteile sein Geruchssinn erahnt und im voraus analysiert hatte, aus dem Tal von Fontenay bis zum Fort hinauf, bestürmte seine abgematteten Nüstern, rüttelte an seinen angegriffenen Nerven und versetzte ihn in einen solchen Erschöpfungszustand, daß er über der Fensterbrüstung ohnmächtig, dem Tode nahe, zusammenbrach.

XI

DIE erschrockenen Dienstboten beeilten sich, den
Arzt von Fontenay herbeizurufen, der den Zustand Des
Esseintes absolut nicht zu deuten verstand. Er stammelte ein paar medizinische Fachausdrücke, fühlte den
Puls, untersuchte die Zunge des Kranken, versuchte
vergeblich, ihn zum Reden zu bringen, verordnete Beruhigungsmittel und Ruhe, versprach, am nächsten Tag
wiederzukommen, und entfernte sich auf ein ableh-
nendes Handzeichen Des Esseintes', dessen Kraft aus-
reichte, um den Eifer seiner Dienstboten zu mißbilligen
und den Eindringling zu verabschieden, der nichts Eili-
geres zu tun hatte, als dem ganzen Dorf die Exzentrizi-
täten dieses Hauses zu schildern, dessen Einrichtung
ihn tatsächlich wie vom Blitz getroffen hatte erstarren
lassen.

Zum großen Erstaunen der Angestellten, die nicht
mehr wagten, das Bedientenzimmer zu verlassen, erholte
sich ihr Herr in wenigen Tagen, und sie überraschten ihn
dabei, wie er, gegen die Fensterscheiben trommelnd, unruhig den Himmel beobachtete.

Eines Nachmittags erklangen gebieterische Klingelzeichen, und Des Esseintes erteilte den Befehl, man solle
seine Koffer für eine lange Reise vorbereiten.

Während das Hausmeisterehepaar nach seinen Anweisungen die Gegenstände zusammensuchte, die er brauchen würde, ging er fieberhaft in seiner Speisezimmer-
kajüte auf und ab, zog die Dampferfahrpläne zu Rate
und durchmaß dann sein Arbeitszimmer, wo er fortfuhr,

mit ungeduldiger und gleichzeitig zufriedener Miene die Wolken zu erforschen.

Das Wetter war schon seit einer Woche ganz abscheulich. Ströme von Ruß wälzten unablässig Wolkenblöcke, ähnlich herausgesprengten Felsbrocken, über die graue Fläche des Himmels.

Von Zeit zu Zeit begruben Platzregen das Tal unter Sturzbächen.

An diesem Tag hatte der Himmel sein Gesicht verändert. Die Tintenfluten waren versiegt und verdunstet, die Ecken und Kanten der Wolken geschmolzen; der Himmel war eine gleichmäßige Fläche, überzogen mit einer brackigen Decke. Diese Decke schien nach und nach herabzusinken, Wassernebel hüllte die Landschaft ein; der Regen kam nicht mehr in Katarakten herunter, sondern fiel unablässig, fein, durchdringend, wie Nadelstiche, weichte die Alleen auf, verwandelte die Wege in Matsch, kettete Himmel und Erde aneinander mit seinen zahllosen Fäden; das Licht wurde trüb; ein bleierner Tag erhellte das Dorf, das in einen von den Nadelspitzen des Wassers gepünktelten Schlammsee verwandelt war, dessen Lachen wie mit Quecksilbertropfen gespickt aussahen; in der Trostlosigkeit der Natur verblaßten alle Farben, nur noch die Dächer glänzten über den erloschenen Mauertönen.

– »Was für ein Wetter!« seufzte der alte Diener, während er die von seinem Herrn erbetene Kleidung, einen Anzug, den dieser einst in London bestellt hatte, auf einem Stuhl ablegte.

Statt jeder Antwort rieb Des Esseintes sich die Hände und pflanzte sich vor einem Glasschrank auf, in dem eine Garnitur Seidensocken fächerartig ausgebreitet lag; er war im Zweifel, welchen Farbton er wählen sollte, dann

griff er, in Anbetracht des trübseligen Tags und des gries-
grämigen Einerleis seiner Kleidung sowie in Gedanken
an das Reiseziel rasch entschlossen nach einem Paar Sok-
ken in hellbrauner Seide, streifte sie flink über, schlüpfte in
Halbstiefel mit Schnallen und abgeplatteten Kappen, zog
den mausgrauen, lavagrau karierten und marderfarben
getüpfelten Anzug an, setzte eine kleine Melone auf,
hüllte sich in eine flachsblaue Pelerine und begab sich, gefolgt von seinem Diener, der unter den Lasten eines Kof-
fers, einer aufklappbaren Reisetasche, eines Nachtsacks,
einer Hutschachtel und einer Reisedecke, in die Schirme
und Stöcke gerollt waren, schwankte, zum Bahnhof. Dort
teilte er dem Diener mit, er könne das Datum seiner
Rückkehr nicht genau sagen, es könne sein, daß er in
einem Jahr, in einem Monat, vielleicht auch früher zu-
rückkomme, dann befahl er, daß in der Wohnung nichts
von der Stelle gerückt werden dürfe, übergab ihm die für
die Aufrechterhaltung des Hauswesens während seiner
Abwesenheit ungefähr erforderliche Geldsumme, stieg in
den Waggon und ließ den Alten verblüfft, mit hängenden
Armen und offenem Mund hinter der Absperrung zurück, vor der sich der Zug in Bewegung setzte.

Er war allein im Abteil; eine verschwimmende, schmutzige Landschaft, wie durch das trübe Wasser eines Aqua-
riums gesehen, jagte im Flug am Zug vorbei, der vom
Regen gepeitscht wurde. In Gedanken versunken schloß
Des Esseintes die Augen.

Einmal mehr war die so heißersehnte und endlich er-
rungene Einsamkeit in eine entsetzliche Verzweiflung
gemündet; die Stille, die ihm früher wie eine Entschädigung für die Dummheiten, die er jahrelang gehört hatte,
vorgekommen war, lastete nun mit einem unerträglichen
Gewicht auf ihm. Eines Morgens war er erregt wie ein in

eine Zelle geworfener Häftling erwacht; seine entkräfteten Lippen bewegten sich, um Laute zu artikulieren, Tränen stiegen ihm in die Augen, er bekam keine Luft mehr, wie jemand, der stundenlang geschluchzt hat.

Verzehrt vom Wunsch, sich zu bewegen, ein menschliches Gesicht zu sehen, mit einem anderen Wesen zu reden, sich ins allgemeine Leben zu mischen, schreckte er nicht davor zurück, seine Dienstboten unter einem Vorwand hereinzurufen und sie dazubehalten; aber eine Unterhaltung war unmöglich; abgesehen davon, daß die alten Leute, durch die Jahre des Schweigens und die Gewohnheiten eines Krankenwärterdaseins gebeugt, fast stumm waren, war auch der Abstand, in dem Des Esseintes sie immer gehalten hatte, nicht dazu angetan, ihnen den Mund zu öffnen. Im übrigen besaßen sie stumpfe Gehirne und waren unfähig, anders als einsilbig auf die Fragen zu antworten, die man ihnen stellte.

Er konnte sich bei ihnen also keinen Rückhalt und keine Erleichterung verschaffen; aber ein neues Phänomen trat auf. Die Lektüre von Dickens, die er unlängst in Angriff genommen hatte, um seine Nerven zu beruhigen, und die nur Wirkungen hervorgebracht hatte, die den hygienischen Wirkungen, die er sich davon erhoffte, entgegengesetzt waren, begann langsam unerwartete Folgen zu zeitigen, indem sie Visionen vom englischen Leben vermittelte, die ihn zu stundenlangen Überlegungen veranlaßten; nach und nach schlichen sich in diese fiktiven Betrachtungen Vorstellungen einer bestimmten Wirklichkeit, einer vollendeten Reise, erfüllter Träume, verknüpft mit der Lust, neue Eindrücke zu empfangen und so den erschöpfenden Ausschweifungen des Geistes zu entkommen, der sich nur noch benommen um sich selbst drehte.

Das abscheuliche Nebel- und Regenwetter kam diesen Gedanken zu Hilfe, indem es die Erinnerungen an seine Lektüren unterstützte, ihm ständig das Bild eines dunstigen und schlammigen Landes vor Augen führte und seine Wünsche daran hinderte, von ihrem Ausgangspunkt abzuirren, sich von ihrem Ursprung zu entfernen.

Es hielt ihn nicht länger, und eines Tages war der Entschluß plötzlich gefaßt. Er hatte es so eilig, daß er die Flucht vor der Zeit antrat, er wollte sich der Gegenwart entziehen, wollte das Gefühl erleben, im Getümmel der Straße, im Lärm der Menge und des Bahnhofs herumgestoßen zu werden.

»Ich lebe noch«, sagte er zu sich, in dem Moment, als der Zug seinen Walzer verlangsamte und unter den ruckweisen Stößen der Drehscheibe, die den Takt zu seinen Pirouetten schlug, in der Rotunde der Ankunftshalle von Sceaux anhielt.

Als er dann auf der Straße war, auf dem Boulevard d'Enfer, rief er einen Kutscher heran und genoß es, so mit Koffern und Decken bepackt zu sein. Durch das Versprechen eines großzügigen Trinkgelds wurde er mit dem Mann in den nußbraunen Hosen und der gelben Weste handelseinig: – »Gleich in der Rue de Rivoli«, sagte er, »halten Sie vor *Galignani's Messenger*«; denn er wollte vor seiner Abreise einen Baedeker oder einen Murray von London kaufen.

Der Wagen setzte sich schwerfällig in Bewegung und rührte den Schlamm auf, der wie ein Kranz an seinen Rädern festklebte; man fuhr mitten durch den Morast; unter dem grauen Himmel, der sich auf die Dächer der Häuser zu stützen schien, trieften die Mauern von oben bis unten, Regenrinnen liefen über, das Straßenpflaster war überzogen mit einer honigkuchenartigen Schmiere, auf der die Passanten ausglitten; auf den Gehwegen, an denen die Omnibusse vorbeistreiften, blieben die Menschen eng zusammengedrängt stehen, und Frauen drückten sich mit bis zu den Knien geschürzten Röcken, unter ihre Regenschirme gebeugt, gegen die Ladenfronten, um den Kotspritzern zu entgehen.

Der Regen drang schräg durch die Wagentüren; Des Esseintes mußte die Fenster, über die das Wasser in Streifen herabbrann, höher stellen, während rund um die Droschke Schmutzfontänen wie ein Feuerwerk aufstiegen. Beim monotonen Geräusch der Erbsensäcke, die der Platzregen über seinem Kopf auf das Gepäck und die Wagendecke ausschüttete, träumte Des Esseintes von seiner Reise; es war bereits eine Anzahlung auf England, die er hier in Paris durch das scheußliche Wetter erhielt; ein regnerisches, riesenhaftes, unübersehbares London, das nach erhitztem Roheisen und Schweiß stank und seinen Qualm unablässig in den Nebel blies, zog nun an seinen Augen vorbei; dann erstreckten sich so weit der Blick reichte ganze Fluchten von Docks mit Kränen, Winden, Ballen, wimmelnd von Männern, die auf Masten kletterten oder rittlings auf Rahen saßen, während sich auf den Quais Myriaden von anderen Männern, die Hintern in die Luft gereckt, über Fässer beugten, die sie in die Kellereien rollten.

All das spielte sich an den Ufern und in gigantischen Speichern ab, die vom räudigen und dumpfen Wasser einer imaginären Themse umspült wurden, in einem Wald von Masten, einem Forst von Balken, dessen Spitzen die bleiernen Wolken am Firmament durchbohrten; während Züge in hoher Geschwindigkeit am Himmel dahinflogen, andere in den Kloaken rollten, entsetzliche Schreie ausstießen und Rauchschwaden durch die Trichtermündungen ausspien; während sich durch alle Boulevards, durch alle Straßen, in denen im ewigen Dämmerlicht die scheußlichen und grellen Niederträchtigkeiten der Reklame erstrahlten, Wagenströme zwischen Kolonnen schweigender, beschäftigter, mit geradeaus gerichtetem Blick und enganliegenden Armen dahineilender Menschen ergossen.

Des Esseintes empfand einen köstlichen Schauder bei dem Gefühl, in diese entsetzliche Welt der Kaufleute einbezogen zu sein, in diesen vereinsamenden Nebel, in diese rastlose Betriebsamkeit, in dieses unbarmherzige Räderwerk, das Millionen Enterbter zermalmte und das die Philanthropen, anstatt sie zu trösten, dazu veranlaßte, Bibelsprüche aufzusagen und Psalmen zu singen.

Dann erlosch diese Vision plötzlich durch einen heftigen Wagenstoß, der ihn in den Sitz zurückwarf. Er schaute durch die Türvorhänge; draußen war es dunkel geworden; die Gaslampen blinkten umringt von einem gelblichen Hof im dichten Nebel; Lichtbänder schwammen in den Wasserlachen und schienen sich um die Wagenräder zu winden, die in einer flüssigen, trüben Glut hüpften; er versuchte, sich zu orientieren, erkannte die Place du Carrousel, und plötzlich, ohne Grund, vielleicht einfach als Folge seines Absturzes aus imaginären Höhen, gingen seine Gedanken zurück und blieben an einer ganz trivialen Begebenheit hängen: Es fiel ihm ein, daß der Diener, während er unter seiner Aufsicht die Koffer fertigmachte, versäumt hatte, eine Zahnbürste zu den Utensilien in seinem Reisenecessaire zu legen; daraufhin ließ er die Liste der eingepackten Gegenstände Revue passieren; alles war ordnungsgemäß in seinen Koffer geräumt worden, aber der Ärger darüber, daß die Bürste vergessen worden war, beschäftigte ihn weiter, bis der

Kutscher durch sein Anhalten die Kette der Rückerinne-
rungen und des wiederholten Bedauerns unterbrach.

Er war in der Rue de Rivoli vor *Galignani's Messenger* angelangt. Zwei große Schaufenster, getrennt
durch eine Tür mit Milchglasscheiben, die mit Aufschrif-
ten bedeckt und mit Zeitungsausschnitten und himmelblauen Telegrammstreifen in Passepartouts zugehängt
war, quollen über von Alben und Büchern. Er trat näher,
angezogen von der Auslage: Pappbände mit perücken-
macherblau und kohlgrün gaufriertem Schnitt an allen
Seiten, Ranken aus Gold und Silber, Leinenbände in
hellbraunen, lauchgrünen, gänsedreckfarbenen, johan-
nisbeerroten Farbtönen mit eingeprägten schwarzen
Ornamenten auf Rücken und Deckeln. Das alles hatte
einen unpariserischen Stil, einen merkantilen Zuschnitt,
der brutaler, aber weniger billig war als der der jämmerlichen französischen Einbände; hier und dort waren
zwischen aufgeschlagenen Alben, die humoristische Szenen von du Maurier und von John Leech wiedergaben
oder die tollen Kavalkaden von Caldecott über Ebenen
in Farbdruck jagten, einige französische Romane zu sehen, die unter diesen Farbensalat milde und heitere
Derbheiten mischten.

Schließlich riß er sich von diesem Anblick los, stieß die
Tür auf und betrat eine geräumige Buchhandlung, in
der es von Menschen wimmelte; Ausländerinnen saßen
da, falteten Karten auf und machten Bemerkungen in
einem Kauderwelsch unbekannter Sprachen. Ein Ladengehilfe brachte ihm eine ganze Sammlung von Rei-
seführern. Er setzte sich ebenfalls und blätterte in den
Büchern, deren flexible Pappeinbände unter seinen Fingern nachgaben. Er überflog sie und blieb an einer Seite
des Baedeker hängen, auf der die Londoner Museen be-

schrieben wurden. Er interessierte sich für die knappen und exakten Details; aber seine Aufmerksamkeit verirrte sich von der alten englischen Malerei zur neuen, die ihn mehr reizte. Er erinnerte sich an einige Bilder, die er in internationalen Ausstellungen gesehen hatte, und er dachte, er könne sie vielleicht in London wiedersehen: Gemälde von Millais, *The Eve of St. Agnes*, mit ihrem so sehr an Mondlicht erinnernden Silbergrün, Gemälde von Watts, mit ihren merkwürdigen Farben, buntgesprenkelt mit Gummigutt und Indigo, Gemälde wie entworfen von einem kränkelnden Gustave Moreau, gepinselt von einem blutarmen Michelangelo, retuschiert von einem in Blau ertrinkenden Raffael; unter anderem erinnerte er sich an einen *Verrat Kains*, an eine *Ida* und an verschiedene Abbildungen Evas, in denen in einer eigenartigen und mysteriösen Verquickung dieser drei Künstler die gleichzeitig geläuterte und ungeschliffene Persönlichkeit eines gelehrten und träumerisch veranlagten Engländers hervorbrach, der von den Zwängen gräßlicher Farbtöne beherrscht wurde.

Alle diese Bilder drängten sich massenweise in sein Gedächtnis. Der Ladengehilfe, verwundert über diesen Kunden, der sich, vor einem Tisch sitzend, vergaß, fragte ihn, auf welches der Bücher seine Wahl gefallen sei. Des Esseintes stutzte, entschuldigte sich schließlich, kaufte einen Baedeker und trat nach draußen. Die Feuchtigkeit ließ ihn erstarren; der Wind wehte von der Seite und peitschte die Arkaden mit klatschendem Regen. – »Fahren Sie dorthin«, sagte er zu dem Kutscher, indem er mit dem Finger auf einen Laden am Ende eines Arkadengangs an der Ecke der Rue de Rivoli und der Rue Castiglione wies, der mit seinen weißlichen, von innen beleuchteten Schaufenstern einem gigantischen Nachtlicht glich, das in dem unbehaglichen Nebel, in dem Elend dieses kranken Wetters brannte.

Es war die *Bodega*. Des Esseintes verlor sich in einem großen Saal, der sich in Form eines von gußeisernen Säulen getragenen langen Ganges ausdehnte und der an beiden Wandseiten mit hohen, übereinandergestapelten Fässern ausgestattet war.

Diese Fässer, umringt mit Eisenbändern, den Bauch geschmückt mit Holzkehlen, die Pfeifenständern glichen und in denen Gläser in Tulpenform mit dem Fuß nach oben hingen, hatten im Spundloch am Unterbauch einen Hahn aus Steingut und waren mit einem königlichen Wappen verziert; auf farbigen Etiketten zeigten sie den Namen ihrer Lagen, den Inhalt ihrer Flanken und den Preis ihres Weins an, der faß- oder flaschenweise gekauft oder glasweise getrunken werden konnte.

In der freigebliebenen Allee zwischen den Fässerreihen, unter den Gasflammen, die in den Brennern eines scheußlichen, eisengrau bemalten Kronleuchters summten, standen Tische, gedeckt mit Körben voll Palmer-Biskuits und salzigem trockenen Gebäck, beladen mit Tellern, auf denen kleine Pasteten und Sandwiches aufgetürmt waren, die unter ihren langweiligen Hüllen scharfe Senfsaucen verbargen; zwischen einem Spalier von Stühlen reihte sich Tisch an Tisch bis in den hintersten Winkel des Kellers, der mit weiteren Fässern vollgestellt war, auf deren Köpfen kleinere Fäßchen mit in die Eiche eingebrannten Namensstempeln lagerten.

Alkoholdunst umgab Des Esseintes, als er sich in diesem Saal niederließ, in dem starke Weine schlummerten. Er sah sich um: hier standen Fuder in Reih und Glied, die über die Vielfalt der Portweine, herbe oder fruchtige, mahagoni- oder amarantfarbene, Auskunft gaben und die durch lobende Epitheta unterschieden wurden: »old port, light delicate, cockburn's very fine, magnificent old Regina«; dort drängten sich Seite an Seite, ihre kolossalen Bäuche wölbend, riesige Gallonen, die den martialischen Wein Spaniens enthielten, den Jerez und seine Abkömmlinge, in den Farben des Rauch - oder Rohtopas, den San Lucar, den Pasto, den Pale dry, den Oloroso, den Amontillado, süß oder trocken.

Der Keller war voll; den Ellbogen auf die Tischdecke gestützt, wartete Des Esseintes auf das Glas Porto, das er bei einem Gentleman bestellt hatte, der gerade damit beschäftigt war, explosives Sodawasser zu entkorken, das sich in ovalen Flaschen befand, die mit etwas Übertreibung an jene Gelatine- und Glutenkapseln erinnerten, die Apotheker verwenden, um den Geschmack bestimmter Medikamente zu verdecken.

Um ihn herum tummelten sich lauter Engländer: Spottgestalten von blassen Geistlichen, von Kopf bis Fuß in Schwarz gekleidet, mit Schlapphüten und Schnürschuhen, endlos langen, auf der Brust mit Knöpfen besetzten Gehröcken, rasiertem Kinn, runder Brille und fettigem, am Kopf anliegendem Haar; Vollmondgesichter von Kaldaunenhändlern und Bulldoggenfratzen mit apoplektischem Hals, Ohren wie Tomaten, weinfarbenen Wangen, blutunterlaufenen idiotischen Augen und Bartkolliers, ähnlich jenen einiger Großaffen; weiter hinten, am Ende des Weinlagers, entzifferte ein baumlanger Wurstabhänger mit Haaren wie Werg und einem Kinn voller weißer Stoppeln, das aussah wie ein Artischockenboden, durch ein Vergrößerungsglas die winzigen lateinischen Lettern einer englischen Zeitung; gegenüber entschlummerte eine Art amerikanischer Kommodore, wohlgenährt und vierschrötig, mit sonnengebräunter

Haut, einer Knollennase und einer Zigarre im haarbewehrten Loch seines Mundes, bei der Betrachtung der an den Wänden hängenden Rahmen mit Champagnerreklamen der Marken Perrier, Rœderer, Heidsieck und Mumm und der in gotischen Buchstaben geschriebenen Anzeige von Dom Pérignon in Reims, mit der Abbildung eines kapuzenbewehrten Mönchskopfs.

Des Esseintes überkam eine gewisse Erschlaffung in dieser Wachstubenatmosphäre; benommen von dem Geplauder der Engländer, die sich miteinander unterhielten, geriet er ins Träumen, und angesichts des purpurroten Portweins in den Gläsern erstanden Dickens' Geschöpfe vor ihm, die ihn so gerne tranken, und bevölkerten den Keller mit neuen eingebildeten Gestalten; hier sah er die weißen Haare und den erhitzten Teint Mister Wickfields, dort den phlegmatischen und schlauen Gesichtsausdruck und den unerbittlichen Blick Mister Tulkinghorns, des unheimlichen Anwalts von Bleak-House. In der Tat traten sie alle aus seinem Gedächtnis heraus und ließen sich, wie sie leibten und lebten, in der Bodega nieder; seine durch die kürzlich erfolgte Lektüre aufgefrischten Erinnerungen nahmen eine unerwartete Genauigkeit an. Die Stadt des Romanciers, das gutbeleuchtete, gutgeheizte, gutversorgte, gutverschlossene Haus und die von der kleinen Dorrit, von Dora Copperfield und von der Schwester Tom Pinchs langsam ausgeschenkten Weinflaschen erschienen ihm und schwammen wie eine behagliche Arche in einer Sintflut von Kot und Ruß. Er döste in diesem fiktiven London, glücklich, im Trockenen zu sitzen, und hörte dabei die Schleppkähne auf der Themse fahren, die hinter den Tuilerien in der Nähe der Brücke ein schauerliches Geheul ausstießen. Sein Glas war leer; trotz des dichten Dunsts im Keller, der auch noch vom Zigarren- und Pfeifenrauch aufgeheizt wurde, verspürte er, als er in die Wirklichkeit zurückfiel, in diesem widerlich feuchten Wetter ein leichtes Frösteln.

Er bestellte ein Glas Amontillado, aber angesichts dieses trockenen und blassen Weins entblätterten sich die beruhigenden Geschichten und die sanften Malvengewächse des englischen Dichters, und die unbarmherzigen Reizpflaster, die schmerzhaften, hautrötenden Mittel Edgar Poes tauchten plötzlich auf; der kalte Albtraum des Amontilladofasses, des in einem Kellerloch eingemauerten Mannes, überfiel ihn; die wohlwollenden und alltäglichen Gesichter der im Saal versammelten englischen und amerikanischen Trinker schienen ihm unbewußte und gräßliche Gedanken, triebhafte und häßliche Pläne widerzuspiegeln; dann bemerkte er, daß es sich um ihn herum leerte und daß die Abendessenszeit nahte; er zahlte, riß sich von seinem Stuhl los und gelangte ganz benommen zur Tür. Als er hinaustrat, traf ihn eine nasse Ohrfeige; regenüberströmt und windgeschüttelt flackerten die Strahlenfächer der Laternen, ohne die Straße zu erhellen; der Himmel war noch ein paar Stufen tiefer herabgesunken und hatte sich bis auf die Bäuche der Häuser gelegt. Des Esseintes betrachtete die Arkaden der Rue de Rivoli, die in Dunkel getaucht und von Wasser überflutet war, und es kam ihm vor, als befände er sich in dem finsteren Tunnel, der unter der Themse verlief; Bauchschmerzen riefen ihn in die Wirklichkeit zurück; er ging zu seinem Wagen, rief dem Kutscher die Adresse eines Speiselokals in der Rue d'Amsterdam in der Nähe des Bahnhofs zu und schaute auf seine Uhr: Es war sieben. Er hatte gerade noch Zeit zum Essen; der Zug fuhr erst um acht Uhr fünfzig, und er zählte an seinen Fingern die Stunden ab, rechnete aus, wie lange die Überfahrt von Dieppe nach Newhaven dauern würde, und sagte sich: – »Wenn die Angaben auf dem Fahrplan stimmen, werde ich morgen Schlag halb ein Uhr in London sein.«

Die Droschke hielt vor dem Lokal; wieder stieg Des Esseintes aus und betrat einen langgestreckten braunen Saal ohne Vergoldungen, der in halber Höhe durch Zwischenwände in eine Reihe von Nischen, ähnlich Stallboxen, aufgeteilt war; in diesem Saal, der in der Nähe der Tür durch eine reichhaltige Auswahl an Zapfhähnen erweitert wurde, standen auf einem Schanktisch neben Schinken, die so abgelagert waren wie das Holz alter Geigen, mennigerot gefärbte Hummer und marinierte Makrelen, die mit Zwiebelringen, rohen Karotten, Zitronenscheiben, Gewürzsträußen aus Lorbeer und Thymian, Wacholderbeeren und grobem Pfeffer in einer trüben Sauce schwammen.

Eine dieser Boxen war frei. Er nahm sie in Beschlag und rief einen jungen Mann in einem schwarzen Frack herbei, der sich verbeugte und in einem Kauderwelch unverständliches Zeug von sich gab. Während das Gedeck vorbereitet wurde, betrachtete Des Esseintes seine Nachbarn; wie in der Bodega überflogen Inselbewohner mit Fayenceaugen, puterrotem Teint und bedächtigen oder mürrischen Mienen ausländische Blätter; nur Frauen ohne Herrenbegleitung speisten in fröhlicher Runde, robuste Engländerinnen mit Junggesellengesichtern, Zähnen, breit wie Schaufeln, apfelrot bemalten Wangen, großen Händen und großen Füßen. Sie machten sich mit wahrer Inbrunst über einen Rumpsteak-Pie her, eine Art Pastete aus in Champignonsauce gekochtem und mit einer Teigkruste ummanteltem Fleisch.

Da er schon so lange den Appetit verloren hatte, war er

ganz bestürzt beim Anblick dieser Dragoner, deren Gefräßigkeit seinen Hunger anstachelte. Er bestellte eine Oxtail-Suppe und tat sich gütlich an dieser sämigen und zugleich samtigen, fetten und kräftigen Brühe aus Ochsenschwanzstücken; dann prüfte er die Liste der Fischgerichte und wählte einen Haddock, eine Art geräucherten Kabeljau, der ihm empfehlenswert schien, und, gepackt von Heißhunger angesichts der anderen, die sich vollstopften, aß er ein Roastbeef mit Kartoffeln und schüttete zwei Pints Ale in sich hinein, angeregt durch den leichten, moschusartigen Kuhstallgeruch, den dieses edle, blasse Bier verströmte.

Sein Hunger war allmählich gestillt; er kaute auf einem Stück Stilton herum, dessen Süße mit einem bitteren Geschmack durchsetzt war, knabberte an einem Rhabarbertörtchen und löschte seinen Durst zur Abwechslung mit Porter, jenem schwarzen Bier, das nach Lakritzensaft ohne Zucker riecht.

Er holte tief Luft; seit Jahren hatte er nicht so gierig gegessen und getrunken; der Wechsel der Gewohnheiten und die Auswahl unvorhergesehener und kräftiger Speisen hatten den Magen aus dem Schlaf aufgerüttelt. Er ließ sich im Stuhl zurücksinken, zündete eine Zigarette an und begann, seinen Kaffee zu trinken, den er mit etwas Gin verdünnte.

Der Regen fiel immer weiter; er hörte ihn auf die Scheiben prasseln, die den hinteren Teil des Raums überdachten, und in Kaskaden in die Dachtraufen rinnen; niemand im Saal rührte sich von der Stelle; alle verwöhnten sich wie er im Trockenen vor kleinen Gläsern.

Die Zungen lösten sich; da die Engländer fast alle beim Reden nach oben blickten, schloß Des Esseintes, daß sie sich über das Wetter unterhielten; nicht einer von ihnen lachte, und alle waren sie in grauen, nankinggelb und löschpapierrosa gestreiften Cheviot gekleidet. Er warf einen beglückten Blick auf seine eigene Kleidung, die sich in Farbe und Schnitt nicht erheblich von der der anderen unterschied, und er empfand die Genugtuung, in dieser Umgebung nicht aus dem Rahmen zu fallen, irgendwie, auf eine oberflächliche Weise sogar ein naturalisierter Bürger Londons zu sein; dann zuckte er plötzlich zusammen. »Wie viel Zeit bleibt mir noch bis zur Abfahrt des Zuges?« fragte er sich. Er schaute auf die Uhr: »Zehn Minuten vor acht; ich kann noch fast eine halbe Stunde hierbleiben«; und einmal mehr sann er über den Plan nach, den er gefaßt hatte.

In seinem seßhaften Leben hatten ihn nur zwei Länder gereizt: Holland und England.

Den ersten seiner Wünsche hatte er sich erfüllt; eines Tages hatte es ihn nicht mehr gehalten, er hatte Paris verlassen und die Städte der Niederlande, eine nach der anderen, besucht.

Alles in allem hatte diese Reise grausame Enttäuschungen verursacht. Er hatte sich sein Holland nach den Werken Teniers und Steens, Rembrandts und Ostades gebildet, hatte sich im voraus unvergleichliche Judenviertel ausgemalt, ebenso golden leuchtend wie das Leder von Cordoba in der Sonne, hatte sich prächtige Kirmesfeste und ständige Zechgelage auf dem Land vorgestellt und jene patriarchalische Biederkeit, jene lustige Schwelgerei erwartet, die von den alten Meistern gefeiert wurde.

Gewiß, Harlem und Amsterdam hatten es ihm angetan; die ungebildete Bevölkerung aber, die er dann auf dem Land sah, glich zwar der, die Van Ostade gemalt hatte, es waren dieselben vierschrötigen, grobschlächtigen Kinder und dieselben fetten, speckigen, von dicken

Brüsten und dicken Bäuchen ausgebeulten Weiber; aber es gab keine hemmungslose Ausgelassenheit und keine Zechgelage im Familienkreis; kurz, er mußte erkennen, daß die holländische Schule des Louvre ihn irregeleitet hatte; sie hatte seinen Träumen lediglich als Sprungbrett gedient; er hatte sich aufgeschwungen, war auf einer falschen Spur gelandet und hatte sich in Vorstellungen verirrt, die der Wirklichkeit nicht entsprachen; nirgendwo auf der Welt entdeckte er dieses magische und reale Land, das er sich erhofft hatte, nie sah er Bauern und Bäuerinnen in weiten Röcken und kurzen Hosen auf mit Fässern übersäten Wiesen tanzen, vor Freude weinen, vor Glück mit den Füßen stampfen und sich mit Lachen erleichtern.

Nein, all das war wahrhaftig nicht zu sehen; Holland war ein Land wie jedes andere, dazuhin ein keineswegs urwüchsiges, keineswegs gemütliches Land, denn dort wütete die protestantische Religion mit ihrer rigiden Scheinheiligkeit und ihrer steifen Feierlichkeit.

Diese Enttäuschung fiel ihm wieder ein, erneut schaute er auf die Uhr: zehn Minuten trennten ihn von der Abfahrt des Zuges. »Es ist höchste Zeit, die Rechnung zu bezahlen und aufzubrechen«, sagte er sich. Er spürte einen Druck im Magen und eine Schwere im ganzen Körper, die extrem waren. »Nun«, sagte er, um sich Mut zu machen, »trinken wir den Abschiedstrunk«; und er leerte ein Glas Brandy, während er nach der Bedienung rief. Ein Individuum im schwarzen Frack, eine Serviette über dem Arm, eine Art Haushofmeister, mit spitzem, kahlem Schädel, halbergrautem und festem Bart, ohne Schnauzer, kam herbei, einen Bleistift hinter dem Ohr, pflanzte sich, ein Bein nach vorne gesetzt wie ein Sänger, neben ihm auf, zog einen Notizblock aus der Tasche, schrieb die Ausgaben auf und rechnete sie, den Blick zur Decke in die Gegend eines Kronleuchters gerichtet, zusammen, ohne auf das Papier zu schauen. »Hier«, sagte er, indem er das Blatt von seinem Notizblock riß und es Des Esseintes reichte, der ihn neugierig betrachtete, wie ein seltenes Tier. »Was für ein erstaunlicher John Bull«, dachte er, während er diese phlegmatische Person ansah, deren rasierter Mund entfernt an das Aussehen eines Steuermanns der amerikanischen Marine erinnerte.

In diesem Augenblick öffnete sich die Tür des Lokals; Leute kamen herein, die einen Geruch von nassem Hund mitbrachten, der sich mit dem Kohlenqualm vermengte, den der Wind in die Küche herabdrückte und durch die Schwingtür blies; Des Esseintes war unfähig, die Beine zu bewegen; eine süße, wohltuende Entkräftung verbreitete sich langsam in all seinen Gliedern und hinderte ihn sogar daran, die Hand auszustrecken, um sich eine Zigarre anzuzünden. Er sagte sich: »Los, endlich aufgestanden, es ist höchste Zeit«; und im selben Moment machten Einwände die Ermahnung zunichte. Wozu sich von der Stelle rühren, wenn man auf einem Stuhl sitzend so prächtig reisen konnte? Befand er sich nicht in London, umgaben ihn nicht die Gerüche, die Atmosphäre, die Bewohner, die Speisen, die Utensilien dieser Stadt? Was anderes als neue Enttäuschungen, ähnlich jenen in Holland, konnte er sich also erhoffen?

Nur noch im Eilschritt hätte er den Bahnhof erreichen können, und eine ungeheure Abneigung gegen die Reise, ein unabweisbares Bedürfnis, ruhig hierzubleiben, drängte ihn mit einem immer ausgeprägteren, immer hartnäckigeren Impuls. Nachdenklich ließ er die Minuten verstreichen, schnitt sich so den Rückzug ab und sagte sich: »Jetzt müßte man an den Schalter stürzen und sich mit dem Gepäck herumschlagen; was für ein Ärger, was für eine lästige Sache wäre das!« – Dann wiederholte er sich einmal mehr: »Im Grunde habe ich das, was ich erfahren und sehen wollte, erfahren und gesehen. Vom Augenblick meines Aufbruchs an bin ich reichlich mit englischem Leben gesättigt worden; man wäre verrückt, wenn man unvergängliche Eindrücke durch einen ungeschickten Ortswechsel aufs Spiel setzte. Welcher Irrtum hat mich eigentlich bewogen zu versuchen, alten Ideen abzuschwören, die lenksamen Phantasien meines Gehirns zu verdammen und wie ein richtiger Grünschnabel an die Notwendigkeit, die Kuriosität und den Nutzen einer Exkursion zu glauben? – Sieh an«, sagte er, indem er auf die Uhr schaute, »es ist höchste Zeit, heimzufahren«; diesmal erhob er sich, ging hinaus, befahl dem Kutscher, ihn zum Bahnhof von Sceaux zu bringen, fuhr mit all seinen Koffern, Bündeln, Taschen, Decken, Schirmen und Stöcken nach Fontenay zurück und empfand die körperliche Erschöpfung und die seelische Ermattung eines Mannes, der nach einer langen und gefährlichen Reise wieder nach Hause kommt.

XII

IN den Tagen, die auf seine Rückkehr folgten, betrachtete Des Esseintes öfter seine Bücher, und bei dem Gedanken, daß er sie unter Umständen lange hätte entbehren müssen, verspürte er eine ebenso tiefe Erleichterung wie die, die er empfunden haben würde, wenn er sie nach einer tatsächlichen Abwesenheit wiedergefunden hätte. Unter dem Eindruck dieses Gefühls kamen ihm die Gegenstände wie neu vor, denn er nahm Schönheiten an ihnen wahr, die er seit der Zeit, da er sie erwarb, vergessen hatte.

Alles, Bücher, Nippes, Möbel, gewann in seinen Augen einen besonderen Reiz; sein Bett erschien ihm weicher im Vergleich zu dem Lager, das er in London eingenommen hätte; die diskrete und stumme Aufwartung seiner Dienstboten entzückte ihn, erschöpft wie er war von der Vorstellung der lärmenden Geschwätzigkeit der Hoteldiener; die methodische Organisation seines Lebens erschien ihm noch erstrebenswerter, seitdem Zufallsreisen in entfernte Länder in den Bereich der Möglichkeit gerückt waren.

Er tauchte wieder in das Bad der Gewohnheit ein, dem ein künstliches Bedauern stärkende und erfrischende Eigenschaften unterschob.

Aber in erster Linie beschäftigten ihn seine Bücher. Er nahm sie in Augenschein, stellte sie in die Regale zurück und prüfte dabei, ob seit seinem Einzug in Fontenay nicht Hitze und Regen die Bände beschädigt und ihr kostbares Papier angefressen hätten.

Er begann, seine ganze lateinische Bibliothek umzuräumen, dann brachte er die Spezialwerke von Archelaus, Albertus Magnus, Lullus und Arnaud de Villanova, die die Kabbala und die Geheimwissenschaften behandelten, in eine neue Ordnung; schließlich sah er seine modernen Bücher einzeln durch und stellte hocherfreut fest, daß alle trocken und heil geblieben waren.

Diese Sammlung hatte ihn beträchtliche Summen gekostet; er ließ in der Tat nicht zu, daß die Autoren, die ihm teuer waren, in seiner Bibliothek, so wie in den Bibliotheken anderer, mit den Nagelschuhen eines Auvergnaten auf billiges Papier gedruckt herumstanden.

Früher, in Paris, hatte er nur für sich bestimmte Bände anfertigen lassen, die extra dafür angestellte Arbeiter auf Handpressen abzogen; einmal wandte er sich an Perrin in Lyon, dessen schlanke und reine Lettern sich für den altertümlichen Nachdruck alter Bücher eigneten; ein andermal ließ er aus England oder Amerika neue Schriftzeichen für die Herstellung von Werken des jetzigen Jahrhunderts kommen; wieder ein anderes Mal wandte er sich an ein Haus in Lille, das seit Jahrhunderten einen ganzen Satz gotischer Typen besaß; und schließlich zog er die alte Druckerei Enschedé in Haarlem hinzu, deren Gießerei die Stempel und Matrizen der sogenannten Civilité-Lettern besaß.

Und mit den Papieren war er genauso verfahren. Eines Tages, als er genug hatte von dem silbrig schimmernden Papier aus China, dem perlmuttenen und vergoldeten aus Japan, dem weißen Whatmans, dem grauen holländischen, dem Turkey und Seychal-mills in Chamois, und als er auch die mechanisch hergestellten Papiere leid war, hatte er sich in den alten Manufakturen von Vire, wo noch die Stampfer benutzt wurden, mit denen man früher den Hanf brach, spezielles, in der Form geschöpftes Papier bestellt. Um ein wenig Abwechslung in seine Sammlungen zu bringen, hatte er sich zu wiederholten Malen aus London appretierte Stoffe sowie rauhe und gerippte Papiere schicken lassen, und um seiner Verachtung für die Bibliophilen aufzuhelfen, fertigte ihm ein Lübecker Händler ein besonders dünnes, bläuliches, raschelndes, etwas brüchiges Papier, in dessen Zeug die Strohhalme durch Goldpailletten ersetzt waren, ähnlich jenen, die das Danziger Goldwasser tüpfeln.

Mit diesen Voraussetzungen hatte er sich einmalige Bücher beschafft, wobei er unübliche Formate wählte, die er von Lortic, Trautz-Bauzonnet, Chambolle und Capés Nachfolgern in mustergültige Einbände aus alter Seide, aus geprägtem Rindsleder oder aus Ziegenleder vom Kap binden ließ, ganzlederne Einbände mit Golddruck und Mosaikarbeiten, gefüttert mit Tabin und Moiré, kirchenbuchmäßig verziert mit Schließen und Ecken, manchmal sogar von Gruel-Engelmann mit mattem Silber und hellem Email ausgelegt.

So hatte er sich mit den herrlichen bischöflichen Lettern des Hauses Le Clerc die Werke Baudelaires in einem an Gebetbücher erinnernden Breitformat auf schwammähnlichen, ganz leichten Japanfilz drucken lassen, der weich wie Holundermark war und eine kaum wahrnehmbare leichte rosa Färbung zeigte. Diese in einem Exemplar erschienene Auflage, gedruckt mit samtschwarzer Chinatinte, war außen und innen mit wunderschönem, echtem, unter Tausenden von Häuten ausgewähltem naturfarbenen Schweinsleder bezogen worden, das anstelle der Borsten mit unzähligen Narben gespickt und mit aufgeprägten schwarzen Ornamenten verziert war, die ein großer Künstler auf wunderbare Weise angeordnet hatte.

An diesem Tag holte Des Esseintes das unvergleichliche Buch aus dem Regal, hielt es andächtig in der Hand und las einige Stücke, die ihm in diesem einfachen, aber unschätzbaren Rahmen noch eindrücklicher als sonst vorkamen.

Seine Bewunderung für diesen Schriftsteller war grenzenlos. Er war der Ansicht, daß sich die Literatur bisher darauf beschränkt hatte, die Oberfläche der Seele zu erforschen oder in ihre erreichbaren und wohlbeleuchteten unterirdischen Gewölbe einzudringen, um hier und da die Ablagerungen der Todsünden zu entdecken, deren Verlauf und Wachstum zu erkunden, und so wie Balzac die einzelnen Schichten der Seele zu beschreiben, die von der Monomanie einer Leidenschaft, von der Herrschsucht, vom Geiz, von väterlicher Dummheit und seniler Liebe besessen ist.

Im übrigen ging es um die hervorragende Gesundheit der Tugenden und der Laster, das ungestörte Funktionieren hinreichend gebildeter Gehirne, die Verwirklichung gängiger Ideen ohne eingebildete krankhafte Zerrüttung, ohne ein Jenseits; alles in allem machten die Entdeckungen der Analytiker bei den Theorien von Gut und Böse halt, die die Kirche vorgab; es ging um die gewöhnlichen Forschungen und einfachen Beobachtungen eines Botanikers, der aus der Nähe die voraussehbare Entwicklung ganz normaler, in natürlicher Erde wurzelnder Pflanzen verfolgt.

Baudelaire war weiter gegangen; er war bis auf den Grund der unerschöpflichen Mine hinabgestiegen, hatte sich in verlassene und unerforschte Stollen gewagt, war in Bereiche der Seele vorgestoßen, wo sich die monströsen Gewächse des Denkens verzweigen.

Dort, in der Nachbarschaft der Grenzbezirke, wo sich

die Verirrungen und die Krankheiten aufhalten, der mystische Starrkrampf, das Nervenfieber der Wollust, die Typhuserreger und der schwarze Auswurf des Verbrechens, hatte er, unter der trüben Glocke der Langeweile brütend, die erschreckende Alterung der Gefühle und Gedanken kennengelernt.

Er hatte die krankhafte Psychologie des Geistes enthüllt, der den Herbst seiner Gefühle erreicht hat; hatte die Symptome der Seelen geschildert, die vom Schmerz heimgesucht und vom Überdruß bevorzugt werden; hatte gezeigt, wie die Eindrücke intelligenter Menschen, die ein absurdes Schicksal unterjocht, zunehmend in Fäulnis übergehen, wenn die Begeisterung und das Vertrauen der Jugend versiegt sind, wenn nur noch die dürre Erinnerung an ertragenes Elend, an erlittene Ungerechtigkeiten, an erduldete Kränkungen übrigbleiben.

Er hatte alle Phasen dieses jämmerlichen Herbstes verfolgt, hatte die menschliche Kreatur betrachtet, die bereitwillig verbitterte und sich geschickt betrog, die ihre Gedanken zwang, sich gegenseitig etwas vorzumachen, um besser leiden zu können, und die sich so schon im voraus, dank der Analyse und der Beobachtung, jede mögliche Freude verdarb.

In dieser gereizten Empfindlichkeit der Seele, in diesem unerbittlichen Denken, das die störende Glut der Hingabe und die wohlgemeinten Kränkungen der Almosen von sich weist, sah er dann nach und nach das Grauen jener gealterten Leidenschaften und jener reifen Lieben heraufziehen, wo der eine sich noch hingibt, während der andere bereits auf der Hut ist, wo die Erschöpfung der Paare nach kindlichen Zärtlichkeiten verlangt, deren vermeintliche Jugendlichkeit neu zu sein scheint, nach einer mütterlichen Unschuldshaltung, deren Güte die reizvollen Gewissensbisse eines vagen Inzests sozusagen beruhigt und zuläßt.

Auf wunderbaren Seiten hatte er seine zwitterartigen, durch das Unvermögen, Erfüllung zu finden, aufgepeitschten Lieben und jene gefährlichen Lügen der Betäubungsmittel und Gifte, die zu Hilfe gerufen werden, um das Leiden einzuschläfern und den Überdruß zu bändigen, dargestellt. In einer Epoche, in der die Literatur den Kummer des Lebens fast ausschließlich dem Unglück einer verkannten Liebe oder den Eifersuchtsqualen eines Ehebruchs zuschrieb, hatte er diese kindischen Krankheiten einfach ignoriert und jene viel unheilbareren, hartnäckigeren, tieferen Wunden erforscht, die Übersättigung, Enttäuschung und Verachtung in kaputten Seelen hinterlassen, die von der Gegenwart gefoltert, von der Vergangenheit angeekelt und von der Zukunft erschreckt und in die Verzweiflung getrieben werden.

Und je mehr Des Esseintes wieder in Baudelaire las, desto mehr erkannte er den unbeschreiblichen Reiz dieses Schriftstellers, dem es, in einer Zeit, wo der Vers nur noch dazu diente, die äußere Erscheinung der Menschen und der Dinge wiederzugeben, gelungen war, das Unaussprechliche dank einer muskulösen und habhaften Sprache auszusprechen, die mehr als jede andere die wunderbare Kraft besaß, mit einer ungewöhnlichen Gesundheit des Ausdrucks die flüchtigsten und unstetesten Krankheitszustände der erschöpften Geister und der schwermütigen Seelen festzuhalten.

Die Zahl der mit Baudelaire in seinen Regalfächern konkurrierenden französischen Bücher war relativ eingeschränkt. Die Werke, über die sich totzulachen zum guten Ton gehörte, ließen ihn sichtlich ungerührt. »Das große Gelächter Rabelais'« und »die handfeste Komik

Molières« vermochten ihn nicht zu erheitern, und seine Abneigung gegenüber diesen Farcen ging so weit, daß er sich nicht scheute, sie vom künstlerischen Standpunkt aus den Hanswurstparaden zu vergleichen, die dem Vergnügen auf dem Jahrmarkt dienen.

Was die alten Dichtungen betraf, so las er kaum etwas außer Villon, dessen melancholische Balladen ihn rührten, und manchmal einige Stücke von d'Aubigné, die sein Blut durch die unglaubliche Heftigkeit ihrer Verweise und Verwünschungen in Wallung versetzten.

In der Prosa machte er sich ziemlich wenig aus Voltaire und Rousseau, ja selbst aus Diderot, dessen so sehr gerühmte »Salons« ihm besonders viele moralische Abgeschmacktheiten und einfältige Ansichten zu enthalten schienen; aus Haß auf all diesen Wortkram zog er sich fast ausschließlich auf die Lektüre der christlichen Beredsamkeit zurück, auf die Werke von Bourdaloue und Bossuet, deren wohlklingende, ausgefeilte Perioden ihn beeindruckten; aber noch lieber labte er sich an jenem Mark, das in den ernsten und kraftvollen Sätzen kondensiert ist, in die Nicole und vor allem Pascal, dessen nüchterner Pessimismus und dessen qualvolle Zerknirschung ihm zu Herzen gingen, ihre Gedanken gossen.

Abgesehen von diesen paar Büchern begann die französische Literatur in seiner Bibliothek mit dem Jahrhundert.

Sie unterteilte sich in zwei Gruppen: die eine enthielt die gewöhnliche, profane Literatur; die andere die katholische Literatur, eine spezielle Literatur, die fast unbekannt war, obwohl sie von jahrhundertealten, riesigen Verlagshäusern in alle vier Ecken der Welt verbreitet wurde.

Er hatte den Mut besessen, in diesen Krypten herumzuirren, und ebenso wie in der weltlichen Kunst hatte er unter einem gigantischen Haufen von Ungenießbarem einige Werke entdeckt, die von wirklichen Meistern geschrieben waren.

Das Hauptmerkmal dieser Literatur war die durchgängige Unveränderlichkeit ihrer Ideen und ihrer Sprache; so wie die Kirche die ursprüngliche Form der heiligen Geräte weitergegeben hatte, so hatte sie auch die Reliquien ihrer Dogmen bewahrt und das Gehäuse, das sie einschloß, die Sprache der Kanzelredner des großen Jahrhunderts gehütet. Einer ihrer Schriftsteller, Ozanam, erklärte sogar, der christliche Stil habe die Sprache Rousseaus zu verleugnen; er solle sich ausschließlich der Ausdrucksweise bedienen, die Bourdaloue und Bossuet gebrauchten.

Trotz dieser Behauptung schloß die Kirche, die toleranter war, die Augen vor gewissen, der weltlichen Sprache desselben Jahrhunderts entlehnten Ausdrücken und Wendungen, und so hatte sich das katholische Idiom ein wenig entleert von jenen durch die Länge der Abschweifungen und die unerquickliche Aneinanderreihung von Pronomen plumpen und umständlichen Phrasen, vor allem bei Bossuet; aber darauf hatten sich die Konzessionen beschränkt, und weitere hätten sicher zu nichts geführt, denn so von ihrer Schwerfälligkeit erleichtert, konnte diese Prosa den beschränkten Themen, die zu behandeln die Kirche sich selbst verurteilte, hinreichend genügen.

Diese Sprache, unfähig, sich mit dem Alltag zu messen oder auch nur die einfachsten Aspekte der Existenz des Menschen und der Dinge sichtbar und verständlich zu machen, ungeeignet, die komplizierten Listen eines Gehirns zu erklären, das für den Zustand der Gnade unempfänglich ist, bewährte sich indes hervorragend bei abstrakten Themen; sie war brauchbar bei der Diskussion einer Kontroverse, bei der Beweisführung einer Theorie, bei der Fraglichkeit eines Kommentars, und sie hatte, mehr als jede andere, die nötige Autorität, um ohne Diskussion den Wert einer Doktrin zu bekräftigen.

Unglücklicherweise war auch hier wie überall eine zahllose Armee von Pedanten in das Allerheiligste eingefallen und hatte durch Unkenntnis und Mangel an Talent seine strenge und vornehme Erscheinung beschmutzt; um das Unglück vollzumachen, hatten sich auch noch Frömmlerinnen daruntergemischt, und ungeschickte Sakristeien sowie gedankenlose Salons hatten das elende Geschwätz dieser Frauen als geniale Werke hoch gepriesen.

Von Neugier getrieben, hatte Des Esseintes die Werke von Madame Swetchine gelesen, der Frau eines russischen Generals, deren Haus in Paris von den glühendsten Katholiken aufgesucht wurde; bei der Lektüre ihrer Bücher hatte er eine ungetrübte, niederschmetternde Langeweile empfunden; sie waren mehr als schlecht, sie waren banal; sie erinnerten an das Echo, das in einer kleinen Kapelle entsteht, in der eine ganze Gesellschaft steif und fromm ihre Gebete murmelt, sich flüsternd nach den Neuigkeiten erkundigt und mit geheimnisvoller, tiefsinniger Miene einige Gemeinplätze über Politik, die Voraussagen des Barometers und die aktuellen Witterungsverhältnisse austauscht.

Aber es gab Schlimmeres: eine vom Institut gekrönte Preisträgerin, Madame Augustus Craven, die Verfasserin eines *Récit d'une sœur*, einer *Éliane* und einer *Fleurange*, die mit Pauken und Trompeten von der ganzen apostolischen Presse unterstützt wurde. Nie, nein, nie hätte Des Esseintes sich träumen lassen, daß man solche nichtssagenden Dinge schreiben könnte. Diese Bücher waren im Hinblick auf ihre Konzeption von einer solchen Dämlichkeit, und sie waren in einer so ekelerregenden Sprache geschrieben, daß sie sich dadurch fast schon wieder selbst genügten und Seltenheitswert bekamen.

Im übrigen konnte Des Essseintes, dessen Seele nicht so unerfahren und der von Natur aus wenig sentimental war, schwerlich gerade literarische Zuflucht, die seinem Geschmack angemessen gewesen wäre, bei Frauen finden.

Trotzdem bemühte er sich mit einer Beflissenheit, die keine Ungeduld zu mindern vermochte, dem Werk des weiblichen Genies, der blaustrümpfigen Jungfrau dieser Fraktion etwas abzugewinnen; seine Anstrengungen schlugen fehl; er fand keinen Geschmack an dem *Tagebuch* und den *Briefen*, in denen Eugénie de Guérin ohne jedes Taktgefühl das erstaunliche Talent eines Bruders rühmt, der mit einer solchen Natürlichkeit und Anmut gereimt habe, daß man ganz gewiß bis zu den Werken von Monsieur de Jouy und Monsieur Écouchard Lebrun zurückgehen müsse, um so kühne und so neue Verse zu finden!

Ebenso hatte er vergeblich versucht, die Wonnen jener Werke zu begreifen, in denen sich Berichte wie die folgenden finden: »Heute morgen habe ich neben Papas Bett ein Kreuz aufgehängt, das ihm ein kleines Mädchen gestern gab.« – »Wir, Mimi und ich, sind eingeladen, morgen bei Monsieur Roquiers an einer Glockenweihe teilzunehmen; dieser Gang ist mir nicht unangenehm;« – oder Ereignisse von dieser Wichtigkeit mitgeteilt werden: »Ich habe mir gerade ein Medaillon der Heiligen Jungfrau um den Hals gehängt, das mir Louise als Schutz vor der Cholera geschickt hat;« – und Poesie dieser Art: »Ach, der schöne Mondenstrahl, der soeben auf das Evangelium fiel, in dem ich las!« – schließlich scharfsinnige und kluge Beobachtungen wie diese: »Wenn ich einen Mann an einem Kruzifix vorbeigehen sehe, der sich dabei bekreuzigt oder den Hut abnimmt, sage ich mir: Hier geht ein Christ vorbei.«

Und so ging es weiter, ohne Pause, ohne Unterbrechung, bis Maurice de Guérin starb, und seine Schwester ihn auf neuen Seiten beweinte, die in einer wäßrigen Prosa geschrieben und hier und da mit Bruchstücken von Gedichten durchflochten waren, deren beschämende Dürftigkeit schließlich das Mitleid Des Esseintes erregte.

Ach! Es war unbeschreiblich, wie wenig anspruchsvoll und wie wenig kunstverständig die katholische Partei bei der Wahl ihrer Schützlinge verfuhr! Diese lymphatischen Wesen, die sie so hegte und pflegte und für die sie den Gehorsam ihrer Blätter strapazierte, schrieben alle wie Klosterschüler, in einer farblosen Sprache, in einem endlosen Schwall von Sätzen, den kein astringierendes Mittel aufhalten konnte.

Des Esseintes wandte sich mit Grauen von dieser Literatur ab; aber auch die modernen Meister der Geistlichkeit konnten ihm keine ausreichende Entschädigung bieten, die den üblen Nachgeschmack vertrieben hätte. Diese waren untadelige und korrekte Prediger oder Polemiker, aber die christliche Sprache war in ihren Reden und Schriften schließlich unpersönlich geworden, war in einer Rhetorik vorausberechneter Bewegungen und Pausen und in einer Reihe von Perioden, die nach einem einheitlichen Muster gebaut waren, erstarrt. Und tatsächlich, alle Geistlichen schrieben gleich, mit etwas mehr oder etwas weniger Hingabe oder Begeisterung, und der Unterschied zwischen den Grisaillen, die ein Dupanloup oder Landriot, ein La Bouillerie oder Gaume, ein Dom Guéranger oder Pater Ratisbonne, ein Monseigneur Freppel oder Monseigneur Perraud, ein Ravignan oder Gratry, der Jesuit Olivain, der Karmeliter Dosithée, der Dominikaner Didon oder der ehemalige Prior von Saint-Maximin, Chocarne, zeichnete, war fast gleich Null.

Des Esseintes hatte sich oft Gedanken darüber gemacht: es bedurfte eines wirklich echten Talents, einer tiefverwurzelten Originalität und einer gutverankerten Überzeugung, um diese so kalte Sprache aufzutauen, um diesen öffentlichen Stil zu beleben, der keinen unvorhergesehenen Gedanken, keine mutige Frage zuließ.

Indessen gab es einige Schriftsteller, deren glühende Beredsamkeit diese Sprache schmelzen und verformen konnte, vor allem Lacordaire, einer der wenigen Schriftsteller, die die Kirche seit vielen Jahren hervorgebracht hat.

Wie alle seine Mitbrüder in den engen Kreis orthodoxer Theorien eingesperrt, wie sie gezwungen, auf der Stelle zu treten und sich nur an die von den Kirchenvätern verbreiteten und abgesegneten und von den Meistern der Kanzel weiterentwickelten Ideen zu halten, gelang es ihm dennoch, diesen unbemerkt eine neue Richtung zu geben, sie durch eine persönlichere und lebendigere Form zu verjüngen, ja fast zu verwandeln. In seinen berühmten *Conférences de Notre-Dame* fanden sich immer wieder unerwartete Ausdrücke, kühne Wörter, Liebestöne, Aufschwünge, Jubelschreie, schwärmerische Ergüsse, die den jahrhundertealten Stil unter seiner Feder befruchteten. Außerdem verfügte dieser kluge, sanfte Mönch, dessen Geschicklichkeit und dessen Bemühungen sich in der unmöglichen Aufgabe erschöpft hatten, die liberalen Doktrinen der Gesellschaft mit den autoritären Dogmen der Kirche zu versöhnen, neben seinem Rednertalent über ein Temperament, das zu glühender Liebe und diplomatischer Zärtlichkeit fähig war. So flossen in seine Briefe an junge Männer die zärtlichen Worte eines Vaters, der seine Söhne ermahnt, freundliche Verweise, wohlwollende Ratschläge, nachsichtiges Verzeihen ein. Manche dieser Briefe, in denen er seine ganze Gier nach Zuneigung bekannte, waren bezaubernd, andere wieder, in denen er durch die unerschütterliche Gewißheit seines Glaubens den Mut stärkte und Zweifel zerstreute, fast ehrfurchtgebietend. Kurz, dieses Gefühl der Vaterschaft, das unter seiner Feder zärtliche und weibliche Züge annahm, prägte seiner Prosa einen Akzent auf, der in der ganzen Kirchenliteratur einmalig war.

Nach ihm wurden Geistliche und Mönche, die irgendeine Individualität besaßen, ziemlich selten. Höchstens einige Seiten seines Schülers Abbé Peyreyve vertrugen es, noch gelesen zu werden. Er hatte rührende Biographien seines Lehrers hinterlassen, einige liebenswerte Briefe geschrieben, Artikel in der klangvollen Sprache des Kanzelstils verfaßt, Lobreden gehalten, in denen der deklamatorische Ton zu sehr vorherrschte. Gewiß, Abbé Peyreyve hatte weder die Emotionen noch das Feuer Lacordaires. Er war zu sehr Priester und zu wenig Mann; aber trotzdem brachen hier und da in der Rhetorik seiner Predigten merkwürdige Vergleiche, starke und solide Sätze und eine fast erhabene Größe durch.

Um jedoch Prosaiker zu finden, die es verdienten, daß man bei ihnen verweilte, mußte man zu den Schriftstellern kommen, die keine Priesterweihe erhalten hatten, zu den weltlichen Schriftstellern, die den Interessen des Katholizismus verbunden und seiner Sache ergeben waren.

Der episkopale Stil, den die Prälaten so abgedroschen hatten, war wiedererstarkt und hatte mit dem Comte de Falloux in gewisser Weise seine männliche Kraft zurückgewonnen. Dieses Akademiemitglied schwitzte unter seiner maßvollen Erscheinung Gift und Galle aus; die Reden, die er 1848 im Parlament hielt, waren verschwommen und farblos, aber seine im *Correspondant* eingerückten und später in Büchern vereinten Artikel waren unter der übertriebenen Höflichkeit der äußeren Form bissig und scharf. Als Reden konzipiert, enthielten sie einen gewissen bitteren Elan und überraschten durch die Unduldsamkeit ihrer Überzeugungen.

Der wegen seiner Ausgekochtheit gefährliche Polemiker und gewitzte Rhetoriker, der unerwartet zuschlug, begab sich jedoch auch auf Nebenpfade; so hatte er rührende Seiten über Madame Swetchines Tod geschrieben, deren Werkchen er gesammelt hatte und die er wie eine Heilige verehrte.

Das wahre Temperament des Schriftstellers bewies sich in zwei Broschüren, die eine von 1846, die andere von 1880, letztere mit dem Titel *L'Unité nationale*.

Von kalter Wut beseelt, kämpfte der unversöhnliche Legitimist diesmal entgegen seinen Gewohnheiten mit offenem Visier und schleuderte den Ungläubigen als Schlußworte folgendes entgegen:

»Und Ihr, Ihr konsequenten Utopisten, die Ihr die menschliche Natur außer acht laßt, Ihr Beförderer des Atheismus, voller Hirngespinste und Haß, Ihr Frauenemanzipierer, Familienzerstörer, Genealogen des Affengeschlechts, Ihr, deren Name einst ein Schimpfwort war, seid zufrieden: Ihr werdet die Propheten gewesen sein, und Eure Schüler werden die Hohenpriester einer abscheulichen Zukunft werden!«

Die andere Broschüre trug den Titel *Le Parti catho-lique*, und sie war gegen den Despotismus des *Univers* und gegen Veuillot gerichtet, dessen Name sie ungenannt ließ. Hier fanden sich die gewundenen Angriffe wieder, das Gift sickerte aus jeder der Zeilen, in denen der mit blauen Flecken übersäte Edelmann mit Hilfe von verächtlichen Sarkasmen auf die Pantoffeltritte des Angreifers antwortete.

Diese beiden Männer repräsentierten vorzüglich die beiden kirchlichen Parteien, deren Uneinigkeiten sich in unerbittlichen Haß verwandeln; de Falloux, hochmütiger und raffinierter, gehörte jener liberalen Sekte an, in der sich bereits sowohl de Montalembert und Cochin als auch Lacordaire und de Broglie zusammengefunden hatten; er teilte uneingeschränkt die Ideen des *Correspondant*, einer Zeitschrift, die sich bemühte, die herrschsüchtigen Theorien der Kirche mit einem Anstrich von Toleranz zu überdecken; Veuillot war lockerer und freier, wies solche Maskeraden von sich, gab, ohne zu zögern, die Tyrannei der ultramontanen Intentionen zu und billigte und forderte laut das unerbittliche Joch ihrer Dogmen.

Für den Kampf hatte er sich eine eigene Sprache fabriziert, in der etwas von La Bruyère und etwas vom Vorstadtdialekt Gros-Caillous anklang. Der halb feierliche, halb pöbelhafte Stil, schwungvoll vorgetragen von einer so rücksichtslosen Person, nahm die furchtbare Wucht eines Totschlägers an. Mit diesem entsetzlichen Werkzeug hatte er ungewöhnlich hartnäckig und mutig sowohl auf die Freidenker wie auf die Bischöfe eingedroschen und seine Feinde, gleich, welcher Partei sie angehörten, wie ein Stier zustoßend, zu Boden geworfen. Obwohl die Kirche, die weder diesen verkappten Stil noch diese aufmüpfigen Posen akzeptierte, dem religösen

Schmutzfinken argwöhnisch gegenüberstand, hatte sich dieser durch sein großes Talent durchgesetzt, hatte die ganze Presse gegen sich aufgebracht, die er in seinen *Odeurs de Paris* bis aufs Blut piesackte, hatte allen Angriffen die Stirn geboten und sich mit Fußtritten die schnöden Kläffer vom Leib gehalten, die versuchten, ihm ans Bein zu pinkeln.

Leider zeigte sich dieses unbestreitbare Talent nur beim Schlagabtausch; im Ruhezustand war Veuillot nichts als ein mittelmäßiger Schriftsteller, dessen Gedichte und Romane Mitleid einflößten; seine mit Pfeffersoße angerichtete Sprache wurde schal, wenn sie nicht zuschlagen konnte; der katholische Ringer verwandelte sich in den Kampfpausen in einen Schwächling, der banale Litaneien aushustete und kindliche Gesänge stammelte.

Wesentlich gestelzter, steifer und ernster war der von der Kirche lieb und wert gehaltene Apologet, der Inquisitor der christlichen Sprache, Ozanam. Obwohl Des Esseintes nur schwer zu überraschen war, war er doch erstaunt über die Vermessenheit dieses Schriftstellers, der von den unergründlichen Plänen Gottes sprach, wo er besser die Beweise für die von ihm aufgestellten unwahrscheinlichen Behauptungen erbracht hätte; mit der schönsten Kaltblütigkeit verbog er die Ereignisse, erhob noch unverfrorener als die Panegyriker der anderen Parteien Einspruch gegen die anerkannten historischen Tatsachen, versicherte, die Kirche habe nie verhehlt, welche Hochachtung sie für die Wissenschaften hege, nannte die Häresien unreine Ansteckungsherde und behandelte den Buddhismus und die anderen Religionen mit einer solchen Verachtung, daß er sich dafür entschuldigte, die katholische Prosa durch den bloßen Angriff auf ihre Lehren zu besudeln.

Zuweilen hauchte die religiöse Leidenschaft seiner Kanzleisprache, unter deren Eis ein Strom dumpfer Gewalttätigkeit Wogen schlug, eine gewisse Glut ein; in seinen zahlreichen Schriften über Dante, über den heiligen Franziskus, über den Verfasser des *Stabat*, über die Franziskanerdichter, über den Sozialismus, über das Handelsrecht, über alles, verteidigte er den Vatikan, den er für unfehlbar hielt, und beurteilte unterschiedslos alle Angelegenheiten danach, ob sie sich mehr oder weniger dem näherten oder sich von dem entfernten, was ihn interessierte.

Diese Art, die Probleme unter einem einzigen Gesichtspunkt zu betrachten, war auch die jenes armseligen Vielschreibers, den ihm manche als Rivalen entgegenstellten: Nettement. Dieser war weniger engstirnig, und er gab vor, weniger hehre und weltlichere Absichten zu haben; zu wiederholten Malen hatte er das literarische Kloster verlassen, in das sich Ozanam einschloß, und hatte profane Werke gelesen, um sie zu beurteilen. Er hatte sie mit tastenden Schritten betreten, wie ein Kind, das sich in einem Keller von Finsternis umgeben sieht und im Dunkel nur das kurze Stück vor sich wahrnimmt, das vom Kerzenschein erhellt wird.

Bei dieser Unkenntnis des Orts, in dieser Dunkelheit, war er ständig gestrauchelt, hatte von Murger geredet, der sich »um einen ziselierten und sorgfältig ausgearbeiteten Stil« bemühe, von Hugo, der das Ungesunde und Unreine suche und den er mit Monsieur de Laprade zu vergleichen wagte, von Delacroix, der die Regeln mißachte, von Paul Delaroche und dem Dichter Reboul, die er rühmte, weil sie, wie ihm schien, im Besitz des Glaubens waren.

Des Esseintes konnte nicht umhin, die Schultern zu

zucken angesichts dieser mißlungenen Urteile, die eine bemühte Prosa bemäntelten, deren abgetragener Stoff an jeder Satzecke hängenblieb und zerriß.

Andererseits gewann er den Werken von Poujoulat und Genoude, von Montalembert, von Nicolas und Carné auch kein lebhaftes Interesse mehr ab; von seinem Hang zur Geschichte, so, wie sie der Duc de Broglie mit gelehrter Sorgfalt und in einer ehrlichen Sprache vortrug, und von seiner Vorliebe für die sozialen und religiösen Probleme, wie sie Henry Cochin vor allem in einem offenen Brief dargelegt hatte, in dem er in bewegenden Worten schilderte, wie eine Nonne in Sacré-Cœur den Schleier nahm, war nichts mehr zu spüren. Schon ewig hatte er diese Bücher nicht mehr zur Hand genommen, und die Zeit lag lange zurück, wo er die kindischen Ausgeburten des Totengräbers Pontmartin und des Jammerlappens Féval zum Altpapier geworfen und die Histörchen der Aubineaus und der Lasserres, dieser seichten Hagiographen der von Monsieur Dupont aus Tour und der Heiligen Jungfrau vollbrachten Wunder, seinen Dienstboten zu allfälligem Gebrauch überlassen hatte.

Kurz, Des Esseintes bezog selbst aus dieser Literatur nicht einmal mehr vorübergehend eine Ablenkung von seinem Überdruß; daher verbannte er diesen Wust von Büchern, den er einst, nachdem er die Patres verlassen hatte, studierte, in die dunklen Winkel seiner Bibliothek. – »Diese hier hätte ich gut in Paris lassen können«, sagte er sich, als er dahinter andere Bücher aufstöberte, die ihm noch unerträglicher waren, die des Abbé Lamennais und die jenes undurchschaubaren, so schulmeisterlich und hochtrabend langweiligen und öden Sektierers, des Grafen Joseph de Maistre.

Ein einziger Band blieb auf dem Regalbrett in seiner Reichweite stehen, *L'Homme* von Ernest Hello.

Dieser war die absolute Antithese zu seinen Glaubensgenossen. Ernest Hello hatte schließlich, fast völlig isoliert in der Gruppe der Frommen, die vor seiner Gangart zurückschreckte, die große Verkehrsstraße verlassen, die von der Erde zum Himmel führt; angewidert von der Banalität dieses Wegs und von der Horde jener Pilger der Feder, die seit Jahrhunderten im Gänsemarsch, einer immer in den Fußstapfen des anderen, der gleichen Straße folgten, an den gleichen Stellen innehielten, um die gleichen Gemeinplätze über die Religion, über die Kirchenväter, über ihren gleichen Glauben und über die gleichen Lehrer auszutauschen, hatte er Seitenpfade eingeschlagen, war auf der düsteren Lichtung Pascals herausgekommen, wo er lange haltmachte, um wieder Atem zu schöpfen, dann hatte er seinen Weg fortgesetzt und war weiter in die Regionen des menschlichen Denkens vorgedrungen als der Jansenist, den er im übrigen verhöhnte.

Er war geschraubt und geziert, pedantisch und umständlich und erinnerte Des Esseintes durch seine scharfsinnige Sophistik der Analyse an die gründlichen und spitzfindigen Studien einiger ungläubiger Psychologen des vorigen und des gegenwärtigen Jahrhunderts. In ihm steckte eine Art katholischer Duranty, aber dogmatischer und schärfer, ein erfahrener Nutzer des Vergrößerungsglases, ein geschickter Uhrmacher des Gehirns, dem es Vergnügen bereitete, den Mechanismus einer Leidenschaft zu beobachten und durch das Ineinandergreifen der Räder zu erklären.

In diesem sonderbar veranlagten Geist gab es unvorhergesehene Gedankenverbindungen, Annäherungen und Entgegensetzungen; dazuhin eine ganz merkwürdige Vorgehensweise, die aus der Etymologie der Wörter ein Sprungbrett für Gedankenassoziationen machte, die manchmal zwar fadenscheinig, aber fast immer klug und anregend waren.

Auf diese Weise, und trotz der Unausgewogenheit seiner Konstruktionen, hatte er mit seltenem Scharfsinn den »Geizigen« und den »Dutzendmenschen« auseinandergenommen, »die Lust am Leben« und »den Hang zum Unglücklichsein« analysiert und die interessanten Vergleiche entdeckt, die sich zwischen den Verfahren der Photographie und jenen der Erinnerung anstellen lassen.

Aber dieses Geschick in der Handhabung des perfektionierten Werkzeugs der Analyse, das er den Feinden der Kirche entwendet hatte, zeigte nur die eine Seite des Temperaments dieses Mannes.

Es existierte auch noch ein anderes Wesen in ihm: dieser Geist spaltete sich auf, und hinter der zutage liegenden Seite trat die Kehrseite des Schriftstellers hervor, der religiöse Fanatiker und der biblische Prophet.

Wie Victor Hugo, an dessen Verrenkungen sowohl der Gedanken wie auch der Sätze er manchmal erinnerte, hatte sich Ernest Hello darin gefallen, den Apostel Johannes auf Patmos zu spielen; von der Höhe eines Felsens herab, der aus den Erbauungswerkstätten der Rue Saint-Sulpice stammte, verbreitete er seine Lehren und Prophezeiungen und kanzelte den Leser in einer apokalyptischen Sprache ab, die bisweilen mit der Bitterkeit eines Jesaia gesalzen war.

Er erhob maßlose Ansprüche auf Tiefgründigkeit; einige Liebediener riefen sein Genie aus und gaben vor, in ihm den großen Mann zu sehen, den Brunnen der Weisheit des Jahrhunderts – einen Brunnen vielleicht, aber einen, auf dessen Grund man nicht sehr häufig Wasser sah.

In seinem Band *Paroles de Dieu*, in dem er die Heilige Schrift paraphrasierte und sich bemühte, ihren einigermaßen klaren Sinn zu verkomplizieren; in seinem anderen Buch *l'Homme* und in seiner Broschüre *Le Jour du Seigneur*, die in einem biblischen, abgehackten und dunklen Stil geschrieben war, trat er wie ein rachsüchtiger, hochmütiger, von Galle zerfressener Apostel auf, und er entpuppte sich ebenfalls als ein von mystischer Epilepsie befallener Diakon, als ein de Maistre mit Talent, als ein zänkischer und unversöhnlicher Sektierer.

Leider blockierte, fand Des Esseintes, diese krankhafte Zügellosigkeit häufig die erfinderischen Eskapaden des Kasuisten; mit noch größerer Unduldsamkeit und Entschiedenheit als Ozanam verwarf er alles, was nicht zu seiner Sippschaft gehörte, proklamierte die verblüffendsten Axiome, behauptete mit einer fragwürdigen Autorität, »die Geologie berufe sich wieder auf Moses« und die Naturgeschichte, die Chemie und die gesamten zeitgenössischen Wissenschaften bestätigten die wissenschaftliche Genauigkeit der Bibel; auf jeder Seite war die Rede von der einzigen Wahrheit, vom übermenschlichen Wissen der Kirche, und das Ganze war übersät mit mehr als gefährlichen Aphorismen und wütenden Verwünschungen, die er kübelweise über der Kunst des vergangenen Jahrhunderts erbrach.

Zu dieser seltsamen Mischung gesellte sich noch die Leidenschaft für die frömmlerische Süße der Übersetzungen der *Visionen* von Angela da Foligno, einem Buch von einer dünnflüssigen Dummheit ohnegleichen, und für die ausgewählten Werke Johannes van Ruysbroeks, des Vortrefflichen, eines Mystikers des 13. Jahrhunderts, dessen Prosa ein unverständliches, aber reizvolles Gemisch dunkler Schwärmereien, zärtlicher Ergüsse und herber Wonnen bot.

Die ganze Pose pontifikaler Anmaßung, die Hello eigen war, brach sich in dem schnurrigen Vorwort Bahn, das er anläßlich des Buchs schrieb. So wies er darauf hin, »daß sich außerordentliche Dinge nur stammeln lassen«, und er stammelte in der Tat bei der Erklärung, »das heilige Dunkel, in dem Ruysbroek seine Adlerflügel ausbreite, sei sein Ozean, seine Beute, sein Ruhm, und die vier Horizonte seien ein zu enges Kleid für ihn«.

Und trotzdem fühlte sich Des Esseintes angezogen von diesem schlecht ausbalancierten, aber scharfsinnigen Kopf; der gewandte Psychologe hatte sich nicht mit dem frommen Pedanten zu verschmelzen vermocht, und gerade die Unausgeglichenheit und die Zusammenhanglosigkeit machten die Persönlichkeit dieses Mannes aus.

Um ihn hatte sich die kleine Gruppe der Schriftsteller geschart, die an der vordersten Front des kirchlichen Lagers kämpften. Sie gehörten nicht zur Hauptarmee, sondern waren streng genommen die Vorreiter einer Religion, die talentierten Leuten wie Veuillot oder wie Hello mit Mißtrauen begegnete, weil sie ihr weder hinreichend unterwürfig noch hinreichend angepaßt erschienen; im Grunde brauchte diese Religion Soldaten, die nicht nachdachten, Scharen jener blinden Kämpfer, jener Mittelmäßigen, von denen Hello mit dem Zorn eines Mannes sprach, der ihr Joch ertragen hat. So hatte sich der Katholizismus auch beeilt, einen seiner Anhänger aus seinen Blättern zu verbannen, einen leidenschaftlichen Pamphletisten, der eine gleichzeitig aufgebrachte und gezierte, grünschnäbelige und wilde Sprache schrieb, Léon Bloy, und hatte einen anderen Schriftsteller wie einen Pestkranken, wie einen Schmutzfinken vor die Türen ihrer Buchhandlungen gestoßen, obwohl er sich die Kehle aus dem Hals geschrien hatte, um ihr Lob zu singen, Barbey d'Aurevilly.

Dieser war tatsächlich zu kompromittierend und zu wenig gefügig; die anderen senkten das Haupt unter den Strafpredigten und traten ins Glied zurück; er war das enfant terrible und von der Partei nicht anerkannt; literarisch verfolgte er die Dirne, die er mit entblößter Brust in das Allerheiligste führte. Es bedurfte wirklich der unendlichen Verachtung, mit der der Katholizismus das Talent beschämt, damit dieser seltsame Diener, der, unter dem Vorwand, seine Meister zu ehren, die Scheiben der Kapelle zerbrach, mit den heiligen Geräten jonglierte und rund um das Tabernakel pantomimische Tänze aufführte, nicht durch eine regelrechte Exkommunikation für vogelfrei erklärt wurde.

Zwei Veröffentlichungen von Barbey d'Aurevilly reizten Des Esseintes besonders, *Un Prêtre marié* und *Les Diaboliques*. Andere, wie *L'Ensorcelée, Le Chevalier des Touches, Une Vieille Maîtresse*, waren gewiß ausgewogener und vollkommener, aber sie ließen Des Esseintes eher kalt, der sich eigentlich nur für kranke, vom Fieber unterkühlte und verzehrte Werke interessierte.

Mit diesen fast gesunden Büchern hatte Barbey d'Aurevilly ständig zwischen jenen beiden Gräben der katholischen Religion laviert, die am Ende ineinander übergehen: dem Mystizismus und dem Sadismus.

In diesen beiden Bänden, die Des Esseintes durchblätterte, hatte Barbey alle Vorsicht beiseite gelassen, hatte seinem Roß die Zügel schießen lassen und war im gestreckten Lauf auf Straßen geritten, die er bis an ihr äußerstes Ende verfolgte.

Das ganze geheimnisvolle Grauen des Mittelalters schwebte über dem unglaublichen Werk *Un Prêtre marié*; Magie mischte sich mit Religion, Beschwörungen mit Gebeten, und der Gott der Erbsünde quälte unablässig, unbarmherziger und wilder als der Teufel, die unschuldige Calixte, seine Verdammte, die er mit einem roten Kreuz auf der Stirn zeichnete, so wie er einst durch seinen Engel die Häuser der Untreuen kennzeichnen ließ, die er töten wollte.

Die Szenen, von einem fastenden Mönch im Delirium ersonnen, entrollten sich in dem heftig pulsierenden Stil eines Umgetriebenen; unglücklicherweise fanden sich unter diesen Geschöpfen, die ähnlich zerrüttet waren wie die galvanisierten Coppelias von Hoffmann, einige, zum Beispiel Néel de Néhou, die in jenen Schwächemomenten erfunden zu sein schienen, die auf Krisen folgen, und sie paßten nicht in das Ensemble düsteren Wahnsinns, in das sie eine unfreiwillige Komik hineintrugen, wie der Anblick einer kleinen Zinnfigur, die in weichen Stiefeln auf dem Sockel einer Wanduhr Horn bläst.

Nach diesen mystischen Verirrungen hatte der Schriftsteller eine kurze Ruhephase gehabt; dann hatte sich ein schrecklicher Rückfall ereignet.

Die Überzeugung, daß der Mensch wie der Esel Buridans ein Wesen ist, das zwischen zwei gleich starken Mächten hin- und hergerissen wird, die abwechselnd seine Seele besiegen und von ihr besiegt werden; die Einsicht, daß das menschliche Leben nur ein Kampf mit ungewissem Ausgang ist, den sich Himmel und Hölle liefern; der Glaube an zwei entgegengesetzte Wesenheiten, Satan und Christus, mußten zwangsläufig jenen Zustand innerer Zerrissenheit erzeugen, in dem die Seele, überreizt vom ständigen Kampf, gleichsam erhitzt durch die

Versprechungen und Drohungen, sich schließlich aufgibt und sich derjenigen der beiden Parteien in die Arme wirft, die sie am hartnäckigsten verfolgt hat.

Im *Prêtre marié* hatte Barbey d'Aurevilly das Loblied Christi gesungen, dessen Lockungen erfolgreich waren; in den *Diaboliques* hatte der Autor dem Teufel nachgegeben, den er pries, und nun zeigte sich der Sadismus, dieser Bastard des Katholizismus, den diese Religion unter allen seinen Erscheinungsformen jahrhundertelang mit ihren Exorzismen und ihren Scheiterhaufen verfolgt hat.

Diese so merkwürdige und so schlecht definierte Neigung kann allerdings nicht in der Seele eines Ungläubigen geboren werden; sie äußert sich nicht nur darin, sich in fleischlichen Exzessen zu suhlen, die durch blutige Mißhandlungen angestachelt werden, denn dies wäre nur ein Über-die-Stränge-Schlagen des Zeugungstriebs, ein Fall von zu höchster Reife gelangter Satyriasis; sie äußert sich vor allem in einer gottlosen Handlung, einem moralischen Aufbegehren, einer geistigen Ausschweifung, einer ganz idealen, ganz christlichen Verirrung; sie manifestiert sich auch in einer durch Furcht gedämpften Lust, einer Lust, ähnlich der verwerflichen Befriedigung von Kindern, die nicht gehorchen und mit verbotenen Dingen spielen, einzig und allein, weil ihre Eltern ihnen dies ausdrücklich verboten haben.

Wenn der Sadismus nicht ein Sakrileg beinhalten würde, dann hätte er in der Tat keine Daseinsberechtigung; andererseits kann das Sakrileg, das sich ja aus dem Vorhandensein einer Religion ableitet, nur von einem Gläubigen mit Vorbedacht und Bestimmtheit begangen werden, denn der Mensch würde keine Freude dabei empfinden, ein Gebot zu entweihen, das ihm gleichgültig oder unbekannt ist.

Die Stärke des Sadismus und der Reiz, den er bietet, beruhen also ganz auf dem verbotenen Genuß, die Gott geschuldeten Huldigungen und Gebete auf den Satan zu übertragen; sie beruhen also auf der Nichtbeachtung der katholischen Gebote, die man sogar im Gegensinn befolgt, indem man, um Christus besser zu verhöhnen, die Sünden begeht, die er am ausdrücklichsten verdammt hat: die Besudelung des Kults und die fleischliche Orgie.

Im Grund war dieses Vergehen, dem der Marquis de Sade seinen Namen geliehen hat, ebenso alt wie die Kirche; es grassierte im 18. Jahrhundert, um nicht in frühere Zeiten zurückzugehen, als durch ein einfaches atavistisches Phänomen die unheiligen Sabbatbräuche des Mittelalters wieder auflebten.

Schon alleine bei der Lektüre des *Malleus maleficorum*, jenes schrecklichen Kodex von Jakob Sprenger, der der Kirche Anlaß gab, Tausende von Nekromanten und Hexenmeistern in den Flammen auszulöschen, erkannte Des Esseintes im Sabbat alle obszönen Gebräuche und alle Blasphemien des Sadismus wieder. Neben den schmutzigen Szenen, die der Böse liebt, den Nächten, die abwechselnd den erlaubten und den unzulässigen Paarungen geweiht waren, und den Nächten, die vom Blut der bestialischen Brunst troffen, fand er darin die Parodie der Prozessionen, unaufhörlich an Gott gerichtete Beleidigungen und Drohungen und die Unterwerfung unter seinen Rivalen, während man, Brot und Wein verfluchend, auf dem Rücken einer Frau, die auf allen vieren ausharrte und deren nacktes und ständig besudeltes Hinterteil als Altar diente, die schwarze Messe zelebrierte, bei der die Teilnehmer zum Spott mit einer schwarzen Hostie, in die das Bild eines Bocks geprägt war, kommunizierten.

Den gleichen unreinen Spott und den gleichen entehrenden Hohn erbrach der Marquis de Sade, der seine schreckliche Wollust mit gotteslästerlichen Beleidigungen würzte.

Er heulte zum Himmel, rief Luzifer an, schalt Gott einen Nichtswürdigen, einen Schurken, einen Dummkopf, spuckte auf das Abendmahl, versuchte, eine Gottheit, von der er erwartete, daß sie ihn verdammte, mit niederträchtigem Unrat zu besudeln, und erklärte gleichzeitig, um ihr noch mehr zu trotzen, sie existiere überhaupt nicht.

Diesen psychischen Zustand streifte Barbey d'Aurevilly. Auch wenn er im Ausstoßen abscheulicher Verwünschungen gegen den Heiland nicht so weit ging wie de Sade; wenn er, vorsichtiger oder ängstlicher als dieser, immer vorgab, die Kirche zu ehren, so richtete er seine Bittgesuche dennoch wie im Mittelalter an den Teufel und verfiel ebenfalls, um Gott die Stirn zu bieten, in eine dämonische Erotomanie, erfand sinnliche Ungeheuerlichkeiten und entlehnte sogar eine bestimmte Episode aus *La Philosophie dans le boudoir*, die er in seiner Erzählung *Le Dîner d'un Athée* mit neuen Gewürzen schmackhaft machte.

Dieses maßlose Buch ergötzte Des Esseintes; deshalb hatte er auch ein Exemplar der *Diaboliques* in Bischofslila, mit einer Umrandung in Kardinalsrot, auf echtem, von den Richtern der Rota gesegnetem Pergament, in jenen alten Lettern, deren wunderliche Haken und deren Schnörkel mit ihren umgestülpten Schwänzen und ihren Krallen eine satanische Form aufweisen, drucken lassen.

Neben gewissen Stücken von Baudelaire, die, in Nachahmung der johlenden Gesänge während der Sabbatnächte, infernalische Litaneien zelebrierten, war dieser

Band unter allen Werken der zeitgenössischen apostolischen Literatur der einzige, der von jener gottesfürchtigen und zugleich unfrommen geistigen Verfassung zeugte, in die Des Esseintes bei seinen durch Nervenkrisen ausgelösten Rückbesinnungen auf den Katholizismus häufig versetzt worden war.

Mit Barbey d'Aurevilly ging die Reihe der religiösen Schriftsteller zu Ende; in Wirklichkeit gehörte dieser Paria in jeder Hinsicht mehr der weltlichen Literatur an als jener anderen, bei der er einen Platz beanspruchte, der ihm verweigert wurde; seine Sprache, von einer ungebändigten Romantik, voll gewundener Ausdrücke, ungebräuchlicher Redewendungen und übertriebener Vergleiche, trieb seine Sätze mit Peitschenhieben an, die, lärmende Schellen schwingend, durch den ganzen Text knatterten. Alles in allem wirkte d'Aurevilly wie ein Hengst zwischen den Wallachen, die die ultramontanen Ställe bevölkerten.

Diese Überlegungen stellte Des Esseintes an, während er hier und da einige Passagen des Buchs wieder las, und beim Vergleich dieses nervösen und abwechslungsreichen Stils mit dem lymphatischen und unflexiblen Stil seiner Kollegen dachte er auch an jene Evolution der Sprache, auf die Darwin so richtig hingewiesen hat.

Barbey, unter den weltlichen Schriftstellern zu Hause, inmitten der romantischen Schule aufgewachsen, mit der neuen Literatur vertraut und an den modernen Publikationsbetrieb gewöhnt, verfügte zwangsläufig über einen Dialekt, der seit dem großen Jahrhundert zahlreiche und tiefe Veränderungen erfahren und sich erneuert hatte.

Die Geistlichen dagegen, auf ihr Terrain beschränkt, befangen in gleichartigen und althergebrachten Lesestoffen, ohne Kenntnis der literarischen Entwicklung der

Jahrhunderte und fest entschlossen, sich, wenn nötig, die Augen auszustechen, um diese nicht wahrzunehmen, gebrauchten notwendigerweise eine statische Sprache wie jene Sprache des 18. Jahrhunderts, die die Nachkommen der nach Kanada ausgewanderten Franzosen heute noch fließend sprechen und schreiben, ohne daß irgendeine Auswahl von Wendungen oder Worten in ihrem von der ehemaligen Metropole isolierten und von allen Seiten durch die englische Sprache umhüllten Idiom hätte erfolgen können.

In diesem Augenblick kündigte der silberne Klang einer Glocke, die ein kleines Angelus läutete, Des Esseintes an, daß das Mittagessen fertig war. Er ließ seine Bücher liegen, und während er ins Speisezimmer hinüberging, sagte er sich, daß unter all den Bänden, die er gerade geordnet hatte, diejenigen Barbey d'Aurevillys immer noch die einzigen waren, deren Gedanken und deren Stil jenen Hautgoût, jene krankhaften Male, jene beschädigte Haut und jenen Geschmack des Morschen aufwiesen, die er bei den dekadenten Schriftstellern, den lateinischen und klösterlichen vergangener Zeiten, so sehr genoß.

XIII

DIE Jahreszeit spielte verrückt; in diesem Jahr geriet alles durcheinander; nach heftigen Stürmen und dichten Nebeln stiegen am Horizont wie Blechtafeln weißglühende Himmel auf. Innerhalb von zwei Tagen folgten auf den feuchten, kalten Dunst und den strömenden Regen ohne jeden Übergang eine trockene Hitze und eine entsetzlich schwüle Luft. Die Sonne öffnete ihren Ofenschlund und schleuderte, wie von wütenden Schüreisen angefacht, ein fast weißes Licht hervor, das die Augen verbrannte. Flammenstaub wirbelte von den ausgeglühten Straßen auf, versengte die verdorrten Bäume, röstete den vergilbten Rasen; der Widerschein der mit Kalkmilch gestrichenen Mauern und die entfachten Feuer auf den Zinkdächern und in den Fensterscheiben blendeten; auf Des Esseintes' Wohnung lastete die Temperatur eines glühenden Schmelzofens.

Halbnackt öffnete er ein Fenster, Bruthitze schlug ihm entgegen; im Speisezimmer, in das er flüchtete, war es heiß, und die dünne Luft kochte. Niedergeschlagen setzte er sich, denn die Überreizung, die ihn aufrecht gehalten hatte, während er beim Bücherordnen seinen Gedanken nachhing, war inzwischen verschwunden.

Wie alle von der Nervenkrankheit heimgesuchten Menschen warf ihn die Hitze nieder; die Blutarmut, die von der Kälte in Schranken gehalten wird, machte sich wieder bemerkbar und schwächte den kraftlosen Körper mit Schweißausbrüchen.

Das Hemd klebte an seinem klatschnassen Rücken,

mit feuchtem Damm, nassen Armen und Beinen und schweißüberströmter Stirn, von der salzige Tränen über die Wangen herabrannen, hing Des Esseintes vernichtet auf seinem Stuhl; in diesem Moment drehte ihm der Anblick des auf dem Tisch angerichteten Fleischs den Magen um; er befahl, es abzutragen, verlangte weichgekochte Eier und versuchte, sie happenweise zu schlucken, aber sie blieben ihm im Hals stecken und würgten ihn; er trank ein paar Tropfen Wein, die ihm wie glühende Spitzen in den Magen stachen. Er wischte sich das Gesicht ab; der Schweiß, der eben noch lauwarm gewesen war, floß nun kalt über die Schläfen; er begann, einige Eisstücke zu lutschen, um die Übelkeit zu vertreiben; es war umsonst.

Eine grenzenlose Erschlaffung ließ ihn über dem Tisch zusammensinken; er bekam keine Luft mehr und stand auf, aber die Eierhappen waren aufgequollen, stiegen langsam im Hals hoch und blockierten ihn. Noch nie hatte er sich so unruhig, so schwach und so unwohl gefühlt; dazu kam, daß sich seine Augen trübten, er sah die Dinge doppelt, sie drehten sich um sich selbst; bald verwischten sich die Entfernungen; sein Glas schien ihm meilenweit weg zu sein; er sagte sich wohl, daß er der Spielball von Sinnestäuschungen sei, und doch war er unfähig zu reagieren; er streckte sich auf dem Sofa im Salon aus, aber dort wiegte ihn das Stampfen eines fahrenden Schiffs, und seine Übelkeit nahm zu; er stand wieder auf und beschloß, die Eier, die ihn zu ersticken drohten, mit einem Digestif hinunterzuspülen.

Er ging in das Speisezimmer zurück und verglich sich in dieser Kajüte melancholisch mit einem seekranken Passagier; schwankend ging er auf den Schrank zu, betrachtete prüfend die Mundorgel, öffnete sie jedoch nicht, sondern griff in dem Regal darüber nach einer Flasche Benediktiner, die er ihrer Form wegen behalten hatte, da sie ihm Gedanken von sanfter Wollust und verschwommener Mystik zu wecken schien.

Aber im Augenblick ließ sie ihn gleichgültig; mit ausdruckslosen Augen betrachtete er diese gedrungene, dunkelgrüne Flasche, die ihn in anderen Momenten an die Benediktinerabteien des Mittelalters erinnert hätte mit ihrem altmodischen Mönchsbauch, dem mit einer Pergamentkapuze verhüllten Kopf und Hals, dem roten Wachssiegel, das von drei Silbermitren auf einem azurblauen Feld geteilt und durch Bleifäden um den Flaschenhals wie eine Bulle verschlossen war und mit ihrem in hochtrabendem Latein auf vergilbtem, wie von der Zeit ausgebleichtem Papier geschriebenen Etikett: *liquor Monachorum Benedictinorum Abbatiæ Fiscanensis.*

Unter diesem mit einem Kreuz und den kirchlichen Initialen D.O.M. signierten Abtsgewand, das wie eine echte Urkunde in sein Pergament und seine Bänder eingeschnürt war, ruhte ein safranfarbener Likör von erlesener Güte. Er verdunstete ein Aroma, das die Quintessenz aus Arnika und Ysop, vermengt mit jod- und bromhaltigem, durch Zucker entschärftem Seegras darstellte, und reizte den Gaumen mit einem alkoholischen Feuer, das unter einer ganz jungfräulichen, ganz novizenhaften Süßigkeit verborgen war und dem Geruchssinn durch eine Spur von Verderbtheit, eingehüllt in eine kindliche und zugleich fromme Liebkosung, schmeichelte.

Diese Scheinheiligkeit, die durch das ungewöhnliche Mißverhältnis hervorgerufen wurde, das zwischen dem Behältnis und dem Inhalt, zwischen der liturgischen Kontur der Flasche und ihrer ganz weiblichen, ganz modernen Seele bestand, hatte ihn einst zum Träumen gebracht; schließlich hatte er beim Anblick der Flasche auch lange an die Mönche gedacht, die sie verkauften, an die Benediktiner von Fécamp, die jener durch ihre historischen Arbeiten berühmt gewordenen Kongregation von Saint-Maur angehörten und nach der Regel des heiligen Benedikt tätig waren, ohne jedoch die Ordensregeln der weißen Mönche von Cîteaux und der schwarzen Mönche von Cluny zu befolgen. Unverrückbar standen sie vor ihm, wie im Mittelalter, Heilkräuter kultivierend, Retorten erhitzend, in Destillierapparaten unfehlbare Wundermittel und bewährte Meisterpulver ausziehend.

Er trank einen Tropfen von diesem Likör, und einige Minuten lang verspürte er eine gewisse Erleichterung; aber schon bald flackerte das Feuer wieder auf, das eine Träne Wein in seinen Gedärmen entfacht hatte. Er schleuderte seine Serviette von sich, begab sich in sein Arbeitszimmer zurück und ging dort auf und ab; er hatte das Gefühl, sich unter einer Luftglocke zu befinden, der die Luft immer mehr entzogen wurde, und ein Schwächegefühl von qualvoller Süße rann ihm vom Gehirn durch alle Glieder. Er stemmte sich dagegen, und als er es nicht mehr aushielt, flüchtete er, vielleicht zum ersten Mal seit seinem Einzug in Fontenay, in seinen Garten und suchte Schutz unter einem Baum, der eine Schattenscheibe warf. Auf dem Rasen sitzend, blickte er mit stumpfer Miene auf die Gemüsebeete, die seine Dienstboten angepflanzt hatten. Erst nach Verlauf einer Stunde nahm er sie wahr, denn ein grünlicher Dunst schwamm vor seinen Augen und ließ ihn nur undeutliche Bilder erkennen, deren Aussehen und Farbe sich, wie unter Wasser, ständig veränderten.

Am Ende gewann er sein Gleichgewicht wieder, er unterschied deutlich Zwiebeln und Kohl, etwas entfernt ein Salatfeld und im Hintergrund, entlang der ganzen Hecke, regungslos in der schwülen Luft, eine Reihe weißer Lilien.

Ein Lächeln kräuselte seine Lippen, denn plötzlich erinnerte er sich an den merkwürdigen Vergleich, den der alte Nikandros im Hinblick auf die Form zwischen dem Stempel der Lilien und den Hoden des Esels anstellte, und es fiel ihm auch eine Stelle bei Albertus Magnus ein, wo dieser Wundertäter ein sehr eigenartiges Mittel angibt, wie man mit Hilfe eines Salats herausfinden kann, ob ein Mädchen noch Jungfrau ist.

Diese Erinnerungen heiterten ihn etwas auf; er betrachtete den Garten genauer, wobei ihn die durch die Hitze verwelkten Pflanzen und die heiße Erde, die unter dem glühenden Staub der Luft dampfte, interessierten; dann sah er über der Hecke, die den tiefer liegenden Garten von dem höher gelegenen, zum Fort hinaufführenden Weg trennte, ein paar Jungen, die sich im gleißenden Sonnenlicht wälzten.

Er beobachtete sie aufmerksam, als ein weiterer kleinerer erschien, der schmutzig aussah; er hatte Haare wie Seegras, voller Sand, zwei grüne Blasen unter der Nase und eklige, rundum von einem mit gehacktem Schnittlauch bestreuten Quarkbrot weiß verschmierte Lippen.

Des Esseintes zog die Luft ein; ein Schwangerengelüst, eine Perversion bemächtigte sich seiner; diese widerliche Schnitte ließ ihm das Wasser im Mund zusammenlaufen. Er hatte das Gefühl, sein Magen, der jede Nahrungsaufnahme verweigerte, werde diese abscheuliche Mahlzeit verdauen und sein Gaumen werde sie wie einen Leckerbissen genießen.

Er sprang auf, rannte in die Küche, befahl, im Dorf einen Laib Brot, Quark und Schnittlauch zu holen, ordnete an, daß man ihm eine Schnitte zubereite, die absolut derjenigen gliche, die das Kind kaute, und ging zurück, um sich wieder unter den Baum zu setzen.

Die Knirpse prügelten sich inzwischen. Sie rissen sich Brotfetzen aus den Händen, stopften sie sich in die Backen und leckten danach ihre Finger ab. Es hagelte Fußtritte und Faustschläge, und die Schwächsten, die zu Boden geworfen wurden, strampelten und heulten, weil die Kieselsteine ihnen den Hintern aufschürften.

Dieses Schauspiel belebte Des Esseintes; das Interesse, das er an dieser Schlacht gewann, lenkte seine Gedanken von seinen Leiden ab; angesichts der Verbissenheit dieser bösartigen Gören dachte er an das grausame und abscheuliche Gesetz des Lebenskampfs, und obwohl diese Kinder gemein waren, konnte er nicht umhin, an ihrem Schicksal Anteil zu nehmen, und er dachte, es wäre besser gewesen, wenn ihre Mutter sie nicht geboren hätte.

Tatsächlich bedeutete dies Milchschorf, Koliken und Fieberanfälle, Masern und Ohrfeigen schon in frühester Kindheit; Stiefeltritte und stumpfsinnige Arbeit ab dem dreizehnten Lebensjahr; Weiberlisten, Krankheiten und ein Hahnreidasein im Mannesalter; und während des Verfalls Gebresten und Todeskämpfe in einem Armenhaus oder einem Spital.

Die Zukunft war im Grunde genommen für alle gleich, und weder die einen noch die anderen hätten sich, wenn sie auch nur etwas gesunden Menschenverstand besessen hätten, gegenseitig um irgend etwas zu beneiden brauchen. Für die Reichen bedeutete dies in einer anderen gesellschaftlichen Umgebung dieselben Leidenschaften, dieselben Plackereien, dieselben Leiden, dieselben Krankheiten und auch dieselben mittelmäßigen Genüsse, ob diese nun alkoholischer, literarischer oder sinnlicher Natur waren. Es gab sogar so etwas wie einen Ausgleich allen Übels, eine Art Gerechtigkeit, die das Gleichgewicht des Unglücks zwischen den Schichten wiederherstellte, indem sie die Armen eher vor physischen Leiden verschonte, während sie die schwächlicheren und abgezehrteren Körper der Reichen unerbittlicher niederdrückte.

»Was für ein Wahnsinn, Kinder zu zeugen!« dachte Des Esseintes. »Und wenn man bedenkt, daß die Geistlichen, die das Gelübde der Enthaltsamkeit geleistet haben, die Inkonsequenz so weit treiben, daß sie Vinzenz von Paul heilig sprechen, weil er Unschuldige für überflüssige Folterqualen aufsparte!«

Dank seiner hassenswerten Vorbeugungsmaßnahmen hatte dieser jahrelang den Tod verständnisloser und gefühlloser Menschen hinausgezögert, so daß sie, als sie nach einiger Zeit fast einsichtig und auf alle Fälle leidensfähig geworden waren, die Zukunft voraussehen und diesen Tod erwarten und fürchten konnten, dessen Namen sie früher nicht einmal gekannt hatten, ja, daß einige von ihnen ihn sogar herbeiriefen, aus Haß auf dieses zum Leben Verdammtsein, das er ihnen kraft einer widersinnigen theologischen Lehre auferlegte!

Und seit dieser Greis verschieden war, hatten seine Ideen obsiegt; man sammelte ausgesetzte Kinder auf, anstatt sie sanft sterben zu lassen, ohne daß sie es bemerkten, und dabei wurde dieses Leben, das man ihnen erhielt, von Tag zu Tag härter und gnadenloser! Unter dem Deckmantel von Freiheit und Fortschritt hatte die Gesellschaft Mittel und Wege gefunden, die elende Situation des Menschen zu verschlimmern, indem sie ihn seinem Zuhause entriß, ihn in ein lächerliches Kostüm steckte, ihm spezielle Waffen aushändigte, ihn unter ein Sklavenjoch zwang, das identisch war mit dem, aus dem man einst voller Mitleid die Neger befreite, und das alles, um ihn instand zu setzen, seinen Nachbarn umzubringen, ohne dafür das Schafott zu riskieren wie die gewöhnlichen Mörder, die alleine, ohne Uniform und mit weniger lauten und weniger schnellen Waffen arbeiten.

»Was für eine merkwürdige Zeit«, sagte sich Des Esseintes, »die unter Berufung auf die Interessen der Menschheit die Betäubungsmittel zu verbessern sucht, um die physischen Leiden zu unterdrücken, und gleichzeitig solche Stimulantien zur Verstärkung des seelischen Schmerzes bereitstellt!

Ach! Wenn jemals im Namen der Barmherzigkeit das nutzlose Kinderzeugen abgeschafft werden sollte, dann jetzt!« Aber hier galten noch die von den Portalis' oder den Homais' erlassenen grausamen und befremdlichen Gesetze.

Was den Zeugungsakt betraf, so fand die Justiz Betrügereien ganz natürlich; sie waren eine bekannte, anerkannte Tatsache; keine Familie, so reich sie auch sein mochte, die ihre Nachkommenschaft nicht der Waschlauge anempfahl oder auf dem Markt erhältliche künstliche Hilfsmittel anwandte, welche zu verdammen im übrigen niemandem in den Sinn gekommen wäre. Und dennoch, wenn diese Vorkehrungen oder diese Tricks versagten, wenn der Betrug mißlang und man, um den Schaden zu beseitigen, zu wirkungsvolleren Maßnahmen griff, oh!, in diesem Fall gab es nicht genug Gefängnisse und Besserungsanstalten, um all diejenigen einzusperren, die – und das übrigens in gutem Glauben – von anderen Menschen verurteilt wurden, die am selben Abend im ehelichen Bett so gut sie konnten alle bekannten Schliche anwandten, um keine Kinder zu zeugen!

Die List selbst war also kein Verbrechen, aber die Wiedergutmachung der mißlungenen List war eines.

Die Gesellschaft hielt demnach die Tat, die darin bestand, ein zum Leben bestimmtes Wesen zu töten, für kriminell; und doch zerstörte man, indem man einen Fötus abtrieb, nur ein Tier, das weniger ausgebildet, weniger lebendig und ganz sicher weniger intelligent und häßlicher als ein Hund oder eine Katze war, die man jedoch ungestraft gleich nach der Geburt erwürgen durfte!

– »Gerechtigkeitshalber muß gesagt werden«, dachte Des Esseintes, »daß die Frau das Opfer der Ungeschicklichkeit ist, daß sie es ist, die den Frevel büßt, ein unschuldiges Wesen vor dem Leben bewahrt zu haben, und nicht der Mann, der sich im allgemeinen aus dem Staub macht.«

Die Welt mußte wirklich voller Vorurteile sein, um Praktiken unterdrücken zu wollen, die so natürlich waren, daß der primitive Mensch, daß der Wilde in Polynesien allein aufgrund seines Instinkts darauf kommt, sie anzuwenden!

Der Diener, der auf einem vergoldeten Silberteller die gewünschte Schnitte brachte, unterbrach die mitfühlenden Überlegungen, die Des Esseintes beschäftigten. Der Anblick drehte ihm den Magen um; er hatte nicht den Mut, in das Brot zu beißen, denn die krankhafte Erregung seines Magens hatte inzwischen aufgehört; ein Gefühl der Zerrüttung kehrte zurück; er mußte sich erheben; die Sonne wanderte und erreichte nach und nach seinen Platz; die Hitze wurde drückender und brannte gleichzeitig noch stärker.

– »Werfen Sie die Schnitte zu den Kindern hinüber, die sich auf der Straße prügeln«, sagte er zu dem Diener; »die Schwächsten sollen ruhig ordentlich Schläge einstecken, nichts davon abbekommen und obendrein von ihren Eltern verdroschen werden, wenn sie mit zerrissenen Hosen und blauen Augen heimkommen; das wird ihnen einen Vorgeschmack auf das Leben geben, das sie erwartet!« – Und er kehrte ins Haus zurück und ließ sich erschöpft in einen Sessel fallen.

– »Ich muß trotzdem versuchen, eine Kleinigkeit zu essen«, sagte er sich. Und er probierte es mit einem Biskuit, den er in einen alten Constantia von J.-P. Cloete tunkte, von dem er noch einige Flaschen im Keller aufbewahrte.

Dieser Wein von der Farbe leicht angesengter Zwiebelschalen, der einem abgelagerten Malaga und einem Porto ähnelte, aber ein eigenartig süßes Bukett und den Nachgeschmack von Trauben besaß, deren Saft von glühender Sonneneinstrahlung kondensiert und verfeinert worden ist, hatte ihn schon manchmal erfrischt und häufig sogar seinem durch erzwungenes Fasten geschwächten Magen neue Kräfte eingeflößt; aber diese für gewöhnlich so treue Stärkung versagte. Da setzte er seine Hoffnung auf ein erweichendes Mittel, das vielleicht die glühenden Eisen, die ihn verbrannten, kühlen könnte, und nahm Zuflucht zu einem Nalivka, einem russischen Likör in einer mattgolden glasierten Flasche; dieser ölige Sirup mit Himbeergeschmack war ebenfalls wirkungslos. Ach! Die Zeiten waren vorbei, wo Des Esseintes, bei bester Gesundheit, mitten in den Hundstagen zu Hause in einen Schlitten stieg und sich dort, in Pelze gehüllt, die er über der Brust zusammenhielt, bemühte, vor Kälte zu zittern, und versuchte, mit den Zähnen zu klappern, während er sich sagte: –»Puh! Ist dieser Wind eisig, hier erfriert man, man erfriert!« und es ihm fast gelungen wäre, sich zu überzeugen, es sei kalt!

Solche Heilmittel wirkten unglücklicherweise nicht mehr, seit seine Leiden echt waren.

Er konnte außerdem nicht einmal mehr Laudanum zu Hilfe nehmen; anstatt ihn zu besänftigen, erregte ihn dieses Beruhigungsmittel und raubte ihm häufig den Schlaf. Früher hatte er sich mit Opium und Haschisch Visionen zu verschaffen versucht, aber diese beiden Substanzen hatten zu Erbrechen und zu starken nervösen Störungen geführt; er hatte ziemlich rasch auf ihre Einnahme verzichten und sein Gehirn dazu bewegen müssen, ihn ohne Hilfe des groben Reizmittels, ganz aus eigener Kraft, weg vom Leben und in Traumwelten zu tragen.

– »Was für ein Tag«, sagte er sich nun, während er sich den Hals abtrocknete und spürte, daß sich der letzte Rest Kraft, der ihm noch geblieben war, in neuen Schweißausbrüchen verflüchtigte; eine fiebrige Unruhe hinderte ihn daran, ruhig sitzen zu bleiben, einmal mehr irrte er durch seine Zimmer und probierte nacheinander alle Sitzgelegenheiten aus. Des Kampfes müde, sank er vor seinem Schreibtisch auf den Stuhl und spielte, auf die Platte gestützt, mechanisch und ohne an irgend etwas zu denken, mit einem Astrolabium, das als Briefbeschwerer auf einem Stapel von Notizen und Büchern lag.

Dieses Instrument aus graviertem und vergoldetem Kupfer, eine deutsche Arbeit aus dem 17. Jahrhundert, hatte er bei einem Pariser Antiquitätenhändler gekauft, nachdem er im Musée de Cluny lange gebannt vor einem wunderbaren Astrolabium aus ziseliertem Elfenbein gestanden hatte, dessen kabbalistisches Aussehen ihn entzückt hatte.

Der Briefbeschwerer beschwor einen ganzen Schwarm von Erinnerungen in ihm. Angeregt und angetrieben durch den Anblick dieses Kleinods wanderten seine Gedanken von Fontenay nach Paris zu dem Trödler, der es ihm verkauft hatte, und von dort weiter zurück bis ins Musée des Thermes, und im Geist sah er das elfenbeinerne Astrolabium, während seine Augen weiterhin das kupferne Astrolabium anstarrten, ohne es wahrzunehmen.

Dann verließ er das Museum und flanierte, ohne die Stadt zu verlassen, durch die Rue du Sommerard und über den Boulevard Saint-Michel, schlug Nebenstraßen ein und blieb vor einigen Läden stehen, deren Vielfältigkeit und ganz besondere Aufmachung ihm schon zu wiederholten Malen aufgefallen waren.

Die wegen eines Astrolabiums begonnene Reise endete in den Wirtschaften des Quartier Latin.

Er erinnerte sich an die Fülle der Lokale in der Rue Monsieur-le-Prince und in dem Teil der Rue de Vaugirard, der ans Odéon grenzt; manchmal reihten sie sich aneinander wie die alten Riddecks in der Rue du Canalaux-Harengs in Antwerpen; ihre fast gleichen Vorbauten, die auf die Bürgersteige herausragten, folgten einander im Gänsemarsch.

Er entsann sich, durch halbgeöffnete Türen und von bunten Scheiben und Vorhängen nur schlecht abgedeckte Fenster Frauen mit schleppendem Gang gesehen zu haben, die die Hälse wie Gänse vorreckten; andere saßen zusammengesunken auf den Bänken, wetzten die Ellbogen auf den Marmortischen ab und starrten, den Kopf zwischen den Fäusten, leise summend vor sich hin; wieder andere wiegten sich vor Spiegeln in den Hüften, während sie mit den Fingerspitzen in ihren falschen, von einem Friseur herausgeputzten Haaren spielten; noch andere schließlich zogen aus Geldbeuteln mit kaputten

Verschlüssen jede Menge Silber- und Soustücke, die sie methodisch in kleinen Haufen stapelten.

Die meisten hatten grobe Züge, heisere Stimmen, schlaffe Brüste und geschminkte Augen, und alle stießen wie gleichzeitig mit demselben Schlüssel aufgezogene Automaten im gleichen Ton die gleichen einladenden Worte aus, gaben mit dem gleichen Lächeln die gleichen dümmlichen Reden, die gleichen wunderlichen Betrachtungen von sich.

In Des Esseintes' Kopf bildeten sich Gedankenassoziationen, die jetzt, wo er in der Erinnerung aus der Vogelperspektive diese Ansammlung von Kneipen und Straßen überblickte, zu einer Schlußfolgerung führten.

Er verstand die Bedeutung dieser Cafés, die dem Seelenzustand einer ganzen Generation entsprachen, und er entwickelte daraus die Synthese der Epoche.

Und die Symptome waren tatsächlich mit Händen zu greifen und trogen nicht; die Bordelle verschwanden, und immer, wenn eines von ihnen schloß, schoß eine Wirtschaft aus dem Boden.

Diese Abnahme der Prostitution, die dem Profit der heimlichen Liebe unterworfen war, beruhte offensichtlich auf den unverständlichen Illusionen der Männer, was die Sinnenlust betraf.

So ungeheuerlich es erscheinen mag, die Wirtschaften befriedigten ein Ideal.

Obwohl die ererbten und durch die frühreifen Ungezogenheiten und die ständigen Grobheiten in den Bildungsanstalten beförderten utilitaristischen Neigungen dazu geführt hatten, daß die heutige Jugend ungewöhnlich schlecht erzogen und ungewöhnlich berechnend und kalt geworden war, so hatte sie sich auf dem Grund ihres Herzens doch eine alte blaue Blume bewahrt, ein

altes Ideal einer abgestandenen, unbestimmten Zuneigung.

Wenn ihr heutzutage das Blut in Wallung geriet,
konnte sie sich nicht entschließen, einfach einzutreten, zu
konsumieren, zu zahlen und wieder zu gehen; in ihren
Augen war das eine Bestialität, ähnlich dem triebhaften
Verhalten eines Hundes, der ohne Umschweife eine
Hündin bespringt; daher mied ihr Stolz unbefriedigt jene
zugelassenen Häuser, wo es weder einen vorgetäuschten
Widerstand noch einen scheinbaren Sieg oder eine er-
hoffte Bevorzugung gab, ja wo nicht einmal eine Freige-
bigkeit seitens der Händlerin zu erwarten war, die ihre
Zärtlichkeit nur nach dem Preis bemaß. Dagegen ver-
schaffte es einem alle Reize und alle Hochgefühle der
Liebe, wenn man einer Bedienung in der Wirtschaft den
Hof machte. Man stritt sich um sie, und derjenige, dem
sie, dank eines reichlichen Lohns, ein Rendezvous ge-
währte, bildete sich gutgläubig ein, er habe über einen
Rivalen gesiegt und sei Gegenstand einer ehrenvollen
Bevorzugung, einer seltenen Gunst.

Dabei waren diese Liebesdienerinnen ebenso dumm,
ebenso gemein und ebenso geldgierig wie diejenigen, die
in den Freudenhäusern den Dienst versahen. Wie diese
tranken sie, ohne durstig zu sein, lachten ohne Grund,
waren verrückt nach den Liebkosungen der Straßenjun-
gen, beschimpften sich gegenseitig und rauften ohne jeden Anlaß miteinander; die Pariser Jugend hatte damals
jedoch keinen Blick dafür, daß die Kellnerinnen der
Wirtschaften, was die plastische Schönheit, den erfahre-
nen Umgang und den notwendigen Putz betraf, den in
den Luxussalons eingesperrten Frauen weit unterlegen
waren! – »Mein Gott!« sagte sich Des Esseintes, »was
sind diese Leute, die um die Wirtschaften herumflattern,

doch für Einfaltspinsel; denn zu ihren lächerlichen Illusionen kommt noch hinzu, daß sie schließlich sogar die Gefahr der heruntergekommenen und anrüchigen Köder vergessen und daß sie nicht mehr darauf achten, wieviel Geld sie für eine bestimmte Anzahl von Besuchen ausgeben, deren Preis die Patronne im voraus festgelegt hat, und wieviel Zeit sie mit dem Warten auf eine Lieferung verlieren, die hinausgezögert wird, um mehr daran zu verdienen und das Spiel mit dem Trinkgeld anzuheizen!«

Diese törichte, übertriebene Vorliebe für das Sentimentale, in Verbindung mit einer praktizierten Grausamkeit, war charakteristisch für den Geist des Jahrhunderts; dieselben Menschen, die ihrem Nächsten wegen zehn Sous ein Auge ausgestoßen hätten, verloren jede Klarsicht und jeden Spürsinn angesichts dieser fragwürdigen Bedienungen, von denen sie erbarmungslos drangsaliert und pausenlos übervorteilt wurden. Industrien arbeiteten und Familien rieben sich gegenseitig, unter dem Vorwand des Geschäftemachens, auf, nur um sich dann das Geld von ihren Söhnen aus der Tasche ziehen zu lassen, die sich ihrerseits von den Dirnen ausnehmen ließen, die schließlich wiederum von ihren Liebsten ausgeplündert wurden.

In ganz Paris, von Ost nach West und von Nord nach Süd, nichts als eine ununterbrochene Kette von Prellereien, eine Häufung organisierter Beutelschneidereien, die sich fortpflanzten, und das alles, weil man es verstand, die Leute zu vertrösten und sie warten zu lassen, anstatt sie gleich zufriedenzustellen.

Im Grunde genommen bestand die menschliche Weisheit einzig und allein darin, die Dinge in die Länge zu ziehen; erst nein zu sagen und dann schließlich ja; denn man hatte die Generationen nur dann wirklich in der Hand, wenn man sie hinhielt!

– »Ach, wenn es mit dem Magen nur genauso wäre!« seufzte Des Esseintes, von einem Krampf gequält, der seinen auf Abwege geratenen Geist rasch wieder nach Fontenay zurückbrachte.

XIV

EINIGE Tage verstrichen mehr oder weniger ungetrübt dank einiger Kunstgriffe, mit deren Hilfe es gelang, den Argwohn des Magens zu überlisten, aber eines Morgens behielt dieser die Marinaden, die den Fettgeschmack und den Blutgeruch des Fleisches verdeckten, nicht mehr bei sich, und Des Esseintes fragte sich ängstlich, ob seine ohnehin schon große Schwäche vielleicht noch zunehmen und ihn zwingen würde, das Bett zu hüten. Plötzlich sah er in seiner Verzweiflung einen Hoffnungsschimmer aufleuchten; er erinnerte sich, daß es einem seiner Freunde, als er einmal sehr krank gewesen war, mit Hilfe eines sogenannten »Sustenteurs«, eines speziellen Kochtopfs, gelungen war, dem Blutmangel Einhalt zu gebieten, die Auszehrung aufzuhalten und den letzten Rest Kraft zu bewahren.

Eilends schickte er seinen Diener nach Paris, um dieses kostbare Gerät aufzutreiben, und anhand des vom Hersteller beigegebenen Prospekts zeigte er der Köchin höchstpersönlich, wie das Roastbeef in kleine Stücke zu schneiden und ohne Wasser, mit einem Stück Lauch und Karotte, in den Zinntopf zu werfen, wie danach der Dekkel zuzuschrauben und das Ganze vier Stunden lang im Wasserbad zu kochen war.

Nach Ablauf dieser Zeit preßte man die Fasern aus und trank einen Löffel von dem schlammigen, salzigen Saft, der sich auf dem Boden des Topfs angesammelt hatte. Auf der Stelle durchrann es einen wie laues Mark, wie eine samtige Liebkosung.

Diese Nahrungsessenz hielt die Schmerzen und die Übelkeit des leeren Magens auf und regte diesen sogar an, einige Löffel Suppe bei sich zu behalten.

Dank dieses Sustenteurs beruhigte sich die Nervenkrise, und Des Esseintes dachte: – »Es ist so gut wie gewonnen; vielleicht ändert sich ja die Temperatur, und der Himmel schüttet ein wenig Asche auf diese verfluchte Sonne, die mich erschöpft, dann kann ich ohne allzu große Schwierigkeiten die ersten Nebel und die ersten Fröste abwarten.«

In diesem erschlafften Zustand, in dieser langweiligen Untätigkeit, in der er versank, ärgerte ihn seine immer noch nicht fertig geordnete Bibliothek; da er seinen Sessel nicht mehr verließ, hatte er seine profanen Bücher immer vor Augen, die schief auf den Regalbrettern standen, sich aneinander festklammerten und sich gegenseitig stützten oder wie der Länge nach gebrochene Karten auf den Kanten herumlagen; diese Unordnung mißfiel ihm um so mehr, als sie gegen das vollkommene Gleichgewicht der religiösen Bücher abstach, die sorgfältig aufgereiht an den Wänden prunkten.

Er versuchte, diesem Durcheinander ein Ende zu bereiten, aber nach fünf Minuten Arbeit war er schweißüberströmt; diese Anstrengung erschöpfte ihn; er mußte sich völlig ermattet auf einem Diwan ausstrecken, und er läutete seinem Diener.

Der Alte machte sich nach seinen Anweisungen ans Werk und brachte ihm die Bücher, eines nach dem anderen, die er prüfend betrachtete, ehe er ihnen einen Platz bestimmte.

Diese Tätigkeit war von kurzer Dauer, denn Des Esseintes' Bibliothek enthielt nur eine außerordentlich beschränkte Anzahl zeitgenössischer weltlicher Werke.

Da er sie durch sein Gehirn getrieben hatte, wie man Metallbänder durch eine stählerne Drahtziehbank treibt, aus der sie dann dünn, fein und zu fast unsichtbaren Fäden reduziert wieder herauskommen, hatte er nur noch Bücher in seinem Besitz, die eine solche Behandlung aushielten und die genug gehärtet waren, um erneut das Walzwerk einer Lektüre zu überstehen; indem er auf diese Weise jeden Genuß hatte verfeinern wollen, hatte er ihn eingeschränkt, ja fast unfruchtbar gemacht und dabei den unheilbaren Konflikt, der zwischen seinen Ideen und denen einer Welt bestand, in die ihn der Zufall hineingeboren hatte, nur noch verstärkt. Mittlerweile war er zu dem Schluß gekommen, daß er keine Schrift mehr entdecken könne, die seine geheimen Wünsche befriedigte; und seine Bewunderung selbst für die Bände, die zweifellos dazu beigetragen hatten, seinen Geist anzuregen und ihn so mißtrauisch und so feinsinnig zu machen, schwand dahin.

Dabei waren seine Gedanken in der Kunst von einem einfachen Gesichtspunkt ausgegangen; für ihn gab es keine Schulen; nur das Temperament des Schriftstellers zählte; nur die Arbeit seines Gehirns interessierte, unabhängig vom Gegenstand, den er behandelte. Unglücklicherweise war diese richtige Einschätzung, die eines La Palisse würdig gewesen wäre, fast unanwendbar, aus dem einfachen Grund, weil sich jeder, obwohl er bestrebt ist, sich von Vorurteilen freizumachen und sich aller Leidenschaftlichkeit zu enthalten, doch am liebsten den Büchern zuwendet, die seinem Temperament am nächsten kommen, und am Schluß doch alle andern ins zweite Glied verbannt.

Dieser Ausleseprozeß hatte sich langsam in ihm vollzogen; einst hatte er den großen Balzac verehrt, aber zur selben Zeit, wie sein Organismus aus dem Gleichgewicht geraten war und seine Nerven die Oberhand gewonnen hatten, hatten sich seine Neigungen gewandelt, und seine Bewunderung galt jetzt anderen.

Obwohl er sich klar darüber war, welche Ungerechtigkeit er dem wunderbaren Verfasser der *Comédie humaine* widerfahren ließ, hatte er schon früh aufgehört, dessen Bücher zu öffnen, deren gesunde Kunst ihn schmerzte; andere Bestrebungen trieben ihn um, die er nicht genauer definieren konnte.

Als er dann in sich forschte, begriff er immerhin so viel, daß ein Werk, um ihn zu fesseln, jenen Charakter der Fremdartigkeit an sich haben mußte, den Edgar Poe forderte; aber er wagte sich auf diesem Weg weiter vor und verlangte nach Kopfgeburten byzantinischer Floren und komplizierten dekadenten Sprachschöpfungen; er wünschte sich eine sinnverwirrende Unschärfe, die ihn zum Träumen brächte, bis er sie, ganz nach seinem Belieben und je nach seiner augenblicklichen seelischen Verfassung, vager oder bestimmter machte. Kurz, er wollte ein Kunstwerk, das sowohl um seiner selbst willen existierte als auch um dessentwillen, was es ihm zu geben imstande wäre; er wollte mit ihm, dank ihm, gleichsam mit seiner Unterstützung, wie getragen von einem Gefährt, in eine Sphäre gelangen, wo die sublimierten Empfindungen eine unerwartete Erschütterung in ihm hinterlassen würden, deren Ursachen er lange, und wahrscheinlich vergeblich, zu ergründen versuchen würde.

So entfernte er sich, seit er Paris verlassen hatte, immer weiter von der Wirklichkeit und vor allem von der zeitgenössischen Welt, vor der er zunehmend Abscheu empfand; dieser Haß hatte sich zwangsläufig auf seine literarischen und künstlerischen Neigungen ausgewirkt, und er mied, so weit dies möglich war, Bilder und Bücher, deren abgesteckte Themen sich auf das moderne Leben bezogen.

Da er die Fähigkeit verlor, die Schönheit, gleich, unter welcher Form sie sich zeigt, zu bewundern, zog er bei Flaubert *La Tentation de Saint Antoine* der *Éducation sentimentale* vor, bei Goncourt die *Faustin* der *Germinie Lacerteux* und bei Zola *La Faute de l'abbé Mouret* dem *Assommoir*.

Dieser Standpunkt schien ihm logisch; jene weniger unmittelbaren, aber ebenso vibrierenden, ebenso menschlichen Werke ließen ihn weiter in die verborgenen Tiefen des Temperaments der Meister vordringen, die mit einer aufrichtigeren Hingabe die geheimnisvollsten Aufschwünge ihres Wesens preisgaben, und diese Werke entführten ihn, auch ihn, in höhere Regionen als die anderen, fort aus diesem trivialen Leben, das er so satt hatte.

Außerdem erreichte er durch sie eine vollkommene Gedankengemeinschaft mit den Schriftstellern, die sie ersonnen hatten, denn diese hatten sich in einer ähnlichen geistigen Verfassung befunden wie er.

Wenn die Epoche, in der ein Talent zu leben gezwungen ist, seicht und dumm ist, wird der Künstler tatsächlich, möglicherweise ohne sich dessen bewußt zu sein, von der Sehnsucht nach einem anderen Jahrhundert verfolgt.

Da es ihm nur in seltenen Momenten gelingt, sich mit der Umgebung, in der er lebt, in Einklang zu befinden, und da die Betrachtung dieser Umgebung und der Geschöpfe, die sie ertragen, seine Lust der Beobachtung und der Analyse nicht mehr hinreichend befriedigt, fühlt er merkwürdige Phänomene in sich emporsteigen und aufbrechen. Verworrene Wanderwünsche tauchen auf, die sich beim Nachdenken und Erforschen entwirren. Ererbte Instinkte, Empfindungen und Neigungen erwachen wieder, fest umrissen, und drängen sich mit unabweislicher Notwendigkeit auf. Er erinnert sich an Menschen und Dinge, die er persönlich nie gekannt hat, und es kommt ein Augenblick, wo er gewaltsam aus dem Gefängnis seines Jahrhunderts ausbricht und in aller Freiheit in einer anderen Epoche umherstreift, mit der er sich, wie ihm durch eine letzte Illusion scheinen will, in besserem Einklang befunden haben würde.

Bei den einen ist dies eine Rückkehr in vergangene Jahrhunderte, in verschwundene Kulturen, in abgestorbene Zeiten; bei anderen ein Aufschwung ins Phantastische, in eine Traumwelt oder eine mehr oder weniger starke Vision einer Zeit, die noch anbrechen wird, deren Bild jedoch unwissentlich, durch eine atavistische Wirkung, das verflossener Epochen wiedergibt.

Bei Flaubert waren es feierliche, unendliche Gemälde, ein überwältigender Prunk, in dessen barbarischem und glänzendem Rahmen sich gravitätisch bebende und zarte, geheimnisvolle und hochmütige Geschöpfe bewegten, Frauen von vollkommener Schönheit mit leidenden Seelen, auf deren Grund er entsetzliche Verheerungen und wahnsinnige Sehnsüchte ahnte, geboren aus dem traurigen Wissen um die drohende Mittelmäßigkeit der zu erwartenden Freuden.

Das ganze Temperament des großen Künstlers brach in den unvergleichlichen Seiten der *Tentation de Saint Antoine* und *Salammbô* hervor, in denen Flaubert, weitab von unserem armseligen Leben, den asiatischen Glanz vergangener Zeitalter wiederaufleben ließ, deren mystische Auf- und Abschwünge, deren müßiggängerische Tollheiten und deren Grausamkeiten, hervorgerufen durch die drückende Langeweile, die Überfluß und Gebet mit sich bringen, noch ehe man diese bis zur Neige ausgekostet hat.

Bei de Goncourt war es die Sehnsucht nach dem vorangegangenen Jahrhundert, die Rückkehr zur Eleganz einer für immer verschwundenen Gesellschaft. In seinem nostalgischen Werk existierten keine gigantischen Szenerien, keine gegen die Molen schlagenden Meere, keine sich endlos unter sengenden Himmeln verlierenden Wüsten, sein Werk zog sich in ein in der Nähe eines Parks gelegenes Boudoir zurück, das von den sinnlichen Ausdünstungen einer Frau mit ermattetem Lächeln, lustverzerrtem Mund und unfügsamen, nachdenklichen Augensternen erwärmt wurde. Die Seele, mit der er seine Personen belebte, war nicht mehr die, die Flaubert seinen Geschöpfen einhauchte, eine Seele, die schon im voraus gegen die unerbittliche Gewißheit, daß kein neues Glück möglich sei, aufbegehrte; seine Seelen begehrten im nachhinein gegen die Erfahrung auf, daß alle Anstrengungen nutzlos waren, die sie unternommen hatten, um unbekanntere geistige Bande zu finden und um jener uralten Wollust, die von Jahrhundert zu Jahrhundert in der mehr oder weniger erfinderischen Befriedigung der Paare wiederkehrt, entgegenzutreten.

Obwohl sie unter uns lebte und ganz und gar unserer Zeit angehörte, war die Faustin durch die Einflüsse ihrer Abstammung ein Geschöpf des vergangenen Jahrhunderts, dessen seelische Würze, geistige Ermüdung und sinnliche Überreizung sie in sich trug.

Dieses Buch von Edmond de Goncourt war einer der Bände, die Des Esseintes am meisten schätzte; und in der Tat, die Anregung zum Träumen, nach der ihn verlangte, war in diesem Werk in überreichem Maß vorhanden, in dem hinter der geschriebenen Zeile eine andere Zeile auftauchte, die allein dem Geist sichtbar war und die sich dadurch auszeichnete, daß sie durch Ungesagtes Ausblicke auf eine Leidenschaft eröffnete, die Unendlichkeiten der Seele erahnen ließ, welche keine Sprache zu erfassen imstande gewesen wäre; es war auch nicht mehr die Sprache Flauberts, diese Sprache von einer unnachahmlichen Großartigkeit, es war ein scharfsinniger und kränklicher, ein nervöser und gewundener Stil, eifrig bemüht, die feinen Eindrücke, die die Sinne treffen und die Empfindungen bestimmen, aufzuzeichnen, ein Stil, der ausgezeichnet geeignet war, die komplizierten Nuancen einer Epoche herauszuarbeiten, die in sich selbst schon höchst komplex war. Kurz, dies war die Stimme, ohne die vergreisende Zivilisationen nicht auskommen, weil sie, gleich, in welcher historischen Epoche sie auftreten, zur Formulierung ihrer Bedürfnisse neue Bedeutungen und Wendungen, einen neuen Guß sowohl ihrer Sätze wie ihrer Wörter brauchen.

In Rom hatte das sterbende Heidentum mit Ausonius, mit Claudianus, mit Rutilius seine Prosodie verändert und seine Sprache verwandelt; ihr sorgfältiger und gewissenhafter, berauschender und klangvoller Stil, vor allem in den Partien, in denen Reflexe, Schatten und Nuancen beschrieben wurden, wies eine unvermeidliche Analogie zum Stil der Goncourts auf.

In Paris hatte sich ein in der Geschichte der Literatur einmaliger Fall zugetragen: Die dem Tod geweihte Gesellschaft des 18. Jahrhunderts, die Maler, Bildhauer, Musiker und Architekten besessen hatte, die vom Geschmack und den Lehren der Zeit durchdrungen waren, hatte es nicht vermocht, einen wirklichen Schriftsteller hervorzubringen, der ihre dahinsterbende Eleganz hätte wiedergeben und die Essenz ihrer fiebrigen Freuden, die sie so schwer hatte büßen müssen, in Worte hätte fassen können; man hatte auf die Ankunft eines de Goncourt warten müssen, dessen Temperament aus Erinnerungen bestand, aus Sehnsüchten, die noch geschürt wurden durch das schmerzliche Schauspiel der intellektuellen Anmut und der pöbelhaften Bestrebungen seiner Zeit, um nicht nur in seinen historischen Büchern, sondern auch in einem nostalgischen Werk wie der *Faustin* die Seele dieser Epoche wiederauferstehen zu lassen und ihre nervöse Empfindsamkeit in dieser Schauspielerin zu verkörpern, die sich abmühte, ihr Herz zu quälen und ihr Gehirn anzustacheln, um die schmerzlichen Reizableiter der Liebe und der Kunst bis zur Erschöpfung auszukosten!

Bei Zola war die Sehnsucht nach Jenseitigem anders geartet. Er verspürte keinen Drang, sich verschwundenen Regimen und Universen zuzuwenden, die in der Nacht der Zeit versunken waren; sein starkes, solides Temperament, das die Üppigkeit des Lebens, die vollblütigen Kräfte und die moralische Gesundheit leidenschaftlich liebte, hielt ihn ebenso von der künstlichen Anmut und der überschminkten Bleichsucht des vergangenen Jahrhunderts wie von der hieratischen Feierlichkeit, der wilden Brutalität und den weichlichen, zweideutigen Träumereien des alten Orients fern. An dem Tag, an dem auch er von der Nostalgie gepackt worden war, von diesem Bedürfnis – das im Grunde die Poesie selbst ist – der gegenwärtigen Welt, die er studierte, zu entfliehen, hatte er sich in eine ideale Landschaft gestürzt, wo der Lebenssaft im strahlenden Sonnenlicht brodelte; er hatte sich phantastische Himmelsbrünste, lange Erdenohnmachten, fruchtbare Pollenregen, die in seufzende Blumenorgane fallen, ausgemalt: er hatte zu einem gigantischen Pantheismus gefunden, hatte, vielleicht ohne sich dessen bewußt zu sein, mit diesem Eden, in das er seinen Adam und seine Eva versetzte, ein wunderbares Hindugedicht geschaffen, indem er, in einem Stil, dessen breitflächig und roh aufgetragenen Farben etwas von dem bizarren Glanz der indischen Malerei an sich hatten, die Hymne des Fleisches sang, das Lob der belebten, lebendigen Materie, die durch ihre Zeugungswut der menschlichen Kreatur die verbotene Frucht der Liebe, ihre Beklemmungen, ihre instinktiven Zärtlichkeiten und ihre natürlichen Posen offenbarte.

Mit Baudelaire waren dies die drei Meister der modernen weltlichen französischen Literatur, die Des Esseintes' Geist am meisten gefangengenommen und am meisten gebildet hatten; aber weil er sie immer wieder gelesen und sich an ihren Werken übersättigt hatte, ja, sie in- und auswendig kannte, hatte er sich, um sie erneut in sich aufnehmen zu können, anstrengen müssen, sie zu vergessen und sie eine Zeitlang ruhig in den Regalen stehen zu lassen.

Deshalb öffnete er sie auch kaum, als der Diener sie ihm jetzt hinhielt. Er beschränkte sich darauf, den Platz zu bezeichnen, den sie einnehmen sollten, und überwachte die ordentliche und richtige Einstellung.

Der Diener brachte ihm einen neuen Stapel Bücher; diese bereiteten ihm noch mehr Verlegenheit; es waren Bücher, die sich seine Zuneigung nur nach und nach erworben hatten, Bücher, die ihm gerade ihrer Schwächen wegen Erholung gewährten von der Perfektion der Schriftsteller mit einem größeren Ansehen; auch hier hatte Des Esseintes in seinem Bestreben der Verfeinerung begonnen, zwischen verworrenen Seiten Sätze zu suchen, die eine Art Elektrizität absonderten, welche ihn durchzuckte, obwohl sie ihr Fluidum in einer Umgebung entluden, die sich dem zunächst zu widersetzen schien.

Die Unvollkommenheit gefiel ihm sogar, vorausgesetzt, sie war weder parasitär noch servil, und vielleicht lag ein Funken Wahrheit in seiner Theorie, daß der subalterne Schriftsteller der Dekadenz, der noch Persönlichkeit ausstrahlt, aber mit Mängeln behaftet ist, einen erregenderen, abführrenderen, schärferen Balsam absondert als der Künstler derselben Epoche, der wirklich groß, wirklich vollkommen ist. Seiner Ansicht nach erkannte man in den wilden Entwürfen eines solchen Schriftstellers den höchsten Überschwang des Empfindungsvermögens, die morbidesten Launen der Psychologie, die auf die äußerste Spitze getriebene Verderbtheit der Sprache, die ihre Krönung in der letzten Weigerung findet, die aufschäumenden Salze der Gefühle und Gedanken zurückzuhalten und zu bemänteln.

Nach den Meistern wandte er sich unvermeidlich auch noch einigen Schriftstellern zu, die ihm besonders durch die Verachtung lieb und wert waren, die ihnen von einem Publikum entgegengebracht wurde, das unfähig war, sie zu verstehen.

Einer von ihnen, Paul Verlaine, hatte einst mit einem Gedichtband *Poèmes saturniens* debütiert, einem etwas schwachen Band, in dem sich Nachahmungen Leconte de Lisles und romantische Rhetorikübungen begegneten, wo jedoch in einigen Stücken, etwa in dem Sonett mit dem Titel *Rêve familier*, bereits die wahre Originalität des Dichters durchschimmerte.

Auf der Suche nach seinen Vorgängern entdeckte Des Esseintes unter den unsicheren flüchtigen Skizzen ein Talent, das schon tief von Baudelaire durchtränkt war, dessen Einfluß sich später noch verstärkt hatte, ohne daß das vom unfehlbaren Meister mit dessen Zustimmung Entlehnte schon offenkundig gewesen wäre.

Jedoch etliche seiner Bücher wie *La bonne Chanson*, *Les Fêtes galantes*, *Romances sans paroles* und schließlich sein letzter Band *Sagesse* enthielten Gedichte, in denen sich ein schriftstellerisches Genie zeigte, das aus der Menge der Kollegen hervorstach.

Seine Verse, zertrennt von unglaublichen Zäsuren, versehen mit Reimen, die durch die Zeitformen gebildet wurden, manchmal sogar durch lange Adverbien mit einem davorstehenden einsilbigen Wort, von dem diese wie von einem Felsvorsprung in einem schweren Wasserfall herabstürzten, wurden oft eigenartig abstrus mit ihren kühnen Ellipsen und ihren seltsamen Regelwidrigkeiten, die jedoch keineswegs ohne Reiz waren.

Er handhabe die Metrik besser als jeder andere und versuchte, die Gedichte mit feststehenden Formen zu verjüngen; so stellte er das Sonett auf den Kopf, ähnlich jenen japanischen bunten Tonfischen, die, den Schwanz nach oben, mit den Kiemen auf ihrem Sockel aufsitzen; oder er entstellte es dadurch, daß er es nur mit männlichen Reimen paarte, für die er eine Vorliebe zu haben schien; ebenso gebrauchte er, und das sogar häufig, eine merkwürdige Form, eine Strophe aus drei Versen, deren mittlerer ungereimt blieb, oder ein einreimiges Terzett, auf das ein einzelner Vers folgte, der als Refrain sein eigenes Echo zurückwarf wie in dem Gedicht *Streets*: »Dansons la gigue!«; und er verwandte noch andere Rhythmen, in denen der fast erloschene Klang wie ein vergehender Glockenton nur in fernen Strophen zu hören war.

Aber seine Originalität bestand vor allem darin, daß

er in der Dämmerung halbblau vage und köstliche ver-
trauliche Dinge mitzuteilen vermocht hatte. Er hatte als
einziger vermocht, ein gewisses verwirrendes Über-sich-
Hinausgehen der Seele erahnen zu lassen, raunende
Gedanken, die so leise, Geständnisse, die so geflüstert
waren, daß das Ohr die durch den geheimnisvollen, mehr
erahnten als gefühlten Hauch geweckten Sehnsüchte nur
zögernd an die Seele weitergab. Der ganze Verlaine
erklang in diesen bewundernswerten Versen der *Fêtes
galantes:*

> Le soir tombait, un soir équivoque d'automne:
> Les belles, se pendant rêveuses à nos bras,
> Dirent alors des mots si spécieux, tous bas,
> Que notre âme depuis ce temps tremble et s'étonne.

> (Der Abend brach herein, ein vieldeutiger Herbstabend:
> Die Schönen, träumerisch an unsern Armen hängend,
> Sagen leise so besondre Worte,
> Daß unsre Seele seither bebt und staunt.)

Das war nicht mehr der endlose Horizont, zu dem sich
die unvergeßlichen Pforten Baudelaires öffneten, es war
ein schmaler Spalt, der im Mondschein den Blick auf ein
begrenzteres, intimeres Feld freigab, das eigentlich dem
Dichter allein gehörte, der übrigens in jenen Versen, die
für Des Esseintes ein Leckerbissen waren, sein poetisches
Prinzip formulierte:

> Car nous voulons la nuance encore,
> Pas la couleur, rien que la nuance
> ....
> Et tout le reste est littérature.

(Denn wir wollen den feinen Unterschied,
Nicht die Farbe, nur den Unterschied
....
Und alles übrige ist Literatur.)

Mit Vergnügen hatte Des Esseintes ihn in seine unterschiedlichen Werke begleitet. Nach den *Romances sans
paroles*, die in der Druckerei einer Zeitung in Sens erschienen waren, hatte Verlaine ziemlich lange geschwie-
gen, ehe er mit reizenden Versen wieder auftauchte, in
denen der sanfte und altertümliche Stil Villons mit-
schwang und worin er die Heilige Jungfrau »fern unserer
Tage der Sinnenlust und der traurigen Fleischlichkeit«
besang. Des Esseintes las dieses Buch *Sagesse* immer
wieder, und er ließ sich angesichts der Gedichte zu heimlichen Träumen inspirieren, zu Fiktionen einer okkulten
Liebe für eine byzantinische Madonna, die manchmal zu
einer in unser Jahrhundert verirrten Cydalise wurde und
so geheimnisvoll und verwirrend war, daß man nicht wissen konnte, ob sie auf Laster hoffte, die so ungeheuerlich
waren, daß diese, erst einmal verübt, eine unwiderstehliche Kraft besäßen; oder aber ob sie sich selbst in den
Traum aufschwingen wollte, einen unbefleckten Traum,
in dem die Anbetung der Seele sie in ihrem ewig uneinge-
standenen, ewig reinen Zustand umschwebte.

Noch andere Dichter veranlaßten ihn, sich ihnen an-
zuvertrauen: Tristan Corbière, der 1873, in der allgemeinen Teilnahmslosigkeit, eines der exzentrischsten Bücher
mit dem Titel *Les Amours jaunes* herausbrachte. Des
Esseintes, der aus Abneigung gegenüber dem Banalen
und Gewöhnlichen die übertriebensten Verrücktheiten
und die barockesten Extravaganzen hätte durchgehen
lassen, verlebte unbeschwerte Stunden mit diesem Buch,

in dem sich die Komik mit einer ungebändigten Energie verband und konfuse Verse in vollkommen dunklen Gedichten aufleuchteten, wie die Litaneien in *Le Sommeil*, worin er den Schlaf einmal »den obszönen Beichtvater der totgeborenen Betschwestern« nannte. Es war kaum mehr Französisch; der Autor sprach wie die Neger in den Kolonien, ging im Telegrammstil vor, übertrieb die Auslassung von Verben, bevorzugte spöttische Bemerkungen, erging sich in unerträglichen Witzen auf Handlungsreisendenniveau, dann plötzlich tummelten sich sprühende Einfälle und eingeschmuggelter Zierat in diesem Gewirr, bis mit einemmal ein spitzer Schmerzensschrei erklang wie eine reißende Cellosaite. Zugleich blitzten in diesem holprigen, trockenen, absichtlich fleischlosen, mit ungebräuchlichen Wörtern und unerwarteten Neologismen gespickten Stil Wortschöpfungen und ruhelose, ihres Reims beraubte, prachtvolle Verse auf; schließlich hatte Tristan Corbière außer seinen *Poèmes Parisiens*, in denen Des Esseintes folgende tiefsinnige Definition der Frau entdeckte: »Das Ewig-Weibliche des ewigen Toren«, in einem Stil von fast kraftvoller Prägnanz das Meer der Bretagne, die Harems der Seeleute und die Wallfahrt nach Sainte-Anne gefeiert, ja, in den Beschimpfungen, mit denen er anläßlich des Lagers von Conlie die Individuen überschüttete, die er »die Bänkelsänger des 4. September« nannte, hatte er sich sogar zu Haßtiraden hinreißen lassen.

Den Hautgoût, den Des Esseintes schätzte und den ihm dieser Dichter mit seinen verkrampften Epitheta und seinen Schönheiten, die immer den Anschein einer gewissen Anrüchigkeit wahrten, bot, fand er auch noch bei einem anderen Dichter, Théodore Hannon, einem Schüler Baudelaires und Gautiers, der einen besonderen Sinn für gesuchte Eleganz und künstliche Freuden besaß.

Im Gegensatz zu Verlaine, der ohne Umwege von Baudelaire abstammte, vor allem was die psychologische Seite, die bestechende Nuancierung der Gedanken und die gelehrte Ergründung des Gefühls betraf, war Théodore Hannon vor allem durch die plastische Seite, die äußere Schau der Wesen und der Dinge ein Abkömmling des Meisters.

Seine charmante Verderbtheit entsprach verhängnisvoll den Neigungen Des Esseintes', der sich, wenn das Wetter neblig oder regnerisch war, in das von diesem Dichter geschaffene Refugium einschloß und sich dort die Augen berauschte an dem Schillern seiner Stoffe, an dem Glühen seiner Steine, an seiner ausschließlich materiellen Üppigkeit, die zur geistigen Anregung beitrug und wie Kantharidenpuder in einer lauen Weihrauchwolke zum Idol einer Brüßlerin mit einem geschminkten Antlitz und einem von Wohlgerüchen gebeizten Leib aufstieg.

Mit Ausnahme dieser Dichter und Stéphane Mallarmés, deren Werke Des Esseintes seinen Diener beiseite legen ließ, um sie gesondert einzuordnen, war sein Interesse für die Dichter nur sehr schwach.

Leconte de Lisle konnte ihn nicht mehr zufriedenstellen, trotz seiner herrlichen Form und der bewundernswerten Gangart seiner Verse, die mit einem solchen Prunk daherkamen, daß dagegen selbst die Hexameter Hugos blaß und glanzlos wirkten. Die Antike, die Flaubert auf so wunderbare Weise hatte wiederauferstehen lassen, blieb unter seinen Händen steif und kalt. Nichts zuckte in den nur aus einer Fassade bestehenden Versen, die die meiste Zeit von keiner Idee gestützt wurden; nichts lebte in diesen öden Gedichten, derer mitleidslose Mythologien ihn allmählich zum Erstarren brachten. Andererseits fand Des Esseintes, nachdem er das Werk Gautiers lange Zeit hoch geschätzt hatte, auch daran kein Interesse mehr; seine Bewunderung für den unvergeßlichen Maler, der er war, hatte sich von Tag zu Tag mehr verflüchtigt, und nun erstaunten ihn dessen in gewisser Weise belanglosen Beschreibungen nur noch, ohne ihn zu begeistern. Der Eindruck der Gegenstände hatte sich in seinem so perspektivisch wahrnehmenden Auge festgesetzt, aber er war dort geblieben und nicht weiter vorgedrungen in sein Gehirn und sein Fleisch; Gautier hatte sich stets darauf beschränkt, wie ein wunderbarer Reflektor mit einer unpersönlichen Genauigkeit die Umgebung zurückzuwerfen.

Gewiß, Des Esseintes liebte die Werke dieser beiden Autoren immer noch, so wie er seltene Steine, kostbare, tote Gegenstände liebte, aber keine der Variationen dieser ihr Instrument so vollkommen beherrschenden Künstler vermochte mehr, ihn in Ekstase zu versetzen, denn keine führte geschmeidig in den Traum hinüber, keine öffnete, zumindest nicht ihm, einen jener belebenden Ausblicke, die ihm erlaubt hätten, den langsamen Flug der Stunden zu beschleunigen.

Er verließ ihre Bücher ungesättigt, und mit denjenigen von Hugo erging es ihm ebenso: die Orient- und Patriarchenseite war zu konventionell, zu unbedeutend, um ihn zu fesseln; und die gleichzeitig gouvernantenhafte und großväterliche Seite brachte ihn zur Verzweiflung: er mußte schon bis zu den *Chansons des rues et des bois* gehen, um angesichts der fehlerlosen Gauklerkunst seiner Metrik wiehern zu können, aber wie gerne hätte er am Ende alle diese Kunststücke für ein neues Werk

Baudelaires hingegeben, das dem alten gleichgekommen wäre, denn dieser Autor war wohl fast der einzige, dessen Verse unter ihrer herrlichen Rinde ein balsamisches und nahrhaftes Mark enthielten!

Obwohl Des Esseintes von einem Extrem ins andere sprang, von der gedankenlosen Form zu den formlosen Gedanken, blieb er darum nicht weniger mißtrauisch und nüchtern. Die psychologischen Labyrinthe Stendhals und die analytischen Umwege Durantys verführten ihn, aber ihre blasse, trockene Verwaltungssprache, ihre geliehene Prosa, die allenfalls für das gemeine Theatergewerbe gut genug war, stießen ihn ab. Außerdem übten sich die interessanten Arbeiten ihrer klugen Zergliederungskünste kurz gesagt an Gehirnen, die von Leidenschaften erregt wurden, welche ihn nicht mehr bewegten. Jetzt, wo die Vorbehalte seines Geistes überhandnahmen und er nur noch überfeinerte Empfindungen und katholische und sinnliche Stürme gelten ließ, lag ihm wenig an allgemeinen Gefühlen und an alltäglichen Gedankenassoziationen.

Um ein Werk genießen zu können, das, wie er es sich wünschte, einen beißenden Stil mit einer durchdringenden, katzenartigen Analyse verband, mußte er zu dem Meister der Induktion vordringen, zu jenem tiefsinnigen, eigenartigen Edgar Poe, den er auch nach wiederholter Lektüre immer noch uneingeschränkt liebte.

Dieser antwortete vielleicht mehr als jeder andere durch enge verwandtschaftliche Bezüge auf das Gedankengebäude Des Esseintes'.

Hatte Baudelaire aus den Hieroglyphen der Seele die fortschreitende Alterung der Gefühle und Gedanken dechiffriert, so hatte Poe mittels der Psychologie des Kranken besonders den Bereich des Willens erforscht.

In der Literatur hatte er als erster unter dem emblematischen Titel *The Imp of the Perverse* jene unwiderstehlichen Triebe erforscht, denen der Wille unterliegt, ohne daß er sie kennt, und die die Gehirnpathologie heute auf eine einigermaßen gesicherte Weise erklären kann; als erster auch hatte er den depressiven Einfluß der Angst wenn nicht entdeckt, so doch erkannt, die ebenso auf den Willen wirkt wie die Betäubungsmittel, die die Empfindungsfähigkeit einschränken, und wie das Curare, das die Motorik der Nervenzellen lähmt; auf diesen Punkt, auf diese Lethargie des Willens hatte er seine Studien konzentriert, indem er die Wirkung dieses moralischen Gifts analysierte und die Symptome seiner Ausbreitung aufzeigte, die Störungen, die mit Ängstlichkeit beginnen, sich in Angstzuständen fortsetzen und schließlich in Panik münden, die das Wollen erstarren läßt, ohne daß der Verstand, obwohl er ins Wanken gerät, nachgibt.

Er hatte den Tod, mit dem alle Dramatiker so viel Mißbrauch getrieben haben, irgendwie zugespitzt und verändert, indem er ein algebraisches und übermenschliches Element in ihn einführte; aber in Wirklichkeit beschrieb er weniger die reale Agonie des Sterbenden als die seelische Agonie des Überlebenden, der angesichts des beklagenswerten Betts von gräßlichen Halluzinationen heimgesucht wird, die Schmerz und Müdigkeit hervorrufen. Mit einer entsetzlichen Faszination verbreitete er sich über die Wirkungen des Schreckens und das knirschende Nachgeben des Willens, die er völlig kalt beurteilte, so daß es dem atemlos keuchenden Leser bei diesen mechanisch mit überhitztem Fieber arrangierten Albträumen nach und nach die Kehle zuschnürt.

Seine Geschöpfe, die von ererbten Neurosen konvulsivisch geschüttelt und von seelischen Veitstänzen in Angst versetzt wurden, lebten nur durch die Nerven; seine Frauen wie Morella und Ligeia verfügten über eine unendliche Gelehrsamkeit, die von den Nebeln der deutschen Philosophie und den kabbalistischen Mysterien des alten Orient durchtränkt war, und sie hatten alle knabenhafte und unsinnliche Engelsbrüste, sie waren alle sozusagen geschlechtslos.

Baudelaire und Poe, diese beiden Geister, die man häufig ihrer gleichen Poetik und ihrer gemeinsamen Neigung zum Studium der Geisteskrankheiten wegen als Paar nebeneinanderstellte, unterschieden sich jedoch grundlegend durch ihre die Gefühle betreffenden Konzeptionen, die einen so breiten Raum in ihrem Werk einnahmen: Baudelaire mit seiner verderbten, verbotenen Liebe, deren ekelhafte Grausamkeit an die Repressalien eines Inquisitionsgerichts denken ließ; Poe mit seinen keuschen, ätherischen Lieben, bei denen die Sinne nicht existierten und das Gehirn sich einsam erregte, ohne mit den Organen Verbindung aufzunehmen, die, wenn sie überhaupt existierten, für immer vereist und jungfräulich blieben.

Diese Gehirnklinik, wo der in einer erstickenden Atmosphäre vivisezierende geistige Chirurg, sobald seine Aufmerksamkeit nachließ, die Beute seiner Einbildungskraft wurde, welche, gleich köstlichen Miasmen, mondsüchtige und engelhafte Erscheinungen aufwirbelte, war für Des Esseintes eine Quelle unerschöpflicher Mutmaßungen; aber nun, da sich seine Neurose verschlimmert hatte, gab es Tage, wo ihn diese Lektüre räderte, Tage, wo er mit zitternden Händen und angespannten Sinnen dasaß und sich wie der unselige Usher von einer irrationalen Angst und einem dumpfen Entsetzen überwältigt fühlte.

Daher mußte er Maß halten, durfte jene bedrohlichen Elixiere kaum mehr berühren, ebenso wie er seine rote Vorhalle nicht mehr ungestraft betreten und sich am Anblick der Düsternis Odilon Redons und der Marterszenen Jan Luykens berauschen konnte.

Und dabei erschien ihm, wenn er sich in dieser Geistesverfassung befand, nach den aus Amerika importierten furchterregenden Zaubertränken die ganze Literatur fade. Dann hielt er sich an Villiers de l'Isle-Adam, in dessen zerstreutem Werk er immerhin noch aufrührerische Beobachtungen und ein vibrierendes Zucken bemerkte, das aber, mit Ausnahme seiner *Claire Lenoir*, nicht mehr ein solch verstörendes Entsetzen ausstrahlte.

Diese *Claire Lenoir*, die 1867 in der *Revue des lettres et des arts* erschienen war, eröffnete eine Reihe von Novellen, welche unter dem programmatischen Namen »Histoires moroses« zusammengefaßt waren. Vor dem Hintergrund obskurer, dem alten Hegel entlehnter Spekulationen bewegten sich aus den Fugen geratene Menschen, ein gravitätischer und kindischer Doktor Tribulat Bonhomet und eine possenhafte und grauenerregende Claire Lenoir, deren runde, blaue Brillengläser von der Größe eines Zehnsousstücks ihre fast toten Augen bedeckten.

Diese Novelle handelte von einem einfachen Ehebruch und endete in einem unsagbaren Entsetzen, als Bonhomet, der Claire auf dem Totenbett die Pupillen freilegt und mit riesigen Sonden in sie eindringt, deutlich das Spiegelbild ihres Gatten erkennt, der am ausgestreckten Arm das abgeschlagene Haupt des Liebhabers schwenkt und wie ein Kanake einen Schlachtruf ausstößt.

Die Geschichte ging von der mehr oder weniger richtigen Beobachtung aus, daß die Augen gewisser Tiere, zum Beispiel der Ochsen, bis zur Verwesung wie photographische Platten das Bild der Wesen und Dinge, auf die ihr Blick im Moment ihres letzten Atemzugs fiel, bewahren, und sie leitete sich offensichtlich von den Erzählungen Edgar Poes ab, deren spitzfindige Diskussionen und deren Grauen sie sich zu eigen machte.

Genauso verhielt es sich mit der Erzählung *L'Intersigne*, die später in die *Contes cruels* aufgenommen wurde, eine Sammlung von unbestreitbarem Talent, in der sich auch *Vera* fand, eine Novelle, die Des Esseintes für ein kleines Meisterwerk hielt.

Die Halluzination war hier von einer köstlichen Zärtlichkeit geprägt; es handelte sich nicht mehr um die düsteren Wahnbilder des amerikanischen Autors, es war eine laue, fließende, fast himmlische Vision; es handelte sich im gleichen Genre um das Gegenstück zu den Beatrices und den Ligeias, diesen fahlen, bleichen Phantomen, die ihr Leben dem unerbittlichen Albtraum des schwarzen Opiums verdankten!

Diese Novelle brachte auch die Wirkungen des Willens ins Spiel, aber sie behandelte nicht mehr seine Schwächen und Niederlagen unter dem Einfluß der Angst; sie studierte seine Exaltiertheiten unter dem Impuls einer Überzeugung, die zur fixen Idee geworden ist; sie demonstrierte seine Stärke, die sogar die Atmosphäre zu sättigen und den Dingen ihrer Umgebung ihren Glauben aufzuzwingen vermochte.

Ein anderes Buch Villiers, *Isis*, schien ihm anderen Titeln vorzuziehen zu sein. Der philosophische Wust von *Claire Lenoir* verstopfte auch dieses Werk, das ein unglaubliches Tohuwabohu von weitschweifigen, wirren Beobachtungen und von Erinnerungen an alte Melodramen, an Burgverliese, Dolche, Strickleitern und all jene romantischen Gassenhauer enthielt, welchen Villiers auch in seinem *Elën* und in seiner *Morgane*, vergessenen Stücken, die bei einem unbekannten Drucker in Saint-Brieuc, Monsieur Francisque Guyon, veröffentlicht worden waren, kein neues Gewand zu geben vermochte.

Die Heldin dieses Buchs, eine Marquise Tullia Fabriana, der nachgesagt wurde, sie habe sich die chaldäische Gelehrsamkeit der Frauen Edgar Poes und die diplomatische Klugheit der Sanseverina-Taxis von Stendhal zu eigen gemacht, hatte sich obendrein noch die rätselhafte Haltung einer Kreuzung aus Bradamante und antiker Circe zugelegt. Diese unauflöslichen Vermengungen entwickelten einen rußigen Dampf, in dem die philosophischen und literarischen Einflüsse sich aneinander stießen, ohne daß sie sich, im Moment der Niederschrift der Prolegomena zu diesem Werk, das nicht weniger als sieben Bände umfassen sollte, im Kopf des Autors hätten ordnen können.

Aber in Villiers Temperament gab es noch einen anderen Winkel, in dem sich eine ganz andere Schärfe und Deutlichkeit verbarg, ein Winkel, wo der schwarze Humor und der grausame Spott zu Hause waren; dabei handelte es sich nicht mehr um die paradoxen Mystifikationen Edgar Poes, sondern um eine Verhöhnung von grimmiger Komik, in der Art, wie Swift seiner Wut Ausdruck gab. Eine Reihe von Stücken, zum Beispiel *Les Demoiselles de Bienfilâtre*, *L'Affichage céleste*, *La Machine à gloire*, *Le plus beau dîner du monde*, verrieten einen ungewöhnlich erfinderischen und scharfen Witz. Der ganze Abfall der zeitgenössischen utilitaristischen Ideen, die ganze merkantile Schändlichkeit des

Jahrhunderts wurden in diesen Stücken verherrlicht, deren beißende Ironie Des Esseintes mitriß.

In diesem Genre der ernsten und bitteren Posse gab es in Frankreich kein anderes Buch; allenfalls eine Novelle von Charles Cros, *La science de l'amour*, die einst in der *Revue du Monde-Nouveau* erschien, konnte durch ihre chemischen Tollheiten, ihren spröden Humor und ihre kühlen, spaßigen Beobachtungen Erstaunen erregen, aber das Vergnügen war eingeschränkt, denn die Ausführung sündigte auf eine tödliche Weise. Der solide, farbige, häufig originelle Stil Villiers war verschwunden und hatte einem Schweinehack Platz gemacht, das auf der literarischen Werkbank des Erstbesten geschabt worden war.

– »Mein Gott! Mein Gott! wie wenige Bücher existieren doch, die man wiederlesen kann«, seufzte Des Esseintes, der zusah, wie sein Diener von dem Schemel, der ihn erhöhte, herabstieg und beiseite trat, um ihm einen Blick auf die Reihe der Regalfächer zu ermöglichen.

Des Esseintes nickte zustimmend. Auf dem Tisch lagen noch zwei schmale Werkchen. Mit einem Wink entließ er den Alten und überflog ein paar Seiten, die in Wildeselleder gebunden waren, das vorher mit einer hydraulischen Presse geglättet und mit aquarellierten Silberwölkchen bedeckt worden war; die Vorsatzseiten bestanden aus altem chinesischen Seidenstoff, dessen etwas verblichene Rankenmuster den Reiz jener welken Dinge hatte, die Mallarmé in einem so köstlichen Gedicht besungen hat.

Diese Seiten, neun an der Zahl, enthielten Auszüge aus den einzigen Exemplaren der beiden ersten Gedichtsammlungen, auf Pergament gedruckt, eingeleitet durch den Titel »Quelques vers de Mallarmé«, der von einem erstaunlichen Kalligraphen in bunten Unzialbuchstaben, die wie die alter Manuskripte mit Goldpunkten erhöht waren, ausgeführt worden war.

Unter den elf Stücken, die in diesem Band vereint waren, forderten ihn einige wie *Les Fenêtres*, *L'Épilogue*, *Azur* heraus; aber eines von ihnen, ein Fragment der *Hérodiade*, banntc ihn in gewissen Stunden wie ein Zauber.

Wie viele Abende hatte er sich nicht unter der Lampe, die mit ihrem schwachen Schein das stille Zimmer erhellte, angerührt gefühlt von dieser Hérodiade, die sich in dem jetzt vom Schatten überfluteten Werk Gustave Moreaus allmählich verlor und nur noch eine verschwommene, weiße Gestalt in einem erloschenen Gefunkel von Edelsteinen erkennen ließ!

Die Dunkelheit verbarg das Blut, schläferte die Reflexe und das Goldgeglitzer ein, verfinsterte die Tiefen des Tempels, ertränkte die in ihre toten Farben gehüllten Statisten des Verbrechens und holte, indem sie lediglich die weißen Stellen des Aquarells verschonte, die Frau aus dem Futteral ihrer Juwelen und machte sie nackter.

Unwiderstehlich zog es seine Blicke zu ihr hin, er erkannte sie an ihren unvergeßlichen Umrissen, und sie wurde wieder lebendig und beschwor die seltsamen, sanften Verse, die Mallarmé ihr in den Mund legt:

O miroir!
Eau froide par l'ennui dans ton cadre gelée
Que de fois et pendant des heures, désolée
Des songes et cherchant mes souvenirs qui sont
Comme des feuilles sous ta glace au trou profond,
Je m'apparus en toi comme une ombre lointaine,
Mais, horreur! des soirs, dans ta sévère fontaine,
J'ai de mon rêve épars connu la nudité!

(O Spiegel!
Kaltes Wasser, vor Langeweile in deinem Rahmen gefroren,
Wie viele Male und während langer Stunden, verheert
Von Träumen und meine Erinnerungen suchend, die sich
Wie Blätter in den Tiefen unter deinem Eis befinden,
Erschien ich mir in dir als ferner Schatten,
Aber, o Grausen!, abends in deiner strengen Quelle
Habe ich die Nacktheit meines Traums erkannt!)

Er liebte diese Verse, wie er alle Werke dieses Dichters liebte, der in einem Jahrhundert des allgemeinen Wahlrechts und in einer Zeit der Gewinnsucht zurückgezogen in der Dichtkunst lebte, den seine Verachtung vor der Dummheit rings um ihn herum schützte, der fern der Welt an den Überraschungen des Verstands und an den Visionen seines Gehirns Gefallen fand, der seine ohnehin schon ungewöhnlichen Gedanken mit byzantinischen Raffinessen veredelte und sie in leicht angedeuteten Deduktionen fortsetzte, die nur noch ein kaum wahrnehmbarer Faden miteinander verband.

Dieses Flechtwerk kostbarer Ideen knüpfte er mit einer alles verbindenden, einzigartigen und verschwiegenen Sprache voll verkürzter Sätze, elliptischer Wendungen und kühner Tropen.

Da er auch die entferntesten Analogien noch erkannte, bezeichnete er, oft mit einem einzigen Wort, das infolge von Ähnlichkeiten die Form, den Duft, die Farbe, die Eigenschaft, den Glanz wiedergab, ein Ding oder ein Wesen, dem man, hätte man nur seinen technischen Namen genannt, zahlreiche und verschiedene Epitheta hätte anheften müssen, um alle seine Gesichter und Nuancen hervorzuheben. So gelang es ihm, ausgeführte

Vergleiche zu umgehen, die sich durch Analogie ganz von selbst im Kopf des Lesers einstellten, sobald dieser das Symbol erfaßt hatte; er vermied dadurch, daß sich die Aufmerksamkeit auf jede einzelne Eigenschaft, die die aneinandergereihten Adjektive hätten beschreiben können, verteilte, und konzentrierte diese auf ein einziges Wort, auf ein Ganzes, indem er, gleichsam wie in einem Gemälde, einen einmaligen und vollständigen Anblick, einen Gesamteindruck schuf.

Das ergab eine verdichtete Literatur, eine konzentrierte Kraftbrühe, ein Kunstsublimat; dieses von Mallarmé in seinen ersten Werken nur beschränkt angewandte Verfahren schrieb er dann kühn auf seine Fahnen in einem Stück über Théophile Gautier und in *l'Après-midi d'un faune*, einem Hirtengedicht, in dem sich die Subtilitäten sinnlicher Freuden in geheimnisvollen und einschmeichelnden Versen entfalten, die plötzlich vom wilden, rasenden Schrei des Fauns durchbohrt werden:

Alors m'éveillerai-je à la ferveur première,
Droit et seul, sous un flot antique de lumière,
Lys! et l'un de vous tous pour l'ingénuité.

(Dann werde ich mich bei der ersten Glut erheben,
Aufrecht und allein, unter einer Flut antiken Lichts,
Lilien! Und eine von euch allen für die Natürlichkeit.)

Dieser Vers, der mit dem Ausruf »Lilien!« am Zeilenbeginn das Bild von etwas Strengem, Hochaufgerichtetem, Weißem evozierte, dessen Bedeutung das als Reimwort gesetzte Substantiv »Natürlichkeit« noch verstärkte, drückte auf allegorische Weise in einem einzigen Wort die Leidenschaft, den Aufruhr, die augenblickliche Verfassung des unberührten Fauns aus, der durch den Anblick der Nymphen vor Geilheit den Kopf verliert.

In diesem außergewöhnlichen Gedicht tauchten an jedem Versende überraschende, neue, nie gesehene Bilder auf, wenn der Dichter die Aufschwünge und das Bedauern des Ziegenfüßigen beschreibt, der am Rande des Sumpfs die Schilfbüschel betrachtet, die noch in einer vergänglichen Mulde die von den Najaden hinterlassenen Spuren bewahren.

Außerdem empfand Des Esseintes auch eine verfängliche Wonne, wenn er diesen dünnen Band befühlte, dessen Einband aus japanischem Filz, so weiß wie geronnene Milch, mit zwei Seidenbändern verschlossen war, das eine chinarosa, das andere schwarz.

Vom Einband verdeckt, vereinigte sich die schwarze Kordel mit der rosa Kordel, die gleichsam einen samtenen Hauch, eine Spur moderner japanischer Schminke, einen wollüstigen Ton auf das Altweiß, auf das unschuldige Inkarnat des Buchs legte, und die Bänder umschlangen sich, indem sie ihre dunkle und ihre helle Farbe in einer leichten Schleife verknüpften und einen diskreten Hinweis auf jenes Bedauern, eine vage Bedrohung durch jene Traurigkeit andeuteten, die auf den erloschenen Taumel und die erlahmten Überreizungen der Sinne folgen.

Des Esseintes legte *L'Après-midi d'un faune* auf den Tisch zurück, und er blätterte in einem anderen schmalen Band, den er nur zu seinem Gebrauch hatte drucken lassen, eine Sammlung von Prosagedichten, eine kleine unter Anrufung Baudelaires erstellte Kapelle, die den Zugang zum Vorhof seiner Gedichte eröffnete.

Diese Anthologie enthielt eine Auswahl aus *Gaspard de la nuit*, von jenem kauzigen Aloysius Bertrand, der die Verfahrensweisen Léonards in die Prosa übernommen hat und mit seinen metallischen Oxyden kleine Bilder malt, deren lebhafte Farben wie helles Email schillern. Des Esseintes hatte ihm *Vox populi* von Villiers beigesellt, ein dem Vorbild Leconte de Lisles und Flauberts folgendes, in einem goldenen Stil prächtig geprägtes Stück, außerdem einige Auszüge aus jenem delikaten *Livre de Jade*, dessen exotischer Duft von Ginseng und Tee sich mit dem wohlriechenden frischen Wassers vermischt, das im Mondschein durch das ganze Buch rieselt.

Aber in dieser Sammlung waren auch einige Gedichte enthalten, die er aus nicht mehr existierenden Zeitschriften gerettet hatte: *Le Démon de l'analogie*, *La Pipe*, *Le Pauvre enfant pâle*, *Le Spectacle interrompu*, *Le Phénomène futur* und vor allem *Plainte d'automne* und *Frisson d'hiver*, Meisterwerke Mallarmés, die ebenfalls zu den Meisterwerken der Prosagedichte zählten, denn sie einte eine Sprache, die so wundervoll geordnet war, daß sie einen von selbst, wie eine melancholische Beschwörung, wie eine berauschende Melodie mit sanftem Wiegen in Gedanken von unwiderstehlicher Suggestionskraft, in spürbare seelische Schwingungen versetzte, unter denen die erregten Nerven mit einer Heftigkeit vibrieren, die einen bis zum Wonnerausch, bis zum Schmerz durchzuckt.

Von allen literarischen Formen war das Prosagedicht die von Des Esseintes bevorzugte Form. In der Hand eines genialen Alchimisten mußte sie, ihm zufolge, auf ihrem kleinen Raum als Extrakt die Kraft des Romans entfalten, dessen analytische Längen und überflüssig wiederholende Beschreibungen sie vermied. Des Esseintes hatte schon oft über dieses beunruhigende Problem nachgedacht, einen Roman in ein paar konzentrierten

Sätzen zu schreiben, die den mehrfach destillierten Saft von Hunderten von Seiten enthielten, die immer gebraucht werden, um das Milieu und die Charaktere zu zeichnen und um zur Begründung Beobachtungen und unbedeutende Fakten anzuhäufen. Die gewählten Wörter wären dann so unaustauschbar, daß sie alle anderen vertreten; das Adjektiv, das auf eine so einfallsreiche und eine so endgültige Art gesetzt würde, daß es nicht rechtmäßig von seinem Platz verdrängt werden könnte, würde solche Perspektiven eröffnen, daß der Leser wochenlang über seinen genauen und zugleich mehrdeutigen Sinn rätseln, die Gegenwart feststellen, die Vergangenheit rekonstruieren, die Zukunft des Seelenzustands der Personen ausfindig machen könnte, die durch das Aufleuchten dieses einzigen Epithetons erhellt würden.

Der so konzipierte, so auf ein oder zwei Seiten verdichtete Roman würde zur Gedankenkommunion zwischen einem magischen Schriftsteller und einem idealen Leser, zu einem Band geistigen Austauschs zwischen zehn herausragenden, über das Universum zerstreuten Personen, zu einer nur Genießern zugänglichen Labsal.

Mit einem Wort, das Prosagedicht stellte für Des Esseintes den eingedickten Saft, den Fleischextrakt der Literatur, das reine Öl der Kunst dar.

Diese zur Entfaltung gebrachte und auf einen Tropfen reduzierte Saftigkeit war schon bei Baudelaire vorhanden, und auch in jenen Gedichten Mallarmés, die er mit einer so tiefen Wonne einsog.

Als er seine Anthologie geschlossen hatte, sagte sich Des Esseintes, daß seine Bibliothek, die mit diesem Buch abbrach, sich wahrscheinlich nicht mehr vermehren würde.

Und in der Tat, die Dekadenz einer in ihrem Organismus unheilbar kranken, durch das Alter ihrer Ideen geschwächten, durch die Maßlosigkeiten ihrer Syntax erschöpften, nur für Kuriositäten empfänglichen Literatur, die Kranke fiebern läßt und die sich veranlaßt sieht, bei ihrem Niedergang alles auszusprechen, erbittert bemüht, noch auf ihrem Totenbett sämtliche versäumten Freuden nachzuholen und die subtilsten Erinnerungen festzuhalten, diese Dekadenz hatte sich in Mallarmé auf die vollkommenste und kostbarste Weise verkörpert.

Es war die zu ihrem höchsten Ausdruck getriebene Quintessenz von Baudelaire und von Poe; es waren die reinen und kräftigen, noch einmal destillierten Substanzen, die neue Gerüche und neue Wonnen verströmten.

Es war der Todeskampf der alten Sprache, die sich, nachdem sie von Jahr zu Jahr mehr Schimmel angesetzt hatte, schließlich zersetzte und sich wie die lateinische Sprache auflöste, die in den mysteriösen Begriffen und den rätselhaften Ausdrücken des heiligen Bonifazius und des heiligen Adelmus ihr Leben aushauchte.

Die Auflösung des Französischen war übrigens auf einen Schlag erfolgt. Im Lateinischen gab es eine lange Übergangszeit von vierhundert Jahren zwischen der farbigen und prächtigen Sprache eines Claudianus und eines Rutilius und dem Hautgoût der Sprache des 8. Jahrhunderts. Im Französischen hatte es keine dazwischenliegenden Zeitalter gegeben. Der farbige und prächtige Stil der Goncourts und der Hautgoût des Stils von Verlaine und Mallarmé trafen in Paris aufeinander, sie existierten in derselben Zeit, in derselben Epoche, im selben Jahrhundert.

Und während er einen Folianten betrachtete, der geöffnet auf seinem Kirchenpult lag, lächelte Des Esseintes bei dem Gedanken, daß der Augenblick kommen würde, wo ein Gelehrter ein Glossar für die Dekadenz der französischen Sprache vorbereiten würde, ähnlich dem Glossar, in dem der kluge du Cange das letzte Stammeln, die letzten Zuckungen, die letzten Glanzlichter der in den Tiefen der Klöster vor Alter röchelnden lateinischen Sprache festgehalten hatte.

XV

DES Esseintes' Begeisterung für den Sustenteur, die wie ein Strohfeuer aufgeflammt war, sank ebenso schnell wieder in sich zusammen. Die zunächst eingedämmte nervöse Verdauungsschwäche rührte sich erneut –schließlich führte die den Durchfall hemmende Nahrungsessenz zu solchen Irritationen in seinen Eingeweiden, daß er deren Gebrauch schnellstens einstellen mußte.

Die Krankheit schritt weiter fort; unbekannte Phänomene begleiteten sie. Nach den Albträumen, den Geruchshalluzinationen, den Sehbeschwerden, dem mit der Regelmäßigkeit einer Uhr wiederkehrenden Reizhusten, dem Pochen der Arterien und des Herzens und den kalten Schweißausbrüchen tauchten Gehörtäuschungen auf, jene Zerrüttungserscheinungen, die nur im letzten Stadium der Krankheit auftreten.

Von glühendem Fieber gepeinigt, hörte Des Esseintes plötzlich plätscherndes Wasser und herumschwirrende Wespen, dann verschmolzen diese Geräusche zu einem einzigen, das dem Surren einer Drehscheibe ähnelte; dieses Surren wurde heller und schwächer und ging nach und nach in einen silbernen Glockenton über.

Da spürte er, wie sein delirierendes Gehirn in musikalischen Wellen fortgetragen und von den geheimnisvollen Strudeln seiner Kindheit erfaßt wurde. Die Gesänge, die er bei den Jesuiten gelernt hatte, erschienen wieder, ließen das Pensionat und die Kapelle, in denen sie erklungen waren, vor ihm erstehen, lösten mit ihren Halluzinationen ein Echo in den Geruchs- und Sehorganen aus und hüllten sie in Weihrauchschwaden und in ein vom Leuchten der Glasfenster unter den hohen Gewölbebogen bunt umsäumtes Dunkel.

Bei den Patres wurden die religiösen Zeremonien mit großem Pomp gefeiert; ein vorzüglicher Organist und eine bemerkenswerte Meisterschaft machten aus diesen geistlichen Übungen einen künstlerischen Genuß, der dem Gottesdienst zugute kam. Der Organist war in die alten Meister verliebt, und an Feiertagen zelebrierte er Messen von Palästrina und Orlando di Lasso, Psalmen von Marcello, Oratorien von Händel und Motetten von Bach, und er trug mit Vorliebe die weichen und leichten Bearbeitungen der *Laudi spirituali* des 16. Jahrhunderts von dem bei den Priestern in so hoher Gunst stehenden Pater Lambillotte vor, deren sakrale Schönheit Des Esseintes manches Mal in Bann geschlagen hatte.

Vor allem hatte er ein unaussprechliches Vergnügen empfunden, wenn die gregorianischen Kirchengesänge erklangen, die der Organist trotz der neuen Ideen beibehalten hatte.

Diese Form, die heute als eine überlebte und mittelalterliche Form der christlichen Liturgie, als eine archäologische Kuriosität, als eine Reliquie vergangener Zeiten angesehen wird, war die Stimme der alten Kirche, die Seele des Mittelalters; sie war das gesungene ewige Gebet, das je nach den Sehnsüchten der Seele moduliert wurde, die Hymne, die seit Jahrhunderten unverändert zum Allerhöchsten aufstieg.

Diese traditionelle Melodie war die einzige, die mit ihrem gewaltigen Unisono und mit ihren an Steinquader erinnernden feierlichen und massigen Klängen eine Verbindung mit den alten Basiliken eingehen und die romanischen Gewölbe füllen konnte, deren Ausfluß, ja deren Stimme sie zu sein schien.

Wie oft war Des Esseintes von einem unwiderstehlichen Hauch erfaßt und niedergezwungen worden, wenn das *Christus factus est* des gregorianischen Gesangs sich im Kirchenschiff erhob, dessen Pfeiler zwischen den wallenden Weihrauchwolken bebten, oder wenn die eintönige Klage des *De profundis* aufstieg, unheimlich wie ein verhaltenes Schluchzen, herzzerreißend wie ein verzweifelter Aufschrei der Menschheit, die ihr vergängliches Schicksal beweint und die mitleidige Barmherzigkeit ihres Heilands erfleht!

Im Vergleich zu diesem herrlichen, vom Genie der Kirche geschaffenen Gesang, der unpersönlich und anonym ist wie die Orgel, deren Erfinder man auch nicht kennt, erschien ihm alle religiöse Musik profan. Im Grunde fand sich in keinem Werk Jomellis und Porporas, Carissimis und Durantes, ja nicht einmal in den bewundernswertesten Kompositionen Händels und Bachs eine Ablehnung des öffentlichen Erfolgs, der Verzicht auf einen künstlerischen Effekt, die Lossagung vom menschlichen Hochmut, der sich selbst gerne beten hört; allenfalls in den großartigen Messen Lesueurs, die in Saint-Roch zelebriert wurden, bestätigte sich der ernste und erhabene religiöse Stil und näherte sich, was die strenge Schmucklosigkeit anging, der nüchternen Majestät des alten gregorianischen Gesangs.

Tief entrüstet über die von Pergolesi und Rossini vorgebrachten Vorwände für ihr *Stabat* und über das Eindringen der weltlichen in die liturgische Kunst, hatte Des Esseintes ab diesem Zeitpunkt jene zweideutigen Werke, die die Kirche nachsichtig duldete, gemieden.

Im übrigen hatte diese, aus Gewinnsucht und unter

der trügerischen Annahme, auf diese Weise die Gläubigen anziehen zu können, gebilligte Nachgiebigkeit rasch dazu geführt, daß Arien aus italienischen Opern, gemeine Kavatinen und unanständige Quadrillen mit großem Orchester in den Kirchen aufgeführt wurden, die sich in Boudoirs verwandelten und den Histrionen des Theaters ausgeliefert waren, die auf den Emporen röhrten, während sich unten die Frauen mit ihren Toiletten zu übertrumpfen suchten und bei den Schreien der Komödianten, deren unzüchtige Stimmen die heiligen Klänge der Orgel besudelten, ganz außer sich gerieten.

Seit Jahren hatte sich Des Esseintes hartnäckig geweigert, an diesen frommen Galaveranstaltungen teilzunehmen, hatte sich auf seine Kindheitserinnerungen besonnen und sogar bedauert, einige von großen Meistern erfundene Vertonungen des *Tedeums* gehört zu haben, denn er mußte dabei an jenes wundervolle Tedeum des gregorianischen Gesangs denken, an jene so einfache, so großartige Hymne, die irgendein Heiliger, ein Sankt Ambrosius oder ein Sankt Hilarius, komponiert hatte und die ohne die umständliche Unterstützung durch ein Orchester und ohne die musikalische Mechanik der modernen Wissenschaft einen glühenden Glauben und einen schwärmerischen Jubel offenbarte, die in eindringlichen, überzeugten, fast himmlischen Klängen der Seele der ganzen Menschheit entströmten!

Im übrigen bestand ein offensichtlicher Widerspruch zwischen seinen Ideen über Musik und den Theorien, die er über die anderen Künste vertrat. Was die religiöse Musik anbelangte, so billigte er tatsächlich nur die klösterliche Musik des Mittelalters, jene karge Musik, die eine unwillkürliche Wirkung auf seine Nerven ausübte, so wie gewisse Passagen des alten Kirchenlateins; dazu-

hin, er gab es selbst zu, war er außerstande, die Kunstgriffe zu verstehen, die die zeitgenössischen Meister in
die katholische Kunst einzuführen vermocht hatten;
einerseits hatte er die Musik nicht mit jener Leidenschaft
studiert, die er der Malerei und der Literatur entgegengebracht hatte. Er spielte leidlich Klavier und war nach
langem Stottern einigermaßen in der Lage, eine Partitur
zu lesen, aber er hatte keine Ahnung von der Harmonie-
lehre, von der Technik, die nötig war, um eine Nuance
wirklich zu erfassen, eine Feinheit zu würdigen, eine
Raffinesse mit vollkommener Kennerschaft zu genießen.

Andererseits ist die profane Musik eine Kunst der Promiskuität, wenn man sie nicht alleine bei sich zu Hause
wie ein Buch lesen kann; um sie zu kosten, hätte er sich
unter dieses immer gleiche Publikum mischen müssen,
das die Theater überfüllt und den Winterzirkus belagert,
wo man unter einer flach einfallenden Sonne in einer
Waschküchenatmosphäre einen Mann in Zimmermanns-
tracht sieht, der mit den Armen in der Luft herumfuch-
telt und zum ungemeinen Vergnügen einer gedankenlosen
Menge isolierte Episoden von Wagner massakriert!

Des Esseintes hatte nicht den Mut besessen, in dieses
Massenbad zu springen, um Berlioz zu hören, obwohl
ihn einige Bruchstücke ihrer leidenschaftlichen Über-
schwenglichkeit und ihres vibrierenden Ungestüms wegen überwältigt hatten, und er wußte auch mit Bestimmtheit, daß es nicht eine Szene, ja nicht einmal einen
Satz einer Oper von dem erstaunlichen Wagner gab, die
man ungestraft aus ihrem Zusammenhang hätte lösen
können.

Die abgetrennten und auf der Platte eines Konzerts
servierten Bruchstücke verloren jede Bedeutung, blieben
ihres Sinns beraubt, weil ihm seine Melodien – ähnlich

Kapiteln, die einander vervollständigen und alle auf denselben Schluß, dasselbe Ziel zulaufen – dazu dienten, den Charakter seiner Personen zu zeichnen, ihren Gedanken Gestalt zu verleihen, ihre sichtbaren oder geheimen Beweggründe auszudrücken, und weil ihre kunstreiche und ständige Wiederkehr nur den Zuhörern verständlich wurde, die dem Thema von seiner Exposition an folgten und sahen, wie die Personen nach und nach deutlicher hervortraten und in einer Umgebung heranwuchsen, aus der man sie nicht herausnehmen konnte, ohne sie zugrunde gehen zu sehen, wie Zweige, die man von einem Baum trennt.

Des Esseintes überlegte auch, daß unter dieser Herde von Musikliebhabern, die sonntags auf den Bänken in Verzückung gerieten, kaum zwanzig die Partitur kannten, die massakriert wurde, falls die Logenschließerinnen überhaupt geruhten, den Mund zu halten, und man das Orchester hören konnte.

Auch in Anbetracht dessen, daß der kluge Patriotismus ein französisches Theater davon abhielt, Wagneropern zu spielen, blieb den Neugierigen, denen die Geheimnisse dieser Musik unbekannt sind und die sich nicht nach Bayreuth begeben können oder wollen, nichts anderes übrig, als zu Hause zu bleiben, und dazu hatte er sich vernünftigerweise auch entschlossen.

Andererseits brachte er der bekannteren und leichteren Musik und den harmlosen Stücken der alten Opern nur noch ein geringes Interesse entgegen; das seichte Geträller von Aubert und Boïeldieu, von Adam und Flotow und die rhetorischen Gemeinplätze, wie sie ein Ambroise Thomas und ein Bazin von sich gaben, stießen ihn ebenso ab wie das veraltete gezierte Gehabe und die pöbelhaften Späße der Italiener. Er hatte sich daher mit Entschiedenheit von der musikalischen Kunst abgewandt und ihr seit langem entsagt, und das einzige, woran er sich aus den vergangenen Jahren mit Vergnügen erinnerte, waren ein paar Kammermusikaufführungen, wo er Beethoven und vor allem Schumann und Schubert gehört hatte, die seine Nerven aufrieben wie die intimsten und aufgewühltesten Gedichte Edgar Poes.

Manche Partien für Violoncello von Schumann hatten ihn tatsächlich nach Atem ringend und halb erstickt von einem drückenden Kloß in der Kehle zurückgelassen; aber vor allem die Lieder von Schubert hatten ihn erregt, außer sich gebracht und ihn schließlich, wie nach dem Verlust eines nervösen Fluidums, wie nach einer mystischen Schwelgerei der Seele entkräftet niedergeworfen.

Diese Musik drang ihm mit einem Schauder bis in die Knochen und wühlte eine Unendlichkeit vergessener Leiden und alten Lebensüberdrusses in seinem Herzen auf, das staunte, wieviel verworrenen Kummer und wieviel vage Schmerzen es enthielt. Diese Musik der Trostlosigkeit, die aus dem tiefsten Innern des Menschen aufschrie, erschreckte ihn und entzückte ihn zugleich. Nie hatte er sich *Des Mädchens Klage* wiederholen können, ohne daß ihm nervöse Tränen in die Augen gestiegen wären, denn in diesem Lamento lag mehr als nur Trauer, lag etwas Herzzerreißendes, das ihm die Eingeweide umdrehte, so etwas wie das Ende einer Liebe in einer trübseligen Landschaft.

Und immer, wenn ihm dieses Lied auf die Lippen kam, beschworen die köstlichen und traurigen Klagen eine Landschaft am Rande der Stadt herauf, eine karge, stumme Landschaft, wo sich in der Ferne gebeugte, vom Leben erschöpfte Menschen in der Dämmerung verloren, während er sich allein, so allein fühlte, überwältigt von einer unsagbaren Schwermut, einer anhaltenden Beklemmung des Herzens, deren geheimnisvolle Intensität jeden Trost, jedes Mitleid, jede Ruhe ausschloß. Jetzt, wo er im Bett lag, vom Fieber entkräftet und von Ängsten beunruhigt, die um so weniger zu besänftigen waren, als er ihre Ursache nicht mehr erkannte, verfolgte ihn dieser verzweifelte Gesang wie eine Totenglocke. Er überließ sich schließlich dem Sog, mitgerissen vom Sturzbach des Jammers dieser Musik, der plötzlich für eine Minute eingedämmt wurde von einem Psalmengesang, der in gedehntem tiefen Ton in seinem Kopf aufstieg, dessen Schläfen ihm von Glockenklöppeln wundgeschlagen zu sein schienen.

Eines Morgens jedoch legten sich diese Geräusche; er hatte sich wieder besser in der Gewalt und bat den Diener, ihm einen Spiegel zu bringen; dieser glitt ihm auf der Stelle aus den Händen; er erkannte sich kaum wieder; sein Gesicht war erdfarben, die Lippen aufgedunsen und spröde, die Zunge zerfurcht, die Haut runzelig; seine Haare und sein Bart, die der Diener seit dem Ausbruch der Krankheit nicht mehr geschnitten hatte, trugen noch zu dem grauenvollen Anblick des eingefallenen Gesichts und der erweiterten, wäßrigen Augen bei, die in diesem skelettartigen Kopf voll borstiger Stoppeln mit fiebrigem Glanz glühten. Diese Veränderung seines Gesichts erschreckte ihn mehr als seine Schwäche, mehr als sein ununterdrückbares Erbrechen, das jeden Versuch der Nahrungsaufnahme zunichte machte, mehr als der allgemeine Kräfteverfall. Er glaubte sich verloren; da riß ihn die Energie des in die Enge getriebenen Menschen aus seiner erdrückenden Niedergeschlagenheit und gab ihm die Kraft, einen Brief an seinen Arzt in Paris zu schreiben und seinem Diener zu befehlen, sich auf der Stelle auf die Suche nach ihm zu begeben und ihn, koste es, was es wolle, noch am selben Tag herzubringen.

Aus tiefster Hilflosigkeit schwang er sich plötzlich zu höchster Zuversicht auf; dieser Arzt war ein berühmter Spezialist, ein für seine Heilerfolge bei nervösen Krankheiten bekannter Mediziner: »Er hat bestimmt schon hartnäckigere und gefährlichere Fälle als den meinen geheilt«, sagte sich Des Esseintes; »sicher werde ich in ein paar Tagen wieder auf den Beinen sein«; dann wurde dieses Vertrauen von einer totalen Ernüchterung abgelöst; so gelehrt und erfinderisch die Mediziner auch sein mochten, sie verstanden nichts von Nervenkrankheiten, deren Ursprünge sie nicht einmal kannten. Dieser Arzt würde ihm wie die anderen das ewige Zinkoxyd und Chinin, Bromkalium und Baldrian verschreiben; »wer weiß«, fuhr er fort, indem er sich an den letzten Strohhalm klammerte, »vielleicht haben mir diese Mittel bisher nur deshalb nicht geholfen, weil ich sie nicht in der richtigen Dosierung eingenommen habe«.

Trotz allem gab ihm die Aussicht auf Erleichterung wieder etwas Kraft, aber schon stellte sich eine neue Befürchtung ein: wenn der Arzt nun nicht in Paris oder nicht bereit wäre, sich herzubemühen? Und sofort befiel ihn die Sorge, sein Diener könnte den Doktor nicht angetroffen haben. Er erlitt erneut einen Schwächeanfall, stürzte von einer Sekunde zur anderen aus der unsinnigsten Hoffnung in die verrücktesten Ängste und übertrieb sowohl seine Chancen einer plötzlichen Heilung als auch seine Furcht vor einer nahen Gefahr; die Stunden vergingen, und der Augenblick kam, wo er sich, verzweifelt, am Ende seiner Kräfte, in der festen Überzeugung, der Arzt werde nun nicht mehr kommen, wütend wiederholte, daß er bestimmt gerettet worden wäre, wenn man ihm rechtzeitig geholfen hätte; dann verlor sich seine Wut auf den Diener und auf den Arzt, den er beschuldigte, ihn sterben zu lassen, und am Ende ärgerte er sich über sich selbst, warf sich vor, daß er so lange gewartet hatte, bis er Hilfe anforderte, und redete sich ein, daß er schon geheilt wäre, wenn er nur tags zuvor schon nach starken Medikamenten und der nötigen Pflege verlangt hätte.

Allmählich beruhigte sich das ständige Wechselbad von Sorge und Hoffnung, das in seinem leeren Kopf brodelte; die Erschütterungen ließen ihn vollends zusammenbrechen; er fiel in einen Schlaf tiefer Erschöpfung, der von unzusammenhängenden Träumen durchkreuzt wurde, in eine Art Ohnmacht, unterbrochen von bewußtseinslosen Wachzuständen; am Ende war ihm die Erinnerung an seine Wünsche und Ängste so abhanden gekommen, daß er völlig verblüfft war und keinerlei Erstaunen oder Freude empfand, als der Arzt plötzlich eintrat.

Der Diener hatte ihn zweifellos von der Lebensweise und von den verschiedenen Symptomen unterrichtet, die er bei seinem Herrn hatte beobachten können, seit er ihn betäubt von der Gewalt der Parfumdüfte in der Nähe des Fensters am Boden liegend vorgefunden und ihn aufgehoben hatte, denn er stellte dem Kranken kaum Fragen, dessen Vorgeschichte er im übrigen, und das seit vielen Jahren, kannte; aber er untersuchte ihn gründlich, hörte ihn ab und betrachtete aufmerksam den Urin, in dem ihm einige weiße Schlieren eine der ausschlaggebenden Ursachen der Nervenkrankheit entdeckten.

Dieser Besuch ermutigte Des Esseintes, aber das Schweigen des Arztes machte ihn dennoch stutzig, und er bat seinen Diener inständig, ihm die Wahrheit nicht länger zu verbergen. Dieser versicherte ihm, der Arzt habe keinerlei Beunruhigung erkennen lassen, und bei allem

Mißtrauen konnte Des Esseintes auf dem unbewegten Gesicht des alten Mannes kein Zeichen entdecken, das das Zögern einer Lüge verraten hätte.

Da heiterten sich seine Gedanken auf; im übrigen waren seine Schmerzen verstummt, und die Schwäche, die er in allen Gliedern fühlte, verschmolz mit einem gewissen Wohlbehagen und dem verschwommenen und zugleich einschläfernden Gefühl, umsorgt zu werden; außerdem war er erstaunt und zufrieden, daß er nicht mit Arzneien und Fläschchen überschüttet wurde, und als der Diener ein nährendes Peptonklistier brachte und ihn davon in Kenntnis setzte, daß er diese Prozedur dreimal innerhalb von vierundzwanzig Stunden wiederholen werde, huschte ein blasses Lächeln über seine Lippen.

Die Operation gelang, und Des Esseintes konnte nicht umhin, sich im stillen zu diesem Erlebnis zu beglückwünschen, das in gewisser Weise die Existenz krönte, die er sich geschaffen hatte; seine Neigung zum Künstlichen hatte nun, und das, ohne daß er es gewollt hätte, die höchste Stufe erreicht; weiter würde man nicht gehen können; die so aufgenommene Nahrung war ganz bestimmt die größtmögliche Aberration.

»Es wäre wunderbar«, sagte er sich, »wenn man im gesunden Zustand diese einfache Diät fortsetzen könnte. Welche Zeitersparnis, welch radikale Befreiung appetitloser Menschen vom ekelerregenden Fleischgenuß! Welch endgültige Erlösung vom Verdruß, täglich aus der notwendigerweise begrenzten Zahl von Gerichten wählen zu müssen! Welch energischer Protest gegen die gemeine Sünde der Gefräßigkeit! Und schließlich: welch entschiedene Beleidigung, die man jener alten Natur ins Gesicht schleudern könnte, deren uniforme Bedürfnisse für immer ausgelöscht wären!«

Und er fuhr halblaut an sich selbst gewandt fort: »Es wäre leicht, seinen Hunger anzustacheln, indem man einen bitteren Aperitif trinkt, und dann, wenn man sich logischerweise sagen könnte: ›Wieviel Uhr ist es? Ich glaube, es ist Zeit, sich zu Tisch zu setzen, mein Magen ist leerer als leer‹, würde man aufdecken, indem man das meisterliche Gerät auf das Tafeltuch legte, und in der Zeit, die man für das Tischgebet braucht, hätte man die langweilige und gewöhnliche Fron der Mahlzeit abgetan.«

Einige Tage danach brachte der Diener ein Klistier, dessen Farbe und Geruch sich völlig von denen des Peptons unterschieden.

»Aber das ist nicht mehr das gleiche!« rief Des Esseintes, der die Flüssigkeit, die in den Apparat gefüllt wurde, aufgeregt betrachtete. Wie in einem Restaurant verlangte er nach der Karte, und als er die Verordnung des Arztes aufgefaltet hatte, las er:

> Lebertran . . . . 20 g
> Rindfleischsud . . . . 200 g
> Burgunderwein . . . . 200 g
> Eigelb . . . .   I.

Es stimmte ihn nachdenklich. Er, der wegen seines zerrütteten Magens nie ernsthaftes Interesse für die Kochkunst hatte aufbringen können, überraschte sich plötzlich dabei, wie er sich Gedanken über künstliche Feinschmekkerkombinationen machte; dann schoß ihm eine absurde Idee durch den Kopf. Vielleicht hatte der Arzt ja gedacht, der sonderbare Gaumen seines Patienten sei schon ermüdet vom Peptongeschmack; vielleicht hatte er wie ein geschickter Küchenchef die Schmackhaftigkeit seiner

Speisen variieren und verhindern wollen, daß die Eintönigkeit der Gerichte zu einer völligen Appetitlosigkeit führte. Einmal bei diesen Überlegungen angelangt, verfaßte Des Esseintes neue Rezepte, indem er für Freitag magere Abendmahlzeiten zusammenstellte, die Dosis Lebertran und Wein erhöhte und den Rindfleischsud als ein fettes Essen, das von der Kirche ausdrücklich verboten war, strich; aber schon bald erübrigte es sich, über diese nahrhaften Flüssigkeiten nachzudenken, denn dem Arzt gelang es nach und nach, das Erbrechen zu bändigen und ihn auf natürlichem Weg einen Punschsirup aus Fleischextrakt zu sich nehmen zu lassen, dessen leichtes Kakaoaroma seinem richtigen Mund zusagte.

Wochen vergingen, und der Magen entschloß sich zu funktionieren; ab und zu kehrte die Übelkeit noch zurück, aber Ingwerbier und das den Brechreiz stillende Mittel von Rivière vermochten sie einzudämmen.

Die Organe erholten sich allmählich; mit Hilfe von Pepsinen gelang es, richtiges Fleisch zu verdauen; Des Esseintes kam wieder zu Kräften, konnte aufrecht in seinem Zimmer stehen und, gestützt auf einen Stock, Gehversuche unternehmen, wobei er sich an den Möbelecken festhielt; anstatt sich jedoch über diesen Erfolg zu freuen, vergaß er seine früheren Schmerzen, ärgerte sich über die lange Dauer der Rekonvaleszenz und warf dem Arzt vor, daß er ihn nur in so kleinen Schritten weiterbringe. Fruchtlose Versuche hielten tatsächlich die Genesung auf; Chinarinde schlug ebensowenig an wie Eisen, obwohl dieses durch Laudanum gemildert wurde, und nach vierzehn Tagen, die, wie Des Esseintes ungeduldig feststellte, mit vergeblichen und überflüssigen Anstrengungen verlorengegangen waren, mußten diese Mittel durch Arseniksalze ersetzt werden.

Schließlich war es soweit, daß er ganze Nachmittage aufsein und ohne Hilfe in seinen Räumen herumgehen konnte. Da begann ihn sein Arbeitszimmer zu ärgern; Mängel, die er aus Gewohnheit nicht mehr gesehen hatte, sprangen ihm jetzt, nach so langer Abwesenheit, in die Augen. Die Farben, die für den Anblick im Lampenlicht ausgewählt waren, schienen sich ihm nicht mit dem Tageslicht zu vertragen; er dachte daran, sie zu verändern, und stellte stundenlang umstürzlerische Farbharmonien und hybride Paarungen von Stoffen und Leder zusammen.

»Ich befinde mich entschieden auf dem Weg der Besserung«, sagte er sich, als er bemerkte, daß seine früheren Voreingenommenheiten und seine alten Neigungen wiederkehrten.

Eines Morgens, als er seine orangefarbenen und blauen Wände betrachtete und dabei an ideale, aus Stolen der griechischen Kirche gefertigte Bespannungen dachte und von goldverbrämten russischen Dalmatiken und brokatenen Chormänteln mit Rankenmustern altslawischer Lettern aus Edelsteinen vom Uralgebirge und aufgereihten Perlen träumte, trat der Arzt ein, der den Blick seines Patienten bemerkte und mit Fragen in ihn drang.

Des Esseintes berichtete ihm von seinen unerfüllbaren Wünschen und begann, neue, komplizierte Farbbetrachtungen anzustellen und von wilden Ehen und Trennungen der Farbtöne zu reden, die er herbeiführen wollte; da verpaßte ihm der Arzt eine eiskalte Dusche, indem er ihm auf eine Art, die keinen Widerspruch duldete, eröffnete, daß er seine Pläne jedenfalls nicht in dieser Wohnung werde verwirklichen können.

Und ohne ihm Zeit zum Atemholen zu lassen, erklärte

er ihm, daß er zunächst nur das Dringendste besorgt und die Verdauungsfunktionen wieder in Gang gebracht habe, daß man jetzt jedoch etwas gegen die Nervenkrankheit unternehmen müsse, die keineswegs geheilt sei und die eine jahrelange Diät und Behandlung erforderlich mache. Und er schloß damit, daß Des Esseintes, ehe man irgendein Medikament ausprobiere oder eine in Fontenay im übrigen nicht durchführbare hydrotherapeutische Behandlung beginne, diese Einsamkeit aufgeben, nach Paris zurückkehren, am öffentlichen Leben teilnehmen und versuchen müsse, sich wie die anderen zu zerstreuen.

»Aber die Vergnügungen der anderen zerstreuen mich nicht!« rief Des Esseintes ungehalten.

Ohne auf diese Behauptung einzugehen, versicherte der Arzt einfach, diese radikale Lebensumstellung, die er verlange, sei seiner Meinung nach eine Frage von Leben oder Tod, von Gesundheit oder Wahnsinn, und letzterer könne binnen kurzem noch durch eine Tuberkulose erschwert werden.

»Das heißt also Tod oder Abschiebung ins Bagno!« schrie Des Esseintes verzweifelt auf.

Der Arzt, der von allen Vorurteilen eines Mannes von Welt durchdrungen war, lächelte und ging, ohne ihm zu antworten, zur Tür.

XVI

DES Esseintes schloß sich in sein Schlafzimmer ein und
verstopfte sich die Ohren vor den Hammerschlägen, mit
denen seine Dienstboten die Umzugskisten zunagelten;
jeder Schlag traf ihn ins Herz und trieb ihm einen heftigen Schmerz mitten ins Fleisch. Das Machtwort des
Arztes wurde befolgt; die Angst, einmal mehr die Leiden
ertragen zu müssen, die er erduldet hatte, und die Furcht
vor einer qualvollen Agonie hatten eine stärkere Wirkung
auf Des Esseintes ausgeübt als der Haß auf das verab-
scheuenswerte Dasein, zu dem ihn der ärztliche Urteils-
spruch verdammte.

»Und doch gibt es Menschen«, sagte er sich, »die ein
abgeschiedenes Leben führen, ohne mit jemandem zu
reden, und die sich, wie die Zuchthäusler und die Trappi-
sten, abseits der Welt verzehren, und nichts belegt, daß
diese Unglücklichen und diese Weisen wahnsinnig oder
schwindsüchtig werden.« Vergeblich hatte er dem Arzt
diese Beispiele aufgezählt; er hatte in einem trockenen
Ton, der keine Gegenrede duldete, wiederholt, daß sein
Verdikt, dem übrigens alle mit dem Krankheitsbild der
Neurose vertrauten Kollegen zustimmten, davon aus-
gehe, daß allein Zerstreuung, Vergnügen und Freude
diese Krankheit beeinflussen könnten, deren ganze geistige Seite sich der chemischen Wirkung der Medikamente entziehe; und durch das Jammern seines Patienten
ungeduldig geworden, hatte er ein letztes Mal erklärt, daß
er sich weigere, ihn weiter zu behandeln, wenn er nicht
ein abwechslungsreicheres und gesünderes Leben führe.

Daraufhin war Des Esseintes sofort nach Paris gereist, hatte andere Spezialisten konsultiert, hatte ihnen seinen Fall unparteiisch geschildert, und als alle, ohne zu zögern, den Verordnungen ihres Kollegen zustimmten, hatte er eine noch leerstehende Wohnung in einem neuerbauten Haus gemietet, war nach Fontenay zurückgefahren und hatte, bleich vor Wut, seine Dienstboten angewiesen, die Koffer zu packen.

Und nun sann er, in seinen Sessel versunken, über diese zwingende Regel nach, die seine Pläne umstürzte, die Bande seines gegenwärtigen Lebens zerriß und seine Vorhaben für die Zukunft zu Grabe trug. Sein stilles Glück war also vorbei! Er mußte den schützenden Hafen verlassen und in dasselbe Klima der Dummheit zurückkehren, das ihn einst erdrückt hatte!

Die Ärzte redeten von Spaß und Zerstreuung; und mit wem und womit sollte er sich ihrer Meinung nach vergnügen und amüsieren?

Hatte er sich nicht selbst aus der Gesellschaft verbannt? Kannte er irgend jemanden, dessen Dasein so wie das seine den Versuch darstellte, sich in die Kontemplation zurückzuziehen, sich in Träumereien einzuspinnen? Kannte er jemanden, der fähig war, die Anmut eines Satzes, die Subtilität eines Gemäldes, die Quintessenz eines Gedankens zu schätzen, jemanden, dessen Seele kunstvoll genug geschnitzt war, um Mallarmé zu verstehen und Verlaine zu lieben?

Wo, wann, in welcher Welt mußte er auf die Suche gehen, um einen Zwillingsgeist zu entdecken, einen Geist, der frei von Gemeinplätzen war, der Schweigen als eine Wohltat, Undankbarkeit als eine Erleichterung, Argwohn als eine Zuflucht und einen Hafen pries?

In der Welt, in der er vor seinem Aufbruch nach Fontenay gelebt hatte? – Die meisten kleinen Landedelleute, mit denen er zusammengekommen war, mußten sich seit jener Zeit in den Salons noch mehr gedemütigt haben, an den Spieltischen verdummt sein und sich an den Lippen der jungen Mädchen zugrunde gerichtet haben; die meisten hatten wahrscheinlich auch geheiratet; nachdem sie ihr Leben lang das abbekommen hatten, was die Gassenjungen übrigließen, besaßen ihre Frauen nun das, was die Straßendirnen hinterließen, denn nur das Volk ist Herr über die ersten Genüsse und bekommt keine Ausschußware!

»Welch hübsches Wechselspiel, welch schöner Tausch ist doch diese Sitte, der eine im Grunde so prüde Gesellschaft huldigt!« sagte sich Des Esseintes.

Im übrigen war der verrottete Adel tot; die Aristokratie hatte sich in Schwachsinn und Sittenverderbnis aufgelöst! Sie ging an der geistigen und physischen Schwäche ihrer Nachkommen zugrunde, deren Fähigkeiten mit jeder Generation abnahmen und schließlich in Schädeln von Stallburschen und Jockeys zu gärenden Gorillainstinkten verkamen; oder aber sie wälzte sich wie die Choiseul-Praslins, die Polignacs, die Chevreuses im schmutzigen Schlamm von Prozessen, deren Schändlichkeiten sie den anderen Klassen gleichmachten.

Selbst die Palais, die jahrhundertealten Wappen, die heraldische Aufmachung, das prunkvolle Auftreten dieser alten Kaste waren verschwunden. Die Ländereien, die nichts mehr eintrugen, waren mit den Schlössern zusammen versteigert worden, denn die stumpfsinnigen Nachkommen der alten Geschlechter brauchten Geld zum Kauf venerischer Zaubermittel!

Die weniger Skrupulösen und weniger Verblödeten warfen alle Scham ab; sie beteiligten sich an Betrügereien, rührten im Morast der Intrigen, traten vor dem Schwurgericht wie gemeine Spitzbuben auf und trugen dazu bei, der menschlichen Gerechtigkeit etwas aufzuhelfen, die sich nicht immer die Freiheit nehmen konnte, parteiisch zu sein, und sie daher zu Bibliothekaren in den Zuchthäusern machte.

Diese Geldgier und diese Gewinnsucht übertrugen sich auch auf jene andere Klasse, die sich stets auf den Adel gestützt hatte, auf den Klerus. Man konnte nun auf den letzten Seiten der Zeitungen Anzeigen lesen, in denen Priester Hühneraugenheilungen versprachen. Die Klöster hatten sich in Arznei- und Likörfabriken verwandelt. Sie vertrieben Medikamente oder stellten selbst welche her: die Zisterzienser Schokolade, Trappistine-Likör, Korn und Arnikageist; die Maristenbrüder Biphosphat aus medizinischem Kalk und Wundwasser; die Jakobinermönche ein Elixier gegen den Schlagfluß; die Jünger des heiligen Benedikt den Benediktinerlikör; die Ordensbrüder des heiligen Bruno den Chartreuse.

Der Handel hatte die Klöster überschwemmt, wo heute an Stelle der Antiphonalien dicke Geschäftsbücher auf den Pulten lagen. Die Gier des Jahrhunderts verwüstete die Kirche wie die Pest, beugte die Mönche über Verzeichnisse und Rechnungen, verwandelte die Oberen in Zuckerwarenfabrikanten und Quacksalber und die Laienbrüder in gewöhnliche Packer und Apothekergehilfen.

Dennoch und trotz allem konnte Des Esseintes sich nur unter der Geistlichkeit Bekanntschaften erhoffen, die seine Neigungen bis zu einem gewissen Punkt teilten; in der Gesellschaft der im allgemeinen gelehrten und gebildeten Kanoniker hätte er gewiß einige gesellige und behagliche Abende verbringen können; aber dazu hätte er ihren Glauben teilen müssen und hätte nicht zwischen skeptischen Gedanken und Anwandlungen tiefer Überzeugung, die von Zeit zu Zeit durch Erinnerungen an seine Kindheit hochgespült wurden, schwanken dürfen.

Er hätte die gleichen Meinungen haben müssen und hätte nicht, wie er es in leidenschaftlichen Augenblicken gerne tat, einen Katholizismus vertreten dürfen, der mit einem Schuß Magie wie unter Heinrich III. und einem Schuß Sadismus wie zu Ausgang des vorigen Jahrhunderts gewürzt war. Dieser spezielle Klerikalismus, dieser verderbte und kunstvoll perverse Mystizismus, dem er sich in gewissen Stunden näherte, konnte nicht einmal mehr mit einem Priester erörtert werden, denn dieser hätte ihn nicht verstanden oder ihn auf der Stelle mit Entsetzen verdammt.

Zum wiederholten Mal trieb ihn dies unlösbare Problem um. Er hätte gewünscht, daß dieser Zustand des Zweifels, gegen den er sich in Fontenay vergebens zur Wehr gesetzt hatte, ein Ende nehmen würde; jetzt, wo er in eine neue Haut schlüpfen mußte, hätte er gerne alles getan, um den Glauben zu besitzen, ihn sich einzuverleiben, sobald er ihn besessen hätte, ihn mit Krampen in seiner Seele zu befestigen und ihn vor allen Überlegungen, die ihn hätten erschüttern und entwurzeln können, in Schutz zu nehmen; aber je mehr er ihn herbeisehnte und je weniger sich sein leerer Geist füllte, desto länger zögerte sich die Erscheinung Christi hinaus. In dem Maß, wie sein religiöser Hunger sich vermehrte und er mit allen Kräften, als Lösegeld für die Zukunft, als Unterstützung für sein neues Leben, den Glauben herbeirief, der sich zwar schon sehen ließ, aber in einer Entfernung, deren Überwindung ihm Angst einjagte, in dem

Maß überstürzten sich die Gedanken in seinem ständig überhitzten Geist, drängten seinen schwankenden Willen zurück und verwarfen mit Vernunftgründen und mathematischen Beweisführungen die Mysterien und Dogmen!

»Man müßte sich daran hindern können, mit sich selbst zu diskutieren«, sagte er sich schmerzlich berührt; man müßte die Augen schließen, sich vom Strom mitreißen lassen und die verfluchten Entdeckungen vergessen können, die das religiöse Gebäude seit zwei Jahrhunderten von oben bis unten haben bersten lassen.

– »Und dabei«, seufzte er, »sind es nicht einmal die Physiologen oder die Ungläubigen, die den Katholizismus zugrunde gerichtet haben, es sind die Priester selbst, deren ungeschickte Werke dazu angetan sind, den beständigsten Gewißheiten den Boden zu entziehen.«

Fand sich nicht in der Bibliothek der Dominikaner ein Doktor der Theologie, ein Prediger-Mönch, der hochwürdige Pater Rouard de Card, der mit Hilfe einer Broschüre unter dem Titel *De la falsification des substances sacramentelles* den unwiderlegbaren Beweis erbracht hatte, daß der größte Teil der Messe nicht gültig war, weil die dem Kult dienenden Materialien von den Kaufleuten verfälscht wurden?

Seit Jahren wurde das heilige Öl durch Geflügelfett, das Wachs durch Knochenpulver, der Weihrauch durch gewöhnliches Harz und alten Benzoegummi entweiht. Weit schlimmer war jedoch, daß selbst die für das Meßopfer unentbehrlichen Substanzen, die beiden Substanzen, ohne die kein Opfer möglich ist, denaturiert waren: der Wein durch mehrfaches Verschneiden, unerlaubtes Einbringen von Brasilienholz, Holunderbeeren, Alkohol, Alaun, Salicyl und Bleioxyd; das Brot, jenes Brot der

Eucharistie, das mit feinstem Weizen ausgeknetet werden muß, durch Beimengung von Bohnenmehl, Pottasche und Tonerde!

Heutigentags war man sogar noch weiter gegangen; man hatte es gewagt, den Weizen ganz wegzulassen, und schamlose Händler stellten jetzt fast alle Hostien mit Stärkemehl aus Kartoffeln her!

Aber Gott weigerte sich, in Kartoffelmehl herabzusteigen. Das war eine unleugbare, eindeutige Tatsache; im zweiten Band seiner Moraltheologie hatte seine Eminenz Kardinal Gousset sich ebenfalls lange mit dieser Frage des Betrugs unter dem göttlichen Gesichtspunkt beschäftigt; und der unbestreitbaren Autorität dieses Meisters zufolge konnte man Brot aus Hafermehl, Buchweizen und Gerste nicht weihen, und wenn auch im Fall des Roggenbrots ein gewisser Zweifel bestehen blieb, so konnte es doch keinerlei Anlaß zu Diskussionen und Streit geben, wenn es sich um Kartoffelmehl handelte, das, nach der kirchlichen Formulierung, in keiner Hinsicht ein zum Sakrament befugter Stoff war.

Infolge der schnellen Handhabung des Kartoffelmehls und des schönen Aussehens der Brote, die aus dieser Masse gefertigt wurden, hatte sich dieser unwürdige Betrug so verbreitet, daß das Mysterium der Transsubstantiation fast nicht mehr existierte und die Priester sowie die Gläubigen, ohne es zu wissen, das Abendmahl nur noch in neutraler Gestalt zu sich nahmen.

Ach! Die Zeiten waren fern, wo Radigunde, die Königin Frankreichs, selbst das für den Altar bestimmte Brot buk, die Zeit, wo nach den Bräuchen von Cluny drei Priester oder drei Diakone mit nüchternem Magen, gekleidet in Chorhemd und Schultertuch, sich das Gesicht und die Hände wuschen, den Weizen Korn für Korn auslasen, die Körner unter dem Mahlstein zerrieben, die Masse in einem kalten und reinen Wasser kneteten, sie eigenhändig auf einem offenen Feuer ausbuken und dazu Psalmen sangen!

»Die Aussicht, ständig getäuscht zu werden, selbst beim heiligen Abendmahl«, sagte sich Des Essseintes, »ist wirklich nicht dazu angetan, einen ohnehin schon schwachen Glauben Wurzeln schlagen zu lassen; wie soll man außerdem eine Allmacht anerkennen, die durch eine Prise Kartoffelmehl und eine Spur Alkohol außer Kraft gesetzt wird?«

Diese Überlegungen warfen einen weiteren Schatten auf sein zukünftiges Leben und machten dessen Perspektiven noch bedrohlicher und dunkler.

So viel war sicher, für ihn gab es keinen Ankerplatz und kein Ufer mehr. Was sollte in diesem Paris aus ihm werden, wo er weder Familie noch Freunde hatte? Keinerlei Bande knüpften ihn mehr an diesen Faubourg Saint-Germain, der vor Altersschwäche zitterte, sich im Staub des Verfalls auflöste und wie eine morsche, alte Hülse in einer neuen Gesellschaft dalag! Und welchen Berührungspunkt sollte es zwischen ihm und dieser bourgeoisen Klasse geben, die nach und nach hochgekommen war, indem sie jedes Unglück nutzte, um sich zu bereichern, und alle Katastrophen vorantrieb, um mit ihren Attentaten und Diebstählen zu imponieren?

Nach der Aristokratie der Geburt herrschte nun die Aristokratie des Geldes: das Kalifat der Kontore, der Despotismus der Rue du Sentier, die Tyrannei des Handels mit seinen käuflichen, engstirnigen Ideen und seinen eitlen, betrügerischen Instinkten.

Die Bourgeoisie, verruchter und nichtswürdiger als der verarmte Adel und der heruntergekommene Klerus, eignete sich deren frivole Prunksucht und überlebte Prahlerei an, die sie durch den Mangel an Lebensart weiter herabwürdigte, und übernahm ihre Fehler, die sie in scheinheilige Laster verwandelte; und autoritär und heimtückisch, gemein und feige, wie sie war, kartätschte sie den Pöbel, ihr ewiges und zwangsläufiges Opfer, den sie selbst vom Maulkorb befreit und dazu abgerichtet hatte, den alten Kasten an die Gurgel zu springen, erbarmungslos nieder!

Jetzt war das Ziel erreicht. Nachdem der Plebs seine Aufgabe erfüllt hatte, wurde er aus hygienischen Gründen zur Ader gelassen; der Bourgeois herrschte nun frohgemut und unangefochten, dank der Macht seines Geldes und der Ansteckungskraft seiner Dummheit. Das Ergebnis seiner Thronbesteigung war die Vernichtung jeder Intelligenz, die Negierung jeder Rechtschaffenheit, der Tod jeder Kunst, und in der Tat waren die heruntergekommenen Künstler auf die Knie gesunken und leckten und küßten nun inbrünstig die stinkenden Füße der erhabenen Roßhändler und der gemeinen Satrapen, von deren Almosen sie lebten!

Das führte in der Malerei zu einer Sintflut nichtssagender Albernheiten und in der Literatur zu einer Unmenge stilistischer Plattheiten und angepaßter Ideen, denn der Spekulant brauchte Ehrlichkeit, der Hochstapler, der einer Mitgift für seinen Sohn nachjagte und sich weigerte, die seiner Tochter zu zahlen, Tugend; der Voltairianer, der den Klerus bezichtigte, Vergewaltigungen zu begehen, und auszog, scheinheilig, gedankenlos und ohne wirkliche künstlerische Verderbtheit in zweideutigen Zimmern das schmierige Wasser der Schüsseln und den lauwarmen Pfeffergeruch der schmutzigen Röcke zu beschnüffeln, keusche Liebe!

Das war das große Bagno Amerikas, auf unsern Kontinent versetzt; es war letzten Endes die grenzenlose, tiefe, unermeßliche Pöbelhaftigkeit des Bankiers und des Emporkömmlings, die wie eine unwürdige Sonne über der götzendienerischen Stadt erstrahlte, welche, vor dem frevelhaften Tabernakel der Banken auf dem Bauch kriechend, unreine Gesänge ausstieß!

»Oh, brich doch zusammen, Gesellschaft! Stirb doch, alte Welt!« rief Des Esseintes, aufgebracht über die Schändlichkeit des Schauspiels, das er heraufbeschwor; dieser Schrei sprengte die Fesseln des Albtraums, der ihn gefangenhielt.

»Ach!« seufzte er, »wenn man bedenkt, das dies kein Traum ist und daß ich zurückkehren werde in das schändliche und gemeine Gewühl des Jahrhunderts!« Um seine Wunden zu verbinden, rief er sich die tröstlichen Maximen Schopenhauers zu Hilfe; er wiederholte sich das schmerzliche Axiom Pascals: »Die Seele sieht nichts, was sie nicht bekümmert, wenn sie daran denkt«, aber die Worte verhallten in seinem Geist wie Töne, die ihres Sinns beraubt sind; sein Überdruß zerrieb sie, nahm ihnen jede Bedeutung, jede beruhigende Eigenschaft, jede zuverlässige besänftigende Kraft.

Endlich begann er einzusehen, daß die Überlegungen des Pessimismus außerstande waren, ihm Erleichterung zu verschaffen, und daß allein der unmögliche Glaube an ein zukünftiges Leben Linderung versprach.

Ein Wutausbruch fegte seine Versuche, zu resignieren, sowie seine Bemühungen, gleichgültig zu bleiben, wie ein Orkan hinweg. Er konnte es sich nicht verheimlichen: hier gab es nichts mehr, gar nichts mehr, alles lag am Boden; die Bourgeoisie fraß auf den Knien aus Papier wie damals in Clamart unter den grandiosen Ruinen der Kirche, die ein Treffpunkt und ein Abfallhaufen geworden waren, besudelt von unbeschreiblichen Anzüglichkeiten und skandalösen Schlüpfrigkeiten. Würden nicht der schreckliche Gott der Schöpfungsgeschichte und der bleiche, ans Kreuz Genagelte von Golgatha, um ein für allemal ihre Existenz zu beweisen, die versiegten zerstörerischen Fluten wieder aufleben lassen und die Flammenregen wieder entfachen, die einst die verworfenen Siedlungen und die toten Städte unter sich begruben? Würde dieser Morast sich weiterverbreiten und mit seiner Pestilenz die alte Welt überziehen, auf der nur noch die Saat der Ungerechtigkeit aufgehen und Schande geerntet werden könnte?

Plötzlich ging die Tür auf; im Hintergrund erschienen, eingerahmt von der Türverkleidung, Männer mit glattrasierten Wangen, kleinen Kinnbärten und Dreispitzen auf dem Kopf, die mit Kisten hantierten und Möbel herumkarrten, dann fiel die Tür hinter dem Diener, der Bücherpakete hinaustrug, wieder zu.

Des Esseintes sank niedergeschmettert auf einen Stuhl. – »In zwei Tagen werde ich in Paris sein«, sagte er sich, »nun ist wirklich alles zu Ende; die Wogen menschlicher Mittelmäßigkeit steigen wie eine Springflut bis in den Himmel und werden den Zufluchtsort überschwemmen, dessen schützende Deiche ich gegen meinen Willen öffne. Ach! mir fehlt der Mut, und es ekelt mich! – Herr, habe Erbarmen mit dem Christen, der zweifelt, mit dem Ungläubigen, der glauben möchte, mit dem Galeerensklaven des Lebens, der sich alleine einschifft, in der Nacht, unter einem Firmament, das nicht mehr von den tröstlichen Leuchtfeuern der alten Hoffnung erhellt wird!«

ANHANG

ANMERKUNGEN

(Auf weiterführende Angaben zu den Eigennamen
wurde in der Regel verzichtet)

Any where out of the world: XLVIII. Prosagedicht von Charles
Baudelaire, Le spleen de Paris – Petits poèmes en prose. Paris 1869.

Arthur Gordon Pym: The Narrative of Arthur Gordon Pym,
Roman von Edgar Allan Poe (1809–1849).

Astrolabium: schon von Hipparch erfundenes astronomisches Instrument zur Höhen- und Zeitmessung, das in der Seefahrt bis ins 18. Jh. in
Gebrauch war.

Constantia: besonders edler, beliebter und seltener süßer Wein aus der
Kapkolonie.

Crampton: Schnellzuglokomotiventyp, genannt nach dem engl.
Erfinder Thomas Russell Crampton (1816–1888); erstmals eingesetzt auf
der Strecke Namur–Liège.

Cydalise: die Geschichte von Cydalise erzählt Denis Diderot (1713–
1784) im 48. Kapitel der *Indiskreten Kleinode.*

Dousa: Janus D. (1545–1604), Mitbegründer der Universität von
Leyden, Herausgeber lat. Autoren, u. a. Horaz, Catull, Petronius.

Dragonaden: im Zug der frz. Gegenreformation von Ludwig XIV.
angeordnete Maßnahmen der Dragoner zur Unterdrückung und
Bekehrung der Hugenotten.

Engerth: Tenderlokomotive, genannt nach dem österr. Erfinder
Wilhelm v. Engerth (1814–1884).

Eutyches: Mönch in Konstantinopel (ca. 378–451), Gegner von Nestorius.

Flauberts Prosa: das Zwiegespräch zwischen der Sphinx und der Chimäre stammt aus dem Roman *Die Versuchung des heiligen Antonius* (Kap. 7).

Floressas: In der künstlerischen und literarischen Rezeption außerhalb Frankreichs wird aus dem Romanhelden Floressas Des Esseintes sowohl bei Whistler wie bei Egon Friedell und Victor Klemperer Florissac Des Esseintes; wie es dazu kam, konnte nicht ermittelt werden.

Inkuben: dem Schläfer nachts erscheinende Dämonen, die sich auf ihn legen und den Beischlaf suchen.

Joanne: Adolphe J. (1813–1881), frz. Geograph, Verfasser verbreiteter Reiseführer.

Lateinische Autoren: 1883 war der 1874 erschienene 1. Bd. des dreibändigen Standardwerks von Adolf Ebert (1820–1890) *Allgemeine Geschichte der Literatur des Mittelalters im Abendland* (Leipzig 1874–1887) auf frz. erschienen; dieses Werk zog Huysmans zu Rate.

Lourps: Château de L., ein Schloß dieses Namens befindet sich in der Umgebung von Paris, wenige Kilometer südwestl. von Provins, bei Jutigny; dort hielt sich Huysmans mehrfach in den Sommermonaten der Jahre zwischen 1881 und 1885 auf.

Mignon: eigentl. »Liebling«, speziell die Bezeichnung für die zur Entourage des vergnügungssüchtigen frz. Königs Heinrich III. gehörenden jungen Männer.

Nestorius: Patriarch von Konstantinopel (ca. 381–451).

Pharmakopö: Rezeptbuch für die Arzneimittelzubereitung.

Rocambole: Figur aus den Romanen von Ponson du Terrail (1829–1871).

Rota: Appellationsgerichtshof in Rom zur Entscheidung kirchlicher Rechtsstreitigkeiten.

Sustenteur: von Justus von Liebig (1803–1873) erfundener Dampftopf zum schonenden Garen.

Thémidore: Thémidore ou mon histoire (1745), Roman von Claude Godard d'Ancour (1716–1795).

Médan, 20. Mai 1884

Mein lieber Huysmans,

gerade habe ich *A Rebours* zu Ende gelesen, und ich will Ihnen sofort meinen aufrichtigen Eindruck mitteilen.

Sehr hübscher Anfang, gefällt mir außerordentlich, vor allem die Seiten über das Schloß, die Winkel der Voulzie, den Umzug nach Fontenay, sehr interessant; die Seiten über die Farben, die Einrichtung des Speisesaals mit dem Aquarium, die während der Mahlzeiten in der Phantasie zurückgelegten Blitzreisen. Von den drei ausführlichen Kapiteln über die Literatur ziehe ich das über die Dekadenz des Lateinischen vor; hier finden sich herrliche Seiten in einem großen Stil; Sie haben die Eloquenz jedoch so weit getrieben, daß sich einige Irrtümer in den Vortrag eingeschlichen haben. Auch ein paar Wirrheiten. Was die zeitgenössische religiöse Literatur betrifft, so finde ich, daß Sie diesen Burschen zu viel Ehre erweisen; Barbey nehme ich aus. Uns anderen schließlich, die wir darin vorkommen, schmeichelt der Autor ein wenig, oder nicht? Des Esseintes fühlt sich auf seltsame Weise eins mit Mallarmé. Eine merkwürdige Definition von Baudelaire. Die Schildkröte ganz köstlich, vor allem mit ihrem Edelsteinband, das eine hübsche Raffinesse ist. Eine bourgoise Sorge hat mich beschäftigt; glücklicherweise stirbt das Tier, denn es hätte sonst auf den Teppich gekackt. Die Likörorgel, ein amüsanter Einfall, aber als mechanische Einrichtung nicht leicht zu verstehen. Schöne kunstkritische Seiten über die Lieblingsmaler Des Esseintes'. Ich persönlich bringe jedoch wenig Interesse für Gustave Moreau auf. Noch immer lache ich über die Dummheit der Dame, die eine Rotunde bewohnen wollte, und über die Sache mit den runden Möbeln. Die Geschichte von Auguste Langlois finde ich ein wenig heikel, um so mehr, als sie nicht zu Ende geht. Aber die alten Lieben von Des Esseintes erheitern mich, die Kunstreiterin und vor allem die Bauchrednerin, oh!, die Bauchrednerin: ein Gedicht, und der junge Mann mit der »Lippe, die in der Mitte wie eine Kirsche durch eine Furche gespalten war«, ist auch nicht zu verachten. Sehr farbige Seiten über die Pflanzen, wenn auch ein wenig wirr und, wie ich glaube, mit einigen eingesprengten Fehlern. Das Stück über die Parfums mag ich lieber, es ist vollkommen gelungen und zeugt von einer meisterhaften Sicherheit und einer lyrischen Phantasie. Als geschlossenes Kapitel ist die Reise nach London ein Wunderwerk. Der Regen prasselt dort ganz ungewöhnlich. Sie haben einen besonderen Sinn für den Regen, ich kenne schon einen aus den *Sœurs Vatard*, der mich verfolgt hat. Die verfälschten Hostien schließlich und die nährenden Klistiere sind, als ernsthaft behandelter Unsinn, mit einer künstlerischen Sorgfalt gearbeitet und das Ungewöhnlichste, was ich kenne.

Wollen Sie, daß ich Ihnen nun in aller Offenheit sage, was mich an Ihrem Buch stört? Zunächst, ich wiederhole es, die Wirrheit. Vielleicht sträubt sich meine Natur des Konstrukteurs dagegen, aber es mißfällt mir, daß Des Esseintes am Anfang genau so verrückt ist wie am Ende, daß es keinerlei Entwicklung gibt, daß die einzelnen Stücke immer durch eine bemühte Überleitung des Autors eingeführt werden, daß Sie uns ein wenig dem Zufall der Gläser der Laterna magica überlassen. Wird Ihr Held durch seine Nervenkrankheit in dieses ungewöhnliche Leben geworfen, oder ist es das ungewöhnliche Leben, das die Nervenkrankheit erzeugt? Es besteht eine Wechselwirkung, oder nicht? Das alles ist leider nicht klar herausgearbeitet. Ich glaube, das Werk hätte eine durchschlagendere und vor allem eine weiterreichende Wirkung gehabt, wenn Sie es bei aller Verrücktheit logischer aufgebaut hätten. Ein anderer Einwand: Warum hat Des Esseintes Angst vor der Krankheit? Wie kann er als Schopenhauerianer den Tod fürchten? Es wäre das beste für ihn gewesen, wenn er sich von seiner Magenkrankheit hätte hinraffen lassen, wo ihm die Welt nicht mehr bewohnbar schien. Ihre Auflösung, seine Resignation angesichts der Dummheit der Welt, vergällt ihn mir ein wenig. Es wäre schön gewesen, wenn man gesehen hätte, wie er über den Tod nachsinnt, auch auf die Gefahr hin, daß er schwachsinnig geworden wäre, wenn Sie nicht mit dem niederen Motiv eines Todes schließen wollten.

Das sind alle meine Vorbehalte, lieber Freund. Ich habe sie Ihnen nicht verheimlichen wollen, denn Sie kennen mich ja gut genug, um zu ahnen, daß die Künstlichkeit nicht mein Fall ist. Aber glücklicherweise gibt es anderes bei Ihnen, eine Maßlosigkeit der Kunst, die mich begeistert, eine Originalität der starken Empfindungen, die ausreicht, um Sie sehr hoch herauszuheben. Alles in allem haben Sie mir zu drei sehr glücklich verbrachten Abenden verholfen. Dieses Buch wird zumindest als Kuriosität unter Ihren Werken verzeichnet werden; und seien Sie sehr stolz, daß Sie es geschrieben haben. Was wird man dazu sagen? Wenn sie es nicht totschweigen, könnten sie leicht einen Hexensabbat inszenieren oder es Ihnen und uns an den Kopf schleudern als den letzten Auswurf unserer Literatur. Ich habe das Gefühl, daß Eseleien in der Luft liegen.

Guten Mut und guten Erfolg. Ich für mein Teil versuche, so ruhig wie möglich zu arbeiten, aber ich verzichte darauf, in dem, was ich mache, klar sehen zu wollen, denn je weiter ich gehe, um so mehr bin ich davon überzeugt, daß unsere Werke sich unserem Willen völlig entziehen, solange wir mit ihnen schwanger gehen.

Herzlichst der Ihre.

JORIS-KARL HUYSMANS
An Emile Zola

25. Mai 1884

Ihr Brief, mein teurer Zola, steckt voll richtiger Dinge – das ist
unbestreitbar – was Sie mir sagen, habe ich mir selbst gesagt,
während ich dies schwierige Buch schrieb, in dem ich mich wil-
lentlich um den Dialog gebracht und eine unausbleibliche Monotonie in Kauf genommen habe. Tatsächlich konnte ich mit
Rücksicht auf den Gegenstand nicht anders vorgehen, trotz der
zwangsläufigen Zusammenhanglosigkeit, die damit verbunden
war. Ich war in dieser Sache das Opfer der Genauigkeit. Es ist
richtig, man hätte dieses Buch ganz in den Traum verlegen müssen und es nicht mit einem Faden am Boden festbinden sollen.
Daher die Wirrheiten, das unvermeidliche Hin und Her. Ja, Sie
haben es richtig gesehen, ganz richtig gesehen – trotz des einmaligen Maschenwerks, mit dem die Kapitel verknüpft sind,
treten unvermeidliche Mängel auf. So stehen die beiden Kapitel
über die moderne Literatur – getrennt durch ein Hors d'œuvre,
das nicht mundet und über das Sie aus Nachsicht nichts gesagt
haben – zu nahe beieinander. Sie stoßen sich trotz des Polsters.
Aber ich konnte sie nicht anders anordnen – ich habe mich
während des ganzen Buchs gezwungen, vollkommen genau zu
sein. Ich bin Schritt für Schritt den Werken von Bouchut und
Axenfeldt über die Neurose gefolgt; – ich habe nicht gewagt, die
Krankheitsphasen zu vertauschen und die einzelnen Krank-
heitsbilder umzustellen; so mußte ich die Gehörstörung zum
Schluß bringen, obwohl sie sich als trennender Puffer zwischen
anderen Kapiteln besser gemacht hätte. Ich habe mir mit diesem System jede wirkungsvolle Entwicklung verboten. Mit den
Lateinern und mit Monsieur Moreau habe ich alle Schärfe gegeben, ich konnte nicht mehr tun, als diesen Ton durchzuhal-
ten. Ich wußte es, – ich habe diesen gefährlichen Sprung ge-

wagt, der mich, trotz aller Chancen, mir dabei die Rippen zu brechen, gereizt hat.

Ein Satz in Ihrem Brief erstaunt mich: »Uns anderen, die wir darin vorkommen, schmeichelt der Autor ein wenig.« – Natürlich! Wenn ich aus Des Esseintes ein genaues Abbild Montesquious gemacht hätte – (er wäre dazu zu vernagelt!), dann hätte ich seinen unbeschreiblichen Abscheu vor dem ganzen Naturalismus ausdrücken müssen. Ich wollte ihn machen, wie er ist, aber gerechter und weniger engstirnig – auch habe ich kurz entschlossen meine eigenen Ideen über Bord geworfen und Ideen ausgedrückt, die den meinen diametral entgegengesetzt sind, damit niemand auf die Idee kommt, mir meinen Helden unterzuschieben, denn in *L'Art moderne* habe ich genau das Gegenteil geschrieben. Ich habe behauptet, Des Esseintes ziehe *La Tentation* der *Éducation*, *La Faustin Germinal* und *La Faute de l'Abbé Mouret L'Assommoir* vor. – Das ist unmißverständlich – und dieser völlige Antipode meiner Vorlieben hat mir erlaubt, wirklich kranke Ideen zu äußern und den Ruhm Mallarmés zu feiern, was mir ein ziemlich freundlicher Scherz zu sein schien!

Im Grunde, sehen Sie, war es ein Buch, das nicht zu machen war, denn es war zu schwierig mit diesem schwankenden, christlichen und homosexuellen, kraftlosen und ungläubigen Helden, wie ich ihn entworfen hatte, der aus Vernunft Schopenhauerianer war, von Hause aus Katholik – und trotzdem wieder zu einer christlichen, wenn auch weniger katholischen als byzantinischen Glaubenshaltung zurückfand und infolge seiner früheren Erziehung Angst vor dem Tod hatte, die sich in seiner Einsamkeit noch verstärkte. Dieser Stoff war zu komplex und zu diffus. Ich glaube nicht, daß die Presse davon Notiz nimmt, denn der Artikel wäre zu schwer zu schreiben. Sie wird nicht wissen, wie sie diesen Wirrkopf behandeln soll – es brauchte einen groben Kamm! – Aus den Briefen, die ich erhalte, und dem Lärm, der zu mir dringt, höre ich eine allgemeine Wut heraus! Ich bin allen auf die Hühneraugen getreten; die Katholiken sind entrüstet; die anderen beschuldigen mich, ein verkappter Klerikaler zu sein. – Aber zum Teufel noch mal, ich bin nichts! Die Romantiker sind empört über die Angriffe auf Hugo, Gautier und Leconte de Lisle; die Naturalisten über den modernen Haß des Buchs! In den Skeptikern keimt die Idee einer ungeheuren Mystifikation – was der Wahrheit, glaube ich, näher kommt. Alles in allem hatte ich einen Band Marotten im Kopf, den ich herausgelassen habe – und das war's!

JULES-AMEDEE BARBEY d'AUREVILLY
Joris-Karl Huysmans

I

A Rebours – Gegen alle! Ja, so ist das Buch, gegen den gesunden Menschenverstand, gegen die moralischen Ansichten, gegen die Vernunft; wie ein scharfes Messer – aber ein vergiftetes Messer – rasiert es die abgeschmackten und gottlosen Platitüden der zeitgenössischen Literatur weg. Und obendrein, leider Gottes, mit Talent! Mit mehr Talent, als man dem Autor dieses Buchs je zugetraut hätte oder zutrauen würde, der sich bereits durch Veröffentlichungen einen Namen gemacht hat, deren Ton wesentlich unter dem Niveau dieses Werks liegt. Bisher hatte sich Monsieur Huysmans damit begnügt, hinter Monsieur Zola, dem Leithammel dieser literarischen Herde, die im Roman das Unkraut der allergewöhnlichsten Realitäten wiederkäut, herzutrotten. Sie nennen sich »Naturalisten«; eine schlecht gewählte Bezeichnung, die sie in ihrer Anmaßung selbst jenen aufgezwungen haben, die diese Anmaßung nicht an den Tag legen. Es schien so, als sollte Monsieur Huysmans, der Verfasser von *Les Sœurs Vatard*, einer jener seelenlosen und ideenlosen Photographen bleiben, die zur Zeit Schule machen; aber nun hat es den Anschein, daß er seinerseits doch mehr Seele besitzt, als man in der Gruppe der Schriftsteller hat, zu der er gehört, und aus diesem Grund geht er eigene Wege. Eine Spaltung droht, wenn sie nicht schon vollzogen ist. Monsieur Huysmans hat nicht den satten Optimismus, den Monsieur Zola besitzt! Er hat keine *Lebensfreude* mehr! Obwohl er sie wie jeder haben möchte. Und genau deshalb, weil er sie nicht hat, will er alles auf den Kopf stellen.

Das ist sinnlos – aber es ist verzweifelt! Es ist also mehr, als die Photographen der Literatur zu zeigen vermögen. Das Buch von Monsieur Huysmans, für den das Leben nicht die Weide Zolas ist, ist also in seinem Kern das Buch eines Verzweifelten, und der

Titel würde diese Tragweite nicht wiedergeben, wenn der Autor ihn nicht mit einem Motto unterstrichen hätte, das verblüfft und vielleicht aufmerken läßt … Kaum zu glauben: Der Autor hat es bei einem der größten Mystiker des 14. Jahrhunderts entlehnt! Die Naturalisten unserer Tage sind aber alles andere als Mystiker. Ich denke, sie werden den Mystikern sogar die große Ehre erweisen, sie zu verachten. Diese Leute lesen nicht mehr Ludolphe und Tauler, und der moderne Naturalismus muß auf wackligen Füßen stehen, wenn Monsieur Huysmans Ruysbroek auf den Umschlag seines Romans setzt und anfängt, von einer modischen Literatur genug zu haben, in der er Fähigkeiten aufs Spiel gesetzt hat, die viel zu gut für sie waren. *A Rebours* ist die Geschichte einer Seele in Not, die von ihrem Unvermögen – selbst gegen alle! – zu leben erzählt. Es ist der Zustand einer Seele, die Monsieur Huysmans erfunden und in einem Buch von fast monströser Originalität gemalt hat – aber diese Originalität ist ganz gewiß kein Paradoxon, ist keine neue Art, die Karten im Roman zu mischen, um das Spiel zu erneuern, das heute so gewöhnlich und so gräßlich langweilig ist.

Offensichtlich bietet dieses Buch mehr. Der Held Monsieur Huysmans – und die Helden der Romane, die wir schreiben, sind immer ein wenig wir selbst – ist ein Kranker wie alle Helden dieser Epoche. Er ist ein Opfer der Neurose des Jahrhunderts. Er kommt aus dem Hospital Charcot. Ein Romanheld, der gesund ist und sich eines vollkommenen Gleichgewichts all seiner Fähigkeiten erfreut, ist eine unendlich seltene Sache und fast ein Wunder. In früheren Zeiten existierte dieses Wunder. Die Leidenschaft, die Romane macht, störte das Gleichgewicht und schränkte die Freiheit des Menschen ein, aber sie unterdrückte sie nicht. Heute hat man sie unterdrückt. Von allen Freiheiten, an die man angeblich glaubt, ist die Freiheit der Seele diejenige, an die man am wenigsten glaubt. Heutzutage wird man krank, ehe man in Leidenschaft gerät … Man hat sogar vorgeburtliche Krankheiten erfunden; mir macht das nichts aus, denn ich bin Christ und glaube an die Erbsünde, aber denen, die sie leugnen, sollte es zu denken geben ... Man nennt es Vererbung, und diese macht gegenwärtig die Runde in der Literatur. Monsieur Huysmans' Held hat Ahnen in der Zeit Heinrichs III., und das ist die Erklärung für eines seiner Laster. Für uns, die wir eine andere Sprache sprechen als dieses ganze wissenschaftliche Kauderwelsch, ist der Nervenleidende eine an der Unendlichkeit krankende Seele, die in einer Gesellschaft lebt, welche nur noch an endliche Dinge glaubt. An der äußersten Grenze der Empfindungsfähigkeit angelangt und immer begierig auf neue Empfindungen, bildet er sich ein, ein Leben gegen alle sei der einzige Weg, der ihm bleibe, um noch irgendeinen Geschmack und irgendeine Süße zu finden, und er schlägt diesen Weg des Lebens gegen alle ein und beschreibt alle vergeblichen Versuche, die er unternimmt, um zum Ziel zu gelangen. Nur – ich bin mir da allerdings nicht ganz sicher, aber ich denke doch, daß Monsieur Huysmans es ahnt – indem er die Autobiographie seines Helden schreibt, gibt er nicht nur das individuelle Geständnis einer verderbten, einsamen Persönlichkeit wieder, sondern er beschreibt gleichzeitig das Krankheitsbild einer vom Materialismus verfaulten Gesellschaft, und das ist es, was seinem Buch eine Bedeutung verleiht, die andere physiologische Romane unserer Zeit nicht haben.

II

Denn die Physiologie, die alles überschwemmt, überschwemmt auch den Roman. Seit dem ruhmreichen Balzac – der an Gott und sogar an die Kirche glaubte und der in seine Romane diese Physiologie einführte, aber in dem ihr angemessenen Maß – hat sie ungeheuer zugenommen, ebenso wie der Materialismus, dessen Kind sie ist. Wir befinden uns tatsächlich nicht mehr beim *L'homme plante* von La Mettrie oder in der ungeschickten Hand von Helvetius. Wir sagen nicht mehr mit der plumpen Brutalität eines Cabanis: »Der Gedanke ist nur ein Exkrement des menschlichen Gehirns.« Aber wir sagen auf *philosophische*

Weise mit anderen Worten und in einem anderen Stil genau das gleiche. Wir erklären den ganzen Menschen durch das Rückenmark und die Nerven. Des Esseintes (der Unglückliche, dessen Geschichte Monsieur Huysmans geschrieben hat) ist während des ganzen Romans diesem entsetzlichen Fatum seiner Nerven unterworfen, die stärker sind als der Wille ihres Herrn. Des Esseintes ist nicht mehr ein nach Art eines *Obermann*, eines *René* oder eines *Adolphe* organisiertes Wesen, einer dieser leidenschaftlichen und schuldigen Helden des menschlichen Romans. Seine Mechanik ist gestört. Nichts weiter. Das Interesse an dieser Störung wäre gering, wenn diese Mechanik nicht leiden würde, wenn dieses eigenartige Uhrwerk, das sich nicht alleine gemacht hat und das versucht, sich aufzuziehen und wieder zu regulieren, nicht in sich selbst etwas hätte, das stärker ist als es selbst und das es daran hindert und das es quält … Ohne diese Qual würde der Roman gar nicht existieren. Er wäre nichts als ein entsetzliches, kindisches und perverses Buch; aber diese Qual, diese heillose Qual entschädigt uns für ihre Perversität.

Ohne sie würde man nicht zu Ende lesen. Das Buch fiele einem aus den Händen. Es würde nur von den Liebhabern der Schnurrpfeifereien der Dekadenzepoche, von den sogenannten Raffinierten, von jenen vorgeblich an allen Chinoiserien der materiellen Zivilisation interessierten Dummköpfen, den von Langeweile Verdorbenen, denen die Schönheit der Dinge nicht mehr genügt, gelesen werden. Nur sie, diese blasierten und in die Kindheit der alten Zivilisationen zurückgefallenen Geister, würden sich für die Anstrengungen und Windungen dieses jämmerlichen Des Esseintes interessieren, der durch die Langeweile, die alle anderen Verderbtheiten erzeugt, korrumpiert ist und sich einbildet, man könne das Leben gegen den Strich führen – dieses schwierige Leben! –, gerade wie man Nippes in seiner Etagere auswechselt. Nur sie, diese Lebenssatten, würden vielleicht Gefallen finden an den zerstörerischen Kindereien dieses Junggesellenhaushalts; denn der Fehler des Buchs von Monsieur Huysmans, so haarsträubend dieses Buch auch sonst sein mag, ist nicht nur, daß es, wie ich schon gesagt habe, in philosophischer Hinsicht entsetzlich, sondern daß es auch in künstlerischer Hinsicht kindisch ist. In künstlerischer Hinsicht gibt es mehr, das man uns zur Bewunderung hätte anbieten können. Des Esseintes ist reich. Mit dem Geld, das er hatte, hätte er sich alle Wünsche erfüllen können, und sie hätten großartig sein können. Aber mit Ausnahme von zwei oder drei Stellen des Romans, wo Des Esseintes wirklich vollkommen verabscheuungswürdig ist – zum Beispiel, wenn er einem ganz jungen Mann drei Monate lang das Hurenhaus bezahlt, um sich später das Vergnügen zu verschaffen, einen Mörder aus ihm zu machen –, lösen die Mittel, die er anwendet, um den Gemeinheiten des Lebens zu entkommen, nur Mitleid aus. Wenn er kein Halunke ist, ist er ein Kümmerling … Er hat verrückte und lächerliche Einfälle. Erinnern Sie sich an die Geschichte mit der Schildkröte, der er den Panzer vergolden und die er mit Edelsteinen belegen ließ! Erinnern Sie sich an die Bücher seiner Bibliothek, deren Einbände den darin enthaltenen Geist übersetzen sollten! Erinnern Sie sich an seine Papierblumen, die die Blumen der Natur töten sollten! Erinnern Sie sich an die Alchimie seiner Parfums, die er törichterweise in der Verbindung bekannter Düfte suchte! Und sagen Sie selbst, ob sich die Absurdität so armseliger Erfindungen lohnt. Gewiß, ich gebe gerne zu, daß die Gemeinheiten des Lebens einen gebildeten und stolzen Geist anwidern, aber um sie zu fliehen und sie zu ersetzen, muß man nicht in die unendlichen Kleinigkeiten zwergenhafter Nebensächlichkeiten verfallen … Der Des Esseintes von Monsieur Huysmans, der wie ein Titan gegen das Leben antritt, erweist sich als ein dummer Däumling, wenn es darum geht, das Leben zu verändern!

III

Und das ist die Strafe für ein solches Buch, eines der dekadentesten, das wir unter die dekadenten Bücher dieses dekadenten Jahrhunderts zählen können. Es ist im übrigen nicht des Talents wegen dekadent, sondern des Gebrauchs wegen, der von dem Talent gemacht wird. Talent findet sich hier tatsächlich auf jeder Seite. Die Wissensfülle über alles und jedes grenzt an Verschwendung. Der kenntnisreiche und kunstfertige Stil entfaltet einen großartigen Reichtum an Wörtern; diese gleichen den eingelegten Edelsteinen auf dem Panzer der Schildkröte, die zu deren Tod führten. Der prächtige Stil kann jedoch das unerhörte Werk, das er überstrahlt, nicht retten. Der autobiographische Held Monsieur Huysmans' liebt in seiner ungewöhnlichen Verderbtheit alle Dekadenzepochen der Literatur. Er zieht zum Beispiel ganz bewußt das barbarische Latein des Mittelalters dem des Zeitalters von Augustus vor und setzt Lukan über Vergil, den er mit seiner Kritik verunglimpft, als ob ein Genie wie Vergil jemals verunglimpft werden könnte. Gewiß! Damit ein Dekadent von diesem Ausmaß auftreten und ein Buch wie das Monsieur Huysmans' in einem menschlichen Kopf entstehen konnte, mußten wir wirklich das werden, was wir sind – ein Geschlecht in seiner letzten Stunde. Der Kopf eines Menschen, er mag so viel Genie haben und so verschroben sein, wie er will, ist bedeutungslos für die Menschheit. Er zählt nicht in der Menge der Menschen. Man kann an ihm vorbeigehen und schweigen und ihn nicht einmal wahrnehmen. Aber wenn dieser Kopf der Ausdruck einer ganzen Gesellschaft und mit ihr identisch ist, dann verdient er den Aufschrei des Moralisten und des Historikers, und wir stoßen diesen Schrei aus!

Niemals gab es einen schonungsloseren Aufschluß über eine Gesellschaft, die einst vernünftig und geordnet war, aber in der in den letzten Jahren so viele vernünftige Geister den Kopf verloren. Niemals legte die Überspanntheit eines Buchs nachdrücklicher Zeugnis ab von der allgemeinen Überspanntheit. In der Geschichte gab es andere Dekadenzepochen als die unsere. Gesellschaften, die zu Ende gehen, verlorene Nationen, Rassen, die am Aussterben sind, hinterlassen als Vorboten ihres Todeskampfes Bücher. Rom und Byzanz hatten die ihren, aber ich glaube nicht, daß man in ihren Ruinen ein Buch hätte finden können, das diesem gleicht. Prokop und Petronius sind nur Historiker, die zwar beschämende und beklagenswerte Dinge berichten, aber nicht das Leben berühren – das Wesentliche des Lebens –, sie sind nicht darauf erpicht. Sie behaupten nicht, daß die von Gott erschaffene Welt neu erschaffen werden müßte. Sie sind keine Verbesserer Gottes. Sie haben nicht die spleenige Kühnheit eines einfachen Romanciers des 19. Jahrhunderts, der glaubt, ein Leben gegen den Strich schaffen zu können. Das Buch von Monsieur Huysmans ist nicht die Geschichte der Dekadenz einer Gesellschaft, sondern der Dekadenz der Menschheit insgesamt. Er ist in seinem Roman byzantinischer als Byzanz. Das aftertheologische Byzanz glaubte an Gott, auch wenn es seine Dreieinigkeit in Frage stellte, und es hatte nicht den verderbten Hochmut, die Schöpfung des Gottes, an den es glaubte, neu erschaffen zu wollen. Diese alte und abgeschmackte Liebhaberin der Histrionen und der Kutscher erniedrigte sich und ließ sich zu Nichtigkeiten herab, an denen Völker zugrunde gehen, die einmal groß waren, und die sich, wenn sie alt sind, bis zum Boden hinabbeugen, aber sie hat sich nicht in Nichtigkeiten gestürzt, die so nichtig sind wie die, die ein Romancier erfunden hat, den das Werk Gottes langweilte!

IV

Und das wäre wirklich unerträglich, wenn dieser Langeweile und diesen ohnmächtigen Anstrengungen, sie zu täuschen, nicht ein gewisser Schmerz zugrunde läge, der mehr als alles Talent dazu beiträgt, das Buch herauszuheben. Es wurde aus Verzweiflung geschrieben und mündet am Schluß in einer Verzweiflung, die größer ist als die zu Beginn. Am Ende der unglaublichen Torheiten, die der Autor zu begehen wagt, fühlt er die Stiche der Enttäuschung in seinem Herzen. Sein Buch atmet eine tödliche Angst aus. Das elende Kartenhaus – dieses kleine Babel aus Pappe –, das er als Gegenwelt zur Welt Gottes aufbaute, ist eingestürzt und ihm auf die Hände zurückgefallen. Der Materialist, der alles von der Materie forderte, hat von ihr nur das erhalten, was sie zu geben imstande ist, und das ist zu wenig. Der Himmelsstürmer hat seine Erbärmlichkeit gespürt. Die frevelhaften Verirrungen dieses Buchs werden am Schluß gesühnt, die letzten Worte sind ein Gebet. Es ist ein Gebet, das der ganze Sturzbach der Verwünschungen und Verfluchungen mündet: »Ach!« – sagt er, – »mir fehlt der Mut, und es ekelt mich! – Herr, habe Erbarmen mit dem Christen, der zweifelt, mit dem Ungläubigen, der glauben möchte, mit dem Galeeren-sklaven des Lebens, der sich alleine einschifft, in der Nacht, un-ter einem Firmament, das nicht mehr von den tröstlichen Leuchtfeuern der alten Hoffnung erhellt wird!« Ist dies demütig und unterwürfig genug? … Es ist stärker als das Gebet Baude-laires:

Ach! Herr, gib mir die Kraft und den Mut,
Mein Herz und meinen Körper ohne Ekel zu betrachten!

Baudelaire, der satanische Baudelaire, der als Christ starb, muß die Bewunderung von Monsieur Huysmans genossen haben. Man spürt seine Gegenwart wie ein Feuer hinter den schönsten Seiten, die Monsieur Huysmans geschrieben hat. Ich habe ein-mal Baudelaire für seine Originalität verhöhnt, die *Fleurs du mal* wieder aufzunehmen und einen weiteren Schritt in der schon ausgeschöpften Richtung des Blasphemischen zu gehen. Ich könnte den Autor von *A Rebours* mit denselben Worten verhöhnen: »Nach den *Fleurs du mal*«, sagte ich zu Baudelaire, »haben Sie logischerweise nur noch die Wahl zwischen der Mün-dung einer Pistole oder den Füßen des Kreuzes.« Baudelaire wählte die Füße des Kreuzes.

Aber wird der Autor von *A Rebours* diese Wahl treffen?

(*Constitutionnel*, 28. Juli 1884)

OSCAR WILDE
Das Gelbe Buch

Sein Blick fiel auf das gelbe Buch, das Lord Henry ihm geschickt hatte. Er fragte sich, um was es sich dabei wohl handelte. Er trat zu dem kleinen perlfarbenen Tisch, der ihm immer wie das Werk seltsamer, Silber verarbeitender ägyptischer Bienen erschien, nahm den Band zur Hand, ließ sich in einen Sessel fallen und begann zu blättern. Schon nach wenigen Minuten war er in die Lektüre vertieft. Es war das sonderbarste Buch, das er jemals gelesen hatte. Ihm war, als zögen, in herrlichen Gewändern und zu zarten Flötenklängen, die Sünden der Welt als Pantomime an ihm vorüber. Dinge, von denen er bisher nur dunkel geträumt hatte, wurden auf einmal Wirklichkeit. Dinge, von denen er noch niemals geträumt hatte, nahmen nach und nach Gestalt an.

Es war ein Roman ohne Handlung und mit nur einem einzigen Protagonisten, ja es war eigentlich nichts anderes als eine psychologische Studie über einen jungen Pariser, der sein Leben mit dem Versuch hinbrachte, sich all die Leidenschaften und Denkweisen, die durch die Jahrhunderte hindurch, außer in seinem eigenen, gepflegt worden waren, zu eigen zu machen und die unterschiedlichen Stadien, die der Weltgeist bisher durchlaufen hatte, gleichsam in seiner Person zusammenzufassen, weshalb er – schon ihrer Künstlichkeit wegen – nicht nur jene Entsagungen liebte, welche die Unklugen einst für eine Tugend hielten, sondern auch jene natürlichen Wallungen, die den Klugen noch heute als Sünde gelten. Verfaßt war das Buch in jenem seltsam preziösen Stil, der, lebendig und düster zugleich, voller Argot und Archaismen, voller Fachausdrücke und kunstreicher Umschreibungen, das Werk einiger der vorzüglichsten Künstler der französischen Symbolistenschule auszeichnet. Es enthielt Metaphern, so ungeheuer wie Orchideen und ebenso subtil in den Farben. Das Leben der Sinne wurde mit Begriffen aus der mystischen Philosophie dargestellt. Manchmal wußte man kaum, ob man die geisti-

gen Ekstasen eines mittelalterlichen Heiligen las oder die morbi-
den Bekenntnisse eines modernen Sünders. Es war ein Buch voller
Gift. Es war, als haftete seinen Seiten ein schwerer, sinnverwirren-
der Duft nach Weihrauch an. Der bloße Rhythmus der Sätze, die
raffinierte Monotonie ihrer Musik, voll von komplizierten Re-
frains und kunstreich wiederholten Motiven, ließen den Jungen
beim Lesen der einzelnen Kapitel in eine Art Träumerei verfallen,
in einen krankhaften Traum, über dem er gar nicht bemerkte, daß
der Tag sich neigte und die Schatten allmählich länger wurden.

Wolkenlos, von einem einsamen Stern durchbohrt, schimmerte
der Himmel kupfergrün durch die Fenster. In diesem fahlen Licht
las er weiter, bis er nicht mehr lesen konnte. Nachdem ihn sein
Diener mehrmals an die vorgerückte Stunde erinnert hatte, erhob
er sich schließlich, ging ins Nebenzimmer, legte das Buch auf den
kleinen florentinischen Tisch, der immer an seinem Bett stand,
und begann sich zum Dinner umzukleiden.

Es war schon fast neun Uhr, als er im Klub eintraf; Lord
Henry saß mit überaus gelangweilter Miene alleine im Lesezim-
mer.

»Tut mir sehr leid, Harry«, rief der Junge, »aber das ist ganz
allein Ihre Schuld. Das Buch, das Sie mir geschickt haben, hat
mich derartig gefesselt, daß mir darüber völlig entgangen ist,
wie die Zeit verstreicht.«

»Ja: Ich habe mir gedacht, daß es Ihnen gefällt«, erwiderte
sein Gastgeber und erhob sich vom Stuhl.

»Ich hab nicht gesagt, daß es mir gefällt, Harry. Ich hab gesagt, es hat mich gefesselt. Das ist ein großer Unterschied.«

»Aha, das haben Sie also auch schon bemerkt?« murmelte
Lord Henry. Sie gingen in den Speisesaal.

Jahrelang kam Dorian Gray vom Einfluß dieses Buches nicht los.
Oder vielleicht sollte man besser sagen, er versuchte erst gar
nicht, sich davon zu befreien. Er ließ sich aus Paris nicht weniger
als neun Luxusausgaben der Erstausgabe kommen und sie dann
in verschiedenen Farben binden, so daß sie seiner jeweiligen

Stimmung und den wechselnden Launen seiner Natur entsprachen, über die er zeitweise fast völlig die Herrschaft verloren zu haben schien. Der Held, jener herrliche junge Pariser, in dem romantische und wissenschaftliche Neigungen so ungewöhnlich miteinander verschmolzen waren, wurde ihm zu einer Art Urbild seiner selbst. Ja, es kam ihm so vor, als enthalte das Buch seine eigene Lebensgeschichte, niedergeschrieben, bevor er sein Leben gelebt hatte.

(*The Picture of Dorian Gray* erschien zuerst im Juni 1890 in *Lippincott's Monthley Magazine*, in einer vom Autor revidierten Fassung als Buch 1891 in London. Deutsche Neuübersetzung *Das Bild des Dorian Gray* von Hans Wolff. Haffmans Verlag 1999, bei Zweitausendeins 2004, S. 185–188.)

REMY DE GOURMONT
Huysmans, ein religiöser Schriftsteller

Die religiöse Konversion des Autors von *En ménage* hatte keine literarische Konversion zur Folge, was äußerst selten ist; Konversionen gehen gewöhnlich Hand in Hand mit einer spürbaren Abnahme der Lebensenergie. Man kehrt zum Glauben zurück, weil man am Leben verzweifelt, und man akzeptiert vorbehaltlos, was der Glaube verlangt: und er verlangt im allgemeinen, sagt Monsieur Huysmans, daß man in einem glanzlosen und unpersönlichen Stil schreibt. In diesem Punkt war Monsieur Huysmans unbeirrbar; er blieb ein Schriftsteller, und was noch wichtiger ist, ein naturalistischer Schriftsteller. Der Naturalismus bedeutet die Liebe für die Details, nicht um ihrer selbst willen, sondern weil sie dem literarischen Werk Leben und Genauigkeit geben. Von allen Romanciers, die Naturalisten genannt werden wollten, ist Monsieur Huysmans mit Sicherheit derjenige, der diese Bezeichnung am meisten verdient. Er ist vielleicht sogar der einzige, denn Monsieur Zola ließ sich gerne von seiner Phantasie hinreißen; um jedoch ein wahrer Naturalist zu sein, ein wahrer »Beschreiber« dessen, was man sehen, berühren, riechen kann, darf man keine Phantasie besitzen. Zwei Zeitgenossen Monsieur Huysmans', Monsieur Hennique und Monsieur Céard, haben ebenfalls Romane geschrieben, in denen man nicht den geringsten Funken Phantasie findet; aber sie haben offensichtlich das Maß überschritten. *Une belle journée* von Monsieur Céard, ein merkwürdiges und wenig bekanntes Buch, repräsentiert ausgezeichnet dieses literarische Ideal, das vor fünfundzwanzig Jahren das Ideal einer ganzen Generation war. Es blieb jedoch ein Ideal, denn kein Schriftsteller hat je diesen Grad an systematischer Nullität erreicht; Monsieur Huysmans war davon weit entfernt. In seinen Büchern kommt immer etwas vor: er selbst kommt darin vor. Es sind keine Romane, es sind Memoiren. Die seltenen Ereignisse, die es darin gibt, sind nicht erfunden: Der Autor erzählt uns sein eigenes Leben mit einer Einfachheit, die von einer gewissen Arglosigkeit und von sehr viel Überheblichkeit zeugt. Da er nicht die geringste Phantasie besitzt, ist er auf sich selbst angewiesen; aber weil das Leben eines phantasielosen Menschen im allgemeinen sehr eintönig ist, erzählt er fast nichts, wenn er berichtet, was er erlebt hat. Um diese Leere zu füllen, nimmt Monsieur Huysmans bald zu Sittenschilderungen, bald zu historischen und archäologischen Abhandlungen Zuflucht. Nichts ist weniger romanhaft als seine Romane; und nichts wäre langweiliger als sie, wenn der Autor nicht eine sehr ausgeprägte Person und seine Sicht der Dinge nicht wirklich außerordentlich ungewöhnlich wären. Aber gerade die Abwesenheit aller phantastischen Elemente flößt ein Vertrauen ein, das gewöhnliche Romane nicht vermitteln. Man fühlt sich tatsächlich einem Mann gegenüber, der nicht, oder nur sehr wenig, lügt, und das nicht aus moralischen Gründen, sondern aus Mangel an Einbildungskraft. Wenn er ein altes Pariser Viertel oder eine alte Abtei in der Provinz beschreibt, kann man sicher sein, daß seine Darstellung wahrheitsgetreu ist, und man kann sie als Führer und Plan benutzen. Und deshalb können selbst diejenigen, die sich bei der Lektüre eines zu gut erfundenen Romans langweilen, diesen Erzählungen, deren Kühle beruhigt und deren Wahrheitsliebe offensichtlich ist, etwas abgewinnen. Ob es sich um die Geschichte von zwei Pariser Arbeiterinnen handelt, um einen faulen und schwachen Literaten, um einen Bürokraten auf der Suche nach einem angenehmen Restaurant oder um einen von dem Bedürfnis, nicht wie jedermann zu leben, gequälten Neurastheniker, immer spürt man, daß nichts erfunden, daß alles unmittelbar beobachtet ist und daß sich alles um denselben Menschen herum abgespielt hat, den Autor selbst. Der Ausgangspunkt ist nie eine Idee, sondern immer eine wirkliche Tatsache.

Man hat gesagt, *A - v a u - l ' e a u* sei der Romantyp Monsieur Huysmans', derjenige, der alle anderen beinhalte, zumindest was die Methode angehe. Das stimmt. In jedem Roman Huysmans ist der Held ein Mensch, der sich langweilt und der versucht, sein Leben zu verbessern, ohne daß ihm dies gelingt. Alle seine Romane sind pessimistisch, selbst diejenigen, die ihm der Glaube eingegeben hat, und alle enden mit einer Enttäuschung, selbst *L'Oblat*. Es spielt keine Rolle, ob das Ziel darin besteht, sich mit einem kümmerlichen, aber erträglichen Leben abzufinden oder sich endgültig im religiösen Leben einzurichten, der Schluß ist immer derselbe: im letzten Augenblick muß man auf seine Hoffnungen verzichten und wie der bedauernswerte Monsieur Folantin »in die alte Winkelkneipe, in den fürchterlichen Stall zurückkehren«. Und es spielt ebenfalls keine Rolle, ob der Roman von Pariser Sitten oder von klösterlichen Sitten handelt, das Milieu wird immer auf die gleiche minutiöse Weise beschrieben, mit der gleichen bissigen Sympathie, mit der gleichen sichtlichen Freude, sobald es darum geht, eine Unvollkommenheit festzustellen oder einen Fehler aufzudecken …

Die Romane von Monsieur Huysmans … verdeutlichen vielleicht besser als alle anderen, daß es in der Kunst nicht auf den Inhalt, sondern auf die Form ankommt … In allen ist es immer der gleiche Schriftsteller, das gleiche Auge, der gleiche Geruch und die gleiche Perversität, die, auf der Suche nach dem Häßlichen, dem Schlechten, dem Barocken, sich selbst und ihre Fähigkeit, eine anormale und widerwärtige Welt wahrzunehmen, auskostet. Der stilistische Schwung, die unerwarteten Bilder und Vergleiche, die sinnreichen Funde und Details, dieses zufriedene Lächeln der Augen, die sich freuen, etwas gesehen und besser gesehen zu haben als andere Augen, und die Originalität des Menschen hinter seiner Kunst, bis hin zu seiner Frömmigkeit, die eher die eines Neugierigen als die eines Überzeugten zu sein scheint, all das bildet ein Amalgam, in dem man den Geschmack jener alten Likörmischungen wiederfindet, deren Rezepte sich über drei Seiten erstrecken und deren Würze gleichzeitig anregend und verschleiert, unbestimmt und scharf, frech und gleißnerisch ist. Die fromme Kritik schätzt Monsieur Huysmans nicht so sehr und bedauert bisweilen, daß er ihr Klient und ihr Verbündeter ist. Sie hat vielleicht recht: Er ist mehr ein Mann der Literatur geblieben, als er ein Mann der Kirche geworden ist.

(Mercur de France, 1903)

JORIS-KARL HUYSMANS
Vorwort.
Zwanzig Jahre nach dem Roman geschrieben

Ich denke, alle Schriftsteller sind wie ich, sie lesen ihre Werke nicht wieder, wenn diese erst einmal erschienen sind. In der Tat ist nichts ernüchternder und peinlicher, als nach Jahren seine Sätze zu betrachten. Sie haben sich in gewisser Weise gesetzt und ruhen auf dem Grund des Buchs; und meistens sind Bücher nicht wie Weine, die beim Altern besser werden; einmal in die Jahre gekommen, werden die Kapitel schal, und das Bukett verschwindet.

Diesen Eindruck hatte ich bei einigen Flaschen, die im Fach von *A Rebours* eingeordnet sind, als ich sie entkorken mußte.

Und ziemlich melancholisch versuche ich mir beim Durchblättern dieser Seiten den Seelenzustand in Erinnerung zu rufen, in dem ich mich wohl in dem Moment befunden habe, als ich sie niederschrieb.

Man war damals mitten im Naturalismus; aber diese Schule, die uns den unvergeßlichen Dienst erweisen sollte, wirkliche Personen in ihrer tatsächlichen Umgebung zu zeigen, war dazu verurteilt, sich bis zum Verdruß zu wiederholen, weil sie auf der Stelle trat.

Sie ließ, zumindest in der Theorie, keine Ausnahme gelten; sie beschränkte sich also auf die Beschreibung des alltäglichen Lebens und bemühte sich, unter dem Vorwand, lebensnah sein zu wollen, Wesen zu schaffen, die dem Durchschnitt der Menschen so nahe wie möglich kamen. Dieses Ideal hatte in seiner Art seine Verwirklichung in einem Meisterwerk gefunden, das, sehr viel mehr als *L'Assommoir*, das Urbild des Naturalismus gewesen ist, in Gustave Flauberts *Éducation sentimentale*; dieser Roman war für uns alle von den »Soirées de Médan« eine wahre Bibel; aber er ließ kaum noch andere Versionen zu. Er war vollkommen und selbst für Flaubert nicht wiederholbar; wir waren damals also alle gezwungen, zu lavieren und auf mehr oder weniger erforschten Pfaden herumzustreifen.

Da die Tugend, wie man zugeben muß, hienieden die Ausnahme ist, war sie vom naturalistischen Konzept ausgeschlossen. Wir besaßen nicht den katholischen Begriff der Sünde und der Anfechtung und wußten daher nicht, aus welchen Leiden und Anstrengungen die Tugend hervorgeht; das Heldentum der Seele, die Versuchungen besiegt, entging uns. Es wäre uns nicht in den Sinn gekommen, diesen Kampf mit seinen Höhen und Tiefen, seinen tückischen Attacken und seinen Spiegelfechtereien, aber auch seinen geschickten Hilfen, die sich häufig weit entfernt von der Person, die der Böse angreift, in den Tiefen eines Klosters bereithalten, zu beschreiben; wir hielten die Tugend für das Erbteil von Menschen, die keinen Wissensdurst besitzen oder die ihres Verstandes beraubt sind, und unter künstlerischen Gesichtspunkten jedenfalls für ein wenig aufregendes Thema.

Es blieben noch die Laster; aber das zu beackernde Feld war begrenzt. Es beschränkte sich auf die sieben Todsünden, und von diesen war wiederum nur eine einzige, die gegen das sechste Gebot Gottes, einigermaßen brauchbar.

Die anderen waren entsetzlich abgeerntet worden, dort konnte man keine Trauben mehr pflücken. Der Geiz zum Beispiel war von Balzac und Hello bis zum letzten Tropfen ausgepreßt worden. Hochmut, Zorn und Neid hatten sich durch sämtliche romantischen Veröffentlichungen geschleppt, und diese dramatischen Themen waren durch den Mißbrauch auf der Bühne so gründlich verbogen worden, daß es wirklich eines Genies bedurft hätte, um sie in einem Buch wieder zu erneuern. Völlerei und Trägheit dagegen schienen sich eher in Nebenfiguren zu verkörpern und besser zu Statisten zu passen als zu Hauptfiguren oder Primadonnen von Sittenromanen.

In der Tat wäre der Hochmut mit seinen teuflischen Verästelungen gegenüber dem Nächsten und der scheinheiligen Demut das großartigste Vergehen gewesen, das man hätte studieren können, so wie die Völlerei, die Wollust und Diebstahl nach sich zieht, Stoff für überraschende Funde hätte abgeben können, wenn man diese Verfehlungen mit der Lampe und dem ewigen Licht der Kirche erforscht und wenn man den Glauben besessen hätte; aber keiner von uns war für diese Aufgabe geschult; wir waren also darauf beschränkt, diejenige Freveltat, die am leichtesten von allen herauszuschälen war, die Sünde der Wollust, unter all ihren Formen wiederzukäuen; und weiß Gott, wir käuten sie wieder und wieder; aber diese karussellartige Beschäftigung dauerte nur kurz. Was immer man erfand, der Roman ließ sich in wenigen Worten zusammenfassen: Es ging immer darum, ob und warum ein gewisser Herr Soundso mit einer Frau Soundso Ehebruch begangen hatte; wollte man vornehm sein und sich als ein Autor der geschmackvolleren Art zu erkennen geben, dann ließ man das Werk des Fleisches zwischen einer Marquise und einem Grafen spielen; wollte man dagegen ein volkstümlicher Schriftsteller sein, ein Prosait, der seine Sache versteht, siedelte man sie zwischen einem Liebhaber der Unterschicht und einem beliebigen Mädchen an; nur der Rahmen änderte sich. Heute scheint mir die Vornehmheit in der Gunst des Lesers Vorrang zu haben, denn ich bemerke, daß dieser sich zum gegenwärtigen Zeitpunkt kaum an plebejischen und bürgerlichen Liebschaften ergötzt, sondern weiterhin das Zögern der Marquise genießt, die ihren Verführer in einem kleinen Zwischenstockappartement aufsucht, dessen Aussehen mit den Tapetenmoden der Zeit wechselt. Wird sie zu Fall kommen oder nicht? Das nennt sich dann psychologische Studie. Meinetwegen.

Ich gestehe jedoch, daß ich ein Buch, in dem ich beim zufälligen Aufschlagen die ewige Verführung und den nicht minder ewigen Ehebruch entdecke, so schnell wie möglich wieder schließe, denn ich bin überhaupt nicht begierig zu erfahren, wie das angekündigte Idyll endet. Der Band, in dem sich keine beweisbaren Dokumente finden, das Buch, aus dem ich nichts lernen kann, interessiert mich nicht mehr.

Zum Zeitpunkt, als *A Rebours* erschien, das heißt im Jahr 1884, war die Situation also die folgende: Der Naturalismus mühte sich atemlos ab, die Tretmühle in Schwung zu halten. Die Summe der Beobachtungen, die jeder selbst oder mit Hilfe der anderen gesammelt hatte, begann sich zu erschöpfen. Zola, der ein guter Theaterdekorateur war, behalf sich mit mehr oder weniger genauen, rasch gemalten Kulissenbildern; er vermittelte ausgezeichnet die Illusion der Bewegung und des Lebens; seine Helden besaßen keine Seele, sie wurden einfach durch ihre Impulse und Triebe gelenkt, was die analytische Arbeit vereinfachte. Sie setzten ein paar summarische Handlungen in Gang und führten sie zu Ende, und sie bevölkerten Szenerien, die zu den Hauptakteuren seiner Dramen wurden, mit ziemlich echten Silhouetten. Auf diese Weise feierte er die Markthallen, die großen Kaufhäuser, die Eisenbahnen, die Bergwerke, und die menschlichen Wesen, die sich in diese Umgebungen verirrten, spielten dort nur noch die Rolle von Nebenfiguren und Statisten; aber Zola war Zola, das heißt, ein etwas grober Künstler, begabt mit kräftigen Lungen und starken Fäusten.

Wir anderen, die weniger vierschrötig und mit einer subtileren und wahreren Kunst beschäftigt waren, mußten uns die Frage stellen, ob der Naturalismus nicht in eine Sackgasse mündete und ob wir nicht bald gegen die Mauer an ihrem Ende stoßen würden.

Allerdings kamen mir diese Bedenken erst sehr viel später. Ich versuchte damals, einem Engpaß zu entkommen, in dem ich zu ersticken drohte, aber ich hatte keinen bestimmten Plan, und der Roman *A Rebours*, der mir frische Luft zuführte und den Weg aus einer Literatur bahnte, die sich verrannt hatte, ist ein vollkommen unbewußt entstandenes Werk, ohne vorgefaßte Ideen, ohne in die Zukunft gerichtete Absichten, ohne gar nichts.

Er war mir zunächst als ein kurzes Phantasiegebilde in Form einer seltsamen Novelle erschienen; ich sah darin ein gewisses Pendant zu *A Vau-l'eau*, versetzt in eine andere Welt; ich stellte mir einen literarisch gebildeteren, kultivierteren, wohlhabenderen Monsieur Folantin vor, der in der Künstlichkeit ein ableitendes Mittel für den Ekel entdeckt hat, den die Mißhelligkeiten des Lebens und die amerikanischen Sitten seiner Zeit in ihm hervorriefen; ich umriß ihn als jemanden, der mit raschem Flügelschlag in den Traum entflieht, sich in die Illusion extravaganter Feenwelten flüchtet und alleine, fern von seinem Jahrhundert in der heraufbeschworenen Erinnerung an freundlichere Zeiten und weniger verächtliche Umgebungen lebt.

Und je mehr ich darüber nachdachte, um so mehr weitete sich der Gegenstand aus und machte geduldige Recherchen erforderlich: Jedes Kapitel wurde das Konzentrat einer Spezialität, das Sublimat einer anderen Kunst, verdichtet in einem »of meat« von Edelsteinen, Parfums, Blumen, weltlicher und religiöser Literatur, profaner Musik und gregorianischen Kirchengesängen.

Das Merkwürdige war, daß ich, ohne es vorher zu ahnen, durch die Natur meiner Beschäftigung dazu gebracht wurde, die Kirche unter ganz verschiedenen Aspekten zu studieren. Es war tatsächlich unmöglich, bis ins Mittelalter, die einzigen lauteren Zeiten, die die Menschheit kannte, zurückzugehen, ohne festzustellen, daß die Kirche tatsächlich alles beherrschte und daß die Kunst nur in ihr und durch sie existierte. Da ich nicht gläubig war, betrachtete ich sie etwas mißtrauisch, überrascht über ihre Größe und ihren Ruhm, und ich fragte mich, wie eine Religion, die mir für Kinder geschaffen zu sein schien, so wunderbare Kunstwerke hatte anregen können.

Ich umkreiste sie mit tastenden Schritten, erriet mehr, als ich erkannte, und rekonstruierte mir aus den Splittern, die ich in Bibliotheken und Büchern fand, ein Ganzes. Und heute, wo ich nach längeren und zuverlässigeren Forschungen die Seiten von *A Rebours* wieder überfliege, die vom Katholizismus und der christlichen Kunst handeln, bemerke ich, daß dieses winzige, auf den Blättern eines Notizblocks aufgemalte Panorama stimmt. Was ich damals malte, war summarisch und statisch, aber es war wahrheitsgemäß. Ich habe meine Skizzen seither nur ausgeweitet und vervollkommnet.

Noch heute könnte ich ohne weiteres die Seiten über die Kirche in *A Rebours* unterschreiben, denn sie scheinen tatsächlich von einem Katholiken verfaßt worden zu sein.

Und dabei glaubte ich mich fern der Religion! Ich dachte nicht, daß von Schopenhauer, den ich über die Maßen verehrte, bis zum Prediger Salomon und zum Buch Hiob nur ein Schritt sei. Die Voraussetzungen für den Pessimismus sind dieselben, wenn es allerdings darum geht, Folgerungen daraus zu ziehen, weicht der Philosoph aus. Ich liebte seine Ideen über den Abscheu vor dem Leben, über die Dummheit der Welt, über die Gnadenlosigkeit des Schicksals; ich liebe diese Ideen auch in der Heiligen Schrift; aber die Betrachtungen Schopenhauers führen zu nichts; sie lassen einen sozusagen allein; seine Aphorismen sind im Grunde nichts anderes als ein Herbarium getrockneter Pflanzen; die Kirche ihrerseits erklärt die Ursprünge und Ursachen, läßt den Zweck erkennen, zeigt die Heilmittel; sie begnügt sich nicht damit, deiner Seele einen Ratschlag zu erteilen, sie behandelt dich und macht dich gesund, während der deutsche Quacksalber dir, nachdem er dir bewiesen hat, daß die Krankheit, unter der du leidest, unheilbar ist, hohnlachend den Rücken kehrt.

Sein Pessimismus ist kein anderer als der der Heiligen Schrift, und er hat ihn dort entlehnt. Er hat nicht mehr gesagt als Salomon oder Hiob, nicht einmal mehr als die *Imitatio*, die lange vor ihm seine ganze Philosophie in einem Satz wiedergab: »Es ist wahrhaftig ein Elend, auf der Erde zu leben!«

Aus dem Abstand lassen sich diese Ähnlichkeiten und diese Unterschiede leicht erkennen, aber zu jener Zeit hielt ich mich, wenn ich sie überhaupt wahrnahm, nicht damit auf; ich empfand nicht das Bedürfnis, daraus Schlüsse zu ziehen; der von Schopenhauer vorgezeichnete Weg war befahrbar und bot Abwechslungen; ich bewegte mich unbesorgt darauf, ohne den Wunsch zu erfahren, wohin er führt; damals hatte ich tatsächlich keine Vorstellung von dem fälligen Wegzins und keine Ahnung vom möglichen Ausgang; die Mysterien des Katechismus schienen mir für Kinder erfunden zu sein; im übrigen war mir wie allen Katholiken meine Religion völlig unbekannt; ich machte mir nicht klar, daß alles ein Mysterium ist, daß wir nur im Mysterium leben und daß der Zufall, wenn er überhaupt existiert, ein noch größeres Mysterium wäre als die Vorsehung. Den von einem Gott auferlegten Schmerz ließ ich nicht gelten, ich dachte, der Pessimismus könnte der Tröster edler Seelen sein. Was für eine Dummheit! Das entsprach kaum der Erfahrung, dem »document humain«, um mich eines Ausdrucks zu bedienen, den der Naturalismus liebte. Der Pessimismus hat nie zu trösten vermocht, weder die körperlich Kranken noch die seelisch Darniederliegenden!

Wenn ich nach so vielen Jahren die Zeilen wiederlese, in denen ich diese entschieden falschen Theorien vertreten habe, muß ich lächeln.

Aber am meisten wundere ich mich bei dieser Lektüre darüber, daß alle Romane, die ich seit *A Rebours* verfaßt habe, als Keim in diesem Buch angelegt sind. Die einzelnen Kapitel sind tatsächlich nur der Zünder für die Bände, die ihnen nachfolgten.

Das Kapitel über die Periode der Dekadenz der lateinischen Sprache habe ich bei der Behandlung der Liturgie in *En Route* und in *L'Oblat* wenn auch nicht weiterentwickelt, so doch wenigstens vertieft. Ich würde es auch heute noch veröffentlichen, ohne etwas daran zu ändern, außer was Sankt Ambrosius anbelangt, dessen wäßrige Prosa und schwülstige Rhetorik ich auch heute noch nicht mag. Er ist für mich immer noch der »langweilige christliche Cicero«, wie ich ihn damals nannte, aber dafür ist er als Dichter reizvoll; die Hymnen von ihm und seiner Schule, die sich im Brevier finden, gehören zu den schönsten, die die Kirche bewahrt hat; ich füge an, daß die in der Tat etwas spezielle Literatur des Gesangbuchs im Rahmen des Kapitels, das den Hymnen vorbehalten war, gut hätte Platz finden können.

Für das klassische Latein eines Vergil und eines Cicero habe ich auch heute nicht mehr übrig als im Jahr 1884; wie zur Zeit von *A Rebours* ziehe ich immer noch die Sprache der Vulgata der des augusteischen Zeitalters und auch die der Epoche der Dekadenz vor, die vor allem ihres Tierbalggeruchs und ihrer grünflekkigen Wildbretfärbung wegen interessant war. Die Kirche, die sie desinfiziert und verjüngt und wohltönende Vokabeln und Diminutive von erlesener Zartheit geschaffen hat, um sich einer Reihe von bis dahin unausgesprochenen Ideen nähern zu können, hat sich, wie mir scheint, auf diese Weise eine Sprache gemodelt, die dem Dialekt des Heidentums weit überlegen war, und Durtal denkt in diesem Punkt wie Des Esseintes.

Das Kapitel über die Edelsteine habe ich in *La Cathédrale* wieder aufgenommen, wo ich mich unter dem Gesichtspunkt der Symbole der Gemmen damit beschäftige. Ich habe die toten Steine von *A Rebours* zum Leben erweckt. Gewiß, ich leugne nicht, daß man einen schönen Smaragd um der Funken willen lieben kann, die im Feuer seines grünen Wassers knistern, aber bleibt er nicht ein Unbekannter, wenn man die Sprache der Symbole nicht kennt, ein Fremder, mit dem man sich nicht unterhalten kann und der schweigt, weil man seine Ausdrucksweise nicht versteht? Er ist mehr und besser als das.

Ohne mit einem alten Schriftsteller des 16. Jahrhunderts, Estienne de Clave, behaupten zu wollen, die Edelsteine entstünden wie die natürlichen Geschöpfe aus einem in die Gebärmutter der Erde gelegten Samen, kann man doch sehr wohl sagen, daß sie prägnante Mineralien sind, mitteilsame Substanzen, mit einem Wort: Symbole. Unter diesem Gesichtspunkt wurden sie seit dem frühen Altertum betrachtet, und die Tropik der Gemmen ist einer der Zweige jener christlichen Symbolik, die von den Priestern und Laien unserer Tage völlig vergessen worden ist und die ich in ihren großen Linien in meinem Buch über die Kathedrale von Chartres wieder zu rekonstruieren versucht habe.

Das Kapitel in *A Rebours* ist daher nur oberflächlich und gibt einen schwachen Eindruck. Es ist nicht, was es sein sollte: ein Juwel des Jenseits! Es setzt sich aus mehr oder weniger gut beschriebenen und mehr oder weniger gut zur Schau gestellten Schreinen zusammen, aber das ist alles, und es ist nicht genug.

Die Gemälde Gustave Moreaus, die Stiche Luykens, die Lithographien Bresdins und Redons sind so, daß ich sie noch vor Augen habe. An der Anordnung dieses kleinen Museums muß ich nichts ändern.

Was das schreckliche sechste Kapitel betrifft, dessen Zahl ohne Vorbedacht der jenes Gottesgebots entspricht, gegen das es verstößt, so würde ich es, ebenso wie einige Teile aus dem neunten Kapitel, bestimmt nicht mehr in derselben Weise schreiben. Man hätte diese Partien wenigstens auf eine gründlichere Art mit der teuflischen Verderbtheit erklären müssen, die sich, und das vor allem hinsichtlich der Wollust, in den erschöpften Gehirnen der Menschen breitmacht. Es scheint tatsächlich so, daß die Nervenkrankheiten, die Neurosen, in der Seele Ritzen öffnen, durch die der Geist des Bösen eindringt. Dies bleibt ein unaufgehelltes Rätsel; das Wort Hysterie trägt nichts zur Aufklärung bei; es mag ausreichen, einen körperlichen Zustand zu benennen, ein unaufhaltsames Gären der Sinne zu bezeichnen, aber es sagt nichts aus über die geistigen Folgen, die damit zusammenhängen, und insbesondere nichts über die Sünden der Heuchelei und der Lüge, die fast immer damit verbunden sind. Welches sind die näheren Umstände dieser sündhaften Krankheit, in welchem Maße verringert sich die Verantwortung des Menschen, dessen Seele von einer Art Besessenheit befallen ist, die sich über die Zerrüttung seines unglücklichen Körpers stülpt? Keiner weiß es; zu diesem Thema äußert die Medizin Unsinn, und die Theologie schweigt.

Mangels einer Lösung, die Des Esseintes offensichtlich nicht beibringen konnte, hätte er das Problem unter dem Gesichtspunkt der Sünde betrachten und zumindest ein gewisses Bedauern darüber äußern müssen; er unterließ es jedoch, sich zu tadeln, und setzte sich ins Unrecht. Obwohl er von den Jesuiten erzogen worden war, deren Lob er – mehr als Durtal – anstimmte, rebellierte er später äußerst heftig gegen die göttlichen Gebote und versteifte sich eigensinnig darauf, in seinem fleischlichen Schlamm zu waten!

Jedenfalls scheinen diese Kapitel unbewußt aufgestellte Orientierungspfähle für den Weg zu *Là - Bas* zu sein. Im übrigen ist zu beachten, daß Des Esseintes' Bibliothek eine gewisse Anzahl von Schriften über Magie enthielt und daß die im siebten Kapitel von *A Rebours* geäußerten Gedanken über die Gottlosigkeit der

Angelpunkt für ein zukünftiges Buch sind, das das Thema gründlicher behandelt.

Auch dieses Buch *Là-Bas*, das so viele Leute erschreckte, würde ich heute, wo ich wieder Katholik geworden bin, nicht mehr auf dieselbe Weise schreiben. Es stimmt in der Tat, daß die verruchte und sinnliche Seite, die sich darin entfaltet, verwerflich ist; und dennoch versichere ich, daß ich die Dinge beschönigt, daß ich nichts dazuerfunden habe; die Dokumente, die in dem Buch enthalten sind, sind im Vergleich mit jenen, die sich in meinen Archiven befinden und die ich unterschlagen habe, ziemlich fades Naschwerk, ziemlich banale Leckerbissen!

Ich glaube indessen, daß das Werk trotz seines zerebralen Schwachsinns und seiner Unterleibsverrücktheiten, alleine durch den Gegenstand, den es behandelte, viel bewirkt hat. Es hat die Aufmerksamkeit wieder auf die Schliche des Bösen gelenkt, der es so weit gebracht hatte, daß man seine Existenz leugnete; es war der Ausgangspunkt für alle neuerlich wieder aufgenommenen Studien über das Fortwirken des Satanismus; es hat dazu beigetragen, den hassenswerten Praktiken der Magie den Boden zu entziehen, indem es sie enthüllte; es hat Partei ergriffen und alles in allem entschieden für die Kirche und gegen den Teufel gekämpft.

Um wieder zu *A Rebours* zurückzukommen, von dem *Là-Bas* nur ein Surrogat ist, kann ich bezüglich der Blumen das wiederholen, was ich schon über die Edelsteine gesagt habe.

A Rebours betrachtet sie nur im Hinblick auf ihre Formen und Farben und niemals im Hinblick auf die Bedeutungen, die sie verraten; Des Esseintes hat nur bizarre Orchideen ausgewählt, die schweigen. Der Gerechtigkeit halber muß gesagt werden, daß es schwierig gewesen wäre, in diesem Buch eine von der Sprachlosigkeit befallene Flora, eine stumme Flora zum Reden zu bringen, denn die symbolische Sprache der Pflanzen ist mit dem Mittelalter zusammen untergegangen; und die pflanzlichen Kreolen, die Des Esseintes bevorzugte, waren den Allegoristen jener Zeit unbekannt.

Das Gegenstück zu dieser Botanik habe ich inzwischen in *La Cathédrale* geschrieben, aus Anlaß jener liturgischen Hortikultur, die die merkwürdigen Seiten der heiligen Hildegard, des heiligen Méliton und des heiligen Eucher hervorgebracht hat.

Etwas anderes ist es mit der Frage der Gerüche, deren mystische Embleme ich im selben Buch enthüllt habe.

Des Esseintes hat sich nur mit weltlichen, einfachen oder extrahierten Parfums und mit profanen, zusammengesetzten oder in Buketts gebundenen Parfums beschäftigt.

Er hätte auch mit den Aromen der Kirche experimentieren können, mit Weihrauch, Myrrhe und jenem seltsamen Thymiama, das die Bibel erwähnt und von dem im Ritual festgehalten ist, daß es mit Weihrauch zusammen im Innern der Glocken bei deren Taufe verbrannt werden soll, nachdem der Bischof diese mit geweihtem Wasser gewaschen und mit Salböl gezeichnet hat; aber diesen Wohlgeruch scheint selbst die Kirche vergessen zu haben, und ich glaube, man würde jeden Pfarrer in Erstaunen versetzen, wenn man ihn nach Thymiama fragte.

Dabei ist das Rezept im Exodus angegeben. Das Thymiama setzt sich aus Storaxharz, Mutterharz, Weihrauch und Onycha zusammen, und letztere Substanz soll nichts anderes als der Kiemendeckel einer bestimmten Muschel aus der Gattung der Purpurschnecken sein, die man in den Sümpfen Indiens mit Netzen fischt.

Bei der ungenauen Beschreibung dieser Muschel und ihres Fundorts ist es schwer, um nicht zu sagen, unmöglich, ein authentisches Thymiama herzustellen; und das ist schade, denn wenn es anders gewesen wäre, hätte dieses verlorengegangene Parfum bei Des Esseintes sicher prächtige Galazeremonien und liturgische Riten des Orients heraufbeschworen.

Was die Kapitel über die zeitgenössische weltliche und religiöse Literatur angeht, so haben sie, meiner Meinung nach, ebenso wie das über die lateinische Literatur ihre Gültigkeit bewahrt. Dasjenige, das der weltlichen Kunst gewidmet ist, hat dazu beigetragen, dem Publikum Dichter nahezubringen, die damals unbekannt waren: Corbière, Mallarmé, Verlaine. Von dem, was ich vor neunzehn Jahren geschrieben habe, brauche ich nichts zu tilgen; meine Bewunderung für diese Schriftsteller ist immer noch groß; die, die ich für Verlaine bekundet habe, hat sogar noch zugenommen. Arthur Rimbaud und Jules Laforgue hätten es verdient, in der Blumenlese Des Esseintes vertreten zu sein, aber sie hatten zu jener Zeit noch nichts veröffentlicht; ihre Werke sind erst sehr viel später erschienen.

Andererseits kann ich mir nicht vorstellen, daß ich jemals Gefallen an den modernen religiösen Autoren finden werde, die *A Rebours* vernichtet. Ich lasse es mir nicht ausreden, daß die Kritik des seligen Nettement schwachsinnig ist und daß Madame Augustin Craven und Mademoiselle Eugénie de Guérin lymphatische Blaustrümpfe und unfruchtbare Betschwestern sind. Ihre Erquickungsgetränke kommen mir fade vor; Des Esseintes hat seine Vorliebe für starke Gewürze an Durtal weitergegeben, und ich glaube, daß sie sich alle beide gut genug verstanden, um an Stelle dieser Brustlatwerge eine kunstvolle Ingweressenz zu bereiten.

Meine Meinung über die Literatur der Bruderschaft der Poujoulats und der Genoudes habe ich ebenfalls nicht geändert, aber mit Pater Chocarne, der in einer Menge frommer Sammlungen fehlerhafter Beispiele zitiert wird, würde ich heute weniger hart umgehen, denn er hat in seiner Einleitung zu den Werken des heiligen Johannes vom Kreuz wenigstens ein paar markige Sätze über die Mystik verfaßt; und auch mit Montalembert würde ich milder verfahren, der uns, aus Mangel an Talent, ein zusammenhangloses, lückenhaftes, letztlich aber doch rührendes Werk über die Mönche hinterlassen hat; ich würde vor allem nicht mehr schreiben, die Visionen Angela da Folignos seien dumm und dünnflüssig; das Gegenteil davon ist der Fall; aber zu meiner Entlastung muß ich bemerken, daß ich sie nur in Hellos Übersetzung gelesen habe. Dieser war, aus lauter Angst, das trügerische Schamgefühl der Katholiken zu verletzen, von der Manie besessen, die Mystiker zu bereinigen, zu verharmlosen und ihnen einen aschgrauen Anstrich zu geben. Er hat ein glühendes, saftiges Werk in die Presse getan und einen farblosen, kalten Saft ausgepreßt, der sich im Wasserbad über dem armseligen Nachtlicht seines Stils nur schlecht wieder erwärmte.

Nach der Feststellung, daß Hello als Übersetzer ein Einfaltspinsel und ein Frömmler war, ist es nur recht und billig, darauf hinzuweisen, daß er, wenn er auf eigene Rechnung arbeitete, ein origineller Denker, ein scharfsinniger Exeget und ein wirklich starker Analytiker war. Unter den Schriftstellern seines Schlags war er der einzige, der eine Meinung hatte. Ich bin d'Aurevilly zu Hilfe gekommen, um das Werk dieses so unvollkommenen und dabei so interessanten Mannes zu loben, und *A Rebours* hat, denke ich, zu dem kurzen Erfolg beigetragen, den sein bestes Buch, *L'Homme*, nach seinem Tod hatte.

Das Ergebnis dieses Kapitels über die moderne geistliche Literatur war, daß es unter den Wallachen der religiösen Kunst nur einen Hengst gab: Barbey d'Aurevilly; und diese Meinung läßt keinen Zweifel zu. Er war der einzige Künstler im wahren Sinn des Worts, den der Katholizismus jener Zeit hervorbrachte; er war ein großer Prosaschriftsteller und ein bewundernswerter Romancier, dessen Kühnheit die Horde der Kirchenvorsteher laut aufschreien ließ, die sich über die explosive Kraft seiner Sätze entrüstete.

Wenn es jedoch ein Kapitel gibt, das als Ausgangspunkt für andere Bücher angesehen werden kann, dann das über den gregorianischen Kirchengesang, das ich seitdem in all meinen Werken, in *En Route* und vor allem in *L'Oblat*, ausgeweitet habe.

Nach dieser kurzen Musterung der in den Fächern der Vitrinen von *A Rebours* enthaltenen Besonderheiten drängt sich der Schluß auf: dieses Buch war der Zünder für mein katholisches Werk, das sich im Keim bis in alle Einzelheiten darin angelegt findet.

Und das Unverständnis und die Dummheit einiger Mucker und einiger Aufgebrachter aus der Priesterschaft erscheinen mir einmal mehr unverständlich. Jahrelang verlangten sie die Vernichtung dieses Werks, das im übrigen nicht mein Besitz ist, ohne sich darüber im klaren zu sein, daß die mystischen Bücher, die ihm folgten, ohne dieses Buch nicht zu verstehen sind, denn es ist, ich wiederhole es, der Stamm, aus dem alle hervorgingen. Wie kann man überhaupt das Werk eines Schriftstellers als Ganzes schätzen, wenn man es nicht von seinen Anfängen an aufnimmt, wenn man ihm nicht Schritt für Schritt folgt? Wie kann man den Weg erkennen, den die Gnade in einer Seele einschlägt, wenn man ihre Spuren unterdrückt, wenn man die ersten Abdrücke, die sie hinterläßt, auslöscht?

Soviel steht fest, der Roman *A Rebours* brach mit seinen Vorgängern, mit *Les Sœurs Vatard*, mit *En Ménage*, mit *A Vaul'eau*, und er brachte mich auf einen Weg, von dem ich nicht einmal ahnte, wohin er mich führen würde.

Zola, scharfsinniger als die Katholiken, merkte das genau. Ich erinnere mich, daß ich nach dem Erscheinen von *A Rebours* einige Tage in Médan verbrachte. Eines Nachmittags, als wir zusammen in der Umgebung spazierengingen, blieb er unvermittelt stehen, warf mir mit plötzlich verfinstertem Blick das Buch vor und sagte, daß ich dem Naturalismus damit einen entsetzlichen Hieb versetzte, daß ich die Schule vom Weg abbrächte, daß ich außerdem alle Brücken hinter mir abbräche mit einem solchen Roman, denn in diesem Ton, der sich in einem einzigen Band erschöpfe, sei keine literarische Form möglich; und freundschaftlich – denn er war ein guter Mensch – spornte er mich an, auf die gebahnten Wege zurückzukehren und mich an eine Sittenstudie zu machen.

Ich hörte ihm zu und dachte dabei, daß er sowohl recht wie unrecht habe – recht, indem er mich beschuldigte, den Naturalismus zu untergraben und mir selbst jeden Weg zu verbauen – unrecht deshalb, weil mir der Roman, so wie er ihn verstand, abgenutzt von Wiederholungen, im Sterben zu liegen schien und mich, ob Zola das wollte oder nicht, nicht mehr interessierte.

Es gab viele Dinge, die Zola nicht verstehen konnte; zunächst jenes Bedürfnis, das ich verspürte, die Fenster zu öffnen, eine

Umgebung zu fliehen, in der ich erstickte; dann das Verlangen, das mich ergriff, die Vorurteile abzuschütteln, die Grenzen des Romans zu sprengen, ihn der Kunst, der Wissenschaft, der Geschichte zu öffnen, mit einem Wort, mich dieser Form nur noch als eines Rahmens zu bedienen, um ernstere Arbeiten darin zu fassen. In jener Epoche verfolgte ich vor allem die Absicht, die traditionellen Intrigen, ja sogar die Leidenschaft und die Frau zu unterdrücken, den Strahlenkegel auf eine einzige Person zu richten, um jeden Preis etwas Neues zu machen.

Zola ging nicht auf diese Argumente ein, mit denen ich ihn zu überzeugen suchte, und wiederholte nur unablässig seine Beteuerung: »Ich lasse nicht zu, daß man das in Brand steckt, was man verehrt hat.«

Nun, hat er nicht selbst die Rolle des guten Sigamber gespielt? Er hat zwar nicht seine Kompositions- und Schreibweise geändert, aber doch immerhin seine Art, die Menschheit wahrzunehmen und das Leben zu erklären. Fanden wir nicht nach dem düsteren Pessimismus seiner ersten Bücher in den folgenden Werken einen glücklichen Optimismus im Licht des Sozialismus?

Man muß gestehen, daß niemand die menschliche Seele weniger verstand als die Naturalisten, die doch angetreten waren, sie zu beobachten. Sie sahen die Existenz en bloc; sie akzeptierten sie nur unter der Bedingung der Wahrscheinlichkeit ihrer Elemente; ich habe jedoch in der Zwischenzeit aus Erfahrung gelernt, daß das Unwahrscheinliche in der Welt nicht immer nur ein Ausnahmezustand ist, daß die Abenteuer von Rocambole manchmal ebenso wahr sind wie die von Gervaise und Coupeau.

Aber der Gedanke, Des Esseintes könnte der Wahrheit so nahe kommen wie seine eigenen Personen, verwirrte Zola, ja erboste ihn fast.

Bis jetzt habe ich auf diesen paar Seiten von *A Rebours* vor allem unter dem Gesichtspunkt der Literatur und der Kunst gesprochen. Nun muß ich unter dem Gesichtspunkt der Gnade darüber sprechen und muß zeigen, wie viel Unbekanntes und welch unbewußter seelischer Aspekt sich häufig in einem Buch finden können.

Die so klare und eindeutige Ausrichtung auf den Katholizismus in *A Rebours* bleibt mir, ich bekenne es, unverständlich.

Ich bin nicht in Klosterschulen, sondern im Gymnasium erzogen worden, ich war in meiner Jugend nie fromm, und die Erinnerungen an die Kindheit, die erste Kommunion, die Erziehung, die so häufig eine wichtige Rolle bei der Bekehrung spielen, waren bei meiner Bekehrung bedeutungslos. Und was die Sache noch schwieriger und komplizierter macht und jede Analyse umwirft, ist, daß ich während der Abfassung von *A Rebours* weder einen Fuß in irgendeine Kirche setzte noch Umgang mit einem praktizierenden Katholiken oder einem Priester hatte; ich spürte nicht den geringsten göttlichen Fingerzeig, der mich aufgefordert hätte, mich der Kirche zuzuwenden, ich lebte unangefochten in meiner Tonne; es schien mir völlig natürlich, die Launen meiner Sinne zu befriedigen, und der Gedanke, diese Art Turnierspiele könnten verboten sein, kam mir überhaupt nicht.

A Rebours ist 1884 erschienen, und 1892 bin ich zur Bekehrung in ein Trappistenkloster aufgebrochen; fast acht Jahre vergingen, ehe die Saat dieses Buchs aufging; nehmen wir an, die Gnade habe zwei oder auch drei Jahre ihre stumme, hartnäckige, manchmal spürbare Arbeit getan, so bleiben immer noch fünf Jahre, und ich kann mich nicht daran erinnern, daß ich während der Zeit irgendeine katholische Anwandlung, irgendein Bedauern über das Leben, das ich führte, oder irgendein Verlangen, es zu ändern, verspürt hätte. Wie und warum wurde ich auf einen Weg gewiesen, der damals für mich völlig im dunkeln lag? Ich bin außerstande, es zu sagen; nichts, wenn nicht ferne verwandtschaftliche Beziehungen zu Beguinen und Klöstern oder glühende Gebete holländischer Familien, die ich im übrigen kaum gekannt habe, können die völlige Unbewußtheit des letzten Auf-schreis, der religiösen Anrufung auf der letzten Seite von *A Re-bours* erklären.

Ja, ich weiß, es gibt starke Personen, die Pläne entwerfen, die im voraus Marschrouten für ihr Leben anlegen und diesen fol-gen; es herrscht, wenn ich mich nicht irre, sogar Übereinkunft, daß man mit dem Willen alles erreichen kann; ich würde dem gerne Glauben schenken, aber ich für mein Teil bekenne, daß ich niemals ein ausdauernder Mensch oder ein schlauer Autor gewe-sen bin. Mein Leben und meine Literatur weisen ein gut Teil Pas-sivität, Unwissenheit und zuverlässiger Lenkung von außerhalb meiner selbst auf.

Die Vorsehung hatte Erbarmen mit mir, und die Heilige Jung-frau war mir wohlgesonnen. Ich habe mich darauf beschränkt, ihnen nicht im Wege zu stehen, als sie ihre Absichten kundtaten; ich habe einfach gehorcht; ich bin durch das geleitet worden, was man »die unerforschlichen Wege« nennt; wenn jemand die Ge-wißheit haben kann, daß er ohne die Hilfe Gottes ein Nichts wäre, dann ich.

Die Menschen, die keinen Glauben haben, werden mir entge-genhalten, daß man mit solchen Gedanken nicht weit davon ent-fernt sei, im Fatalismus und bei der Verneinung aller Psychologie zu landen.

Nein, denn der Glaube an Unsern Herrn ist kein Fatalismus. Der freie Wille bleibt unangetastet. Wenn ich gewollt hätte, hätte ich mich weiterhin den wollüstigen Aufregungen hingeben und in Paris bleiben können und mich nicht zum Leiden in ein Trap-pistenkloster zu begeben brauchen. Gott hätte mich bestimmt nicht gedrängt; aber auch wenn man der festen Überzeugung ist, daß der Wille frei sei, muß man dennoch zugeben, daß der Herr das Seine dazutut, daß er einen quält, antreibt, »in die Mangel nimmt«, um mich eines starken Ausdrucks der niederen Polizei zu bedienen; aber ich wiederhole noch einmal, man kann ihn sich auf eigenes Risiko vom Halse schaffen.

Mit der Psychologie ist es eine andere Sache. Wenn wir sie, wie ich es tue, unter dem Gesichtspunkt der Bekehrung betrachten, dann ist sie in ihren Anfängen unentwirrbar; einige Winkel sind vielleicht zugänglich, die anderen jedoch nicht; die unterirdische Arbeit der Seele entgeht uns. Zweifellos gab es im Augenblick, als ich *A Rebours* schrieb, Erdbewegungen, eine Ausschachtung des Bodens, um dort Fundamente zu legen, und ich bemerkte nichts davon. Gott grub, um seine Zündschnüre zu legen, und er arbeitete nur im Dunkeln der Seele, in der Nacht. Nichts war erkennbar; erst Jahre später begann der Funke an den Schnüren entlangzulaufen. Ich spürte, wie die Seele sich unter den Erschütterungen zu rühren begann; es war zunächst weder besonders schmerzhaft noch besonders deutlich: die Liturgie, die Mystik, die Kunst waren die Vehikel oder die Hilfsmittel; im allgemeinen ereignete es sich in den Kirchen, die ich aus Neugier oder aus Langeweile betrat, besonders in Saint-Séverin. Bei den Zeremonien empfand ich nur eine innere Erregung, ein Zittern, wie es einen befällt, wenn man ein schönes Kunstwerk sieht, hört oder liest, aber ich spürte keine gezielte Attacke, keine Aufforderung, mich zu entscheiden.

Ich entledigte mich nur nach und nach meiner unreinen Hülle; ich begann, mich vor mir selbst zu ekeln, aber ich sträubte mich trotzdem gegen die Glaubensartikel. Die Einwände, die ich mir zurechtlegte, schienen mir unwiderlegbar zu sein; und eines schönen Morgens beim Erwachen waren sie plötzlich verschwunden, ohne daß ich je erfahren hätte, wie es dazu kam. Ich betete zum ersten Mal, und die Explosion fand statt.

Das alles kommt Menschen, die nicht an die Gnade glauben, verrückt vor. Denjenigen, die ihre Wirkungen an sich erfahren haben, ist es unmöglich, darüber zu staunen; man hätte höchstens über die Inkubationszeit überrascht sein können, in der man nichts sieht und nichts wahrnimmt, die Zeit der Schuttablagerung und der Neugründung, von der man nicht das geringste ahnt.

Ich verstehe alles in allem und bis zu einem gewissen Grad, was zwischen den Jahren 1891 und 1895, zwischen *Là-Bas* und

En Route, geschehen ist, aber überhaupt nicht, was zwischen den Jahren 1884 und 1891, zwischen *A Rebours* und *Là-Bas*, passierte.

Wenn nicht einmal ich die Impulse Des Esseintes' verstanden habe, wie sollten sie die anderen verstehen können? *A Rebours* schlug wie ein Meteor auf dem literarischen Jahrmarkt ein und löste sowohl Staunen wie auch Wut aus; die Presse überbot sich; niemals ließ sie ihrer Phantasie in so vielen Artikeln freien Lauf; nachdem man mich als impressionistischen Misanthropen und Des Esseintes als Narren und komplizierten Dummkopf behandelt hatte, empörten sich ehemalige Schüler der »École normale« wie Monsieur Lemaître darüber, daß ich Vergil nicht gelobt hatte, und erklärten im Brustton der Überzeugung, die dekadenten Schriftsteller der lateinischen Sprache im Mittelalter seien nichts anderes als »Schwätzer und Idioten«. Andere Kritiklieferanten gaben mir den wohlmeinenden Rat, mich in einem Thermalgefängnis den Peitschenhieben der Duschen auszusetzen. Und auch die großen Redner mischten sich ein; in der »Salle des Capucines« rief der Archont Sarcey bestürzt: »Ich lasse mich hängen, wenn ich auch nur ein Sterbenswort von diesem Roman verstehe!« Um das Maß vollzumachen, schickten gewichtige Zeitschriften wie die *Revue des deux Mondes* ihren Leitartikler, Monsieur Brunetière, vor, der den Roman mit den Vaudevilles von Waflard und Fulgence verglich.

In dem ganzen Durcheinander sah nur ein Schriftsteller klar, Barbey d'Aurevilly, der mich übrigens nicht kannte. In einem Artikel im *Constitutionnel* vom 28. Juli 1884, der in seinen Band *Le Roman Contemporain* von 1902 aufgenommen wurde, schrieb er:

»Nach einem solchen Buch bleibt dem Autor nur noch die Wahl zwischen der Mündung einer Pistole und den Füßen des Kreuzes.«

Sie ist getroffen.

(Vorwort zur Neuauflage von 1903)

336

PAUL VALERY
Erinnerung an Huysmans

Während seines Aufenthalts in der Zurückgezogenheit der Abtei
von Ligugé, wo er sich streng an die geistlichen Übungen hielt,
brachte Huysmans *La Cathédrale* heraus. Ich war ihm wohlgesonnen. Er hatte mich immer freundschaftlich behandelt. Ich
verdankte ihm sogar gute Ratschläge und eine behördliche Emp-
fehlung. In den Jahren zwischen der Veröffentlichung von
Là-Bas und seinem Aufbruch nach Ligugé habe ich ihn ziemlich
häufig zu Hause in der Rue de Sèvres aufgesucht oder ihn gegen
fünf Uhr in seinem Büro bei der Sûreté générale, Rue des Saus-
saies, abgeholt. Seine kunstreichen, pointierten Sätze, die erstaunlichen Geschichten und die wunderlichen Rezepte und
Lehren, mit denen seine Reden durchsetzt waren, bereiteten mir
Vergnügen. Er war ein äußerst erregbarer Mensch, schnell bereit, unüberwindliche Antipathien zu entwickeln, direkt und
grausam in seinen Urteilen, ein großer Ekelerzeuger, empfäng-
lich für das Schlimmste und immer auf Übertreibung aus, in unglaublicher Weise leichtgläubig, ein Sammler aller nur denkba-
ren menschlichen Greuel, lüstern auf Absonderlichkeiten und
Geschichten, wie sie eine Pförtnerin der Hölle zu hören bekommen würde; und dabei hatte er reine Hände, die manchmal so
weit geöffnet waren, wie es die Hände eines fast Mittellosen sein
können; er war mildtätig, hielt unglücklichen Freunden die Treue
und war beständig in seiner Bewunderung, die er selbst jenen
Menschen bewahrte, deren Person ihm unerträglich oder ver-
haßt geworden war.

Ich sehe ihn so deutlich vor mir, daß ich seinen riesigen, kugelför-
migen Schädel mit dem struppigen, harten, kurzgeschnittenen
Silberhaar modellieren könnte, die zu breite Stirn, die gebogene
und merkwürdig verformte Nase, die widerborstigen, in Richtung der Schläfen diabolisch aufgestülpten Augenbrauen und

diesen eigensinnigen Mund, dessen einer hochgezogener Winkel unter dem kräftigen Schnurrbart bittere und komische Dinge hervorbrachte. Ich höre ihn sagen: »So eine Dummheit! ...« Mit seinen feingliedrigen, femininen Händen drehte er Zigaretten, die er, kaum daß er sie in der Mitte zwischen seine dünnen Finger geklemmt hatte, hastig anzündete; er zog den Rauch tief ein, während er sich, die dünnen Schenkel eng übereinandergeschlagen, in seinem Sessel wiegte und mit der freischwebenden Stiefelette ungeduldig ins Leere schlug. Man unterhielt sich. Seine grauen Augen sprühten kalte Funken.

Er besaß die Ausstrahlung einer Gelehrsamkeit, die sich dem Sonderbaren verschrieben hat. Er mischte den vereinten Aberglauben aller Schriftsteller seiner Epoche und den der Menschen seiner Umgebung, der Ministeriumsangestellten, der Kleinbürger, der schon weit fortgeschrittenen, halbketzerischen, halbverrückten Betschwestern darunter. Er verspottete ihn und machte ihn sich zu eigen. In allen Dingen dieser Welt witterte er Schweinereien, Hexenwerk, Schändlichkeiten; und vielleicht hatte er recht. Er erkannte die Verdammten im Klerus; er sah fürchterliche Gelehrte und allmächtige Magier in armen Teufeln mit schweren Ringen und starken Gerüchen, sah Larven und Dämonen, fast überall. Als er sich mit der Mystik beschäftigte, verband er seine eingehende und selbstgefällige Kenntnis des sichtbaren Unflats und des wägbaren Drecks genußvoll mit einem wachen, erfinderischen und ruhelosen Interesse an übernatürlichem Unflat und übersinnlichem Schmutz. Er trieb die Verachtung für die vornehme Gesellschaft, den Haß auf die Reichen, die Kaufleute, die Militärs, die Politiker und die Verallgemeinerer auf die Spitze. Man warf ihm vor, er sei kein Philosoph, aber nichts belegt, daß man es sein muß oder daß man es nicht sein könnte. Er lebte in der mehr oder weniger eingestandenen Furcht vor Zauberei und Hexerei. In diesem Punkt war er leicht beeindruckbar, und sein natürliches Mißtrauen, das groß und immer rege war, versagte in bezug auf die finstersten Albernheiten, die ihm die einen aus Überzeugung und die anderen, um sich über ihn lustig zu machen, erzählten.

Die Kunst, die Frau, der Teufel und Gott waren die großen Interessen seines geistigen Lebens, das im übrigen durch die zahllosen Details der Unannehmlichkeiten des Daseins unablässig angetrieben und gereizt wurde. Er sammelte sämtliche Qualen und Abscheulichkeiten. Seine merkwürdigen Nüstern witterten bebend alles Ekelerregende in der Welt. Der widerwärtige Gestank der Garküchen, der bittere Geruch des verfälschten Weihrauchs, die faden und stinkenden Ausdünstungen der Spelunken und Nachtasyle, alles, was seine Sinne aufbrachte, befeuerte sein Genie. Es war, als ob das Abstoßende und Widerliche in all seinen Erscheinungsformen ihn dazu zwinge, es zu beobachten, und als ob sämtliche Greuel bewirkten, daß in einem Menschen, der eigens dazu geschaffen ist, darunter zu leiden, ein Künstler geboren wird, der eigens dafür da ist, sie zu malen.

Er hatte sich des Stils seiner Nerven vergewissert: eine Sprache, die immer auf Unerwartetes und auf einen extremen Ausdruck aus ist, überladen mit sinnverwirrenden, sinnentfremdeten Adjektiven; ein durchgearbeiteter Monolog, ein sonderbares Gemisch aus seltenen Ausdrücken, eigenartigen Klängen, trivialen Formen und poetischen Geistesblitzen. Er liebte es, die Wortfolge zu mißachten, das Eigenschaftswort von seinem Hauptwort, das es charakterisiert, das Objekt vom Verb und die Präposition von dem Wort, das diese unmittelbar hinter sich verlangt, zu trennen. Er gebrauchte und mißbrauchte systematisch Epitheta, die nicht im Gegenstand impliziert sind, sondern durch äußere Umstände suggeriert werden: ein ständiges Mittel, ein sehr verführerisches Mittel – aber ein gefährliches, kurzlebiges Mittel, wie alle Mittel der Kunst, die sich leicht erklären lassen.

Aber wie sollte man nicht Zuflucht nehmen zu Raffinessen, zu immer neuen Bildern, zu absichtlichen Abweichungen von der Syntax, zu technischen Vokabularien, zu Tricks bei der Zeichensetzung, wenn man erst so spät auf ein schon reifes und reichhaltiges literarisches System trifft; wenn es darum geht, nach einem Jahrhundert der Beschreibungen, nach Gautier, nach Flaubert, nach den Goncourts immer noch zu beschreiben? Um Langeweile zu vermeiden, sind Überfrachtung, Unregelmäßigkeiten in der Wortfolge und monströse Paarungen notwendig. Selbst wenn das Werk barbarisch wirkt, Leute mit Geschmack schockiert, einfache Geister ratlos macht, verständige ärgert und wenn es seine Todesverheißungen und die Wahrscheinlichkeit, seiner Absonderlichkeiten wegen vergessen zu werden, in sich trägt, so bleibt es doch ein eigenwilliges Werk, es ist ein Ereignis im Universum der Literatur gewesen, denn es hat mehr als einen Schriftsteller verändert, die Grenzen des Naturalismus festgelegt, viele Leser mit der Existenz einer ungewöhnlichen und verborgenen Kunst bekannt gemacht und aus der Mystik und dem Okkultismus sowie aus dem Leben der Geistlichen und der Mönche eine sehr kostbare literarische Substanz zutage gefördert. Die Situation in Dingen der Frömmigkeit und die Situation der ängstlichen Gemüter zwischen 1880 und 1900, beides ist in den drei Hauptwerken Huysmans' zum Teil gemalt und näher beschrieben worden.

(Erschienen 1925, und als Vorwort zu einem Nachdruck des Essays *Durtal* in *Variété II*, 1929)

VICTOR KLEMPERER
Dekadenz

Der Begriff der französischen Dekadenz wird sich immer an einen Mann, genauer: an das einzige seiner Bücher heften, das ihm Dauer und vor wesentlich größern Dichtern – er selber war nur ein Artist – fraglos sichern Platz in der Weltliteratur verleiht: an Huysmans' Roman *A Rebours*.

Von Verfall ist innerhalb der Menschheit immer und in mannigfachen Beziehungen die Rede gewesen. Immer lag ein goldenes Zeitalter in fernster Vergangenheit, immer waren bald die Heldenkräfte, bald die sittlichen und religiösen, bald die künstlerischen Fähigkeiten einer vergangenen Zeit stärker und makelloser gewesen, oder hatte sich das Staatswesen ehedem besserer Herrscher und Untertanen erfreut. Seit Montesquieus Untersuchung der Gründe für Roms Aufstieg und Verfall war der Begriff *décadence* wissenschaftlich legitimiert und gefestigt, und das neunzehnte Jahrhundert bedurfte keines übermäßigen Aufwandes an geistiger Anstrengung, um vom Verfall einer Rasse zu sprechen, wie man vorher die Dekadenz eines Volks, eines Staatswesens erörtert hatte.

Nun liegen die Gründe, denen das französische Dekadenzgefühl in den letzten Jahrzehnten des vorigen Jahrhunderts entsprang, sehr deutlich am Tage. Vor allem war es der »Bankrott der Wissenschaft«, jener *Science*, die sich als Gottheit aufgetan und ihre Verheißungen paradiesischen Seelenfriedens nicht hatte erfüllen können. In zweiter Linie erst wirkte der unglückliche siebziger Krieg mit. Brachte er Einbuße an außenpolitischer Macht, an Territorien, so befreite er doch von einer Regierung, die lange von vielen als unsittlich und verderblich empfunden worden war. Dennoch lag Frankreich am Boden, und bald setzten in dem geschlagenen Land selber die heftigsten Kämpfe zwischen Klerikalen und Antiklerikalen ein, die schließlich in Trennung von Staat und Kirche zum äußern Sieg der Antiklerikalen geführt haben – einem äußern, wohlgemerkt! Denn innerlich hat der Katholizismus auf der französischen Walstatt seinen erstaunlichsten modernen Sieg errungen. Zu den philosophisch-religiösen und politisch-religiösen Erschütterungen trat endlich die quälende Angst vor einem biologischen Kräfteverfall der Nation, auf den die Abnahme der Geburten hinzuweisen schien.

Mit alledem aber war doch Frankreich mehr dem *Malade imaginaire* als einem wirklich Kranken zu vergleichen. In den erwähnten Schlußworten seiner französischen Geschichte hat Bainville auch darauf hingewiesen, daß Frankreich in seiner Lebenskraft nicht jene langen Pausen der Erschöpfung kenne, die andere Völker durchlitten haben. Und das ist buchstäblich wahr. Man hat früher von Frankreichs geistiger Erschöpfung in der mittelfranzösischen Epoche geredet; man weiß jetzt, daß sich damals nicht Verfall, sondern Umbau vollzog, daß der eigentliche, der analytische Geist der Nation sich ausbildete und seinen sprachlichen Ausdruck formte. Immerhin: unter rein künstlerischem Gesichtspunkte kann man diese Epoche formaler Mauserung im Vergleich zur literarischen Höhe der vorangegangenen allenfalls »dekadent« nennen. Wie aber sieht es mit der Dekadenz der dritten Republik aus? Staatlich war kein Verfall vorhanden, da sich ja die Republik wirtschaftlich und militärisch großartig raffte; biologisch lagen Trugschlüsse vor, falsche Beängstigungen; philosophisch-religiös griff man nach neuem Halt, sobald der vorige versagte, wie denn literarisch die Dekadenz eigentlich nirgends ohne Symbolismus anzutreffen ist, und im Symbolismus wird sich immer irgendeine neue Religiosität bemerkbar machen. So bleibt nur die Frage, die ja dem Literarhistoriker die wesentliche ist, ob man auf rein ästhetischem und dichterischem Gebiet von Verfallserscheinungen zu sprechen habe. Und hier ist nun mein Hinweis auf den *Malade imaginaire* von entscheidender Wichtigkeit.

Die dekadente Literatur dieser Epoche nämlich ist eine Krankheitsliteratur. Sie wird fast ganz von solchen Autoren hervorgebracht, die krank sind, sich ständig mit ihrer Krankheit befassen und die Welt unter dem Gesichtswinkel ihrer eignen Krankheit sehen. Nun ist zwar sicherlich eingebildete Krankheit auch ein Kranksein, und gerade in Fällen der Hysterie, um die es hier fast durchweg geht, wird der Arzt selber nicht immer mit Sicherheit die Grenze zwischen dem eingebildeten und dem wirklichen Leiden zu ziehen vermögen, weil hier eben oftmals das Eingebildete Wirklichkeit und die Wirklichkeit Einbildung ist. Aber es bleibt doch ein ungeheurer Unterschied, ob eine Krankheit den Befallenen derart peinigt, daß sie ihm nur Qual verursacht und seine geistigen und künstlerischen Fähigkeiten beeinträchtigt, wenn nicht gar aufhebt; oder ob sie ihm, wie dies gerade der Fall der *malades imaginaires* zu sein pflegt, neben dem tatsächlichen Schmerz nicht auch Lustgefühle bereitet, eine Ausfüllung, ein erhöhtes Interesse an der eignen Person, Stolz auf die Sonderart und besondere Reizbarkeit seiner Nerven, ob sie ihm nicht auch künstlerische Stoffe und Methoden schenkt. Genau dies aber ist der Fall der französischen *décadents:* aus ihrem Kranksein, dem wirklichen wie dem eingebildeten, schöpfen sie künstlerisch Neues, und als Künstler sind sie keine Kranken, sondern Gebietserweiterer der Kunst. Selten mag ein schillernder Begriff zu größern und verhängnisvollern Irrtümern geführt haben als der der französischen Dekadenz. Man hat in Deutschland allen Ernstes geglaubt, es handle sich um einen wirklichen Verfall künstlerischer, sittlicher, religiöser, nationaler Kräfte. Und dabei keimte doch alles in diesem niemals, solange es als Volk sichtbar ist, niemals ganz verwelkten Volk einer neuen Blüte entgegen.

Vorbild, Lehrbuch und im scholastischen Sinn des Wortes geradezu Summe alles dessen, was die dekadente Literatur der Franzosen hervorbrachte, und was überall in Europa mehr oder minder nachgeahmt wurde, ist eben Joris Karl Huysmans' 1884 veröffentlichtes Werk *A Rebours.*

Er stammte aus einer holländischen Familie, die mehrere Maler hervorgebracht hatte, und das Auge des Malers besaß auch er im höchsten Maße. Sein Geburtsort ist aber Paris, und dort ist er auch 1907 in seinem sechzigsten Jahr gestorben. Ich betone das, weil man in dieser Epoche jetzt auf dem Weg über Flandern einige germanische Elemente in die französische Dichtung eindringen sehen wird, und weil ich in Huysmans trotz seines flandrischen Blutes nichts als Latinität entdecke. Er begann als Naturalist der engsten, d. h. in Wahrheit: der unnaturalistischsten Art; aller Aufschwung, alle Lebensfreude lagen ihm noch ungleich ferner als etwa Maupassant; er sah nichts als das Alltägliche und Gemeine, vielmehr: er sah in allem das Alltägliche, das Gemeine, das Schmutzige und Trostlose. Er war kein Dichter; er konnte keine Handlungen erfinden, er konnte keine Menschen beseelen. Aber er suchte mit äußerster Genauigkeit wiederzugeben, in allen Phasen zu schildern, was er sah. *Marthe, histoire d'une fille*, das Sinken einer Fabrikarbeiterin zur Dirne, ihr Aufstieg und neues Sinken, machte 1876 den Anfang. In einer Reihe von Romanen und Erzählungen hielt Huysmans, der sich ausdrücklich an Zola anschloß und zu dessen *Soirées de Médan* beisteuerte, dieser Art von Naturalismus nach Themenwahl, Gesinnung und Stil Treue. Doch drang überall Autobiographisches in seine Bücher, die längst vergessen wären, wenn sie nicht das Vorspiel des spätern Werkes bedeuteten. Man lernt Huysmans' völlige Lebensunlust kennen, das Widerwärtige seiner *crises juponnières*, die ihn selber anekeln, da er in allem Geschlechtlichen immer nur ein unentbehrliches und erniedrigendes Tun sieht, das Jämmerliche seines Junggesellen- und Wirtshauslebens, die gänzliche und plumpe Verachtung der *Science* und all ihrer Errungenschaften, die nur vermeintliche Errungenschaften seien, den (noch leisen, aber schon bemerkbaren) Neid auf die christlich Gläubigen, die große Liebe zur Kunst, und zwar zu einer Kunst, die sich absichtlich von der Natur fernhält und das Unnatürliche, das Künstliche darstellt. Vorboten des kommenden Umschwungs sind also in dieser ersten Epoche Huysmans' durchaus anzutreffen. Sie erreicht 1882 ihr Ende mit dem Roman *A Vau l'Eau*, der schon kein Roman mehr ist, sondern kaum verschleierte Selbstschilderung. Folantin, der kleine Beamte, der ganz einsame und unausgefüllte kränkelnde, alternde Junggeselle, den das Leben abstößt, der sich »treiben lassen«, der »schlafen« will, ist Huysmans selber.

Und nun erfolgt die seltsame Wandlung. Man kann nicht sagen, daß sie vom Körperlichen zum Geistigen führe; denn immer wird Huysmans an der Materie haften, und Geistiges ersehnt und seinen Schopenhauer zitiert hat er auch schon in der ersten Epoche. Auch führt ihn diese Wandlung nicht etwa von Krankheit zu Gesundung. Sondern zu einer andern, intensivern, phantasievollern Art des Krankseins. Der Herzog Jean Florissac des Esseintes ist krank wie in dem frühern Werk Folantin, und ist wie Folantin Huysmans selber. Aber jetzt geht es nicht mehr um das bloße Leiden in seiner jämmerlichen Alltäglichkeit, sondern um schwelgerische Feststunden der Krankheit, um die Genüsse, die sich überfeinen Nerven abgewinnen lassen, die man freilich mit Nervenqualen zu begleichen hat. Aus dem kleinen eingeengten Beamten ist nun ein Herzog geworden, ein Mensch, der seinen Ahnen das verbrauchte Blut, aber auch freie Verfügung über Zeit und Geld, äußere Unabhängigkeit jeder Art verdankt. Des Esseintes darf auf eben die Art krank sein, wie Huysmans es sein möchte; er ist sein Balladen-Ich. Alle äußere Handlung fehlt in *A Rebours*. Auch alle innere. Denn der Herzog entwickelt sich nicht. Er ist am Schluß so krank wie am Anfang, und da er einen Moment besonderer Erschlaffung durchlebt und ohne neues Reizmittel den Warnungen seines Arztes preisgegeben ist, so fühlt er sich elender als zuvor, und ganz plötzlich und unbeabsichtigt drängen sich ihm Gebetsworte auf. Das ist keine Bekehrung, nur eine augenblickliche Hilflosigkeit und Verzweiflung. Das Buch *A Rebours* selber ist weder fromm noch verzweifelt, es ist eine Sammlung hysterischer Kunstgenüsse, und Huysmans tut sich hier als Cortigiano der Dekadenz auf.

Er preist und lehrt den Naturersatz, die Naturüberbietung durch das Künstliche: das Speisezimmer als Schiffskabine läßt Meer und Seereise stärker empfinden, als das eine wirkliche Seefahrt vermöchte. Er lehrt Farbharmonien seltsamer Art, in denen wieder das Künstliche, die Unnatur, mitwirkt: die Buntheit des

Teppichs muß zusammenklingen mit der Vergoldung und dem Edelsteinschmuck einer Schildkröte. Er verbreitet sich über phantastische, halluzinatorische, in Grausamkeit, Wollust und Frömmigkeit schwelgende Malerei verschiedener Zeiten. Er verschafft sich zur Übertäubung einer Geruchs-Halluzination die merkwürdigsten Geruchs-Eindrücke; er stellt sich eine Skala alkoholischer Geschmackssensationen her; er kostet bei alledem raffinierte Synästhesien aus. In der Musik rühmt er die fremdartigen Disharmonien des Gregorianischen Kirchengesangs. Gegenwärtig liebt er Wagner, begreift aber, daß ein patriotisches französisches Theater ihn nicht spielen dürfe. In der Literatur fühlt er sich zu den gärenden Zeiten des antiken Niederbruchs und der ersten christlichen Jahrhunderte hingezogen. Die Spätlateiner und Byzanz sind ihm nach Sprache und Gesinnung hundertmal lieber als die Klassiker des Altertums. Überall, wo er Zersetzung findet, wo sich Leichengeruch mit Weihrauch irgendwelcher Art mischt, ist ihm wohl. Unter den Modernen hebt er mit sicherm Griff alle die heraus, denen man hier schon als Vorläufern der Symbolisten begegnet ist oder sogleich als ihren ersten Meistern begegnen wird: Baudelaire, Poe, Barbey d'Aurevilly, Hello, Villiers de l'Isle-Adam, Mallarmé, Verlaine, Corbière. Unter den literarischen Ausdrucksformen zieht er das *Poème en prose* allen andern vor, widmet ihm hymnische Betrachtung, nennt es *le suc concret …, l'huile essentielle de l'art* und legt sich eine »Anthologie des Prosagedichts« an.

Aber mehr vielleicht als durch all diese Hinweise und Anleitungen hat Huysmans ganz von sich aus gewirkt, durch das, was seine eigne *faculté maîtresse* war, durch seine Sprache. Ob er die Sprache mit höchstem Geschmack oder höchst abgeschmackt handhabe, darüber wird immer gestritten werden; daß er superlativische Sprachfähigkeiten besaß, und daß er den vollkommenen, zur äußersten Donquijoterie getriebenen Sprachausdruck der Dekadenz fand, ist außer allem Zweifel. Die Synästhesien, denen er in Parfüms und Likören nachjagt, beherrschen seinen Bildgebrauch; Fremdwörter, gelehrte Neubildungen, Archaismen, Latinismen, Graecismen sondern ihn von der Menge ab; doppeltes Bedeuten drängt verschiedene Anregungen in ein einziges Wort; Heiliges und Profanes gehen krasse Mischungen ein, Sexualvorstellungen überfluten, durchtränken alles; unerschöpflich ist er im Ausdruck der Farbtöne; vor keiner Roheit, vor keinem Schmutz weicht er zurück, wo es auf exaktes Schildern ankommt. Syntaktisch hält er sich nicht an Gebote der Logik, ja verletzt sie absichtlich. Er will nicht nur seine Impression in der Satzstellung geltend machen, sondern es soll auch eine an sich absonderliche, verblüffende, aufrührerische, andeutende, verhüllende, in ihrem Bedeuten schillernde Satzstellung sein. Alles dies, Gedankliches wie Sprachliches, lag in den frühern Werken Huysmans' keimhaft, knospenhaft umschlossen von den festen Deckblättern des Verismus; alles dies ist in *A Rebours* zur üppigsten, raffiniertesten Blüte entfaltet. Nach *A Rebours* gibt es in Frankreich einen dekadenten Stil, und das ist eben der Huysmans-, oder genauer, der *Des-Esseintes*-Stil. Seine Herkunft liegt am Tage: Baudelaire und die Goncourts haben ihn vorbereitet; seine Originalität besteht in dem höhern Grad der Überreiztheit, in dem Ahnenlassen einer unmittelbar drohenden seelischen und geistigen Katastrophe.

Ich sage *Des-Esseintes*-Stil; denn die spätern Werke Huysmans', in denen er noch unverhüllter autobiographisch und essayistisch auftritt als vorher, und die seinen Weg zum Katholizismus, seine Auffassung und Verherrlichung der Religion, seine Anfechtungen schildern: *Là-Bas, En route, La Cathédrale, L'Oblat*, sie alle fügen dem Idealbild des Dekadenten keinen neuen Zug mehr hinzu, schwächen oder verwischen es nur bald in diesem, bald in jenem Punkt, ohne es durch ein wesentliches anderes Bild zu ersetzen. Es liegt so, daß Huysmans, der jetzt unter dem Namen Durtal auftritt, sich wahrhaft zu bekehren, daß er in seinem Hassen und Lieben, in seinem sprachlichen Ausdruck ein Bruder Léon Bloys zu sein, oder sein zu sollen glaubt. Aber Léon Bloy hatte von sich aus völlig recht, wenn er Huysmans beschimpfte. Denn dieser Katholizismus und Mystizismus, diese

Mittelalterlichkeit sind auf grelle und giftige Weise unecht, oder haben doch nur die fragwürdige Echtheit hysterischer Zustände. Aus dem *malade imaginaire* ist jetzt sozusagen ein *catholique imaginaire* geworden, und diese zweite Wandlung (nach der ersten vom Veristen zum Dekadenten) ist, rein literarisch betrachtet, keine Vervollkommnung. Im Gegenteil: sie genügt nicht, um einen ganz katholischen Autor aus Huysmans zu machen, einen Hello oder Bloy; sie genügt nur, die markanten Züge seiner vollkommenen Dekadenz ein wenig (nicht sehr viel) zu verwaschen. Von einem allgemeinen Standpunkt aus gesehen, sind die katholisierenden Bücher der letzten Epoche nicht wichtiger als die veristischen des Anfangs. Vorspiel und Nachspiel zu *A Rebours*, sonst nichts, und Folantin und Durtal werden bald nur noch das Interesse der Spezialisten erregen. Des Esseintes dagegen führt ein wirkliches Leben und ist einer wirklichen Dauer gewiß, als ein unendlich viel kleinerer, schwächerer, umgrenzterer, aber doch ein echter Don Quijote. Mir ist es im Kolleg mehrfach widerfahren, daß ich, statt, wie beabsichtigt, Huysmans zu nennen, mich versprach und »Des Esseintes« sagte; und dieser Fehler ist beinahe verzeihlich. Wichtiger als er selber und all seine Spiegelbilder ist Huysmans' Balladen-Ich Des Esseintes, als eigentlicher Ausdruck der Dekadenzepoche.

(Aus: V. K.: *Geschichte der französischen Literatur im 19. und 20. Jahrhundert 1800–1925*. Band II: Herausbildung einer neuen Klassik. VEB Deutscher Verlag der Wissenschaften, Berlin 1956, S. 167–172. Abdruck mit freundlicher Genehmigung des Aufbau-Verlags, Berlin.)

JORIS-KARL HUYSMANS
GEZEICHNET VON FELIX VALLOTTON

1848   Am 5. Februar wird Joris-Karl (eigentlich: Charles-Marie-Georges) Huysmans in Paris, Rue Suger 11 (jetzt Nr. 9), geboren.
Vater: Victor-Gottfried Huysmans, Lithograph und Gebrauchsmaler aus Holland.
Mutter: Elizabeth-Malvina, geborene Badin.
Taufe am 6. Februar in der Kirche Saint-Séverin.

1848   Februar-Revolution in Frankreich. Louis Napoléon wird
Präsident der Zweiten Republik.
März-Revolution in Deutschland: Deutsche Nationalversamm-
lung in der Frankfurter Paulskirche.
† Alphonse de Chateaubriand
Marx/Engels, *Kommunistisches Manifest*

1849   † Edgar Allan Poe
† Frédéric Chopin
Richard Wagner, *Die Kunst und die Revolution*
Henri Murger, *Szenen aus dem Leben der Bohème*

1850   † Honoré de Balzac
* Guy de Maupassant
* Pierre Loti

1851   Erste Weltausstellung in London
Heinrich Heine, *Romanzero*
Arthur Schopenhauer, *Parerga und Paralipomena*
Herman Melville, *Moby Dick*

1852   Staatsstreich in Frankreich: Louis Napoléon wird als Napoleon III.
Kaiser der Franzosen.
† Nikolai Gogol

1853   Krimkrieg Rußland – Türkei
Guiseppe Verdi, *La Traviata*
* Vincent van Gogh

1854   * Arthur Rimbaud
* Oscar Wilde

1855   Aufhebung der Leibeigenschaft in Rußland unter Zar
Alexander II.
† Sören Kierkegaard

1856 Der Vater stirbt im Alter von 38 Jahren. Die Mutter nimmt eine Anstellung in einem großen Kaufhaus an. Die Familie zieht zu den Eltern von Malvina in die Rue de Sèvres 11.

1857 Die Mutter heiratet Jules Og, mit dem sie zwei Töchter hat: Juliette und Blanche.

1862 Den jungen Huysmans langweilt der Unterricht am Lycée Saint-Louis.

1865 Obwohl er meist die Stunden am Lycée versäumt hat, bereitet er sich autodidaktisch auf das Abitur vor.

1866 Am 7. März Abitur. Am 1. April findet er eine Anstellung im Innenministerium, nachdem er darauf hingewiesen hat, daß bereits sein Onkel, Großvater und sein Urgroßonkel dort beschäftigt waren.

1867 Am 8. August stirbt sein Stiefvater. Im selben Monat besteht er erfolgreich sein erstes juristisches Staatsexamen. Affäre mit einer Schauspielerin. Mitarbeit an der »Revue mensuelle«.

1870 Am 30. Juli meldet er sich beim 6. Bataillon der Nationalgarde der Seine. Über Châlons, Arras und Rouen landet er wieder in Paris, das inzwischen von der preußischen Armee besetzt ist. Am 10. November geht er im Auftrag des Kriegsministeriums nach Versailles.

1871 Im Sommer in die Rue de Vaugirard 114, dann Rue du ChercheMidi 73, wo er jeden Mittwochabend seine Freunde Henry Céard, Albert Pinard und den Architekten Maurice du Seigneur trifft. Arbeit an einem Roman über Paris mit dem Titel *La Faim*; mehrfach überarbeitet, aber nie vollendet.

1865   Ermordung Präsident Lincolns
          Wilhelm Busch, *Max und Moritz*
          Lewis Carroll, *Alice im Wunderland*
          Richard Wagner, *Tristan und Isolde*

1866   Deutscher Krieg: Sieg Preußens über Österreich bei Königgrätz

1867   † Charles Baudelaire
          * Hedwig Courths-Mahler
          Emile Zola, *Thérèse Raquin*
          Karl Marx, *Das Kapital*
          Reclams Universalbibliothek eröffnet mit Goethe, *Faust I*

1868   * Paul Claudel
          Lautréamont, *Die Gesänge des Maldoror*
          Fjodor Dostojewskij, *Der Idiot*
          Richard Wagner, *Die Meistersinger von Nürnberg*

1869   * André Gide
          Gustave Flaubert, *Die Erziehung der Gefühle*
          Edmond und Jules de Goncourt, *Madame Gervaisais*
          Mallarmé, *Hérodiade*
          Verlaine, *Fêtes galantes*

1870   Preußisch-Französischer Krieg (bis 1871)
          Dogma von der Unfehlbarkeit des Papstes
          † Alexandre Dumas (père)
          † Jules de Goncourt
          † Charles Dickens
          Emile Zola, Erste Romane der *Rougon-Macquart* (bis 1893)

1871   Abdankung Napoleons III.
          Gründung des Deutschen Reichs im Spiegelsaal von Versailles
          * Paul Valéry
          * Christian Morgenstern

1874   Nach Ablehnung durch den Jules-Verne-Verleger Hetzel erscheint
       Drageoir à épices im Oktober bei Dentu, von ihm selbst finan-
       ziert. Im November veröffentlicht Arsène Houssaye Auszüge in
       der Zeitschrift »L'Artiste«. In »L'Illustration«, »L'Evénement«
       und »Le National« gibt es lobende Besprechungen.

1875   Neuauflage von *Drageoir à épices* unter dem endgültigen Titel
       Le Drageoir aux épices in der »Librairie Générale«. Mitarbeit
       von Huysmans bei »Musée des Deux Mondes« und »La Répu-
       blique des Lettres«. Im Laufe des Winters beendet er einen kurzen
       biographischen Roman über seine Kriegserfahrungen: *Sac au dos*.

1876   Im Mai Tod der Mutter. Verantwortung für seine beiden Halb-
       schwestern. Versetzung vom Kriegsministerium in Versailles ins
       Innenministerium in Paris. Umzug in die Rue de Sèvres 11, wo
       sich sein Freundeskreis um Villiers de l'Isle-Adam, Francis Poic-
       tevin und Lucien Descaves erweitert. Im Juli Vollendung von
       Marthe, histoire d'une fille. Aus Furcht vor der Zensur geht
       er nach Belgien, um *Marthe* in Brüssel zu veröffentlichen. An der
       französischen Grenze wird das Buch als Pornographie beschlag-
       nahmt. Im Oktober schickt Huysmans ein Exemplar von *Marthe*
       an Edmond de Goncourt: kühle Reaktion. Freundliche Auf-
       nahme bei Zola, der ihn einlädt, sich seinen Anhängern Paul Ale-
       xis, Léon Hennique, Henry Céard und Guy de Maupassant anzu-
       schließen.

1877   Huysmans veröffentlicht eine Artikelserie *Emile Zola et l'As-
       sommoir* in der Brüssler Zeitschrift »L'Actualité«. Die fünf Ver-
       ehrer von Zola laden den Meister mit Edmond de Goncourt und
       Gustave Flaubert zu einem Diner bei Trapp ein. Damit wurde die

1872   † Théophile Gautier
       * Aubrey Beardsley
       Arthur Rimbaud, *Illuminationen*
       Friedrich Nietzsche, *Die Geburt der Tragödie aus dem Geiste der Musik*

1873   Dritte Republik in Frankreich
       Jules Verne, *Reise um die Welt in 80 Tagen*
       Leo Tolstoi, *Anna Karenina*
       Tristan Corbière, *Les amours jaunes*

1874   Victor Hugo, *Dreiundneunzig*
       Emile Zola, *Der Bauch von Paris*
       Gustave Flaubert, *Die Versuchung des Heiligen Antonius*
       Richard Wagner, *Der Ring des Nibelungen*

1875   † Georges Bizet
       † Hans Christian Andersen
       † Tristan Corbière
       * Thomas Mann
       * Rainer Maria Rilke

1876   † Georges Sand
       Stephane Mallarmé, *Der Nachmittag eines Fauns*
       Mark Twain, *Tom Sawyers Abenteuer*

1877   Gustave Flaubert, *Drei Erzählungen*
       Edmond de Goncourt, *Die Dirne Elisa*
       Henry James, *Der Amerikaner*
       Gottfried Keller, *Züricher Novellen*

Gruppe in der Presse wahrgenommen. Arbeitet an zwei belgischen Zeitschriften und verschiedenen französischen Periodika mit. Ab 19. August Abdruck von *Sac au dos* im Feuilleton von »L'Artiste«.

1879   *Les Sœurs Vatard* erscheint bei Charpentier mit einer Widmung an Zola. Das Buch verkauft sich gut, aber die Presse hält sich zurück. Am 4. März lobt Zola das Werk in »Le Voltaire«. Flaubert und Edmond de Goncourt halten sich zurück. Im Oktober erscheint *Marthe* gleichzeitig mit Zolas *Nana*.

1880   Mit Zola, Goncourt, Daudet und Maupassant am 11. Mai bei Flauberts Begräbnis in Rouen. Veröffentlichung von *Croquis Parisiens* bei Henri Vaton. Mitarbeit am »Gaulois«. Zusammen mit Zola und Goncourt Plan einer Zeitschrift mit dem Titel »La Comédie humaine«. Es bleibt beim Plan.

1881   Im Februar Veröffentlichung von *En Ménage*, Anna Meunier, seiner Geliebten seit 1872 gewidmet. An Nervenschmerzen leidend läßt er sich von Juli bis September in Fontenay-aux-Roses nieder. Anschließend Ferienaufenthalt im Château de Lourps. Im Dezember Abschluß der Arbeit an *A vau-l'eau*.

1882   Veröffentlichung von *A vau-l'eau* in Brüssel.

1883   *L'Art moderne* erscheint.

1884   Im Mai erscheint *A Rebours*. Briefwechsel mit Zola. Lob zahlreicher Autoren und Künstler, unter ihnen Leon Bloy und Barbey

1878   Friedrich Nietzsche, *Menschliches, Allzumenschliches*

1879   † Honoré Daumier
        * Albert Einstein
        Odilon Redon, *Dans le Rêve*
        Fjodor Dostojewskij, *Die Brüder Karamasow*

1880   † Gustave Flaubert
        Paul Alexis, Emile Zola, J.-K. Huysmans, Léon Hennique, Guy de
        Maupassant & Henry Céard, *Soirées de Médan*

1881   Gustave Flaubert, *Bouvard & Pécuchet*
        Henryk Ibsen, *Gespenster*
        * Pablo Picasso
        Alphonse Daudet, *Numa Roumestan*
        Anatol France, *Die Schuld des Professors Bounard*

1882   * James Joyce
        Richard Wagner, *Parsifal*

1883   † Iwan Turgenjew
        † Gustave Doré
        † Edouard Manet
        † Karl Marx
        * Franz Kafka
        * Joachim Ringelnatz
        Guy de Maupassant, *Ein Leben*
        R. L. Stevenson, *Die Schatzinsel*
        Friedrich Nietzsche, *Also sprach Zarathustra*

1884   Henryk Ibsen, *Die Wildente*
        Mark Twain, *Huckleberry Finn*

d'Aurevilly. Im Juli Treffen mit Zola in Médan. Ferien im Château de Lourps. Die Novelle *Un Dilemme* erscheint im September/ Oktober in »La Revue Indépendante«.

1885 Ferien im August in Begleitung von Anna Meunier und Léon Bloy in Lourps.

1886 In der »Revue Indépendante« erscheint *En Rade*.

1888 Auf Einladung des reichen holländischen Bewunderers Arij Prins Reise nach Deutschland. In Kassel Besichtigung der Kreuzigungsdarstellung von Grünewald.

1889 Am 19. August stirbt Villiers de l'Isle-Adam, seit 1876 ein enger Freund. Er und Mallarmé sind die Testamentsvollstrecker. Tritt in Verbindung mit Remy de Gourmont und durch ihn mit dessen Geliebter Berthe Courrière, einer Abenteurerin und Okkultistin. Das Jahr davor war er mit der Okkultistin Henriette Maillard liiert. Mit Francis Poictevin im September in Tiffauges, dem Schloß von Gilles de Rais. Im November Veröffentlichung von *Certains*, einer Sammlung von Artikeln über Kunst und Architektur.

1890 Im Februar Bekanntschaft mit Stanislaus Guaita, der ihn vor dem Sektenchef Ex-Abbé Boullan warnt. Aber Huysmans nimmt durch Berthe Courrière Verbindung mit Boullan auf. Er informiert sich über satanische Praktiken eines Abbé Van Haeke. Im Juli erscheint *La Bièvre*. Im September Reise nach Lyon, um Boullan zu treffen.

1891 Der Satanistenroman *Là-Bas* erscheint bei Tresse et Stock in Paris.
Erste Begegnung mit Paul Valéry im Herbst.

1885 † Victor Hugo
      * D. H. Lawrence
      Guy de Maupassant, *Bel Ami*

1886 † Ludwig II., König von Bayern
      * Gottfried Benn
      R. L. Stevenson, *Dr. Jekyll & Mr. Hyde*
      Pierre Loti, *Islandfischer*

1887 * Marc Chagall
      Rider Haggard, *Sie-der-man-gehorchen-muß*

1888 Wilhelm II., deutscher Kaiser
      * Raymond Chandler
      * Katherine Mansfield

1889 † Villiers del'Isle-Adam
      † Barbey d'Aurevilly
      * Charles Chaplin
      * Adolf Hitler

1890 † Gottfried Keller
      † Vincent van Gogh
      * Kurt Tucholsky
      * Agatha Christie
      Knut Hamsun, *Hunger*

1891 † Arthur Rimbaud
      Oscar Wilde, *Das Bild des Dorian Gray*
      Frank Wedekind, *Frühlings Erwachen*

1892 Im Juli begibt er sich in das Trappistenkloster Notre-Dame d'Isny. Hinwendung zum Katholizismus.

1895 *En Route* erscheint.

1898 *La Cathèdrale* erscheint.

1892   † Walt Whitman
       James Whistler, *Die feine Art sich Feinde zu machen*
       Conan Doyle, *Die Abenteuer des Sherlock Holmes*
       Ambrose Bierce, *Geschichten von Soldaten und Zivilisten*
       Gerhart Hauptmann, *Die Weber*
       Theodor Fontane, *Frau Jenny Treibel*
       Gustav Mahler, *1. Symphonie*

1893   † Guy de Maupassant

1894   Dreyfus-Prozeß in Frankreich
       † Leconte de Lisle
       Rudyard Kipling, *Das Dschungelbuch*

1895   Erstes Automobil
       Oscar Wilde wegen Homosexualität verurteilt
       H. G. Wells, *Die Zeitmaschine*
       Oscar Wilde, *Ernst – und seine tiefere Bedeutung*
       Theodor Fontane, *Effi Briest*

1896   Erstmals wieder Olympische Spiele in Athen
       † Edmond de Goncourt
       † Paul Verlaine
       Giacomo Puccini, *La Bohème*
       Anton Tschechow, *Die Möwe*

1897   Erster Zionisten-Kongreß in Basel
       † Alphonse Daudet
       Alfred Jarry, *Ubu der König*

1898   † Theodor Fontane
       † Gustave Moreau
       † Stéphane Mallarmé
       * Bertolt Brecht
       Oscar Wilde, *Die Ballade vom Zuchthaus zu Reading*
       Stephen Crane, *Das offene Boot*
       H. G. Wells, *Der Krieg der Welten*
       Thomas Mann, *Der kleine Herr Friedemann*

1901 Im Januar erscheint die Luxusausgabe von *La Biévre, les Go-belins, Saint-Séverin*. Am 21. März feierliche Aufnahme als Laienbruder in Ligugé. Veröffentlichung von *Sainte Lydwine de Schiedam* im Juni. Im September wieder nach Paris, in einen Anbau des Benediktinerklosters in der Rue Monsieur 20. Im November erscheint *De Tout*.

1902 Veröffentlichung von *Esquisse biographique de Don Bosco* im August. Umzug in die Rue de Babylone im Oktober.

1903 *L'Oblat* erscheint im März. Reise nach Lourdes, im September ins Elsaß, nach Deutschland und Belgien.

1904 Letztes Domizil in der Rue Saint-Placide 31.

1906 Veröffentlichung von *Les Foules de Lourdes*. Operation am 24. November, Krebs-Diagnose.

1907 Von Aristide Briand Ernennung zum Offizier der Ehrenlegion. Am 23. April Letzte Ölung. Tod am 11. Mai. Totenfeier am 15. Mai in Notre-Dame-des-Champs.

Joris-Karl Huysmans, geboren am 5. Februar 1848 als Charles-Marie-Georges in Paris; der Vater Victor-Gottfried, ein Gebrauchsmaler und Lithograph aus Holland, stirbt 1856; die Mutter Elizabeth-Malvina heiratet 1857 wieder; zwei Halbschwestern: Juliette und Blanche. Nach dem Abitur am Lycée Saint-Louis 1866 Anstellung im Innen-ministerium, wo bereits sein Onkel, Großvater und Urgroßvater be-schäftigt waren. Seit 1871 Mitarbeit an verschiedenen literarischen Zeitschriften, setzt sich für Gustave Moreau und Odilon Redon ein; 1879 erscheint als erster Roman im naturalistischen Stil *Marthe, histoire d'une fille* mit Zolas *Nana* und zwei Jahre nach Goncourts *La Fille Elisa*. Freundschaft mit Emile Zola, Henry Céard, Paul Alexis, Léon Hennique, Guy de Maupassant und Villiers de l'Isle-Adam. Diner bei Trapp mit Zola, Flaubert und Edmond de Goncourt. *A Rebours* erscheint im Mai 1884 und macht den Autor berühmt. 1891 folgt der Satanisten- und Gilles-de-Rais-Roman *Là-bas*; Kloster-Aufenthalt und Konversion zum Katholizismus; zahlreiche Reise-berichte, Schriften zur Kunst und Architektur und Romane der neuen Frömmigkeit; 1906 Krebs-Diagnose; stirbt am 11. Mai 1907 in Paris.

ARTHUR SCHOPENHAUER
WERKE
IN 5 BÄNDEN
*Erstmals nach den Ausgaben letzter Hand
herausgegeben und vorgestellt von
Ludger Lütkehaus*

Band 1
DIE WELT ALS WILLE UND VORSTELLUNG I
Nach der dritten Auflage, Leipzig 1859.

Band 2
DIE WELT ALS WILLE UND VORSTELLUNG II
Nach der dritten Auflage, Leipzig 1859.

Band 3
KLEINERE SCHRIFTEN
»Über die vierfache Wurzel des Satzes vom zureichenden Grunde«,
nach der zweiten Auflage, Frankfurt a. M. 1847;
»Über den Willen in der Natur«, nach der zweiten Auflage, Frankfurt a. M. 1854;
»Die beiden Grundprobleme der Ethik: Über die Freiheit des Willens.
Über die Grundlage der Moral«, nach der zweiten Auflage, Leipzig 1860;
»Über das Sehn und die Farben«, nach der zweiten Auflage, Leipzig 1854.

Band 4
PARERGA UND PARALIPOMENA I
Nach der ersten Auflage, Berlin 1851.

Band 5
PARERGA UND PARALIPOMENA II
Nach der ersten Auflage, Berlin 1851.

Dazu ein
BEIBUCH
Einleitung zu Schopenhauers Werken nach den Ausgaben
letzter Hand von Ludger Lütkehaus.
Übersetzung und Nachweis der Zitate, Chronik, Namen- und Sachregister.

Und
Das SCHOPENHAUER EinLeseBuch
Ein ABC aus dem Handschriftlichen Nachlaß gezogen und mit
einem Anhang versehen, der die Kritik der korrupten Vernunft enthält,
von Gerd Haffmans.

Sowie als erste Einzelausgabe
ERISTISCHE DIALEKTIK
oder
DIE KUNST, RECHT ZU BEHALTEN
in 38 Kunstgriffen dargestellt.

HAFFMANS VERLAG BEI ZWEITAUSENDEINS
www.Zweitausendeins.de

OSCAR WILDE

WERKE
IN 5 BÄNDEN

Vollständig neu übersetzt.
Jeder Band mit Anmerkungen
und einem Nachwort.

Band 1: Der Roman
DAS BILD DES DORIAN GRAY
Neu übersetzt von Hans Wolf.

Band 2: Die Märchen,
Erzählungen & Prosagedichte
DER GLÜCKLICHE PRINZ
Neu übersetzt von Susanne Luber
& Eike Schönfeld.

Band 3: Die Essays
DER KRITIKER ALS KÜNSTLER
Neu übersetzt von Georg Deggerich.

Band 4: Die Komödien
ERNST – UND SEINE TIEFERE BEDEUTUNG
Neu übersetzt von Bernd Eilert.

Band 5: Spätwerke
SALOME
& DER BRIEF AUS DEM GEFÄNGNIS
Neu übersetzt von Petra-Susanne Räbel
& Susanne Luber.

Dazu ein
BEIHEFT
mit Chronik, Bildteil,
Filmographie und Stimmen
über Oscar Wilde.

Und das Hörbuch
OSCAR WILDE – EIN LEBEN IN SCHÖNHEIT
Eine literarische Revue zu Leben und Werk
des Dichters, Denkers & Dandys.
Mit Harry Rowohlt, Monika Schärer, Christian Glockzin
& Gerd Haffmans.

HAFFMANS VERLAG BEI ZWEITAUSENDEINS

www.Zweitausendeins.de